U0097314

古典詩歌研究彙刊

第七輯

襲鵬程 主編

第 6 冊

中晚唐綺豔詩中的「豔色」與「抒情」

蔡 柏 盈 著

國家圖書館出版品預行編目資料

中晚唐綺豔詩中的「豔色」與「抒情」／蔡柏盈 著 — 初版
— 台北縣永和市：花木蘭文化出版社，2010〔民 99〕
目 2+260 面；17×24 公分
（古典詩歌研究彙刊 第七輯：第 6 冊）
ISBN 978-986-254-121-0（精裝）
1. 唐詩 2. 詩評
820.9104   99001781

ISBN - 978-986-2541-21-0

9 789862 541210

古典詩歌研究彙刊
第七輯 第 六 冊   ISBN：978-986-254-121-0

中晚唐綺豔詩中的「豔色」與「抒情」

作　　者　蔡柏盈
主　　編　龔鵬程
總 編 輯　杜潔祥
出　　版　花木蘭文化出版社
發 行 所　花木蘭文化出版社
發 行 人　高小娟
聯絡地址　台北縣永和市中正路五九五號七樓之三
　　　　　電話：02-2923-1455／傳眞：02-2923-1452
網　　址　http://www.huamulan.tw 信箱 sut81518@ms59.hinet.net
印　　刷　普羅文化出版廣告事業
初　　版　2010 年 3 月
定　　價　第七輯 20 冊（精裝）新台幣 28,000 元

中晚唐綺豔詩中的「豔色」與「抒情」

蔡柏盈 著

作者簡介

蔡柏盈，台北市人，清華大學中國文學系博士。研究領域為唐詩及古典文學批評，著有碩士論文《姚合詩研究》、博士論文《中晚唐綺豔詩中的豔色與抒情》等。另著有寫作教學書籍《大學中文寫作》（合著）、《從字句到結構：學術論文寫作指引》等。曾任清華大學中文系兼任助理教授、清華大學寫作中心教師，現任台灣大學寫作教學中心博士後研究員，並於該校教授學術寫作課程。

提　　要

　　中晚唐的綺豔詩，不但在唐代詩歌中佔有特殊的份量及地位，也是討論晚唐詞體形成發展的重要課題之一。然而，有關中晚唐綺豔詩的研究，多半附於專家詩作的研究之下，缺乏統整性的探討。本論文著重綺豔詩的「豔色」描寫與「抒情」表現，並以南朝與中晚唐兩個時代的綺豔詩，具有影響、對應、繼而開展的關係為切入點，探討中晚唐綺豔詩的發展進程及其特點。論文共分四章。第一章探討唐代以前的綺豔詩，從創作意圖及內容情意、形式上的特徵，辨析南朝「豔詩」與先秦兩漢的女性敘寫詩歌的區別。南朝的「宮體豔詩」實以詩人的「豔色觀看」為創作意圖，並以「豔色趣味」為主要表現。其次，以「戀情」為主題的樂府民歌，則是綺豔詩男女豔情敘寫的開端。第二章論中唐綺豔詩之興起。初唐至中唐，綺豔詩的創作歷經由衰微而又興盛的過程。中唐綺豔詩的興起與士妓文化有關，在元稹、白居易以冶遊為主題的綺豔詩中，詩人突破了宮體豔詩「豔色觀看」的創作意圖，以「參與者」的身分寫作，為綺豔詩注入轉變。第三章以李賀的綺豔詩為探討中心，與前述元稹、白居易的綺豔詩相互比較，探討中唐綺豔詩抒情表現的進展。在創作手法上，李賀大量運用南朝宮體豔詩與樂府戀情民歌素材，寫作以女性情思為主的綺豔詩。第四章論晚唐綺豔詩的美典，並以晚唐溫庭筠、杜牧、李商隱三家綺豔詩作為主要探討對象。晚唐的綺豔詩，不但建立屬於士階層品味美感的審美趣味，在抒情情思的表現上，也達到前所未有的高峰。最後，綺豔詩表現深微婉約情思，與其慣用的深美麗致的修辭語言，對晚唐其他類型的詩歌也有所影響。

前　言

　　對於詩詞的研究者來說，中晚唐時期的綺豔詩是有趣而值得探索的。中晚唐詩在素材與創作手法上，有著豐富多樣的嘗試與創新，綺豔詩就是其中一類。再者，若要探究詞的興起，也要就中晚唐詩、詞，合併察看詩詞兩種體式的交融與開展。另外，幾個綺豔詩作較多的中晚唐詩人，包括白居易、元稹、李賀、杜牧、溫庭筠、李商隱等人，以往並置討論的機會或不多見，即使有，又或歸於不同的詩歌流派予以探討。由此可知，關於中晚唐綺豔詩，有許多論述空間尚待開展。因此，本文擬就中晚唐綺豔詩的內涵與詩歌語言、綺豔詩人的創作環境，及綺豔詩於中國古典詩的淵源脈絡，整體地分析考察，希望能夠理解與闡釋中晚唐綺豔詩歌的意義。以下將就中晚唐綺豔詩研究的論述背景，先作前導性質的概說，並說明本文的論述架構。

一、「豔詩」與「綺豔詩」的名稱界義

　　在中國古典詩歌中，「豔詩」的意涵與指涉不十分明確，但若提起「豔詩」這個詞彙，一般熟悉中國古典詩的讀者，又能大略說出，豔詩的豔，是美麗的、光彩的，進一步推想，可能是關於女性姿容色貌的詩，情形一如他們提起山水詩、邊塞詩、詠史詩等，內容是趨向某種題材類別的詩歌。

　　歷史上明確提出「豔歌」類型的，是徐陵（507～583）的〈玉臺新詠序〉。爲解釋《玉臺新詠》的選詩標準及成因，徐陵描述了有關婦女閨閣生活的各個面向，包括婦女姿容、服飾裝扮、閨閣怨情、才華等等，並以「撰錄豔歌」稱之。〔註1〕另一個使用豔詩一詞的，是中唐元稹的〈敘詩寄樂天書〉，元稹也非常談到豔詩內容：「有干教化，近世婦人暈淡眉目，縮約頭鬟，衣服脩廣之度及匹配色澤猶劇怪豔，因爲豔詩百餘首。」〔註2〕由此可知，從內容題材著手，或許可爲豔詩提供最爲簡明的解釋。豔詩與女性美有關，所以，舉凡女性的姿容與情態，女性的懷春與兩性戀情描述，均可包含在內。

　　由徐陵到元稹對豔詩的理解，可知豔詩的認定與界義，從一開始就與性別有關係，豔詩實是以女性爲中心的詩歌，隱藏在背後的則是「男性的觀看」。這是因爲，中國古典詩歌是屬於士大夫階層的，而關涉女性之美，顯然屬於男性詩人普遍認可之豔美。

　　不過，就「豔」這個辭彙來看，除卻男性觀照視角所建立的女性美題材內容，豔詩的具體內涵還有需要廓清之處。這裡可從幾個用語的解釋去討論：分別是「女性敘寫詩歌」、「豔詩」、「豔情詩」與「綺豔詩」。

　　「女性敘寫詩歌」是現代批評用語，葉嘉瑩統括詩歌中所有以女性爲敘寫題材的詩歌，以內容論，不擴及語言風格，舉凡以女性爲書寫對象的詩歌，均可包含在內。中國古典詩歌中，女性敘寫詩歌的最大宗，分別是閨閣宮闈怨情詩及豔詩。

　　豔詩或稱「豔歌」，是中國古典詩史中一個獨具意含的辭彙，南朝至唐代所說的豔詩，是指內容涉及女性姿容及閨房豔美的詩，形式上講究詞藻蔓飾的文人豔詩；或指「非婚姻關係」的男女戀情詩。〔註3〕

〔註1〕　見《玉臺新詠箋注》，（〔陳〕徐陵編，〔清〕吳兆宜注，程琰刪補，穆克宏點校；北京：中華書局，1985），頁13。
〔註2〕　《元稹集》（冀勤點校；北京：中華書局，1982），30/353。
〔註3〕　主要是戀情樂府民歌「吳歌」、「西曲」。雖與「文人豔詩」有別，不過，民間戀情樂府詩，不但成爲南朝文人的擬作對象，對中晚唐綺

就創作層面來說，豔詩與閨怨詩的書寫對象雖然都是女性，但豔詩的寫作角度，比較偏向詩人從男性角度觀賞女性，或歌詠男女戀情情思，閨怨詩則是詩人代言揣摩女子的閨閣怨情。〔註4〕因此，豔詩作為古典文學批評用語，通常隱含有違教化的負面意義。不過，豔詩與閨閣怨情詩兩者又時有混雜，我們能在一些閨怨詩中，看見詩人在其中拓展「豔色觀看」的意圖，這亦是說，對男性詩人來說，兩者有時是能交互滲透的。總之，豔詩在形式與內容上，特別能引起男性創作者與閱讀者的心思撼動，蘊含其中的即是「豔色趣味」或「豔情趣味」。

再來是「豔詩」與「豔情詩」的區別。豔詩包含豔情詩，豔詩的範疇大於豔情詩。豔情詩也與我們現在所說的「愛情詩」、「戀情詩」有別，專指以「非婚姻關係」戀情為主題的詩歌。〔註5〕豔情詩內容偏重男女兩性的戀情情思的經營，有時候，我們會發現古人判定一首詩是否涉及「豔情」的準則很寬泛，描述女子春心的詩，往往也被視為豔情詩。

本文既以「綺豔詩」之名統稱傳統所說的「豔詩」，在此，有必要說明「綺豔詩」與傳統「豔詩」的意涵之別。第一、古人使用「豔詩」一詞，有時單指內容題材能引出豔色趣味，有時則兼指內容題材與形式上的語言詞藻。這樣看來，閨閣怨情詩有時包含在豔詩範疇內，有時則不包含其中。即使是一首言閨閣怨情的詩，也能兼有豔絕之美。第二、中唐以後，由豔詩出發，詩人開始創作具有婉約陰柔風格的詩作，內容題材為閨閣風景物色，然全詩未必著力言及豔色與豔情；晚唐詩甚而受此影響，形成一股綺豔詩風。基於上述兩點，為了兼顧內容與形式上的特點，本文常用「綺豔詩」一詞，統稱中晚唐時期所有

豔詩的影響也很大，因此，本文仍列於南朝豔詩之範疇並予以討論。
〔註4〕這裡是指男性作者而言，少數由女性作者的閨怨詩可能非「代言揣摩」。
〔註5〕在中國古典詩中，男性詩人寫給自己妻子的詩，通常以「寄內詩」稱之，若妻子亡故則稱「悼亡詩」。嚴格來說，現今我們關於古典「愛情詩」的認知，至少在唐代以前，其實並不見於詩歌的批評辭彙之中，因此本文還是以「豔情詩」稱之。

涉及女性豔色、女性情思、戀情情思及帶有愛情脂粉氣息的詩歌。簡言之,綺豔詩包含豔詩、豔情詩及具有綺豔語言特徵的詩歌。「綺豔詩」三字能兼顧內容題材及語言詞藻,雖與傳統所說的「豔詩」所指相似,但字面上更爲明確,範圍更廣。雖然如此,由於唐人多以「豔詩」指稱南朝的綺豔詩作,因此,實際行文時,凡創作年代爲唐代以前的綺豔詩作,本文多遵循唐人習慣,僅以「豔詩」稱之,至中唐以後的綺豔詩作,則多以「綺豔詩」稱之,以凸顯其內容形式上的特點。

有關若干辭彙的區辨與其意涵,考量如上。總括來說,本文所使用的術語,「女性敘寫」詩歌的範疇是最大的,其次是綺豔詩,再來是豔詩,最後是豔情詩;綺豔詩的範疇,雖僅稍寬於豔詩,但其名稱有著兼顧形式與內容的意義。

二、與中晚唐綺豔詩相關的前人研究

對中晚唐綺豔詩進行專文討論的論文並不多見。與此相較,另一個有關女性豔美的文學體式——詞,受到更多的注意與討論。綺豔詩的討論則多附論於唐五代詞,或者兩者並列討論,著重晚唐五代詩詞之間的互滲交融。例如,葉嘉瑩在〈論詞學中之困惑與花間詞之女性敘寫及其影響〉把起源於晚唐五代的詞定位爲「敘寫美女與愛情」的小詞,並對詞以前之女性敘寫詩歌稍作論述,以做爲詞中女性敘寫美感的討論基礎。〔註6〕劉學鍇則以「詩的詞化」特徵論中晚唐的綺豔詩風,認爲晚唐五代有些詩走向詞化特徵,他從李賀、溫庭筠、李商隱的綺豔詩作分析,並以爲李商隱的綺豔詩最接近詞的美感,對唐宋婉約詞的美學典型也深具影響。〔註7〕余恕誠的〈晚唐五代綺豔詩詞的若干區別與啓示〉,著重在晚唐綺豔詩、詞區辨,他認爲綺豔詩的題材較綺豔詞來得寬泛,情感內容層次也較詞複雜。〔註8〕

〔註6〕見氏著《詞學新詮》(臺北:桂冠,2000),頁99~187。
〔註7〕見氏著《李商隱詩歌研究》(安徽:合肥大學出版社,1998),頁94~103。
〔註8〕見氏著《唐詩風貌及其文化底蘊》(臺北:文津出版社,1999),附

　　與中晚唐代綺豔詩相關的學位論文,有著重晚唐專家詩與詞的關係,〔註9〕或是從「女性敘寫」的觀照角度對專家詩作品研究探討,〔註10〕或對晚唐男女愛情時以主題分類的方式專文探討。〔註11〕以上幾篇,因研究主題之故,文中所探討的詩歌文本,與本文所探討的綺豔詩文本有類似之處。

　　在專著方面,康正果的《風騷與豔情──中國古典詩詞的女性研究》一書,著重綺豔詩詞的通盤性探討,其中有關豔詩的討論份量最重,文中對「豔情」傳統如何從「風騷」傳統中逐漸逸出,有極具開創性的闡釋,對本文一些觀點有所啓發。〔註12〕不過,唐代綺豔詩只是這本著作的一章,尤其是中晚唐的部份,康正果多做具概括式的論述。中晚唐是唐代綺豔詩歌最爲蓬勃的時期,方瑜的《中晚唐三家詩析論》,對李賀、溫庭筠、李商隱的豔詩有細緻的詩作分析,及對三家豔詩體式、表現方式區辨,亦是本文探討晚唐綺豔詩的基礎。〔註13〕

三、有關中晚唐綺豔詩的幾個討論面向

　　本文的寫作方式,採取時間順序爲軸,就每個時代斷面橫向討論綺豔詩的相關論題。文中所關注的核心問題,以下分成四點說明:

(一)綺豔詩的發展史

　　綺豔詩歌之所以能成一種詩歌類型,其實是與政教脈絡下的女性敘寫詩歌傳統相對而論。但這整個過程,不會是單向地脫逸出政教詩

　　　　錄一,頁 305～319。

〔註9〕 李宜學,《李商隱詩與花間集詞關係之研究》,中山大學中文所碩士論文,1999。

〔註10〕 吳品萱,《李商隱詩歌「女性敘寫」之研究》,臺灣師範大學國文研究所碩士論文,2001。

〔註11〕 簡恩民,《晚唐詩中書寫「女性及男女情愛」主題之研究》,政治大學中文所博士論文,2005。

〔註12〕 康正果,《風騷與豔情──中國古典詩詞的女性研究》(鄭州:河南人民出版社,1988)。

〔註13〕 方瑜,《中晚唐三家詩析論》(臺北:牧童出版社,1975)。

學脈絡，而是這些綺語、豔詞逸出政教詩學，而又依違於政教詩學的歷程。此外，綺豔詩歷史的演變發展，其實蘊含了由「豔色觀看」到開展「抒情意蘊」之演變進程。簡言之，本文以時代順序開展綺豔詩的討論時，也將勾勒出隱含其中的此種演變進程。

（二）豔詩創作時代與社會文化背景

用時代、社會環境背景，去解釋某種詩歌類型的產生，此種因果關係的解說看似說得通，卻也有將這個論題扁平化之虞。唐代的詩人，基本上是出身於「士階層」的。如果某種類型題材的詩歌出現，與詩人所處的背景環境與地域密切的關連，那麼，我們在討論中晚唐綺豔詩歌時，便不能忽視這些通常視爲背景的因素，並應著重探討詩人的身分階層、所處環境與綺豔詩文本涵融交會所呈現的結果。據此，在綺豔詩發展過程的每個斷代切面，本文除了分析該時代綺豔詩的特徵，也會融匯上述因素，試著在文士、詩歌、詩人背景環境、產生地域之間迴旋，鏨出屬於該時代的綺豔詩語境。

（三）綺豔詩美典的建立

循著前面兩個論題，晚唐文士詩人所建立的綺豔詩美典，遂成爲探討中國綺豔詩詞時的重要典式。這裡，要先說明「美典」一詞的概念。「美典」一詞，是高友工先生在〈律詩的美典〉一文所提出的重要詞語。該文依據律詩此種體式，談及形式與詩人間的複雜互動，高友工認爲，詩人的詩歌創作，是一種「承襲的形式」，詩人接受來自文學社群的形式，在這個形式中不斷再創造與搏鬥，而這個形式，因而隱含了一種「潛藏的美典」，詩體的美典因而不能由個人獨立創造。如此，就詩歌歷史的發展軌跡來看，美典實則蘊含了「傳達繼承」的概念。〔註14〕我們可從高先生的另一段話，看得更清楚：

美典本身是一種解釋符碼（interpretative code），藉著它，

〔註14〕可參考高友工〈中國文化史的抒情傳統〉，見氏著《中國美典與文學研究論集》（臺北：臺灣大學出版中心，2004），頁106。

> 詩人可以超越字面的意思（textual meaning），讀者可以領
> 會相關的意義（contextual significance）詩人與讀者可以通
> 過此符碼溝通。這種美學符碼無法以規則、指引或禁令的
> 形式被習得，它只能悟自對典範的心領神會，不論是否有
> 明白的解說、規定之助。〔註15〕

若要討論某種古典詩體類，「美典」說不啻可視為一種可行的討論途
徑。雖然該篇主旨在討論律詩的美典，但誠如蔡英俊所言，除詩歌體
式之外，我們也不妨擴展其適用範圍，如山水、田園、詠史、懷古等
題材類別的詩，亦可有其理想的審美典式。〔註16〕

　　進一步來說，本文所說晚唐綺豔詩的「美典」，是兼融了詩人（作
者）與讀者層面的「美學典式」，詩人在創作上，以南朝豔詩為源流，
而晚唐綺豔詩的讀者，也要熟知南朝豔詩傳統，才能站在中晚唐的文
士階層的角度，並充分理解這些綺豔詩的內涵及所表現的意義。綺豔
詩的美典，便建立在此種審美旨趣的默契之上。晚唐綺豔詩的作者，
對宮體詩人如何觀看女性豔色、描寫女性形貌的方式極為熟悉；另一
方面，中國古典閨閣宮闈的怨情詩傳統中，關於女性悲哀、寂寞等情
感的敘寫，也成為文士所認可的女性美感。晚唐時期實是詩人在創作
過程中，融會傳統豔詩題材、古典詩歌美學的內涵，以及詩人所處當
代文化精神意蘊，建立並實現綺豔詩美學典式的關鍵時期。

（四）「豔色」與「抒情」的拈出

　　本論文題目特別拈出「豔色」與「抒情」。因為，從南朝宮體豔
詩到晚唐綺豔詩，最顯著的變化，是本以「豔色觀看」為主的豔詩，
逐漸發展出能具「抒情表現」的綺豔詩。當我們稱一首詩是「抒情」
的，意味著這首詩旨在抒發個人主體的內心情感，不論是詩人自身，

〔註15〕這是高友工在〈律詩的美典〉一文，對「美典」中創作者與欣賞者
　　　　的此種審美旨趣的交會，更為清楚的說明。該文見劉翔飛譯，《中外
　　　　文學》18卷2、3期（1989），頁4～34，32～46。
〔註16〕見蔡英俊，《中國古典詩論中「語言」與「意義」的論題》（臺北：
　　　　臺灣學生書局，2001），頁134～138。

或是他想像創造的主體；這首詩的素材選擇與語言設計，旨在展現詩人自身，或詩中人在某一時地、某一境況的內在情思想像。當然，綺豔詩中的「豔色觀看」與「抒情表現」不必然是相互對立的。當我們說一首綺豔詩以「豔色觀看」為主，或以「抒情」為宗，是從這首詩偏向哪一種傾向而言。在晚唐某些綺豔詩中，這兩者的交融，能夠達成更豐富的情致。

四、章節的安排與討論方式概述

本文特別著重豔詩詩歌文本的分析。因為，只有面向詩歌作品，才能理解個別詩人是如何面對此一題材，進行創發、追求他們的理想典式。此外，第二、三章各闢一節，探討初唐與晚唐有關豔詩的詩歌評論。蓋唐人如何理解前代與當代的綺豔作品，與他們的豔詩創作的趨向進路相互參照，實有足堪玩味之處。

論文共分四章，第一章首先討論先秦兩漢六朝時期，著重在豔詩如何成型的論題，由先秦兩漢女性敘寫詩歌，到南朝「豔詩」題材類別的正式拈出，並由內容情意與形式特色，對宮體豔詩、文人樂府豔詩與民間戀情樂府「吳歌」、「西曲」，分別進行探討。

第二章探討唐代的綺豔詩作。第一節論初唐詩人對宮體豔詩之省思與批評，並以泛論的方式敘述初盛唐綺豔詩作的內容及特徵。從中唐以後，本文即以具代表性意義的綺豔詩作者及其詩作為討論主軸。第二、三節以元稹、白居易的寄贈排律體之冶遊詩，及一些與豔情、風情相關的小詩為分析討論對象。

第三章專論李賀。李賀綺豔詩不僅是在唐代，甚至對於中國古典綺豔詩詞美典的形成，均起先導的作用，因此，李賀綺豔詩作品的析論，以及晚唐詩人對李賀綺豔詩的理解、沿承，均是此章探討的重點。

第四章著重在綺豔詩歌美典的建立，並選擇足具代表性的三個詩人：晚唐前期溫庭筠、杜牧、李商隱三人的綺豔詩作為探討對象。至於唐末幾個主要的綺豔詩作者，如吳融、唐彥謙、韓偓、韋莊等人，

其綺豔詩作品的情意與審美表現，實可從溫、李、杜等詩人所建立的
綺豔詩美典去理解，因此，除行文中提及的幾首特出之作，本文不特
別另費篇章討論唐末綺豔詩。

第一章　先秦兩漢女性敘寫詩歌與南朝豔詩的形成

　　就中國古典詩歌傳統而言，不論是文人眞正開始寫作豔詩，或者是豔詩成爲一個特定所指的詩歌類型，大約均在南北朝時期。爲了釐出古典豔詩的發展脈絡，本章就先秦兩漢女性敘寫之詩歌，以如下提問開端：女性敘寫詩歌與豔情、豔色之間的關連及分歧何在？亦即，除了一般所熟知的女性豔美，女性敘寫詩歌，是否還突出了其他層面的美？這些層面的美，與其詩歌情意的表現又有何關連呢？從這樣的角度，第一節分析《詩經》、《楚辭》、「古詩十九首」、「兩漢樂府詩」的女性敘寫詩歌，期能找出可與日後豔詩發展相互參照的特點。有了這樣的基礎，便能繼續追問：南北朝時期豔詩如何自成名目，成一類型？第二節便藉由南朝豔詩內容情意及表現手法的分析，呈顯豔詩的形成過程。

第一節　先秦兩漢詩騷中的女性敘寫與女性意象的運用

　　先秦《詩經》中有敘寫男女戀情及女性題材的詩歌，這些詩或表現民間風情，或爲讚嘆女性之美。《楚辭》有以女性情思來比擬男性

詩人的情思的段落，詩人透過女性意象與男性詩人主體心志的聯想與表達，以「美人香草」意象自況懷才不遇的自憐心緒，或以「求女不得」去比擬追求美好理想不得的慨嘆與痛苦。漢代古詩及樂府詩，有以思婦、棄婦或貞婦爲主題的詩歌，從女性的角度抒發怨情貞潔。先秦兩漢時期，以女性爲敘寫對象或涉及女性情思的詩歌，雖然非以吟玩豔情爲目的，而不歸入豔詩範疇，但這些詩歌與豔詩仍有共通之處：先秦兩漢詩中所觀照的女性角色，恰好就是後代豔詩中的主要吟詠對象。因此，先秦兩漢涉及女性的詩歌，便有可能成爲日後豔詩作者的參考對象與素材來源。

不過，這並不是說先秦兩漢的戀情及女性題材詩歌直接成爲後代豔詩的「起源」，毋寧說，當豔詩眞正開始興起，而這一類型的詩歌又多以女性與戀情爲主題時，豔詩詩人們很自然地會往前代去尋找可供該主題類型使用的題材、典故與意象。因此，在討論中國古典豔詩的內容特色之前，勢必要檢視先秦兩漢以女性爲書寫對象的詩歌。藉由文化背景與詩歌的內容情意差異的審視，可看到先秦兩漢到南北朝時期，詩歌如何由女性婚戀題材，興起發展爲描寫、觀看女性的「豔詩」。從這樣的脈絡，也能理解古典詩歌的「豔詩」首次出現的意義。

一、《詩經》中的婚戀詩

《詩經》中的《國風》有寫民間男女愛情的詩歌，這些素樸的愛情詩歌，可視爲民間風情的展現，男女愛情跟親子兄弟親情、耕作勞動、征戰，同樣是民間生活風俗的一部份。自漢代以來，儒者慣以《詩經》爲「經」，視《國風》爲人倫風俗的寫照，〈毛詩序〉說：「風，風教也。風以動之，教以化之。故正得失，動天地，感鬼神，莫近於詩。先王以是經夫婦，成孝敬，厚人倫，美教化，遺風俗。上以風化下，下以風刺上」，[註1] 從社會教化作用給予這些詩歌很高的評價。

[註1] 見《毛詩正義》卷1-1，十三經注疏本（〔清〕阮元刻本：臺北：藝文印書館，1979）第二冊，頁14。以下所引《詩經》之頁數，皆爲

漢儒習從政教角度去解釋這些詩歌，〈毛詩序〉正可作為代表，由〈毛詩序〉所引起的「美刺」之說，更為這些詩歌賦予諷諫教訓的意涵。漢代以降，有關《國風》的討論釋義繁複多樣，在此，我們且不探究歷代評論者對這些詩歌提供何種解釋，或增添賦予什麼樣的意義。回歸《國風》詩歌文字來看，其中確有不少描寫女性與男女情思的詩歌。這些詩歌或被稱為「淫聲」，不過，與後代「豔詩」的意義有些重疊，但兩者指涉對象不同，不能等同視之。〔註2〕

　　《詩經》中涉及男女情愛的詩歌，多寫民間男女的愛情生活，例如〈召南‧野有死麇〉描寫山林間求愛情景：

　　　　野有死麇，白茅包之。有女懷春，吉士誘之。林有樸樕，
　　　　野有死鹿。
　　　　白茅純束，有女如玉。舒而脫脫兮，無感我帨兮，無使尨
　　　　也吠。〔註3〕

「野有死麇」一句，就求愛地點及主角身分而言都有明示之用，打獵的男子熱情地向女子表達好感，女子則希望他不要太過急躁，透過她直接明快的語氣，呈現出山林間熱情素樸的戀情場景。不同於〈野有死麇〉中熱烈的求愛場景，〈鄭風‧子衿〉則描寫一對戀人中一方對另一方的熱切思念：

　　　　青青子衿，悠悠我心。縱我不往，子寧不嗣音？青青子佩，
　　　　悠悠我思。
　　　　縱我不往，子寧不來。挑兮達兮，在城闕兮，一日不見，
　　　　如三月兮。〔註4〕

　　　　此冊之頁數。
〔註2〕　「淫聲」通常指鄭衛之音。孔子曾說：「鄭聲淫，佞人殆」（〈衛靈公〉），
　　　　原來指的應該是一種曲調，但後人常把國風的鄭、衛風稱為淫聲，
　　　　或稱淫詩，特指其內容描寫愛情。參考顧易生、蔣凡《中國文學批
　　　　評通史──先秦兩漢文學卷》（王運熙、顧易生主編：上海：上海古
　　　　籍，1996），頁87～88。豔詩通常指南朝以後描寫女色豔美與男女愛
　　　　情的詩，比淫詩的範圍要大。
〔註3〕　《毛詩正義》卷1-5，頁65～66。
〔註4〕　《毛詩正義》卷4-4，頁179～180。

這首詩寫男女相悅，女方想念男方，並以嬌嗔的語氣責怪他不來看自己。「縱我不往，子寧不來」，表面上雖是責怪，卻又暗中傳達了這個女子的期待之心，蘊藏溫暖濃厚的思念之情。《國風》還有刻劃戀愛男女約會時活潑可愛的互動，如〈邶風·靜女〉一詩，寫女子藉故捉弄情人的情狀：

> 靜女其妹，俟我於城隅。愛而不見，搔首踟躕。靜女其孌，
> 貽我彤管，彤管有煒，說懌女美。自牧歸荑，洵美且異，
> 匪女之為美，美人之貽。〔註5〕

一對男女相約，女子不見人影，如期而至的男子，久候不見，感到著急。不論是寫女子對男子的情意，或等待她的情人的焦急情狀，均生動表現了純樸戀情中輕鬆可愛又生活化的一面。

除了純樸可愛的戀情生活，《詩經》有男女懷春之思的詩作，像是〈周南·關雎〉中男求女的歌詠：「關關雎鳩，在河之洲。窈窕淑女，君子好逑。參差荇菜，左右流之，窈窕淑女，寤寐求之。求之不得，寤寐思服。悠哉悠哉，輾轉反側。」〔註6〕從水鳥的配對說起，青春男子大方表現對異性的渴求與仰慕。

男性對女性的懷慕，寫得最為特別的則莫過於〈秦風·蒹葭〉。這首詩與〈關雎〉同樣寫一個男性對心儀女子的追尋，卻是可望而不可及：

> 蒹葭蒼蒼，白露為霜。所謂伊人，在水一方。遡洄從之，
> 道阻且長。遡游從之，宛在水中央。蒹葭蒼蒼，白露未晞。
> 所謂伊人，在水之湄。遡洄從之，道阻且躋。遡游從之，
> 宛在水中坻。蒹葭蒼蒼，白露未已。所謂伊人，在水之涘。
> 遡洄從之，道阻且右，遡游從之，宛在水中沚。〔註7〕

蒹葭與白露賦予這首詩一個饒富風韻的場景，河水潺潺，佳人如在目前卻又不可得。三段式的寫法，將水邊詩中伊人的形象勾勒得如此飄

〔註5〕《毛詩正義》卷2-3，頁104～105。
〔註6〕《毛詩正義》卷1-1，頁20～21。
〔註7〕《毛詩正義》卷6-4，頁241～242。

逸出塵，〈蒹葭〉道出了人追求與嚮往美好事物的美妙境界。

　　除了寫男女戀情種種，《詩經》還有描寫女性姿容的詩，如〈衛風・碩人〉第二段寫：「手如柔荑，膚如凝脂，領如蝤蠐，齒如瓠犀，螓首蛾眉。巧笑倩兮，美目盼兮。」〔註8〕作者連用了四個具體的比喻去比擬這女子美麗外表，形容她如何有著光潔的玉手、如凝脂般的皮膚，嫩白的美頸與皎潔的貝齒。但是〈碩人〉的焦點並非只在女性容貌的描寫，這首詩的第一段與第三、四段分別寫她顯赫的家世與盛大的嫁從隊伍，使得這個女性更加令人讚嘆。除了〈碩人〉，〈鄭風・有女同車〉對女性的容貌及德行都有所描繪：

　　　有女同車，顏如舜華。將翱將翔，佩玉瓊琚。彼美孟姜，
　　　洵美且都。有女同行，顏如舜英。將翱將翔，佩玉將將。
　　　彼美孟姜，德音不忘。〔註9〕

在這首詩中，以男子口吻描述其身旁女子的美好，說她的容貌像盛開的花朵一般，女子姿態昂揚萬千，美麗且賢良，在描述容貌與德行的同時，這個女子的特質顯然讓敘述者心儀不已，所以詩末說「彼美孟姜，德音不忘」。不過，不論是〈碩人〉或〈有女同車〉，描摹女性容貌的篇幅都不多，重心也不在此，藉著寫女性而表現讚嘆與思慕之意，才是全詩題旨所在。

　　敘述單相思、兩情愉悅的美好及讚賞女性美之外，《詩經》中也有寫女性怨情的，短篇如〈鄭風・遵大路〉：「遵大路兮，摻執子之袪兮；無我惡兮，不寁故兮」，〔註10〕寫感情變調時，女方拉著男方的衣袖，試圖與之修好的場景；長篇如〈衛風・氓〉與《小雅》之〈谷風〉，兩首詩可說是中國「棄婦」詩的起源，均以女性為敘述者訴說棄婦的心境。〔註11〕〈氓〉詩中的女性，以堅強的口吻娓娓道出遭丈夫始亂終棄的過程。在兩人戀情甜蜜的時候，她全心投入，回憶自己

〔註8〕《毛詩正義》卷3-2，頁129。
〔註9〕《毛詩正義》卷4-3，頁171。
〔註10〕《毛詩正義》卷4-3，頁168。
〔註11〕《毛詩正義》卷3-3，頁134～136；卷13-2，頁435。

的對情人的想念是：「乘彼垝垣，以望復關。不見復關，涕泣漣漣；
既見復關，載笑載言。」因熱愛對方而在等待會面時引起患得患失的
心態，熱切地想要會見戀人。婦人遭棄之後，反思這段情感，說：「桑
之未落，其葉沃若。于嗟鳩兮，無食桑葚。于嗟女兮，無與士耽。士
之耽兮，猶可說也，女之耽兮，不可說也。」直接勸導女性不要沈溺
在戀情當中，若沈溺之則悔不當初，從中可以看到先秦女性面對當時
婚嫁制度與婚姻關係的困難與處境。

　　《詩經》這些言及男女戀情、女性情思的詩歌，幾乎都以生活化
的場景為背景，內容傳達熱烈而直接的情感，有男性對女性的思慕，
女性對男性的傾訴，也有兩方戀愛情境的敘寫，或棄婦思婦的慨嘆，
呈現出的婚戀關係或者準婚戀關係的女性生活，本就是民間百姓生活
的一部份，可視為民間男女風情的謳歌。

二、《楚辭》中的女性敘寫及其抒情意味

　　在《詩經》中，我們從戀情及婚姻題材偶能得見女性面貌。《楚
辭》不特定敘寫任何倫理關係中的女性，但是，女性化的形象、意象
卻不時出現其中。其中，《楚辭‧離騷》的「女性意象」首先與士人
懷才不遇的命題連結在一起，是最具影響力的。詩人先是以美人自
比：「紛吾既有此內美兮，又重之以脩能。扈江離與辟芷兮，紉秋蘭
以為佩。汨余若將不及兮，恐年歲之不吾與；朝搴阰之木蘭兮，夕攬
洲之宿莽。日月忽其不淹兮，春與秋其代序。惟草木之零落兮，恐美
人之遲暮。」﹝註12﹞這一段凸顯自己內外兼具的美好本質，也因自身
本質美好，變成值得擔憂之事：隨著時間推移，美人將有老去之時。
﹝註13﹞另外，屈原將自己引起他人嫉妒而進讒言，導致與君王疏離的

﹝註12﹞〈離騷〉原文引〔宋〕洪興祖《楚辭》注本，收於《楚辭四種》（臺
　　　北：華正書局，1992），頁 2～26。
﹝註13﹞楚辭中的「美人」說的是形貌美好的女子，如〈招魂〉：「美人既醉，
　　　朱顏酡些。」這裡「美人」的喻指對象，歷來有兩個說法，一指懷
　　　王，以王逸說為代表，二指作者自己，從前後文來看，這一段大意

情況，比擬爲美女遭衆女的讒妒。他在〈離騷〉又說：「亦余心之所善兮，雖九死其猶未悔。怨靈修之浩蕩兮，終不察乎民心。」先是埋怨君王未能體察心意，其後便聲口一轉，說：「衆女嫉余之娥眉兮，謠諑爲余以善淫。」將自己比喻爲容貌美好的女子，引起衆女的嫉妒而致讒。

　　漢人認爲〈離騷〉中的女性形象是有明確隱喻指涉對象的，王逸在《楚辭章句》中指出屈原以「美人」比君王的引喻，正是這種詮釋方式的代表，他從政治影射的觀點去解釋〈離騷〉全篇，以君臣關係爲比擬的軸線，將離騷中的各個主要材料意象賦予了對應比擬的意義。〔註14〕雖然王逸的對應比擬是有爭議的，但這也表示，漢人不但不將〈離騷〉放置在側豔之辭的範疇來討論，也不視爲男性爲豔情愉悅目的而寫的作品。這樣的詮釋方式形成楚辭學的主流，《楚辭》的「美人香草」意象象徵，成爲詩人用來比擬士人情志的傳統之一，魏曹植的〈美女篇〉，就是運用美人意象以抒發士人情志的顯例。〔註15〕一直到清代張惠言詞學理論，依舊援引了詩學中的「香草美人」傳統，用來檢視詞這個文體。〔註16〕不過，《楚辭》中與女性相關形象，除卻從政教詩學的觀點去查探其比興寄託的寓意之外，有關女性比喻及

　　　　都是在說自己的潔身自好，「美人」喻指作者自己的成份較大。
〔註14〕東漢王逸的〈離騷經序〉說：「〈離騷〉之文，依《詩》取興，引類譬諭。故善鳥香草，以配忠貞，惡禽臭物，以比讒佞；靈修美人，以媲於君；宓妃佚女，以譬賢臣；虬龍鸞鳳，以託君子；飄風雲霓，以爲小人。其詞溫而雅，其義皎而明。」見《楚辭四種》，頁1。王逸具體地指出「美人」、「香草」各所指涉的對象，不但直接影響到後人對《楚辭》的解釋，同時成爲中國古典詩中「香草美人」傳統的開端之一，甚具代表性。
〔註15〕《楚辭》的「香草美人」的詮釋系統約在兩漢時逐漸確立，兩漢詩賦時可見「香草美人」創作手法，但確立此創作手法還是以曹植〈美女篇〉爲是，可參見吳旻旻《香草美人傳統研究》（臺北：臺灣大學中文系博士論文，2003），頁88～93。筆者在本章稍後將討論曹植的〈美女篇〉。
〔註16〕參考葉嘉瑩〈常州詞派比興寄託之說的新檢討〉，收於氏著《中國古典詩歌論集》（臺北：桂冠圖書，1991）頁179～224。

其所引發的聯想與抒情意味，或是對於中國古典詩歌的影響，更有值得一探究竟的地方。﹝註17﹞

　　除了以美人自比及以眾女爭寵比喻懷才不遇的「香草美人」政治寄託之外，〈離騷〉的後半，作者又寫多次求女而不得的歷程，這是女性意象與〈離騷〉的第二層聯想。從「忽反顧以流涕兮，哀高丘之無女」開始，求女凡三次，包括宓妃、有娀之佚女、二姚等等。〈離騷〉的求女經歷，後人賦予多種解釋，包括求君王、求賢臣、求隱士等實有寄託的解釋，或者引申為比喻自己追求理想未得的心境等等。﹝註18﹞相較於《詩經‧國風》中那些男女相悅歡樂情愫，屈原所寫的求女過程，蘊藏的是熱切哀傷且挫折重重的情緒。漢人對〈離騷〉的評品，就指出屈原的情感深怨。﹝註19﹞詩人這種深怨情緒，在〈離騷〉的求女段落中特別明顯，他進退不決，猶疑再三，一下子擔心做媒者未傳訊息，或者擔心媒人將告知以壞消息，甚至是還未行動，就讓假想中的阻礙弄得鬼影憧憧，而放棄了自己的追求之心。

　　這裡要進一步解釋〈離騷〉中的屈原所寫的「求女」歷程。求女的歷程所帶出「追求不得」的情緒，是《楚辭》的情意主題之一。為何「追求女性」獲致的是「求索不得」的恐懼與焦慮？試想，追求的

﹝註17﹞ 游國恩在〈楚辭女性中心說〉說：「屈原〈楚辭〉中最重要的比興材料是「女人」。而這「女人」是象徵他自己，象徵他自己的遭遇好比一個見棄於男子的婦人。」把女性視為男性作者用以比擬自身遭遇的材料。游國恩雖與王逸香草美人說法不同，但他以君比男性、以臣比妾的說法，仍是從政教角度看待《楚辭》中的女性意象與材料。見其《楚辭論文集》（臺北：九思出版社，1977），頁191。

﹝註18﹞ 未免行文歧出過多，有關前人說法，可參見游國恩〈楚辭女性中心說〉的整理。

﹝註19﹞ 司馬遷〈屈原列傳〉：「信而見疑，忠而被謗，能無怨乎？屈平之作離騷，蓋自怨生也。國風好色而不淫，小雅怨誹而不亂，若離騷者，可謂兼之矣。」《史記》，84/2842。班固則認為屈原之怨過於「露才揚己」，並認為〈離騷〉「多稱崑崙冥婚宓妃虛無之語，皆非法度之政、經義所載」，針對其求女段落的潛喻表達方式提出不合經義的批評，見其〈離騷序〉，《楚辭四種》，頁29。

若是金錢或物品，則期待獲得的心情，可能在得到這個物品之前臻於頂點，但是，物質本身畢竟是無生命的客體，相對於追求者而言，要擔心的恐怕是如何獲得的途徑，而不需兼顧物質本身的情感。追求女性就不一樣了，追求的起因可能根植於愛的心理，就算他的愛隱含著生物性春情發動的因子，男性心目中的理想女性，從他的主觀想法來說，這個女性就是美的，愛與美所能引發憾動的情緒，往往是超乎我們想像，遠較追求一個物品所能引發的情緒來得複雜。前面所舉的《詩經》婚戀詩歌，就是愛情歌詠的鮮活具現，《詩經》的〈蒹葭〉一篇，更是寫男性仰慕遙遠的美好女子，表現憧憬與嚮往心理的佳作。在〈離騷〉裡，追求對象是美好的化身，追求不得的恐懼也就更加深切，因為，不能親近特定的美好對象，身為男性的主體便無法將自身豐沛情感投注到女性對象，這份熱切的心意無從傳遞，鬱結內心。相較於〈蒹葭〉的風雅詩意，宛然深致，〈離騷〉中的追求行動，不只是仰慕或傳達對美好形象的憧憬而已，恐怕還隱含了更多的挫折感。對詩人來說，追求失敗，對象便沒有接受到「我」的心意，這種追求無法讓對方接受，獲得共鳴，本來因追求、獲得而引起的行動，就一變而為走向失敗的行動。〈離騷〉的求女描寫，並非現實生活中的求女經驗的敘寫，而是運用求女不得的心路歷程，去表現期待與落空的心理。追求的女性以神話傳說中的女性為喻，當對女性與對神祇的希冀企盼結合時，這樣的對象及身分顯得崇高且距離遙遠，更加虛無飄渺，一旦媒人使者未能順利傳達，希望就破滅了。不能直接追求而仰賴媒人的傳達，使得這個追求的行動看來被動而委屈，脫出了單純的心嚮往之的境界。〈離騷〉求女段落所表現的女性化意象，因而給予後代讀者一種深切的印象，中國古典詩歌中女性化的意象，往往與陰性柔弱、遲疑躊躇的情感連結密切，正由此發端。〔註20〕

〔註20〕游國恩〈楚辭女性中心說〉說屈原是「女子的口吻」寫遭棄的心情，《楚辭論文集》，頁192。鄭毓瑜〈神女論述與性別演義—以屈原、宋玉賦為主的討論〉對游國恩這種說法提出質疑，並從辭賦的政治

　　除了〈離騷〉之外,《楚辭》的其他篇章也結合求女與求神的心理。〈九歌〉爲祀神之歌,其中的〈湘君〉、〈湘夫人〉寫的是求神的企慕心情,藉著歌舞表演,娛神娛人;〔註21〕我們也更能看到求女心理的巧妙運用,求神與求女的心理歷程竟如此相似,因爲,對象雖然美好而同樣距離過遠。神祇有與人不相類的性質,更須仰賴媒合。寄望神能眷顧自己,等於是期待機運,是以〈湘君〉、〈湘夫人〉的敘述口吻婉轉依違,瀰漫在辭句之間,那種瞻之在前,忽焉在後的氣氛,極易令讀者聯想到追求一個對象而不得的哀傷失落。例如〈湘君〉:「心不同兮媒勞,恩不甚兮輕絕。石瀨兮淺淺,飛龍兮翩翩。交不忠兮怨長,期不信兮告余以不閑。」〈湘夫人〉:「登白蘋兮騁望,與佳期兮夕張」,「聞佳人兮召予,將騰駕兮偕逝。」〔註22〕追求的動機不管是什麼,都隱含了熱切的心思,因而引起行動。但是,追求時可能遇到的膠著,追求不成的失敗,也令這份熱切的心無處可寄。求神女尤其更易表現出纏綿悱惻的情感,如〈九歌·山鬼〉寫山鬼形象亦是婀娜縹緲:「若有人兮山之阿,被薜荔兮帶女羅。既含睇兮又宜笑,子慕予兮善窈窕」。女神神態美麗而多情,足以令人興起嚮慕之心,更著意求之。

　　除此之外,《楚辭》中的〈招魂〉、〈大招〉在娛樂性的場面中有關於女性豔美的描寫,例如〈招魂〉寫女性載樂載舞的情景,歌舞方

　　　　對話性切入,認爲屈原寫「求君」段落的熱烈執著與寫「求女」段落退縮狐疑,似可拿來對比「主動」與「被動」的情境,求女(求異性、愛情)消極的依賴媒理,反襯求君(求同性、政治)的肝膽相照。見《古典文學與性別研究》(洪淑苓編;臺北:里仁,1997),頁 34～44。雖然見解各異,不論是游或鄭的說法都看到了屈原「求女」段落表現了猶豫、挫敗的情意。

〔註21〕　〈九歌〉之名見於〈離騷〉:「啓〈九辯〉與〈九歌〉兮,夏康娛以自縱。」又說:「奏〈九歌〉而舞〈韶〉兮,聊暇日以銷憂。」可知〈九歌〉是樂舞娛樂的曲子。又〈湘君〉與〈湘夫人〉應該都是祀神之歌。參見褚斌杰《楚辭要論》(北京:北京大學出版社,2003),「〈九歌〉論」,尤其是頁 297～310。

〔註22〕　《楚辭四種》,頁 35～40。

酣：「美人既醉，朱顏酡些。娭光渺視，目曾波些。被文服纖，麗而不奇些。長髮曼鬋，豔陸離些。二八齊容，起鄭舞些。」〔註23〕寫歌舞女子的眼波流轉，姿態曼妙十分眩目。辭賦相類，宋玉寫〈神女賦〉、〈高唐賦〉，也有對女子形貌美的連篇描寫，辭賦家對美色的描摹與鋪陳，意旨為何，歷來說法不一。不過，騷賦中女性美的辭彙鋪陳與大段描寫，卻讓我們窺見中國豔情文學的端倪。〔註24〕

　　《詩經》與《楚辭》往往並稱「風騷」，不論在詩學與詩歌傳統中，都有作為經典的典範意義。在認為風騷是經典的前提之下，後人在評斷風騷時，不但將它們並列給予高度評價，甚至刻意從教化角度看待有涉風情的部份，如《史記》所言：「屈平之作〈離騷〉，蓋自怨生矣。《國風》好色而不淫，《小雅》怨誹而不亂，若〈離騷〉者，可謂兼之矣。」〔註25〕此語淡化風騷中涉及戀愛女性題材的內容，以及表現哀怨情感的藝術手法，而從道德及思想意義去肯定風騷作品價值。縱然風騷的內容與女性、兩性戀情有關，後人觀看它們的方式與看待南北朝興起的豔詩，還是各異其趣。

三、〈古詩十九首〉及樂府詩中的女性敘寫與閨怨詩傳統

　　（一）漢詩中的女性題材詩作，許多是寫妻妾身分的女性。值得一提的是〈古詩十九首〉中構成「思婦」形象的女性，茲以其中四首為例：〔註26〕

　　　　行行重行行，與君生別離。相去萬餘里，各在天一涯。
　　　　道路阻且長，會面安可知。胡馬依北風，越鳥朝南枝。
　　　　相去日以遠，衣帶日以緩。浮雲蔽白日，遊子不顧返。
　　　　思君令人老，歲月忽已晚。棄捐勿復道，努力加餐飯。

〔註23〕《楚辭四種》，頁126。
〔註24〕康正果認為辭賦中的有關神女與舞女形象的描寫是重疊的，並且讓文學從娛樂的功能與宮廷生活有了連結。見其《風騷與豔情》，頁76～91。
〔註25〕《史記》，84/2482。
〔註26〕逯欽立輯校，《先秦漢魏晉南北朝詩》（臺北：學海，1991再版），漢詩卷12，頁329～331。

青青河畔草，鬱鬱園中柳。盈盈樓上女，皎皎當窗牖。
娥娥紅粉妝，纖纖出素手。昔爲倡家女，今爲蕩子婦。
蕩子行不歸，空床難獨守。

迢迢牽牛星，皎皎河漢女。纖纖擢素手，札札弄機杼。
終日不成章，泣涕零如雨。河漢清且淺，相去復幾許。
盈盈一水間，脈脈不得語。

冉冉孤生竹，結根泰山阿。與君爲新婚，兔絲附女蘿。
兔絲生有時，夫婦會有宜。千里遠結婚，悠悠隔山陂。
思君令人老，軒車來何遲。傷彼蕙蘭花，含英揚光輝。
過時而不采，將隨秋草萎。君亮持高節，賤妾亦何爲。

「行行重行行」一首，丈夫遠行而致分離，爲人妻者思君而致消瘦，時日流逝，女子強打精神說，還是不要多想，自己好好保重過日子。「青青河畔草」中，她曾爲娼家女子，嫁爲人婦，不幸丈夫是個蕩子，長年不在，導致她只能獨守空閨。「迢迢牽牛星」一首，透過女子動人的身影傳達對戀人的盈滿思念，女子織布時，一面泣啜，差點連布也織不成了，情懷哀怨動人，藉由「盈盈一水間，脈脈不得語」道盡戀人因空間距離而造成的阻隔相思。「冉冉孤生竹，結根泰山阿」一詩，寫新婚婦人的哀愁，詩的開頭以「兔絲附女蘿」比喻自己依附丈夫，與丈夫的共生關係。丈夫爲自己的前途拋妻遠行，留她痴等空候，爲此，她不禁發出些許喟嘆，像這樣子終老値得嗎？就像過時而不採的蘭花，虛度芳華，然而，身爲人婦，面對這種情況終是無可奈何。

在這些詩中，「行行重行行」、「冉冉生孤竹」詩，詩中的女性均單方面抒發她們對丈夫遠行的感慨，「青青河畔草」、「迢迢牽牛星」兩詩，則分別先點出詩中女性的身分，再藉著詩中女性的形象與動作的描寫，表現出她們爲戀人或丈夫的分別而引起的寂寞難耐與孤寂的心情。四首詩均從女性的立場看待戀人夫君遠離這件事，表現分離後的種種心緒。詩中女性的生活有所缺憾，這種缺憾，肇因於另一半不

在身邊。因此，她們興起或期待或哀怨，或堅貞或猶疑的心情，她們以「思婦」的身分表現哀愁。詩中女子不由得爲時空阻隔、歲月流逝而哀傷，這一切因著她面對分離的事實，更顯難受。像是詩中提及「思君令人老」這樣的話，「思君」變成一個會導致某種後果的起因。就客觀現象來說，光陰本是不斷地流逝的，人是不斷地衰老的。然而，當這首詩將「老」放置在「思君」這樣一個意念底下的時候，這個女子所承受的是更漫長的煎熬。對這個女子來說，悠長的歲月是在「思君」之下，一點一滴走到盡頭。如此，詩中女子的情感就不是具有普遍性的歲月催人老的哀傷，而是因與丈夫分別的這一特定事實所興起的哀傷。這跟《國風》中那些熱烈直接、有悲有喜的男女愛情生活敘寫，相去甚遠。在〈古詩十九首〉中的女性，就好像大社會中一個縮影，一個小女子獨自面對丈夫不在身邊的困境，渡過漫漫長日。

在漢代女性題材詩歌中，描寫女子怨情的詩以〈古詩十九首〉爲最典型的例子。另外，在據傳爲班婕妤的〈怨詩〉中，詩中的女性的準棄婦身分，使得她的怨情更加濃烈：

新裂齊紈素，鮮潔如霜雪。裁爲合歡扇，團圓似明月。

出入君懷袖，動搖微風發。常恐秋節至，涼飆奪炎熱。

棄捐篋笥中，恩情中道絕。〔註27〕

詩中以潔白如霜雪的齊紈，裁製爲合歡扇，暗示本質潔白的自己，追求一個美好的歸宿。然而，就像夏秋節候轉換的必然性，女子隨時擔心遭到遺棄。作者以合歡扇棄至篋中，比喻從備受寵愛走向破滅的過程。詩中的女性對她所依附的男性有極大的不安全感，她最深的恐懼就是有朝一日終遭離棄，恩斷義絕。據史載，班婕妤是漢成帝時的宮女，原本受寵，後因爲趙飛燕姊妹得幸而受冷落，自求於長信宮供養太后。〔註28〕之後，以這個記載爲本的同題詩作甚多，《玉臺新詠》就多出了一段「小序」，言明〈怨詩〉是班婕妤失寵後長居長信宮的作品。

〔註27〕《先秦漢魏晉南北朝詩》，漢詩卷二，頁116～117。

〔註28〕《漢書》，97/3984。

〔註29〕班倢伃的故事成爲詩人不斷歌詠的題材,是宮怨詩的開端。

　　以上所舉漢代古詩,都可視爲男女、夫婦離別等社會範疇的敘寫。這些詩中女性是以她們的「身分」形成其面貌。也就是說,在漢詩中,不論是女性敘述者或詩歌中女性身影的出現,伴隨的是一些常見甚至近乎固定的元素,詩中或是以詞語,或是以話語情境暗示著女性的身分與遭遇,供讀者辨識。像是「思君」、「出入君懷袖」,詩中女子的說話對象,看起來是夫妻倫理關係中「夫」的一方。又或者,她們以「妾」自稱,聲明自己是倫理關係中「妻」的角色。

　　漢代古詩中的倫理關係中的女性,與《詩經》中的婚戀關係中女性,實是兩種不同情境下的女性敘寫。《詩經》婚戀關係中的男女,通常是處於戀情經歷中的某種情境。例如,見到心儀的人引發思慕之心,提出邀約前的試探不安,或會面的欣喜,久候情人的焦急難耐等等,有時像是一段戀情中某一小段速寫,趣味來自於對方(男方)是否與之有對等回應,讀者可以依此去猜測或想像詩中的情境。漢詩中的「女性」則往往是處於夫婦倫理關係下,對自身處境進行審視,興起情感。漢詩中的女性雖然與《詩經》中的女子同樣是思念男方,她們所思念的丈夫,卻身在一個遼闊、不知何方的場所,而她們自己則居於一個固定的、等待丈夫來歸的空間場所。當一方是杳不知蹤,而另一方是原地守候時,女子對丈夫的思念,就從單純情感上的思念,演繹成有著無盡阻隔而無從傳達的思念。她們的話語,就像單向傳遞的書信,表面上,抒情對話對象是丈夫,實際上卻是重重受阻,只有女方的空自抒情。詩中女性自省大過於企盼,自憐自傷的情緒構成全詩的主要的抒情旨意,這時,實際看見她們處境的反而是讀者,而不是詩中女性意欲對話的夫方。

　　漢代古詩多寫婦女的怨情,漢樂府詩中的女性,則以戲劇性事件的主要角色登場。〈陌上桑〉中稱「使君自有婦,羅敷自有夫」的已

───────────────

〔註29〕見《玉臺新詠箋注》,1/25-26。

婚婦女羅敷，責罵因貪圖美貌調戲自己的官員，詩中對羅敷的容止有
多方敍寫：

> 出東南隅，照我秦氏樓。秦氏有好女，自名爲羅敷。羅敷
> 憙蠶桑，採桑城南隅。青絲爲籠係，桂枝爲籠鉤。頭上委
> 墮髻，耳中明月珠。緗綺爲下裙，紫綺爲上襦。行者見羅
> 敷，下擔捋髭鬚；少年見羅敷，脫帽著帩頭。耕者忘其犁，
> 鋤者忘其鋤。來歸相怨怒，但坐觀羅敷。使君從南來，五
> 馬立踟躕。使君遣吏往，問是誰家姝？秦氏有好女，自名
> 爲羅敷。羅敷年幾何？二十尚不足，十五頗有餘。使君謝
> 羅敷：「寧可共載不？」羅敷前置辭：「使君一何愚！使君
> 自有婦，羅敷自有夫。」東方千餘騎，夫婿居上頭。何用
> 識夫婿，白馬從驪駒。青絲繫馬尾，黃金絡馬頭。腰中鹿
> 盧劍，可值千萬餘。十五府小吏，二十朝大夫。三十侍中
> 郎，四十專城居。爲人潔白晳，鬑鬑頗有鬚。盈盈公府步，
> 冉冉府中趨。坐中數千人，皆言夫婿殊。……〔註30〕

這首詩深具故事性。詩的開頭，羅敷出場，就如同聚光燈打在她身上
一樣，足以吸引眾人的視線，她的容止、打扮光耀照人。比較特別的
是，除了在穿戴上有所著墨以外，這首詩對羅敷的五官並無刻劃，而
是透過路上行人紛紛停下動作，凝神注視藉以呈現羅敷的美貌動人。
如果詩中只是寫路人的禮貌性欣賞，那麼，這首詩歌就只是單純描寫
一個受人矚目的美女，但是，這段有關羅敷美貌的描寫，實則爲了開
啓詩中的衝突：這樣一個貌美的民間女子，遇到了出巡而心懷不軌的
官員，開始一段強權與民女之間的對話。羅敷振振有辭，以兩方各有
婚嫁，且丈夫身價不凡，更勝使君的理由，想要逼退使君。雖然如此，
我們不知羅敷說完這段話，有沒有眞能打消使君的念頭。再者，羅敷
用以拒絕使君的理由，是處於婚姻倫理關係下才具說服力的理由。如
果羅敷是個未婚女子，又或者羅敷的夫君沒能像她說的，具有很高的
社會地位，那麼，她該用什麼說詞來拒絕使君，而能有同樣的氣燄呢？

〔註30〕《先秦漢魏晉南北朝詩》，漢詩卷9，頁259～260。

　　另一首可與〈陌上桑〉詩並提的樂府詩是〈羽林郎〉。〈羽林郎〉寫浪蕩子霍家奴調戲賣酒女胡姬之事，詩中描寫賣酒女的模樣：「胡姬年十五，春日獨當壚。長裾連理帶，廣袖合歡襦。頭上藍田玉，耳後大秦珠。兩鬟何窈窕，一世良所無。一鬟五百萬，兩鬟千萬餘。」〔註31〕賣酒胡姬身上十分富麗的裝扮，與〈陌上桑〉關於羅敷的描寫十分相似。後來，一個倚仗主人勢力的家僕經過，見胡姬的美貌，不禁予以調戲，還試圖以餽贈收買胡姬。這次賣酒女對家僕的拒絕更為嚴峻，以「男兒愛後婦，女子重前夫」的貞烈態度對抗輕薄男子的調戲。

　　在漢代古詩裡，女子若在閨中，不是孤芳自賞，就是遲度青春，貞潔自好成為詩中主要的觀照面向。在漢代樂府詩中，佳人美女在公開場合，則有招人注視，引發男性覷覦，繼而試圖進犯的故事，詩中女性面對男性的惡意調戲，表現貞潔高尚，抗拒橫暴的態度。這也就是說，漢代詩歌中的女性，實以倫理身分去面對私領域的缺憾或公領域的衝突。〈古詩十九首〉中的女子，在房室內織布思念，默默生活，她的姣好身影與思念話語，特別能引發讀者的愛憐之意；樂府詩中的女子一出場就是受眾人欣賞的，招致注視，並可能遭受男性語言或行動上的冒犯，這可能與樂府詩原具表演功能，有很大的關係。家中的女性身處封閉的空間，為著未能與之相伴的夫君顧影哀傷；身在公眾場合的女性，則有可能無端受到戀人或丈夫以外的男性的干擾，必須言其不受侵犯的心志。這些女性角色的倫理情境，多少提供了古典詩歌中女性敍寫的「情意範式」，〔註32〕女性敍寫詩歌的其中一脈即以女子「怨愁」情意為書寫主旨。後代文人所創作的閨怨詩與宮怨詩，不免沿襲漢代詩歌中的思婦與棄婦角色，設想在此種社會背景下女子的生活情境，以常用的語彙與語境，為女子代言一遍又一遍的綿長怨情。

〔註31〕《先秦漢魏晉南北朝詩》，漢詩卷7，頁198。

〔註32〕康正果在《風騷與豔情》，頁103，從男性中心政教文化的角度，稱這些詩中的婦女為「模範角色」。在這裡，筆者所說的「情意範式」指的是女性題材詩歌所敍寫的「情意模式」；「模範角色」比較像是從漢詩去印證討論漢代的政教詩學觀，兩者各有所指。

　　在閨怨詩與宮怨詩中，詩人的歌詠對象為閨閣深宮內的思婦與棄婦，為這些居於弱勢的女性代言哀怨之情；這些女性往往身處封閉的居所，思念遠別的丈夫。如果從夫妻倫常關係來看待，她們的身分是合乎正規的倫理關係的，不論是詩中女子因思念丈夫的而起怨情，或者因作為人妻為人婦，為自己的身分角色而興起的感慨，是合乎禮教的且在容許範圍內的行為，詩中的深怨情緒也是受到容許的，女性角色的出現也非以勾起讀者的豔情愉悅賞玩為目的，所以，古典閨怨詩與宮怨詩，一開始並不屬於豔詩的範圍。不過，到了南北朝時期，閨怨詩及宮怨詩與豔詩之間經常有模糊地帶，詩人有可能寫閨中女子的情懷，依然勾起讀者的豔色想像，這點容後再議。

　　綜前所述，從先秦到兩漢魏晉這段時間，詩歌中有關女性及男女之情的題材，大概有兩種。其一是取材於民間百姓的日常愛情生活，包含對女性的歌詠；其二是「怨情」式的詩，詩人以代言的形式，書寫女子青春怨思及與情人或丈夫別離的痛苦。康正果將《詩經》《楚辭》及漢詩的女性敘寫詩歌稱為「風騷型」，將南朝興起的豔詩稱為「豔情型」。〔註33〕這樣的說法，大抵從寫作意圖區分兩者的差異，也正因與傳統敘寫女性的詩歌相互對照，南朝豔詩才凸顯其所以為「豔詩」的特色。在真正的「豔詩」出現之前，「風騷型」的詩歌不但在政教詩學的影響下，被視為具有婦女模範意義的詩歌，更重要的，是提供了詩人們敘寫婦女題材的「情意範式」。因此，在南朝豔詩出現之後，很自然地，先秦兩漢婦女題材的詩歌深具政教意義的風騷樣貌更加定型，成為根深蒂固的傳統。

第二節　南朝豔詩在內容情意及表現手法上的特色

　　先秦兩漢的女性敘寫詩歌的創作，深具政教意義，尚不能視為豔詩。相對來說，南北朝則是豔詩逐漸定名與風行的時期。我們現在所

〔註33〕見康正果，《風騷與豔情》，頁129。

見南朝時期的豔詩，絕大多數出自南朝詩人之手，因此，本節以「南朝豔詩」統稱，並從南朝豔詩的興起、內容情意，以及表現手法，論述古典豔詩的成型。

一、南朝豔詩的興起

南朝以前，「豔歌」或「豔曲」應該是具音樂性質的專名，「豔」本是楚歌曲名稱，可能以歌或舞的形式出現。漢樂府「豔」通常與「歌」連稱，如〈豔歌何嘗行〉、〈豔歌羅敷行〉等等，豔歌的作用宛若樂曲的引子，情調多為感情激越，震撼人心。〔註34〕後來，這種表現形式漸漸與淫靡之音連結，豔曲或豔歌已演化成泛指一切淫靡的樂曲和歌詩。〔註35〕到了南朝時期，凡內容寫綺豔香澤，與女色有關，注重詞藻的詩歌均可稱為豔詩。流行於南朝的豔詩，實是以詞篇連綴去「描寫刻劃女性美」的詩歌，因此，豔詩可能一開始就是兼具形式上注重詞藻鋪排、對偶句式、聲律和諧及內容涉及女色豔麗兩個特點的。〔註36〕

有關南朝豔詩的形成及風貌特點，從徐陵（507～583）所編《玉臺新詠》，這本蒐羅漢至梁朝以描寫女子為詩歌主題的詩歌總集，是能看得比較清楚的，《玉臺新詠·序》說明了豔歌與女性的連結：〔註37〕

> 夫凌雲概日，由余之所未窺；千門萬戶，張衡之所曾賦。
> 周王璧臺之上，漢帝金屋之中，玉樹以珊瑚作枝，珠簾以
> 玳瑁為押，其中有麗人焉。其人也，五陵豪族，充選掖庭；
> 四姓良家，馳名永巷。亦有潁川、新市，河間、觀津，本

〔註34〕〔宋〕郭茂倩《樂府詩集》（北京：中華書局，1979）論大曲時說：「諸調皆有辭有聲，而大曲又有豔，有趨有亂。……豔在曲之前，趨與亂在曲之後。亦猶《吳聲》《西曲》前有和，後有送也」，26/377。有關豔的性質，參考張永鑫，《漢樂府研究》（南京：江蘇古籍出版社，1992）頁109～113。

〔註35〕這個說法參考康正果，《風騷與豔情》，頁134。

〔註36〕有關這點，筆者稍後討論「宮體豔詩」時會有進一步說明。

〔註37〕《玉臺新詠箋注》，頁11～13。

> 號嬌娥，曾名巧笑。楚王宮裏，無不推其細腰；衛國佳人，
> 俱言訝其纖手。閱詩敦禮，豈東鄰之自媒；婉約風流，異
> 西施之被教。……

徐陵在這篇序中，把歷代知名的女性約數一遍，不論是宮廷后妃、名
門貴家淑女、歷代名女，不論是嬌娥、巧笑的名稱，或細腰、纖手的
特徵，她們的共同特點是：美。她們有才藝，可能擅長器樂，妙解音
律；〔註38〕多有美貌，同時在裝扮上也突出動人；〔註39〕她們也可能
富有詩才，能夠吟詩作賦；〔註40〕又善感多愁，情思嫋嫋。〔註41〕
若說《玉臺新詠》是一部描寫女性生活的詩歌總集也不爲過。

　　《玉臺新詠》序末言：

> 但往世名篇，當今巧製，分諸麟閣，散在鴻都。不籍篇章，
> 無由披覽。於是，燃脂暝寫，弄筆晨書，撰錄豔歌，凡爲
> 十卷。增無忝於雅頌，亦靡濫於風人，涇渭之間，若斯而
> 已。

在這裡，徐陵雖然仍以「豔歌」稱呼，但並非強調「歌」的性質，而
是著重在「豔」字，南朝文人所謂的「豔詩」、「豔歌」，兩者往往互
用。值得注意的是，《玉臺新詠》收錄了許多兩漢魏晉南北朝時期思
婦、棄婦、閨怨、宮怨等傳統倫理教化類的詩作，描寫宮中女性等歌
詠舞女的梁代詩歌，其實是夾雜在傳統婦女主題詩歌之間的。這說明
豔詩與傳統閨怨詩歌並不是截然劃分，或毫無關係的；閨怨之情與女

〔註38〕　〈玉臺新詠序〉：「弟兄協律，生小學歌；少長河陽，由來能舞。琵
　　　　　琶新曲，無待石崇；箜篌雜引，非關曹植。傳鼓瑟於楊家，得吹簫
　　　　　於秦女。」

〔註39〕　〈玉臺新詠序〉：「妝鳴蟬之薄鬢，照墮馬之垂鬟。反插金鈿，橫抽
　　　　　寶樹。南都石黛，最發雙蛾；北地燕脂，偏開兩靨。……眞可謂傾
　　　　　國傾城，無雙無對者也。」

〔註40〕　〈玉臺新詠序〉：「加以天時開朗，逸思雕華，妙解文章，尤工詩賦。
　　　　　瑠璃硯匣，終日隨身，翡翠筆牀，無時離手。清文滿篋，非惟芍藥
　　　　　之花；新製連篇，寧止蒲萄之樹。……其佳麗也如彼，其才情也如
　　　　　此。」

〔註41〕　〈玉臺新詠序〉：「既而椒宮宛轉，柘館陰岑，……優游少託，寂寞
　　　　　多閑。」

性豔美都是女性生活的一部份。〔註42〕源於男性寫作者的特殊偏好與審美趣味，詩人們漸漸脫離漢代詩歌倫理關係下的女性處境的書寫，試圖在詩歌中呈現他們所觀察、想像的女性生活。事實上，豔詩代表女性受男性關注層面的轉變與擴張，徐陵〈序〉通篇書寫關於女子生活的描繪及對女子才情、情態的想像，這些動人眩目的鋪寫，無疑地能夠震動士人的內心，激起他們對女性之美的喜愛。《玉臺新詠》序的字裡行間流動的是一幅又一幅富麗多姿的女性圖像，我們很難想像，序中那些華美麗緻的女子會出現在閭巷之間。所以，這篇序是南朝士人展現對女性美的極度精緻化品味，也就是說，這些女性能夠撼動他們，具有娛情的效果。如此，雖說是描寫女性生活，徐陵《玉臺新詠》序，可說是充分表現彼時文人寫作豔詩的心態，以及他們對豔詩的認知——這是一種以觀賞描寫女性為出發點的詩作。〔註43〕

豔詩與女色與娛樂氣息的關連，在中唐元稹的〈敘詩寄樂天書〉依然可見：

> 不幸少有伉儷之悲，撫存感往，成數十詩，取潘子悼亡為題。又有以干教化者，近世婦人暈淡眉目，綰約頭鬢，衣服修廣之度及匹配色澤猶劇怪豔，因為豔詩百餘首。〔註44〕

在這封寫給白居易的書信當中，元稹對自己的詩歌大致分類。他把懷念妻子的悼亡詩自成一類，指出這是承傳潘岳（247～300）的悼亡詩傳統，並視寫女子姿容裝飾之詩為豔詩。元稹指出豔詩內容涉及風俗敘寫，不過，諸如服飾裝扮的描寫，顯示豔詩中的風俗是有關風月，而無關政治、社會、民生等傳統政教意義的，這與徐陵序中對女性美的關切是類似的。就這個意義來說，豔詩跟從前所謂的「鄭聲」是相

〔註42〕閨怨與豔詩的聯繫，稍後會有更詳細的分析，這裡不多費篇幅討論。

〔註43〕可能是為了符合序中所說的女子善詩才，留下詩篇，《玉臺新詠》收了少數女性作者的詩歌，如范靖婦、徐悱婦，但詩歌少且與男性作者所作內容並無太大差異，又編者為宮體詩人之一，因此這裡還是以《玉臺新詠》為男性文人觀點的詩集。

〔註44〕《元稹集》，30/353。

當的。〔註45〕其實，當詩人們特地編選一本蒐羅豔詩的詩集，或特別要把某些詩歌劃分出來稱之為豔詩時，代表這一個詩歌類型正式逸出傳統婦女題材詩歌範疇。豔詩創作者也可安然地運用豔色、豔情題材，因為「豔詩」已被視為一個獨立的詩歌類型，不需要將它依附在他種詩歌類型，隱密鋪陳豔色意味。或許，對於衛道之士而言，直接把疑似有女性豔美意味的詩作放到豔詩範疇，反而是更為便宜的作法。唐代以後，詩家就漸漸習以豔詩的名稱，去概括古典詩歌敘寫女子姿容與非夫婦愛情題材的詩歌。〔註46〕

　　這邊必須特別補充說明，雖然詩人有默契地使用「豔詩」一詞來指稱某些特定詩歌，但沒有一套客觀依準的規範法則，可以從題材與使用詞彙方面，讓我們判定什麼樣的詩為豔詩，什麼樣的詩歌是閨怨詩。因個人認定不同，甚至道德標準不同，一首詩就可能受到判定為豔詩或非豔詩。也就是說，一首詩是否為豔詩，其實與讀者的認定有關。我們只能估計，不同時代的讀者，也會受到當代詩歌評品風潮的影響，對同一首詩有不同的解讀。會有這樣的情形，與豔詩一開始形成時，或說《玉臺新詠》成書以來，豔詩與傳統女性題材詩歌兩者的夾纏不清，是有很大關係的。

　　根據內容情意及形式上的特點，南朝豔詩大約可區分成三種類型：一、宮體豔詩。是宮體文人創作的豔詩。以梁簡文帝蕭綱（503～551）以及徐摛（474～551）、庾肩吾（487～551）等帝王與一群宮廷文人所引領的「宮體詩」風潮影響下的「宮體豔詩」為主。二、文人樂府豔詩。是南朝詩人從五言古詩及從古樂府詩題女性題材發展出豔情成份而形成的樂府豔詩。三、民間戀情樂府詩，即樂府「吳歌」、「西曲」的合稱，以民間戀情歌詠為主題，原本流行民間，後有文人仿作。

　　這邊首先要區別「宮體詩」與「宮體豔詩」。「宮體詩」之名稱，據《梁書・簡文帝紀》：「（簡文帝蕭綱）雅好題詩，其序云：『余七歲

〔註45〕康正果，《風騷與豔情》，頁157。
〔註46〕有關這點，筆者在第二章第一節會更深入討論。

有詩癖，長而不倦。』然帝文傷於輕豔，時號宮體。」〔註47〕《南史・梁簡文帝》記載大約相同，然「輕豔」寫做「輕靡」。〔註48〕《梁書・徐摛傳》：「（徐摛）屬文好新變，不拘舊體。……摛文體既別，春坊盡學之，『宮體』之號，自斯而起」。〔註49〕宮體名號一般推爲南朝梁蕭綱、徐摛而起，宮體詩是以梁簡文帝蕭綱爲首，在梁朝時期所創作的詩歌。〔註50〕圍繞著蕭綱的宮廷文人主要有徐摛、庾肩吾、劉孝威（496～549）、劉孝儀、劉遵（488～535）等人，並形成一個小型文人群體。〔註51〕

　　關於宮體詩的實質內容，初唐以來的說法是把宮體詩等同於豔詩，認爲宮體詩就是寫閨閣衽席之間事物的詩。〔註52〕這個看法可說是唐人長期積非成是的結果。針對這點，周振甫特別指出宮體詩的「新變」特色，以宮體詩實際上講究五言詩的聲調，矯正世人將宮體詩等同豔詩的看法。〔註53〕宮體詩代表「新變」的詩歌風潮，而所謂的「新變」，不論是在聲律或用字上，都是對舊有詩歌形式的改造與創新，因此與前代會形成相對意義上的「新變」。客觀來說，宮體詩的題材範圍是大於宮體豔詩的，宮體詩的題材主要兼有豔情與詠物兩種。〔註54〕

〔註47〕《梁書・簡文帝紀》，4/109。

〔註48〕《南史》，8/233。

〔註49〕《梁書・徐摛傳》，30/446-7。

〔註50〕曹道衡根據《梁書・徐摛傳》，指出徐摛爲蕭綱幼年時文學侍讀，因此宮體應該是先起於徐摛，蕭綱成年後延續之，見氏著《南朝文學與北朝文學研究》（南京：江蘇古籍出版社，1998），頁158及頁180～181。

〔註51〕《梁書・庾肩吾傳》，49/690。

〔註52〕筆者會在第二章第一節討論唐人把宮體詩等同於豔詩的現象，這裡就不多贅篇幅。

〔註53〕周振甫，〈什麼是「宮體詩」〉，見氏著《詩文淺釋》（臺北：木鐸出版社，1987），頁138～145。

〔註54〕例如，林文月〈南朝宮體詩研究〉把宮體詩題材區分成「以女性及兩性情愛爲題材者」與「以帝王貴族生活，節候風景及詠物爲題材者」。《文史哲學報》第15期（1966），頁406～458。見「宮體詩題材分類」一節。

即使在徐陵所選編的《玉臺新詠》，這本應該是選錄最多豔詩的詩歌總
集裡，當中有少數與女色無關的詠物或詠宮中生活的詩作。所以，這
裡用「宮體豔詩」以指稱文人首次以五言詩形式大量創作豔詩的結果，
應該是最為恰當的。

　　所謂的「文人樂府」，是與「民間樂府」相對而稱的。「樂府」為
古代官署名稱，設置用意在採集民間歌謠，將採得樂府歌辭通稱「樂
府」。早期樂府詩以民間歌謠為主，但後來也有文人襲用民間樂府五
言體，自作樂府詩，如蔡邕〈飲馬長城窟行〉等，通稱為文人樂府。
〔註55〕「吳歌」、「西曲」是樂曲名稱，均屬「清商曲辭」類的民間樂
府，流行於南朝時期，吳歌大約以建業（今建康）為中心，流行於長
江下游，西曲則流行於荊、郢、樊、鄧之間，大約在以湖北江陵為中
心長江中游及漢水一帶。〔註56〕「吳歌」、「西曲」緣起於在南朝最繁
華富庶的地方，交通便利，商業發達，物質條件良好，比較不受政權
更迭及戰亂頻繁的影響。〔註57〕在這個環境條件下發展起來的樂府民
歌，以民間男女的愛情戀歌為主題，形式上多為五言四句的短詩。郭
茂倩在論「雜曲歌辭」時說：「自晉遷江左，下逮隋、唐，德澤寖微，
風化不競，去聖逾遠，繁昔日滋。豔曲興於南朝，胡音生於北俗。哀
淫靡曼之辭，迭作並起，流而忘反，以至陵夷。原其所由，蓋不能製
雅樂以相變，大多溺於鄭衛，由是新聲熾而雅音廢矣。」〔註58〕這段
評論，先是就新聲樂府的音樂形式而論，後也論及詩歌內容，郭茂倩

〔註55〕參見蕭滌非《漢魏六朝樂府文學史》（北京：人民文學出版社，1998），
　　　　頁102。

〔註56〕《樂府詩集》44/639-640引《晉書・樂志》說：「吳歌雜曲，並出江
　　　　南。東晉以來，稍有增廣。其始皆徒歌，繼而披之管絃。蓋自永嘉
　　　　渡江之後，下及梁、陳，咸都建業，吳聲歌曲起於此也。」又47/689
　　　　引《古今樂錄》說：「西曲歌出於荊、郢、樊、鄧之間，而其聲節送
　　　　和與吳歌亦異，故□（疑『依』字）其方俗而謂之西曲云。」

〔註57〕以上參考王運熙，〈吳聲西曲的產生地域〉，《六朝樂府與民歌》（上
　　　　海：古典文學，1957新1版），頁23～32。

〔註58〕《樂府詩集》61/884。

所說的南朝豔曲，應該就是指「清商曲辭」這樣的樂府詩歌。〔註59〕

南北朝時期可說是中國豔詩真正形成的時期。在這個階段，詩人們開始創作具有「豔色」與「豔情」趣味的詩歌。接下來，我們將就內容情意及寫作手法，從前文所提及的三種類型來討論南朝豔詩。前兩種文人創作的宮體豔詩及樂府豔詩，因幾乎都收錄在徐陵的《玉臺新詠》，所以成為本節所引用詩歌的主要依據，另外並參見《樂府詩集》與《先秦漢魏晉南北朝詩》。〔註60〕至於戀情樂府民歌「吳歌」、「西曲」，包含不著作者、題名文人仿作或自創新題的詩作，以《樂府詩集》收錄為主，題名文人所作者，並與《玉臺新詠》所收錄參照。

二、宮體豔詩

《玉臺新詠》的宮體豔詩，從情意區分，大致可分為女性豔色趣味及女性怨情豔美兩種，藉由詩作分析，我們將能理解宮體詩人的豔詩寫作手法特點及其所昭顯的意義。

（一）女性豔色趣味：對男性具有誘惑性的展示美

宮體詩人寫作豔詩，詩人往往成為詩中的觀看者，將視覺焦點凝固在女子身上，以「描寫」為主的寫作手法，藉由描繪女子的面容姿態，甚或著眼於閨房女子使用的器物，而帶出一種愉快或新奇的感覺，即「豔色趣味」。如蕭綱〈美人晨妝〉與〈詠美人觀畫〉：

北窗向朝鏡，錦帳復斜縈。嬌羞不肯出，猶言妝未成。
散黛隨眉廣，燕脂逐臉生。試將持出眾，定得可憐名。

殿上圖神女，宮裡出佳人。可憐俱是畫，誰能辨偽真？分明
淨眉眼，一種細腰身。所可持為異，長有好精神。〔註61〕

〈美人晨妝〉一詩，詩人就像看畫一樣，觀賞女性的美，並試圖描繪

〔註59〕 參考蕭滌非《漢魏六朝樂府文學史》頁195～196。
〔註60〕 《玉臺新詠》的宮體豔詩及樂府豔詩是數量及比例最高的，但不表示梁陳的文人豔詩盡皆收錄其中，因此，筆者還參照了郭茂倩《樂府詩集》及逯欽立輯校《先秦漢魏晉南北朝詩》。
〔註61〕 《玉臺新詠箋注》7/299，7/301。

出她羞澀的情態，以讓人「期待」她妝成後的出眾可人。〈詠美人觀畫〉一詩，詩人則將美人與美女畫放在一起觀賞玩味，在欣賞她們的「眉眼」與「腰身」之餘，發爲感嘆。

這種透過詩人觀賞而引發豔色趣味的詩，對象有時也不限於女子，蕭綱的〈孌童詩〉就寫供人狎玩的男童。〔註62〕詩人甚至也透過閨中器物的描寫傳遞這種豔色趣味，如江洪〈詠紅箋〉、高爽〈詠鏡〉、鮑子卿〈詠畫扇〉、〈詠玉堦〉、何遜〈詠照鏡〉，皆爲如此。〔註63〕

房室中的女子成爲詩人關注描寫的對象，在宮廷文人的歌酒筵席之中，歌女、舞女朱唇啓，皓腕伸，腰枝纖細，婀娜多姿，這些表演的女子也提供了娛樂趣味。蕭綱的〈執筆戲書〉就寫出宮中人在筵席中是如何享樂的：

> 舞女及燕姬，倡樓復蕩婦。參差大庭發，搖曳小垂手。釣竿蜀國彈，新城折楊柳。玉案西王桃，蠡杯石榴酒。甲乙羅帳異，辛壬房戶暉。夜夜有明月，時時憐更衣。〔註64〕

在宴席之間，他們盡情於聲色之娛，美麗的舞女與倡女，都爲了服務於此種享受而在場，美女與美酒同樣讓詩人感到悅樂。從蕭綱的〈詠舞〉、〈小垂手〉、〈詠獨舞詩〉都可看到詩人沈醉此種享受。〔註65〕以下舉兩首詩來說明詩人如何透過美女的描寫，展現這種娛樂間的趣味：

> 倡女多豔色，入選盡華年，舉腕嫌衫重，迴腰覺態妍。
> 情繞陽春吹，影逐相思弦。屢度開裾衣襡，鬟轉匝花鈿。
> 所愁餘曲罷，爲欲在君前。（劉遵〈應令詠舞〉）

> 合歡鬬忩葉，萱草忘憂條。何如明月夜，流風拂舞腰。
> 朱唇隨吹動，玉釧逐弦搖。留賓惜殘弄，負態動餘嬌。（蕭綱〈聽夜妓〉）〔註66〕

〔註62〕《玉臺新詠箋注》7/301。

〔註63〕《玉臺新詠箋注》5/204-206、213。

〔註64〕《玉臺新詠箋注》7/293-294。

〔註65〕《玉臺新詠箋注》7/297，7/318，

〔註66〕《玉臺新詠箋注》8/370，7/313。

〈應令詠舞〉詩中有一半以上的字句花在描寫倡女的舞姿，只在詩末稍微揣摩倡女的心思：她擔心的是此曲舞罷，就沒機會在「君前」擺弄姿態舞步了；寫的是舞女亟欲取悅觀賞者的心情。〈聽夜妓〉亦然，如此明月夜，加上歌女舞女的表演舞唱，姿態動人，在賓客面前，顯得千嬌百媚。在這些歌詠女子姿容的詩中，其實很少看到詩人以肉感的方式極力描寫女性的身體。這些美女的身軀總還隱藏在裝扮之下：寫靜態的美女，就寫她的容貌裝飾，衣著布料，從中得到窺看想像的樂趣；寫跳著舞步動態中的女子，則像是在一段影片中揀選部份畫面停格，點出她的迴轉腰枝，反折皓腕，透過裙裾衣袖的開闔揮舞暗示她有大動作的舞姿。在這些女子表演時，在現場觀看的是詩人，詩人試圖在詩的中間數句以女子姿容「重點式重現」他們所見的場景，而且不忘在詩末加上詩人為所聞所見感到歡愉的字句，這就是宮體豔詩的基本格式。這樣的寫作方式，幾乎成為一種程式。〔註67〕

在庭臺閨閣之外的戶外空間，女子依然成為引起詩人興味的觀賞對象。劉孝綽的〈遙見鄰舟主人投一物，眾姬爭之，有客請余為詠〉一詩寫道：

> 河流既浼浼，河鳥復關關。落花浮浦出，飛雉渡州還。
> 此日倡家女，競嬌桃李顏。良人惜美玭，欲以代芳菅。
> 新縑疑故素，盛趙蔑衰班。曳綃事掩縠，搖珮奪鳴環。
> 客心空振蕩，高枝不可攀。〔註68〕

從題目已可看出，作者「詠」有趣事物的創作旨趣，此詩內容則表現眾女爭奪嬌態動人，引起旁觀者心中蕩漾，惑於豔色的心思。

（二）女性怨情豔美：揣摩代言怨情兼滿足男性窺看心理

除了擺明歌詠女子形貌姿態，滿足觀看欲的詩外，即使是以書寫女子怨情為題的詩，宮體詩人對女子的裝扮、動作及閨房內女性使用

〔註67〕康正果便以謝朓〈聽妓〉說明這種宮體詩「程式」的由來，詳見《風騷與豔情》，頁155～156。
〔註68〕《玉臺新詠箋注》8/330。

的器物寢具往往特加描寫，似乎在滿足男性對女子的怨情豔美的窺看
心理，如蕭綱〈娼婦怨情二十韻〉：

> 綺窗臨畫閣，飛閣繞長廊。風散同心草，月送可憐光。琴
> 鬌簾中出，妖麗特非常。恥學秦羅髻，羞爲樓上妝。散誕
> 披紅帔，生情約新黃。斜燈入錦帳，微煙出玉牀。六安雙
> 玳瑁，八幅兩鴛鴦。猶是別時許，留致解心傷。含涕坐度
> 日，俄頃變炎涼。玉關驅夜雪，金氣落嚴霜。飛狐驛使斷，
> 交河川路長。蕩子無消息，朱唇徒自傷。〔註69〕

這首詩令我們聯想到〈古詩十九首〉「青青河畔草」一詩，只是「娥
娥紅粉妝，纖纖出素手」一句，蕭綱化成多句，可見蕭綱拉長全詩，
意在加強揣摩女性怨情。描寫歌妓舞妓舞唱姿態，固然令人賞心悅
目，「閨怨」此等傳統婦女題材也獲得青睞。宮體詩人對以詩歌表現
女性的怨情的興趣，實在不亞於歌妓舞妓的娛樂性描寫，只是女子的
美色與打扮，在此不是形成令人觀賞悅樂的畫面，反之，絕佳的容貌
似乎讓閨中思婦的淒涼情境更加動人，再以蕭綱〈獨處怨〉爲例：

> 獨處恆多怨，開幕試臨風。彈棊鏡奩上，傅粉高樓中。自
> 君征馬去，音信不曾通。只恐金屏掩，明年已復空。〔註70〕

美色空無人賞，則這個女性種種妝扮自己的舉動都更顯悲哀。宮體詩
人寫思婦怨情，往往著重描寫女性的「情態」，擁有思婦身分的女性，
一舉一動都楚楚可憐，值得詩人的吟詠，似有凸顯「哀愁之美」的意
圖。

　　宮體詩人的怨情詩，會加強女子閨房情態的細部描寫，如蕭綱〈和
徐錄事見內人作臥具〉中的一段：

> 龍刀橫膝上，畫尺墮衣前。熨斗金塗色，簪管白牙纏。衣裁
> 合歡襆，文作鴛鴦連。縫用雙針縷，絮是八蠶緜。……具共
> 雕鑪煖，非同圍扇捐。更恐從軍別，空牀獨自憐。〔註71〕

〔註69〕《玉臺新詠箋注》7/287-288。
〔註70〕《玉臺新詠箋注》7/311。
〔註71〕《玉臺新詠箋注》，7/289。

描寫女性裁被運針，種種繁複細緻的女紅等，詩人在結尾假想，萬一她的丈夫受召征戰，女子便是空床獨守的哀傷，這製作精美的寢具將無從發揮功用。較之〈古詩十九首〉中的思婦困境，蕭綱詩中的思婦敘寫，顯然更突出精緻華美的織作工具與動作，是帶有綺豔色彩的哀傷。

此外，像是班婕妤長信宮、秋胡妻的故事，《玉臺新詠》把這些歷史傳說中的女性人物故事化爲描寫素材，以詩人的想像描寫各個名女人的柔怨情感。同樣的，在這些詩中，詩人加強篇幅寫歷史女性人物的美貌，也達到突出宮闈后妃悲哀的效果。

宮體詩人對女子閨怨宮怨的想像，正如劉孝儀〈閨怨〉詩所描述的情形：「空勞織素巧，徒爲團扇辭」。在思婦的情境下，女性的美色才德與淒涼冷落的悲哀相形對照，引得詩人的關注與吟詠。宮體詩人寫閨怨思婦，並非爲她們代言抒情，而像是以一個旁觀者的角色，爲讀者描繪出一個環繞著女性的冷落環境，或說是想像哀怨心理狀態下的女子樣貌。就如同宮體詩人吟詠舞女、歌女時，試圖再現女妓歌舞的悅樂畫面一樣，他們也會試圖想像、建構出一個閨中思婦哀怨傷心的情境與畫面，描寫才是這類詩的重點所在。

於是，像是〈古詩十九首‧迢迢牽牛星〉，本來隱括在女子思夫的情境，因思念而起的織作：「纖纖擢素手，札札弄機杼。終日不成章，泣涕零如雨」，本是女子情思的表現；宮體詩人則反過來，想要透過描寫女子的織作情態，去想像她的哀怨。如劉邈的〈見人織聊爲之詠〉：

> 纖纖運玉指，脉脉正蛾眉。振躡開交縷，停梭續斷絲。簷
> 花照初月，洞戶未垂帷。弄機行掩淚，翻令織素遲。〔註72〕

玉指、蛾眉、掩淚，此女子身體形貌與情態實是迷人。詩中說女子「未垂帷」，暗示詩人「見人織」的由來，最後說女子掩淚織機，指向「終日不成章」的思婦情思，恰好隱藏詩人詠嘆女性美的意圖。又劉孝綽

〔註72〕《玉臺新詠箋注》，8/352。

的〈郡縣遇見人織率爾寄婦〉，詩人在外面看到一個織婦：

> 妖姬含怨情，織素起秋聲。度梭環玉動，踏躡佩珠鳴。經
> 稀儀杼澀，惟斷恨思輕。蒲萄始欲罷，駕鴦猶未成。雲棟
> 共徘徊，紗窗相向開。窗疏眉語度，紗輕眼笑來。朧朧隔
> 淺紗，的的見妝華。鏤玉同心藕，列寶連枝花。紅衫向後
> 結，金簪臨鬢斜。機頂掛流蘇，機旁垂結珠。青絲隱伏兔，
> 黃金繞鹿盧。豔彩裾邊出，方脂口上渝。百城教問道，五
> 馬共峙踟。直為閨中人，守故不要新。……〔註73〕

一開始先以「妖姬」美色，織婦含怨起頭，女子的面目與織作的動作
交融成一種美感，引發詩人的詠嘆。女子織出縷縷怨思，漸漸滲透女
色之美，形成「美」等於「怨」。這大一段的鋪陳，詩人越是仔細想
要塑造成「如親眼所見」，越是令人懷疑這早已超越「見人織」的程
度，可見宮體詩人寓豔色於織婦哀怨，唯恐不夠動人而大肆描寫的程
度。〔註74〕這首詩最後還回扣詩題的「寄婦」，詩人設想他的妻子應
如這個織婦一樣，正思念著自己，並對妻子說「新妝莫點黛，余還自
畫眉。」〔註75〕此外，與織婦相關的題材還有織女「七夕穿針」，亦
寫怨情：

> 迎寒理夜逢，映月抽織縷。的皪愁睇光，連娟思眉聚。（柳
> 惲〈七夕〉）
>
> 天梭織來久，方逢今夜停。（蕭綱〈七夕〉）
>
> 離前忿促夜，別後空對機。（庾肩吾〈七夕〉）〔註76〕

在這些詩中，織女對機織作或穿針引線的情態，與絲線的交錯，構成

〔註73〕《玉臺新詠箋注》，8/341-2。

〔註74〕這裡大段豔色鋪陳，可能從〈陌上桑〉移植演變而來，尤其是詩中
　　　　的「百城教問道，五馬共峙」明顯脫胎自「使君從南來，五馬立踟
　　　　躕」，只是採桑女的身分變成織婦而已。這可能跟宮體詩人喜歡把樂
　　　　府詩作中女子形象加以豔化的習慣有關，這點在「文人樂府豔詩」
　　　　一段會更深入討論。

〔註75〕〈與司馬治書同聞鄰婦夜織〉也屬這種作品，《玉臺新詠箋注》，
　　　　6/238。

〔註76〕《玉臺新詠箋注》，5/202，7/295，8/374。

女子心思萬千的形象，用以表現女子含怨的愁態。在這背後，充滿了男性詩人注視的目光。

宮體詩人對「採桑女」的描寫，可能受到〈陌上桑〉大膽表現採桑女吸引力之影響，如王樞〈至烏林村見採桑者聊以贈之〉：

> 遙見提筐下，翩妍實端妙。將去復迴身，欲語先為笑。閨
> 中初別離，不許覓新知。空結茱萸帶，敢報木蘭枝。〔註77〕

在這首詩中，詩人對採桑女的翩妍端妙表示欣賞之意，採桑女的一舉一動在詩人看來也充滿盈盈風姿，只是詩人想到與自己妻子方才別離，不便與採桑女進一步親近而徒表遺憾。本來〈陌上桑〉詩中睥睨使君的採桑女不見了，詩人的不但「觀賞」到採桑女的美貌，察覺到她的怨情，也「體驗」了這種魅力而情動於斯。表面上，這是一首讚賞採桑民女的詩歌，隱藏其後的，是採桑女的美色激起詩人的觀賞興趣。

宮體詩人有時也跳出怨婦、思婦的情調，不寫守候夫君來歸的婦女，王筠〈閨情〉言：「月出宵將半，星流曉未央。空閨易成響，虛室自生光。嬌羞悅人夢，猶言君在旁。」〔註78〕宮體詩人所注目的，是閨中女子嬌羞的情態，這大抵也是男性所能想像的閨女情態，這時，描述閨女情態的部份可能還重於怨情的敘寫，如蕭綱〈春閨情〉：

> 楊柳葉纖纖，佳人懶織縑。正衣還向鏡，迎春試舉簾。摘
> 梅多繞樹，覓燕好窺簷。只言逐花草，計校應非嫌。〔註79〕

這首詩寫一個「無所思」的佳人，她不做一般婦女的織工，也並非在思念外出的夫君，她只是做些年輕女子的活動，照鏡整衣，春天到了，捲簾看看窗外春色，甚至在園子裡摘採梅子，窺探燕巢中幼燕的活動，在花花草草間追逐春色。這首閨情詩中的女子，跟漢代的閨怨詩

〔註77〕《玉臺新詠箋注》，5/218。
〔註78〕《玉臺新詠箋注》，8/363。
〔註79〕《玉臺新詠箋注》，7/298。

中的妻子或思婦的角色大不相同，她不處在夫妻分別的情境，爲此
怨、爲此愁，我們看到的，是一個年輕的女子，打發時間，渡過漫漫
春日。取怨情而代之的是女子懶散的情思。

　　像這些雜揉閨中哀怨懶散情態的詩，我們權稱之爲「閨情詩」。
宮體詩人每以「春思」、「春日」或「秋思」、「秋夜」等題目去寫，
〔註80〕可說是以女子口吻敘寫節候感傷詩之濫觴。〔註81〕以春、秋
去寫的女子的感傷是可以理解的；春秋兩季的感傷在古典詩中的比
例極重，這可能是漢代以來傷春悲秋傳統的移植轉化。〔註82〕其中
以女性春愁類的詩歌更值得注意。從《詩經·豳風·七月》：「春日
遲遲，採繁祁祁，女心傷悲，殆及公子同歸」以來，〔註83〕傷春與
女性之情思萌發就有著密不可分的關係，特別是與兩性情感有關的
部份。如〈七月〉鄭玄箋的「春女感陽氣而思男，秋士感陰氣而思
女」，又《淮南子·謬稱篇》所說的：「春女思，秋士悲」，秋天與士
人的遲暮悲傷特別有關，而春天與女子的情思萌動有關。〔註84〕雖

〔註80〕如蕭綱〈春日〉詩：「獨念春花落，還似昔春時。」《玉臺新詠箋注》
　　　　7/322。

〔註81〕女子與春季節候感傷的詩例如下（如無特別注明，所標卷頁均爲《玉
　　　　臺新詠箋注》）：有王筠〈和吳主簿六首〉中的〈春月〉（一作〈春日〉）
　　　　8-328-329、蕭綱〈和湘東王三韻二首〉之〈春宵〉7/286、蕭子暉〈春
　　　　宵〉8/361、聞人倩〈春日〉8/355、沈約〈春詠詩〉，《先秦漢魏晉南
　　　　北朝詩》頁1650等。秋季節候感傷詩例，如劉緩〈雜詠和湘東王三
　　　　首·秋夜〉：「樓上起秋風，絕望秋閨中。燭溜花行滿，香燃奩欲空。
　　　　徒交兩行淚，俱浮妝上紅。」8/346及王筠〈和吳主簿六首〉中的〈秋
　　　　夜二首〉、蕭繹〈詠秋夜〉7/306、劉邈〈秋閨〉8/352等。女子與冬
　　　　季節候感傷數量最少，幾乎爲和詩，如蕭綱〈和湘東王三韻二首〉
　　　　之〈冬曉〉劉孝威〈奉和湘東王應令冬曉〉8/340、劉緩〈雜詠和湘
　　　　東王三首·冬宵〉8/346-7等。以夏日爲題的詩作最少。

〔註82〕可見〔日〕松浦友久〈詩與時間〉，《中國詩歌原理》（孫昌武、鄭天
　　　　剛譯；臺北：洪葉文化，1993），頁3～41。

〔註83〕《毛詩正義》卷8-1，頁231。

〔註84〕〔漢〕劉安撰，〔漢〕高誘注（四部備要本；臺北：臺灣中華書局，
　　　　1981），10/330。鄭毓瑜解釋「春思秋悲」，認爲「節氣本身就表現一
　　　　種情感狀態」，人並不是單純因主體情感而選擇感（時）物，見〈身體

然，秋天的女性閨思與春天的士人感傷也不乏多有，但是，從宮體詩人女性敘寫詩歌的節候時間來看，春天的比例還是最大的，女性與春怨、惜春、傷春等春季感傷、懶散的情思，發展到晚唐乃至宋詞，比例顯得越多，在南朝宮體詩中已見開端。

　　綜上所述，除了宮女、閨閣器具的觀賞描寫，漢魏閨怨詩所建構出的社會倫理女性角色——織婦、採桑女與思婦，閨閣婦女的怨情揣摩，摻雜了豔色書寫，亦激起宮體詩人的摹寫興趣。宮體詩人的閨情敘寫，時而雜揉描寫歌女、舞女豔色的樣式，對閨中女性的閨房陳設、女性的妝容姿態同樣關注，並且也適度揣摩閨中女性的心緒。不過，閨情詩中的女性怨情豔美，與宮中女性的豔色趣味，呈現的是兩種觀照方式。閨情詩中的女性，即使不置身於愁、怨、悶等閨怨詩中常見的女性心緒，往往還是有著無依、無奈、孤單等情緒。這毋寧說是閨怨詩情境的影響，閨室中形單影隻的女子多半沒法擁有人生的喜樂。在詩歌中現身的閨中女性，已然身處一個眾所周知的悲哀情境，不待詩人言明，詩人所須做的，並非直接代入陳述情思，而是觀察閨中那名哀傷女性，詩人彷彿躲在女子身後，透過女子之眼，環視所處場景，詩中一切描述環境氣氛的字句，似乎皆由於女子之悲，沾上淒涼冷落的色彩，呈現感傷的情調。宮體詩人確實有可能因為對女性題材的擁有高度興趣，連帶地創作更多的閨怨詩。只是，他們寫閨怨詩意在「描繪女性風貌」，早已超出社會倫理問題的敘寫。然而，這一切泛化為閨情的描寫，還是與閨怨詩臍帶相連，在宮體詩人的嘗試之下，原本具倫理教化意義的閨怨詩，與以描寫女性姿容的豔詩間的界限漸顯模糊。

　　宮體詩人其實意在寫出一個純粹只是「好看」的女性及其動作，

時氣感與漢魏抒情詩——漢魏文學與楚辭、月令的關係〉，《文本風景：自我與空間的相互定義》（臺北：麥田出版社，2005），頁293～343。在齊梁以前，惜春的作品並不多，宮體詩人的女性春思之作較多，可能是一方面依循節候感應的傳統，一方面與他們喜歡特別突出女性豔色魅惑（所以特別著重女性身體與春天感應的美感）部份有關。

並且透露些許情趣。女性姣好的面貌與華美的居室，或動人哀傷的情態，都引人遐思。宮體豔詩的「豔色趣味」與「女性怨美」，恐怕是宮體詩人出於對女性美的想像與好奇所致。關於這種吟詠興趣，梁簡文帝蕭綱在他的〈答新渝侯和詩書〉中有一番說解：

> 雙鬢向光，風流已絕，九梁插花，步搖爲古。高樓懷怨，結眉表色，長門下泣，破粉成痕。復有影裡細腰，令與眞顏，鏡中好面，還將畫等。此皆性情卓絕，新致英奇。〔註85〕

只要女子一出場，風姿綽約可堪一絕，再加上妝容與步態，不論這女子是登樓抒發閨怨情懷，眉愁不展，還是深宮中哀傷被棄，淚痕殘粉，抑或是這女子對鏡梳妝，如畫美景，都是值得吟味的。這也是宮體詩人描寫女性的主要意圖：藉由描寫女性美色表現對其欣賞、仰慕、好奇等意味。蕭綱純粹從男性審美的角度去看待豔歌，並認爲寫這些詩可激發性情新意。蕭綱提出性情卓絕之說，給予宮體豔詩作者充足的理由。〔註86〕

　　不過，雖由「觀賞」入手，以「描寫」手法書寫，或許寫作者在書寫的過程中激起一些想像，但宮體豔詩中的女色其實並不「肉感」，也幾乎沒有寫色情的部份，甚至隱藏在閨閣怨情之中，詩人跟詩中的女子幾乎無互動，僅止於單方觀看，從這裡看來，宮體豔詩是道地「豔色詩」而不是「豔情詩」。寫舞女就要寫她舞姿如何漂亮，同樣的，寫女子怨情，也是基於上述心態：如何能完美摹寫美麗女子孤獨淒涼的處境。詩人們幾度的應和應令詠舞、看妓、聽妓詩，〔註87〕類似「戲

〔註85〕見《全上古三代秦漢六朝文》（〔清〕嚴可鈞輯校；北京：中華書局，1958），《全梁文》，11/3010b-3011a。
〔註86〕有關宮體詩的寫作意圖，可參見鄭毓瑜〈由話語建構論宮體詩的寫作意圖與社會成因〉。鄭毓瑜認爲，宮體詩其實是貴遊詩人集團用以呈現自己的專屬的生存場域，「觀寫女人，來滿足情慾、飾麗已經擁有的經驗、證實現有的富貴生活。」收於洪淑苓編，《古典文學與性別研究》，頁167～194。
〔註87〕劉遵〈繁華應令〉；蕭綱〈聽夜妓〉與鄧鏗〈奉和夜聽妓聲〉；庾信與徐陵各一首〈奉和詠舞〉；劉遵與王訓各一首〈應令詠舞〉。《玉臺

作豔曲」、「戲書」的詩題，〔註88〕或前所提及同題「見人織爲之詠」詩作，更顯示宮體詩是一種以應酬爲宗的觀摩練習。基於宮體詩講求「新變」，或許可能「激盪」出什麼，同樣一個物色、場景、情境，看看一個詩人能用什麼字詞去構出新意。於是，宮體豔詩的美感建立在詩中華美的女色，及與之能夠搭配的穠麗工整對句，不論在形式及內容上都力求造就工整且均勻細膩。精巧美麗的觀賞對象是眩目而值得吟詠的，至於整首詩的情意或意旨，似乎不在詩人的考量之列。

先秦兩漢敘寫女性的詩歌，我們大部分無法確定、也無須去探究作者；南朝的宮體豔詩作者大部分是一群姓名身分可知的男性詩人，但是，宮體豔詩中的女性角色的身分反而模糊。這些身分地位相當的詩人，只是藉著古典故事與詩歌中的女性心理情境，完成一首歌贊女性美的詩歌。宮體豔詩中的女性身處精緻華美的環境，有爲娛樂男性而在宮中舞唱的歌妓舞妓，也有在幽深的閨房中哀嘆愁思的宮女后妃，她們美麗的裝扮與姿態無不引人入勝。宮體詩人競相書寫豔詩，變成類似程式化的演練與表述，使用字詞其實多所重覆，有排列組合的跡象。儘管詩人們看來多方取材，在一首又一首描寫美人豔色的詩歌中，我們看到詩人文學技巧的展演，然而，各個詩人的面貌卻是模糊的，也沒有看到比較好的作品，這就是宮體豔詩迷惑限制於這種「豔色」競演的結果。

誠如本節開頭所言，在《玉臺新詠》中，除了本文稱爲「宮體豔詩」的詩作之外，還收錄了許多詠物或詠景詩。這些詩歌看似詠物寫景，卻往往滲入綺豔氣息。如蕭綱的〈詠風〉：

樓上起朝妝，風花下砌傍。入鏡先飄粉，翻衫好染香。度舞飛長袖，傳歌共繞梁。欲因吹少女，還將拂大王。〔註89〕

新詠箋注》，8/334、7/319、8/348、8/349、356、8/370-371。
〔註88〕蕭衍〈戲作〉、蕭繹〈戲作豔詩〉。蕭綱〈執筆戲書〉徐陵〈走筆戲書應令〉。《玉臺新詠箋注》，7/272、7/305、7/293、8/356。
〔註89〕《玉臺新詠箋注》，7/320。

寫「風」的流動，卻藉宮中女子的動作及姿態去寫，可見宮中女子、宮內風景、陳設器物一樣，的確都成爲宮體詩人描寫的素材之一。在《玉臺新詠》中有不少像〈詠風〉這樣的詩作，蕭綱有〈看摘薔薇〉寫女子摘花的動作，〔註90〕劉孝威就在〈望隔牆花〉寫道：「隔牆花半隱，猶見動花枝。當由美人摘，詎止春風吹？」詩人自然而然由望花，聯想到女性的身影。〔註91〕又如江洪〈詠薔薇〉〔註92〕、沈約〈詠鶴〉也有這個特點。〔註93〕

到底要說，是寫女子的宮體豔詩中的綺豔氣息，影響到這些詠物寫景的詩，還是該說，詩人們將刻畫景物的工夫拿來描寫女子呢？這應該不是一個誰先誰後的問題。若參酌實際作品表現，毋寧說，這些描寫宮中景物的詩，就跟以女子爲描寫對象的宮體豔詩一樣，都是以表現適愜賞玩興味，引起觀賞者愉悅與心思撼動爲目的，所以，宮中的一景透露出女色旖旎的風光也就不足爲奇了。然而，像〈詠風〉這樣的詩，雖然在細節上的予以刻畫，全詩並沒有什麼一貫的而值得深入講究的情意可言，這也是宮體豔詩無法引起後世共鳴的最主要原因。

三、文人樂府豔詩

南朝文人豔詩有一部份是從漢魏樂府及民歌中的女性題材上予以發展擴張，承繼古樂府、古詩中的思婦、棄婦、怨婦題材，發展豔色成份。魏晉詩人原已有此傾向，齊梁詩人則進一步從古樂府中尋找可供鋪寫敷衍的婦女題材，在原有的敘述情境上再創作，有時只是替換一些詩句，完全依照原詩的寫作模式寫作，成品如同仿作。有時，敘述情境與脈絡都漸漸脫離了原來的本事，只有依稀可見的關連性，而是在部份細節上多添篇幅。到了梁陳時期，以婦女題材樂府詩歌爲藍本的樂府詩，詩人加強豔色姿容細節描寫的做法已非常普遍。

〔註90〕《玉臺新詠箋注》，7/320。
〔註91〕《玉臺新詠箋注》，7/320。
〔註92〕《玉臺新詠箋注》，5/204。
〔註93〕「寧望春皋下，刷羽亂花鈿」《玉臺新詠箋注》，5/226。

　　漢樂府〈相逢行〉，一名〈長安有狹邪行〉，內容敘述兩個駕車少年狹路相逢，兩方爭相誇耀主人家的富貴榮華，詩的後半，其中一少年述說主人家所見：

> 兄弟兩三人，中子爲侍郎，五日一來歸，道上自生光，黃金絡馬頭，觀者盈道傍。入門時左顧，但見雙鴛鴦。鴛鴦七十二，羅列自成行，音聲何囃囃，鶴鳴東西廂。大婦織綺羅，中婦織流黃，小婦無所爲，挾瑟上高堂。丈人且安坐，調絲方未央。〔註94〕

這首詩充分構織出富貴人家和樂融融的理想圖像：兒子爲官、媳婦賢能，一家團坐，和樂融融。詩中的「丈人」，可解爲「翁媼」，或解爲「丈夫」。〔註95〕從六朝文人的擬作，可看出有的詩人將三婦寫成三代同堂中的三個媳婦，大媳二媳能織，小媳多才，能演奏音樂娛樂丈人；有的詩人將三婦寫成「中子」的三個妻妾。顯然丈人的原意是哪個並不重要，隨擬作者的意思而定。

　　梁代文人全篇擬作的「三婦段落」，漸漸逸出一家和樂融融的圖像。如梁武帝與梁簡文帝的〈長安有狹邪行〉中的三婦段落分別是：

> 三息俱入戶，戶內有光儀。大婦理金翠，中婦事玉觶。
> 小婦獨閒暇，調笙遊曲池。

> 三息俱入戶，照耀光容新。大婦舒綺綢，中婦拂羅巾。
> 小婦最容冶，映鏡學嬌嚬。〔註96〕

不像原辭中三媳能織能歌的賢德形象，兩人寫三婦的光彩時，均轉向描寫婦容冶豔。又如庾肩吾的〈長安有狹邪行〉中的三婦段落是：

> 三子俱來宴，玉柱擊清甌。大婦裛雲裘，中婦卷羅幬。少
> 婦多妖豔，花鈿繫石榴。夫君且安坐，歡娛方未周。〔註97〕

可知庾肩吾依原詩「丈夫」一語的敘述脈絡，寫成三個兒子席間安坐，

〔註94〕　《樂府詩集》，34/508。
〔註95〕　例如，漢樂府〈婦病行〉中的「丈人」就指丈夫，《樂府詩集》，38/566。
〔註96〕　《樂府詩集》，35/515、516。
〔註97〕　《樂府詩集》，35/516。

觀賞他們的妻子，妻子身著華美衣裳。除了加強婦女妝容的描寫，詩
人們也將三婦段落獨立出來而成〈三婦艷詩〉，如沈約〈三婦艷詩〉：

> 大婦拂玉匣，中婦結珠帷。小婦獨無事，對鏡理娥眉。良
> 人且安臥，夜長方自私。〔註98〕

此詩就完全是齊人之福的格調，把丈人解釋爲夫君，以「良人」一詞
替代。至於陳後主所寫的十一首〈三婦艷詩〉，不僅單將三婦段落獨
立爲一個詩題去寫，就內容來看，也全爲艷詩的格調，以下茲引數首：

> 大婦上高樓，中婦蕩蓮舟。小婦獨無事，撥帳掩嬌羞。
> 丈夫應自解，更深難道留。
>
> 大婦年十五，中婦當春戶。小婦正橫陳，含嬌情未吐。
> 所愁曉漏促，不恨燈銷炷。〔註99〕

由上可知，陳後主寫三婦，已經完全脫離〈相逢行〉原詩的敘述情境，
僅將他的興趣放在如何描寫三婦的姿容情態上了。

　〈陌上桑〉，一名〈艷歌羅敷行〉，又名〈日出東南隅行〉，寫採
桑女羅敷的故事。原詩內容先從在外採桑羅敷寫起，描繪她的裝扮美
貌，使來往行人爲之忘形。使君被羅敷美色所吸引，嘗試要勾引她，
便被她以「使君自有婦，羅敷自有夫」的理由嚴詞拒絕了。〔註100〕
羅敷的故事成爲歷代詩人書寫鋪陳的樂府詩題材之一。梁、陳時期，
詩人往往略去這首詩的若干情節，單獨把羅敷美貌段落挑出來書寫：

> 城南半日上，微步弄妖姿。含情動燕俗，顧景笑齊眉。不
> 愛柔桑盡，還憶畏蠶飢。春風若有顧，惟願落花遲。（梁・
> 蕭子範〈羅敷行〉）
>
> 朝日照屋梁，夕月懸洞房。專遠自稱艷，獨□伊覽光。雖
> 資自然色，誰能棄薄妝。施著見朱粉，點畫示頳黃。含貝
> 開丹吻，如羽發青陽。金碧既簪珥，綺穀復衣裳。方領備
> 蟲彩，曲裙雜鴛鴦。手操獨繭緒，脣凝脂燥黃。（梁・張率〈日

〔註98〕《樂府詩集》，35/518。
〔註99〕《樂府詩集》，35/519。
〔註100〕有關〈陌上桑〉全詩及其討論見本章第一節。

出東南隅行〉）

> 重輪上瑞暉，西北照南威。南威年二八，開牖敞重闈。當
> 壚送客去，上苑逐春歸。鬢下珠勝月，窗前雲帶衣。紅裙
> 結未解，綠綺自難徵。（陳後主〈日出東南隅行〉）〔註101〕

〈陌上桑〉原詩以描寫羅敷美色的細節，爲詩後半的情節與高潮預埋
伏筆。若沒有此段描寫，則後段的衝突之感便不顯得如此強烈。但在
這幾首詩中，只看到的是有關羅敷美色的描寫，原詩後半羅敷所引起
的衝突情節，已然隱去。蕭子範的詩說「弄妖姿」，寫她步態妖嬈，
採桑間顧盼生姿。張率把原詩在室外採桑女，轉變成室內織作，除詩
末藉「手操獨繭緒，春凝脂燥黃」點出這個女子從事織作，全詩焦點
幾乎都在寫她的裝扮衣著。這不禁讓人感覺突兀，作者似乎耽於形容
她的美色，最後詩將做結，才趕緊補上有關身分的描述。如此，女子
身分的描述，似乎做爲詩人豔色描寫之餘的點綴。陳後主的〈日出東
南隅行〉更是「舊瓶裝新酒」，他乾脆轉移到〈羽林郎〉當壚女子的
身分，描寫一個女子的豔美。

再以〈美女篇〉一詩爲例。當曹植（192～232）首度以此詩題寫
作時，在詩中塑造出一個條件突出的美女：

> 美女妖且閑，採桑歧路間。柔條紛冉冉，葉落何翩翩。
> 攘袖見素手，皓腕約金環。頭上三爵釵，腰佩翠琅玕。
> 明珠交玉體，珊瑚間木難。羅衣何飄飄，輕裾隨風還。
> 顧眄遺光采，長嘯氣若蘭。行徒用息駕，休者以忘餐。
> 借問女何居，乃在城南端。青樓臨大路，高門結重關。
> 榮華耀朝日，誰不希令顏。媒氏何所營，玉帛不時安。
> 佳人慕高義，求賢良獨難。眾人徒嗷嗷，安知彼所觀。
> 盛年處房室，中夜起長歎。〔註102〕

曹植著力描述她美麗的外貌，其美貌引來不少追求者，這樣的描寫方
式，極容易讓我們連想到〈陌上桑〉詩中有關羅敷美貌的段落。不同

〔註101〕《樂府詩集》，28/418，28/420，28/421。
〔註102〕《樂府詩集》，63/912-3。

於〈陌上桑〉具有故事性的內容，〈美女篇〉詩末以「盛年處房室，中夜起長歎」暗示這個女子雖如此之美，但並未結成應有的良緣，如此，詩的前段所鋪陳的女子美貌，成為這個女子「芳華自賞」的哀嘆根源。這首詩的內容，極易引起讀者的聯想，尤其是「佳人慕高義，求賢良獨難」，詩中女子具有美色卻無人能賞，她的擇偶條件又獨鍾德行與賢能，與士人有才而不遇的情懷似有比擬，寄託寓意濃厚。以曹植的家世與處境而言，說曹植這首詩有意藉此說彼也不為過。

相較於曹植〈美女篇〉特別加強佳人的家世、氣質與德行進而引發的感嘆，在梁簡文帝蕭綱所寫的〈美女篇〉，就看不到像曹植代言美女心路歷程的內容，蕭綱偏向將文筆運用在美女的姿容之上：

　　佳麗盡關情，風流最有名。約黃能效月，裁金巧作星。

　　粉光勝玉靚，衫薄擬蟬輕。密態隨流臉，嬌歌逐軟聲。

　　朱顏半已醉，微笑隱香屏。〔註103〕

這首詩的內容環繞在佳麗的粉妝、衣著、神情、嬌聲，可見蕭綱寫美女，重點在如何把她的美態充分展現出來，至於美女本身的心思或處境，都不是他所要傳達或揣摩的。〔註104〕

由這些詩例，可以看到梁陳文人的樂府舊題詩，會針對某些細節加強書寫。由於他們對綺豔題材的特殊興趣，使得他們發展擴張樂府中的綺豔段落，甚至直接獨立出來，變成獨立詩題的樂府豔詩。這些詩歌看來根植舊樂府詩的內容，實質上是借題發揮。

就如宮體豔詩「以怨為美」的審美趣味一樣，從梁陳時期文人的舊題閨怨、宮怨樂府詩作，也可以看到豔色與閨情交融的痕跡。本來，像閨怨詩這樣「同題創作」的寫作方式，有前人眾多作品可作參考，易形成一個典型，這個題目的內容情意也因而限制在某個情境範疇之內，很容易變成詩作練習。魏晉詩人對閨怨代言體十分熱衷，以曹氏父子的擬古詩及樂府詩作為代表，他們所創作的閨怨詩幾乎都集中在「思婦」

〔註103〕《樂府詩集》，63/913。

〔註104〕蕭子顯（488～537）〈美女篇〉亦為詩例，《樂府詩集》63/913。

面對困守空閨情境而產生的溫柔敦厚、貞定自守的深情。〔註 105〕魏晉詩人擬代閨怨的樂府詩作，許多收錄在《玉臺新詠》前半，其特色是以女性為抒情主體，用思婦及棄婦的口吻直賦情思。然而，從《玉臺新詠》後半宮體詩人的閨怨作品來看，宮體詩人在擬代閨怨的同時，往往逸出了魏晉詩人代女子直賦情思的方式。梁陳文人樂府閨怨詩的「思婦怨情」，雖然還在「丈夫遠行」的陳述或「丈夫不在」的情境下，詩中女子的怨情並非完全藉詩人之口直陳而出，而是透過女子身處環境氣氛去渲染怨情，有時甚至以描摹閨中女性的容貌情態以凸顯哀感。以曹丕〈燕歌行〉與蕭繹的〈燕歌行〉對照來看：

> 秋風蕭瑟天氣涼，草木搖落露為霜。羣燕辭歸雁南翔，念君客遊多思腸。慊慊思歸戀故鄉，君為淹留寄他方。賤妾煢煢守空房，憂來思君不可忘。不覺淚下霑衣裳，援琴鳴弦發清商，短歌微吟不能長。明月皎皎照我牀，星漢西流夜未央。牽牛織女遙相望，爾獨何孤限河梁。（曹丕）

> 燕趙佳人本自多，遼東少婦學春歌。黃龍戍北花如錦，玄菟城前月似蛾。如何此時別夫婿，金羈翠眊往交河。還聞入漢去燕營，怨妾心中百恨生。漫漫悠悠天未曉，遙遙夜夜聽寒更。自從異縣同心別，偏恨同時成異節。橫波滿臉萬行啼，翠眉漸斂千重結。并海連天合不開，那堪春日上春臺。惟見遠舟如落葉，復看遙舸似行杯。沙汀野鶴嘯羈雌，妾心無趣坐傷離。翻嗟漢使音塵斷，空傷賤妾燕南陲。

> （蕭繹）〔註 106〕

曹丕〈燕歌行〉從秋天季候寒涼起興，群鳥南翔，由「念君」導引出丈夫客遊在外的事實，接著詩中第一人稱敘述者出現，以「賤妾」口吻直抒對夫君的思念，詩中人在星夜流轉中訴說思念夫君的哀憐情思。蕭繹〈燕歌行〉，不採取以景起興的方式，他先是以「佳人」一

〔註105〕 參見梅家玲〈漢晉詩歌中「思婦文本」的形成及其相關問題〉，見氏著《漢魏六朝文學新論》（臺北：里仁書局，1997），頁 93～150。

〔註106〕《玉臺新詠箋注》，9/456-7。

語突出詩中女主人公的少婦身影,再描述她所處情境。從「如何此時別夫婿」四句來看,此詩雖也有意採取以少婦口吻陳述哀思的方式,但是,如「橫波滿臉萬行啼,翠眉漸斂千重結」這樣描寫少婦愁眉苦臉、楚楚可憐情態的句子,比較像是詩人以旁觀者角度插入的描述,逸出代言模擬思婦的語調。這可說是蕭繹爲了加重少婦形象而嵌入的句子。至於,爲何要嵌入這樣的句子?除了增加楚楚可憐的情調,讓讀者更加融入詩中少婦的情境之外,應該可視爲「豔色」情調的滲入,源自於宮體詩人對描寫女性豔色的高度興趣,也就是說,這首詩雖是舊樂府詩題,卻結合了宮體豔詩的描寫技法。

　　《玉臺新詠》是一部描寫女性生活詩歌的詩歌總集,收錄詩作一併稱之爲「豔歌」,前文討論宮體豔詩時,已曾言及這種描寫性詩歌的「豔美」。宮體詩人的閨怨樂府詩,與宮體豔詩一樣,有時側重描寫女子容貌,時而側重描寫閨房陳設及其環境氛圍,使閱讀者能及時感受體察到觀察者(詩人)所描寫的興味(特別是視覺上的),進而對詩中女性興起想像,感受到女性豔色及閨閣情態之美,造成樂府閨怨詩「豔化」的跡象,可直稱爲樂府豔詩。

　　到了南北朝末期,文人乾脆自製新曲書寫女性綺豔題材,如陳後主自製新曲〈玉樹後庭花〉:

　　　麗宇芳林對高閣,新妝豔質本傾城。映戶凝嬌乍不進,出
　　帷含態笑相迎。妖姬臉似花寒露,玉樹流光照後庭。〔註107〕

在這首詩中,詩人營造的不只是一幅富麗的美女畫面,女色之綺豔悅目與庭台樓閣相映成趣,逸樂之氣流動其間,使我們看到美色與華美樓閣之間的和諧多嬌,與其他南朝舊題樂府詩滲透出的綺豔情調相比,可見南朝詩人全力突出「女性豔色」的結果。

四、戀情樂府民歌

　　與宮體豔詩、文人樂府豔詩相較,吳歌、西曲的主題較爲不同,

〔註107〕　《樂府詩集》,47/680-681。

內容大致均環繞在戀情上頭，包含陷入戀情男女的歡愉、相思、猜疑、愁苦、別離等，形式上輕薄短小，以五言四句爲大宗。吳歌、西曲雖然原是民間歌曲，但現在所看到的作品，即使不著名作者，大多經過文人的潤飾，因此，以「戀情樂府民歌」統稱，是指樂曲的創始，不表示現在所見吳歌、西曲的歌詞都是來自民間。〔註108〕

（一）吳歌、西曲的內容

吳歌、西曲的原作通常有本事，而後來的仿作、擬作往往就在此本事上發揮，而形成一個大致固定的格套，例如，吳歌的〈子夜歌〉相傳是一女子所作，有關此女子的故事各書記載或有些許不同，而以〈子夜歌〉爲題的詩，便多以女性的口吻，訴說陷入戀情中的相思猜疑與離別苦楚等心情，以下舉幾首爲例：

> 歡愁儂亦慘，郎笑我便喜。不見連理樹，異根同條起。(44/642)
>
> 氣清明月朗，夜與君共嬉。郎歌妙意曲，儂亦吐芳詞。(44/643)
>
> 別後涕流連，相思情悲滿。憶子腹糜爛，肝腸尺寸斷。(44/642)
>
> 儂作北辰星，千年無轉移。歡行白日心，朝東暮還西。(44/643)
>
> 〔註109〕

詩中女性盈滿對情郎的愛意，將對方與自己的聚合語棄別視爲人生的最喜與最悲。在〈子夜四時歌〉裡，女子的心思與春夏秋冬即景結合，情景呼應交融，也將初嚐愛情的甜蜜、陷入熱戀的沈醉與維繫戀情中的相互猜疑，乃至見棄於對方的痛苦，細緻地表現戀情的過程與轉折：

> 光風流月初，新林錦花舒。情人戲春月，窈窕曳羅裙。(〈春歌〉44/644)
>
> 赫赫盛陽月，無儂不握扇。窈窕瑤臺女，冶遊戲涼殿。(〈夏歌〉44/645)
>
> 自從別歡來，何日不相思。常恐秋葉零，無復蓮條時。(〈秋歌〉44/647)

〔註108〕見王運熙〈吳聲西曲的產生年代〉，《六朝樂府與民歌》，頁14。
〔註109〕所引卷頁均據郭茂倩《樂府詩集》，以下不再標明。

　　　　寒鳥依高樹，枯林鳴悲風。為歡憔悴盡，那得好顏容。（〈冬
　　　歌〉44/648）

春日麗景，正適合發抒春心嬌媚；夏日正盛，乘夜涼談情；秋日初霜，
葉木漸凋，戀情也陷入膠著，戀人苦惱；冬日北風慘慘，一段戀情也
就此休止。以四時運轉喻戀情過程，引起文人的興趣，梁武帝等人有
直接擬作。一直到唐代，〈子夜四時歌〉還是詩人常寫的題目。〔註110〕

　　　因為地域關係，西曲中有描寫商賈與當地女子或娼女交往的詩，
如：

　　　　布帆百餘幅，環環在江津。執手雙淚落，何時見歡還？（〈石
　　　城樂〉）

　　　　朝發襄陽城，暮至大堤宿。大堤諸女兒，花豔驚郎目。
　　　　揚州蒲鍛環，百錢兩三叢。不能買將還，空手攬抱儂。（〈襄
　　　陽樂〉）

商人以過客身分，與當地女子發展出短暫的戀情，註定的別離結果，
讓短暫的戀情歡快更顯珍貴，這也是西曲內容的主要特色。可能因為
西曲中有描述商賈與娼妓內容的詩歌，文人所作的西曲，便出現一些
更為感官、有關女子的飾物服裝的描述等較為華貴的內容，如梁元帝
〈烏棲曲〉：

　　　　幄中清酒馬腦鍾，裙邊雜佩琥珀龍。虛待寄君心不惜，共
　　　指三星今何夕。濃黛輕紅點花色，還欲令人不相識。金湖
　　　夜水詎能多，莫持奢用比懸河。〔註111〕

總之，吳歌、西曲中的戀情，有很多是「婚前戀情」或「婚外戀情」，
這在當時一般文人作品是比較難看到的。

（二）吳歌、西曲的語言特色

　　吳歌、西曲最普遍的形式是五言四句。〔註112〕語言質樸簡練，

〔註110〕這點在第三章會更進一步討論。
〔註111〕《玉臺新詠》作蕭子顯詩，見《樂府詩集》48/695。
〔註112〕吳歌也有雜言如〈華山畿〉、〈讀曲歌〉等，大多為五言四句但偶有
　　　　「三、五、五」的句式，《樂府詩集》46/669-677。西曲的句式更具

並且大量使用雙關諧音字如「蓮（憐）」、「藕（偶）」、「絲（思）」，還有疊字，如「環環」、「勞勞」、「的的」等，此與其做為演唱用歌曲有很大的關係。此外，抒情方式直接明白，詩中人常以直述的口吻道出自己的悲喜，甚至很口語化，以「我」、「儂」等字自稱，以「郎」直指其戀人，如〈懊儂歌〉：「我與歡相憐，約誓底言者。常歡負情人，郎今果成詐。」（46/668）就幾乎不加任何修飾。

　　吳歌、西曲不似宮體豔詩以宮女為主，描寫為宗，多以民間男女為整首詩的抒情主體，情味濃厚。詩中戀情的發生地點，跟其流行地域有關，通常是在江畔水邊，詩中的男女在此萌發春心，整首詩也自然流露出兒女情長的婉轉情味，所以，相對於宮體豔詩中對宮女美色美姿的靜態工整描寫，吳聲西曲的直述抒情成份濃厚的多，作者所使用的象喻大部分明白直接而鮮活，如前引〈子夜歌〉的「儂作北辰星」，就把自己比為北極星，永不移轉，代表自己不會變心。又以下面二首為例：

　　　　相送勞勞渚，長江不應滿，是儂淚成許。（〈華山畿〉46/670）

　　　　閨閣斷信使，的的兩相憶。譬如水上影，分明不可得。（〈讀曲歌〉46/67）

將自己滿溢悲傷與江水相比，又把相思比為水上影，不可捉摸，都能讓讀者對詩中情感興起及時的想像。有的詩作則以景寫情，如〈前溪歌〉：「黃葛結蒙籠，生在洛溪邊。花落逐水去，何當順流還，還亦不復鮮。」藉落花隨水流去，暗喻事物（青春或愛情）消逝無可挽回。由於吳歌西曲的地域性，詩歌多由眼前所見的自然景物取喻，如江水，蓮子，蓮浦，菱角，蠶絲等等。

　　此外，特別值得一提的是清商曲辭的〈神弦歌〉，曲子性質是祀神之歌，其實詩中所寫的神，有時與吳歌西曲中所擁有的情愛與俗人並無二致，以〈白石郎曲〉與〈青溪小姑曲〉為例：

多樣性，有七言如〈青驄白馬〉、〈共戲樂〉，雜言如〈壽陽樂〉、〈月節折楊柳歌〉，《樂府詩集》49/711-12，719，723。整體來說，還是以五言四句為大宗。

白石郎，臨江居。前導江伯後從魚。

積石如玉，列松如翠。郎豔獨絕，世無其二。（〈白石郎曲〉
47/684）

開門白水，側近橋梁。小姑所居，獨處無郎。（〈青溪小姑曲〉
47/685）

詩中的神仙就跟人一樣，有美好的外貌，等待著一個伴侶的到來，與
《楚辭・九歌》的娛神娛人的寫法相似。〔註113〕白石、青溪小姑因
而在唐代詩中做爲戀愛中男女的代稱。

在《玉臺新詠》卷十，還收錄文人吳歌新題作品，內容依然環繞
在民間男女的情愛繾綣之上，如孫綽〈情人碧玉歌二首〉：

碧玉破瓜時，相爲情顛倒。感郎不羞難，迴身就郎抱。（其
二）〔註114〕

情人碧玉歌相傳即爲孫綽所創。〔註115〕這首詩寫少女熱戀的狀態，
不論在用語與表情的直接程度，都與我們一般看到的吳歌西曲沒有兩
樣。此外，梁陳文人也寫些非吳歌西曲形式，但具有是吳歌西曲情調
的作品。〔註116〕如蕭衍的〈織婦〉：

送別出南軒，離思沈幽室。調梭輟寒夜，鳴機罷秋日。良
人在萬里，誰與共成匹？願得一回光，照此憂與疾。君情
倘未忘，妾心長自畢。〔註117〕

以「共成匹」雙關織布成匹跟與良人匹偶，用在文人詩歌中，十分具
有民間戀情意味。

〔註113〕 蕭滌非認爲，民間祀神非關天地山川之大，有時著重祀神之娛樂情
趣，所以歌詞具有風流情趣。青溪小姑祠是漢蔣子文妹之祠，蕭滌
非從《搜神後記》、《異苑》、《續齊諧記》幾段記載找出青溪小姑在
神話傳說中的風流意味，見其《漢魏六朝樂府文學史》，頁224～230。
〔註114〕 《玉臺新詠箋注》，10/471。
〔註115〕 王運熙認爲這首曲子是孫綽爲晉汝南王愛妾所作之歌，見〈吳聲西
曲雜考〉，《六朝樂府與民歌》，頁72～76。
〔註116〕 王運熙在〈論吳聲西曲與諧音雙關語〉列出梁簡文帝〈桃花曲〉等幾
首非清商曲詞的諧音雙關詩，見其《六朝樂府與民歌》，頁145～46。
〔註117〕 《玉臺新詠箋注》，7/272。

小　結

　　先秦兩漢是中國女性敘寫詩歌題材與情意的發端時期，由《詩經》、《楚辭》，我們看到基本的「香草美人」傳統與風騷精神，及「求女意象」所構成之女性化情意象徵。從兩漢〈古詩十九首〉及樂府詩，到南朝的宮體豔詩及樂府豔詩，女性敘寫詩歌的主題情意，漸漸逸出社會倫理範疇，女性「豔色」與「男女戀情」題材突出。

　　南朝宮體豔詩，是詩人創作意圖、創作環境及詩歌形式講究新變，交互催化之結果。在宮體豔詩中，可以窺見男性詩人對「豔色趣味」的窺看與喜愛。此外，漢魏女性敘寫詩歌，也影響到宮體豔詩的製題，詩人寫作時不但套用漢魏思婦詩的閨怨詞語，以表詩中女性的怨情處境，還明顯寓「豔色趣味」於女性怨情，表現出「女性怨情豔美」的特殊旨趣。南朝的文人樂府的閨情主題，也有擴張豔色敘寫的傾向。戀情樂府民歌「吳歌」、「西曲」，則以明白流暢的語言，表現具有江南地域情味的男女戀情。

　　不論從內容情意與表現手法來看，南朝豔詩的幾項特徵，均構成中國豔詩傳統的基本型式，也成為唐代綺豔詩語彙、素材、情意發展的直接來源。

第二章　中唐綺豔詩風的興起

　　豔詩本來是以描寫女性豔美而形成的詩歌類型。宮體豔詩則是中國古典豔詩的初始樣貌，從宮體豔詩出現以後，一些以描寫女性爲主題的詩歌便稱爲豔詩，且與傳統敍寫婦女題材的詩歌相對應。宮體豔詩的創作，同時是詩藝較量，詩人們以工整的五言句式與對句的形式鋪陳描寫女性姿容、環境氛圍，與其重描寫的特點相匹配。宮體豔詩是以豔色爲內容題材，且在形式上達成華美工整的詩作。樂府豔詩雖與宮體豔詩形式不同，卻同樣趨向以女性豔美描寫爲風尚。南朝文人豔詩遂以描寫女色姿容爲大宗，至陳後主時，還結合女性豔色與江南逸樂之風的題材，在詩歌中表現出沈溺於華美的氣息。

　　初唐時期，官修的南北朝史書中的文學傳論，開始對南朝宮體豔詩提出一連串批評，特別是從政教角度的批評。初盛唐時期的豔詩雖不多，卻有以女性「豔色」爲觀看角度的詩歌，與政教倫理之下的閨怨思婦詩，形成混雜不分之態勢。中唐是唐代綺豔詩作再度興起的時期。原本由南朝宮體豔詩所建立的，男性詩人賞悅窺視豔色的意圖與表現模式，漸漸起了變化。詩人以「參與者」的身分書寫冶遊經歷，綺豔詩由女性豔色描寫，漸漸走向以詩人爲主體的抒情之路。

第一節　從《玉臺新詠》到《玉臺後集》：初盛唐豔詩

　　盛唐李康成曾編選一本詩歌選集，名爲《玉臺後集》。據《郡齋讀書志》記載《玉臺後集》引李康成序言：

> 昔陵在梁世，父子俱事東朝，特承優遇。時承平好文，雅尚宮體，故採西漢以來詞人所著樂府豔詩，以備諷覽。〔註1〕

李康成認爲，徐陵《玉臺新詠》是宮體詩的代表，豔詩是實質內容，承襲《玉臺新詠》，依此標準再錄一部續集，就是他編《玉臺後集》的目的。當然，他也不忘使用「諷覽」二字，以表示這部集子具有教化功能。李康成序其實可代表唐人對宮體詩及《玉臺新詠》的基本認識：宮體詩等同於豔詩，宮體詩之名甚至涵蓋「樂府豔詩」，連帶地，《玉臺新詠》就是宮體詩，也可說是豔詩的代表。

一、初唐編纂史書中的梁陳豔詩論述

　　豔詩、宮體詩幾種名稱混用以指稱豔詩，在唐代是普遍情形。唐人將宮體詩與豔詩混用，起緣於政教因素。陳朝覆亡，隋、唐起而代之，經歷六朝動亂更迭，初唐史臣在大一統的氣氛之下，從政教角度看待文學與政治興衰的關係，幾乎一面倒，給予宮體詩負面評價。以下從唐代編修正史的梁陳帝王紀，以及部份宮體詩人傳、文學傳序中，徵引數段有關宮體詩的段落，討論初唐士人所認識到的宮體詩與豔詩的特點。

　　首先是魏徵（580～643）編修《梁書·敬帝本紀後論》論蕭綱，批評梁代帝王帶頭寫宮體詩的負面影響：

> 太宗聰睿過人，神采秀發，多聞博達，富贍詞藻，然文豔用寡，華而不實，體窮淫麗，義罕疏通，哀思之音，遂移風俗……。〔註2〕

「文豔用寡」幾句，指出梁簡文帝的詩文不具實用價值，極盡能事逞

〔註1〕　李康成，生卒年不詳，據考大約爲盛唐時人，詳見傅璇琮編撰，《唐人選唐詩新編》（西安：陝西人民教育出版社，1996），頁319。

〔註2〕　《梁書》，6/151。

豔麗之辭，不重視詩歌的內容，導致「遂移風俗」，可見《梁書》雖有就宮體形式與內容的弱點提出批判，最終還是從實用與有害教化的觀點批判梁帝的詩文。又，魏徵編修《陳書・後主本紀》論：

> 後主生深宮之中，長婦人之手，既屬邦國殄瘁，不知稼穡艱難。……後稍安集，復扇淫侈之風。賓禮諸公，唯寄情於文酒，昵近群小，皆委之以衡軸。謀謨所及，遂無骨鯁之臣，權要所在，莫匪侵漁之吏。政刑日紊，尸素盈朝，耽荒為長夜之飲，嬖寵同豔妻之孽，危亡弗恤，上下相蒙，眾叛親離，臨機不寤，自投於井，冀以苟生，視其以此求全，抑亦民斯下矣。……古人有言，亡國之主，多有才藝，考之梁、陳及隋，信非虛論。然則不崇教義之本，偏尚淫麗之文，徒長澆偽之風，無救亂亡之禍矣。〔註3〕

這裡不但與《梁書》持同等論調，還從陳後主生長環境背景與其創作關係論起，認為陳後主受宮廷生長環境的影響而多寫豔詩。陳後主與宮中女性廝混，縱情飲酒及詩文，不知國事艱困與民間疾苦，陳朝才稍偏安，後主就耽於逸樂，寫了不少宮體詩文，帶起華美浪費的風氣。魏徵對亡國之音的強烈批判，如此可見。除魏徵《梁》、《陳》書之外，在李百藥主修的（565～648）《北齊書・文苑傳序》也可見類似的論點。〔註4〕

　　針對梁陳以來宮體詩盛行風氣的負面影響，魏徵在《隋書・文學傳序》對八代以來的詩風作了總結，論梁、陳詩風云：

> 梁自大同之後，雅道淪缺，漸乖典則，爭馳新巧。簡文、湘東，啟其淫放；徐陵、庾信，分路揚鑣。其意淺而繁，其文匿而彩，詞尚輕險，情多哀思。格以延陵之音，蓋亦亡國之音乎！……（隋）高祖初統萬機，每念斲雕為樸，發號施令，咸去浮華。然時俗詞藻，尤多淫麗，故憲臺執法，屢飛霜簡。煬帝初習藝文，有非輕側之論，暨乎即位，

〔註3〕 《陳書》，6/119-120。
〔註4〕 《北齊書》，45/602。

　　一變其風。〔註5〕

他特別指出，梁大同年間政風衰弱，蕭綱、蕭繹開啓淫靡放蕩之風，崇尚文辭新巧華麗，從當代文風就可看出政治興衰的端倪。這裡頗似《禮記·樂記》：「治世之音安以樂，其政和。亂世之音怨以怒，其政乖。亡國之音哀以思，其民困。」的論調。〔註6〕《隋書·經籍志》則更明白批評梁陳詩歌的內容：

　　簡文之在東宮，亦好篇什。清辭巧製，止乎袵席之間；雕琢蔓藻，思極閨房之內。後生好事，遞相放習，朝野紛紛，號爲「宮體」。流宕不已，訖于喪亡。陳氏因之，未能全變。
　　〔註7〕

這裡把梁陳宮廷流行的豔詩直稱爲「宮體」，對蕭綱寫筵席女妓、閨房女子的詩歌內容大力抨擊，認爲他開啓朝野上下交相習作豔詩的風氣，導致敗亡，並指出陳朝覆亡原因與梁代類同。可見得帝王大力提倡寫作豔詩，固是一罪，極盡能事地以華美辭彙雕飾女色，更令人不能接受，頗有以詩歌的豔麗內容去否定其修辭藝術價值的意味。

　　既從豔詩內容批判，則不只梁、陳帝王受到唐代史臣的指責，梁、陳的文臣，也一併受到批判，如姚思廉（557～637）《陳書·江總傳》說：

　　（江總）好學，能屬文，於五言七言尤善，然傷於浮豔，故爲後主所愛幸。多有側篇，好事者相傳諷玩。〔註8〕

「側篇」指江總描寫女性的豔詩。姚思廉認爲，江總雖然詩寫得好，然而有「浮豔」的毛病。這固然是針對修辭形式所下的評斷，從上文「五言七言」連綴來看，不特別指宮體豔詩。江總文詞可能不錯，然而內容不佳，還以好寫豔詩並得到帝王的偏愛，《陳書》這番話，頗有不以爲然之意。除此之外，令狐德棻（583～666）《周書·王褒庾

〔註5〕　《隋書》，76/1730。
〔註6〕　《禮記》卷37，十三經注疏本第五冊，頁663。
〔註7〕　《隋書》，35/1090。
〔註8〕　《陳書》，27/347。

信傳論》論庾信說:「其詞以淫放爲本,以輕險爲宗,故能誇目侈于紅、紫,蕩心逾于鄭、衛。」〔註9〕對他的修辭形式與豔麗內容嚴批,跟姚思廉批江總的論點相似,可見得南朝詩人因豔詩之故,易受敗壞文風的負評。

從初唐編纂的前代史書中有關梁陳詩文的評論,我們可歸納幾個主要印象:第一、宮體詩題材內容涉及女性豔麗的形象,亦即筆者在第一章所標出「宮體豔詩」。在這裡唐人幾乎把宮體詩等同於宮體豔詩,只要提到宮體詩,就連想到內容豔麗。不過,唐人的批評矛頭不是只指向宮體豔詩,還包含南朝其他的豔詩。第二、從文風與世勢的關連,唐人從世亂與文風奢靡華美的關係,將豔麗之詩與南朝的覆亡連結。第三、宮體詩使用辭彙輕豔浮淺,字面上的缺點與內容相對應,宮體詩講究對仗音韻,徒顯辭彙華麗而不重內容情意。

這裡特別針對第三點說明。唐人對宮體詩,除了豔詩與亡國之音外,其實體認到宮體詩兼有講究形式及內容偏向豔麗的特色,這由上面幾段引文屢屢出現的「淫麗」、「淫放」、「浮豔」、「輕險」等形容詞可察覺。「淫麗」意指詞采奢華浮靡的意思,〔註10〕「淫放」,「浮豔」、「輕險」看來是涉及形式的問題,但兼指內容。其實,唐人所指出宮體豔詩內容之豔麗與形式上的詞藻浮豔,這兩者本就是一體兩面。宮體詩往往是五言八句的形式,中句四句兩兩對仗,等於用雙倍的字詞去描繪同樣的情境,講究詞藻偶對,但對句的形式於詩歌情意卻無所進展,顯得「輕浮」,描寫浮誇不著邊際。〔註11〕當詩歌內容描寫到宮中舞女、歌女的

〔註9〕《周書》,41/733。庾信後半生雖然居在北朝,然豔詩作品早於仕於南朝時即有。正如其本傳所說:「肩吾爲梁太子中庶子,掌管記。東海徐摛爲左衛率。摛子陵及信,並爲抄撰學士。其父子在東宮,出入禁闥,恩禮莫與比隆。既有盛才,文並綺豔,故世號爲徐、庾體焉。當時後進,競相模範。每有一文,京都莫不傳誦。」

〔註10〕《論語》說「鄭聲淫」,楊柏峻《論語譯註》認爲「淫」字在先秦時期即有過度而致失當的意思,參見顧易生、蔣凡《中國文學批評通史——先秦兩漢文學卷》,頁87。

〔註11〕王運熙、楊明《中國文學批評通史—隋唐五代卷》(上海:上海古

容貌服飾時，因著女子本身的美麗衣飾及精心化妝，詩人所選用的辭彙
自然會偏向色彩華美且穠麗，否則，以清淡樸素的辭彙焉能揣摩重現那
歌舞之美。宮體豔詩最大的問題在於，空有浮面描寫與對句形式而無實
質情意。對宮體詩人來說，既然是速寫式的側寫，以綺麗的文字勾起視
覺效果，顯然比講究任何內在情意來得重要。初唐史書對宮體詩多持負
面評價，從他們所使用的批評辭彙，卻顯示了唐人偶然抓到宮體詩形式
及內容上的特點。只是，唐人言及宮體詩形式上的問題，終究是配合著
內容豔麗這項缺陷去談論的，常有混雜不清的問題。因此，我們可以說，
雖然唐人說「宮體詩」，其實幾乎就是本文所說的「宮體豔詩」，唐人的
混用，也是後世每將這兩者混淆的原因所在。

二、豔詩批判與創作並行

　　即使初唐文臣史書中的文學傳論將宮體詩與南朝覆亡連結，提出
對豔詩不利的批評，有趣且矛盾的現象是，初唐詩人的豔詩作品是與
其批判並行出現的。

　　例如，虞世南（558～638）〈中婦織流黃〉、董思恭〈三婦豔〉詩，
〔註12〕詩題與內容皆承襲上一章所討論的，由〈長安有狹邪行〉所引申
的〈三婦豔〉系列的樂府豔詩；初唐詩人也有沿襲南朝文人擬作民間戀
情樂府，如郭震（656～713）的〈子夜四時歌〉。李百藥在其編修的《北
齊書》中雖對南朝豔詩文風，提出嚴厲批評，但從他的詩作，也可見到
南朝詩人的重豔色的特色──對女性姿容的特加描寫，以兩首樂府詩為
例：

> 佳人靚晚妝，清唱動蘭房。影出含風扇，聲飛照日梁。嬌
> 囀眉斂際，逸韻口中香。自有橫陳會，應憐秋夜長。（〈火鳳
> 辭二首〉其二）

籍出版社，1996），頁60，討論初唐史臣批評宮體詩的術語，以為
「浮豔」、「輕險」兩詞，「主要是指由其內容因素而形成的風貌（「險」
指過於出格，亦指內容言）。但「輕」的感覺當也與其語言有關。」
〔註12〕生卒年不詳，唐高宗時人，見《舊唐書》本傳，190上/4997。

團扇秋風起，常門夜月明。羞聞捫背入，恨說舞腰輕。太常先已醉，劉君恆帶醒。橫陳每虛設，吉夢竟何成。（〈妾薄命〉）〔註13〕

第一首是唐代新製樂府，第二首是六朝樂府舊題。〔註14〕雖為樂府，這兩首詩實與宮體豔詩寫作手法沒什麼不同。兩首詩的設意相似，只是結尾一正一反。〈火鳳辭〉一開始佳人出場，詩人先描述她的妝畢歌唱的情景，這暗示了詩中女性身分應是歌女，所以，接下來的詩句旨在顯現她的豔色與歌唱才華並照，最後則暗示這女子將有良宵可度。〈妾薄命〉情意正反，先以「團扇」、「月明」暗示這個女子的期盼情愛相會，然而，女子的歌舞色藝於她似無所幫助，最後歡會之願成空，虛度良宵。聞一多對唐初一些宮體豔詩曾批評道：「除了搬出那殭屍「橫陳」二字外，他們在詩裡也並沒有講出什麼。……恐怕只是詞藻和聲調的試驗給他們羈縻著一點作這種詩的興趣。」〔註15〕雖未指明，聞一多所說的大概就像李百藥這兩首詩，不但詩尾同用「橫陳」作結，若與宮體豔詩擺放在一起來看，也幾乎沒什麼不同。這兩首詩實可視為宮體豔詩的延續。

李百藥〈戲贈潘徐城門迎兩新婦〉說：「雲光鬢裡薄，月影扇中新。年華與妝面，共作一芳春。」〔註16〕這首側重在新嫁娘的青春美貌，透過片段捕捉女子的俏麗身影，呈現婚姻將至的幸福感。宋之問（約656～713）〈和趙員外桂陽橋遇佳人〉則重演佳人美色：

江南朝飛泡細塵，陽橋花柳不勝春。金鞍白馬來從趙，玉面紅妝本姓秦。妒女猶憐鏡中髮，侍兒堪感路傍人。蕩舟為樂非吾事，自嘆空閨夢寐頻。〔註17〕

〔註13〕《全唐詩》（〔清〕彭定求等奉敕撰；北京：中華書局，1960），43/536。

〔註14〕〈火鳳辭〉大概是貞觀時新製的羽調樂曲，〈妾薄命〉蓋恨燕私之歡不久，首見為曹植所作，後梁簡文帝、劉孝威均有作，見《樂府詩集》62/902-03，80/1136。

〔註15〕聞一多〈宮體詩的自贖〉，見其《唐詩雜論》（上海：上海古籍出版社，1988），頁9～19。

〔註16〕《全唐詩》，43/537。

〔註17〕《全唐詩》，53/658。

這首和詩結合了即景與即事，以佳人的口吻敘述，先鋪陳桂陽橋春色場景，再舉歷史上知名的美女秦羅敷，以表佳人貌美。此處，詩人還故意從語意上營造佳人欲投向趙員外的（「從趙」固然是指遇到趙員外，也可解為歸從趙員外的意思），十分調侃的語氣，意欲引起和詩對象趙員外的心頭一盪。最後，詩人照例為佳人則發為一嘆，訴說困守空閨的無奈。

除上述幾首詩之外，初唐豔詩神似宮體豔詩的詩歌數量，於初唐詩歌的比例並不多。宮體豔詩本興起於梁陳帝王的創作喜好，及相應宮廷背景環境，到了初唐時期，宮廷詩歌描寫宮中女性的詩減少，與南朝宮體豔詩及宮體詩的數量，相較之下也少得多。〔註18〕不過，若說初盛唐沒有接續南朝文人的豔詩風潮，毋寧說，初盛唐豔詩大部分不太出名，隱伏在其他傑出詩歌的光芒之下。

初唐對豔詩批判與創作並行的現象，看來雖矛盾，但這個現象若放置在整個初唐政壇的氛圍來看，也並不特異。前文曾提到，史臣對宮體豔詩的負面批評，多與國家覆亡連結。關於此點，牟潤孫曾說：「使其內無色荒，縱賦宮體，何傷治道？」如此看來，史臣雖於史書嚴厲批判宮體詩，但宮體詩盛行只能說是南朝詩壇的流行現象，並不能視為造成國家覆亡的唯一原因。史臣雖於批判宮體豔詩時意有所指，指桑罵槐，真置身宮廷酬酢場合，也還是難免對眼前美人佳景加以描繪。〔註19〕

三、從《玉臺後集》看初盛唐詩閨情豔逸不分的現象

事實上，南朝豔詩的遺緒持續留存於初盛唐詩歌中，只是唐人不

〔註18〕這是筆者閱讀梁陳宮體詩與初唐宮廷詩歌所得的印象。亦可參考〔美〕宇文所安（StephenOwen）在《初唐詩》（賈晉華譯；北京：三聯書店，2004）所言，頁36。

〔註19〕牟潤孫，〈唐初南北學人論學之異趣及其影響〉．《中國文化研究所學報》n.1（1968）：頁50～86。收於其《注史齋叢稿》（臺北：臺灣商務印書館，1990），頁363～414。

特別注意而已。有關這點，從本節一開始所提及的《玉臺後集》來看是很清楚的。這本集子現已失傳，只能從宋、明典籍的引用散見一些這本集子所選錄的詩歌。〔註20〕就目前存詩來看，大致如序所言，承襲了《玉臺新詠》的方向，以吟詠女性生活的詩歌為主。成書時間大約在天寶年間，搜集的詩歌年代，從梁朝蕭子範以降，到李康成在世的盛唐時期。其中，凡徐陵已收者，僅存庾信、徐陵二人，餘並不錄，時間上的確接續著《玉臺新詠》，初唐詩歌數量最多。下面先從《玉臺後集》中的現存詩歌，摘錄若干詩題來看：

作者及詩題	詩題的出處及詩歌內容說明
李播〈見美人聞琴不聽〉	描寫美人容止情態。
宋之問〈和趙員外桂陽橋遇佳人〉	在唱和詩中詠佳人豔色。
虞世南〈中婦織流黃〉	〈中婦織流黃〉與〈三婦豔〉一樣均從〈長安有狹邪行〉化出，寫家中妻子的美態。〔註21〕
陳子良〈學小庾體〉	指庾信體。
謝偃〈踏歌詞〉	唐代新製樂府題，描寫歌舞女妓。〔註22〕
張昌宗〈太平公主山亭宴〉	詠太平公主宴席舞妓詩。
喬氏〈臨鏡曉妝詩〉	描寫閨房女子對鏡梳妝情態。
張文琮〈詠王昭君〉	從漢樂府〈昭君怨〉題材而出。〔註23〕
馮侍徵〈虞姬怨〉	詠虞姬怨情。
蔡瓌〈夏日閨怨〉	古〈閨怨〉詩系列。
董思恭〈春日代情人〉	代言棄妾怨情。
王勃〈銅雀妓〉	一名〈銅雀臺〉，詠銅雀臺眾妓歌舞弔魏武帝事。〔註24〕

〔註20〕參考《唐人選唐詩新編》頁315～316。本節稍後會討論這本集子的選詩。
〔註21〕見第一章第二節，頁46～47。
〔註22〕《樂府詩集》82/1158。
〔註23〕《樂府詩集》59/853。
〔註24〕《樂府詩集》31/454。

沈佺期〈古離別〉	一名〈古別離〉,梁・江淹以〈古詩十九首・行行重行行〉命意爲題,詠思婦。〔註25〕
崔顥〈王家小婦〉	婦人閨情詩。
李暇〈擬古東飛伯勞歌〉	詠待嫁少女閨情,與梁・簡文帝同題。〔註26〕
李暇〈怨詩三首〉	古閨怨詩題,從曹植〈怨詩行〉出。〔註27〕
李暇〈碧玉歌〉	南朝清商曲辭吳歌,詠寵愛小妾。〔註28〕

以上詩作大概可區分成兩種類型,前五首爲第一種,大約是宴席詠妓詩與詠美人容態的詩;張文琮〈詠王昭君〉以後的幾首是第二種,從漢魏南朝樂府古詩中詠棄妾、思婦、閨怨宮怨、妓女等女性題材詩作化出,有的從詩題可知是閨情或代言閨情體,〈春日代情人〉,最後還有民間戀情樂府如〈碧玉歌〉。大致來說,《玉臺後集》所收錄的詩歌,幾乎比照《玉臺新詠》,以環繞女性生活題材詩歌,尤其是女性豔色與怨情敘寫爲主軸。

除前文引用的宋之問〈和趙員外桂陽橋遇佳人〉,與宮體豔詩著重豔色趣味描寫的情形類似之外,這裡要特別討論陳子良的〈學小庾體〉詩。這首詩只有留存兩句,是寫筵席歌舞景況的。詩題直以「小庾體」指稱,所謂小庾即庾肩吾之子,該指庾信體。初唐崔知賢、韓仲宣、高瑾、長孫正隱、陳嘉言有〈上元夜效小庾體〉,以同韻、五言八句爲一致形式,內容寫宴會歌舞熱鬧場面。〔註29〕所以,《玉臺後集》中陳子良〈學小庾體〉與張昌宗〈太平公主山亭宴〉,說穿了就是賦歌舞場景的詩。中唐李賀(790~816)有「採梁簡文詩調」的

〔註25〕《樂府詩集》71/1016。

〔註26〕《樂府詩集》68/977。

〔註27〕《樂府詩集》41/610。

〔註28〕《樂府詩集》,45/663。

〔註29〕這幾首同題詩作是在初唐高正臣所舉辦的上元夜宴會上留下的,均以春字爲韻。事見高正臣〈上元夜效小庾體並序〉,收於《高氏三宴詩集》,《四庫全書》第1332冊,卷下,頁6~7。Stephen Owen 曾談及另一次高正臣宴會的詩作,因陳子昂寫了〈晦日宴高氏林亭序〉而出名,見《初唐詩》頁212~216。

〈花遊曲〉，晚唐李商隱（812～858）也有〈效徐陵體贈更衣〉，不外乎寫妓女風情。〔註30〕緣此，則庾信、梁簡文帝、徐陵等宮體詩人之名，唐人常用爲詠妓詩的代稱。

　　從初唐詩人在宴會場合的以學「小庾體」爲名賦歌舞場景，可看到一點端倪：南朝宮體豔詩中描寫女性歌舞姿容的篇章，這種「豔色側寫」、引起「豔色趣味」的寫作方式，可能轉換成另一個模式，繼續在唐代君臣的詠妓、觀妓的宮廷或社交詩中出現。以王績（590～644）〈詠妓〉爲例：

　　　　妖姬飾靚妝，窈窕出蘭房。日照當軒影，風吹滿路香。早
　　　　時歌扇薄，今日舞衫長。不應令曲誤，持此試周郎。〔註31〕

〈詠妓〉的寫作情調，其實與宮體豔詩描寫女性歌舞姿態的程式化寫作手法幾乎沒什麼差別。宮體豔詩限於書寫場合與對象，以宮女爲主要描寫對象，女性的歌舞姿態、容貌粉妝都是描寫的範疇，這些都成爲中國古典豔詩的基本情境與辭彙意象之一。我們可以在一首詩中，根據「凝粉」、「皓腕」、「纖腰」等妝容身軀，及「舞袖」、「舞態」、「腕動」（蕭綱〈詠舞〉）等歌舞動作的描寫，辨識出類似宮體豔詩的特徵。〔註32〕王績這首〈詠妓〉詩與宮體豔詩一樣，詩人如同在場的旁觀者，先從女妓的裝扮、身影、氣味、舞蹈姿態勾勒描繪幾句，其中「早時歌扇薄，今日舞衫長」、「不應令曲誤，持此試周郎」還從庾信〈和趙王看妓〉：「綠珠歌扇薄，飛燕舞衫長」與「懸知曲不誤，無事顧周郎」化用而來，顯見參考宮體豔詩的痕跡，詩末兩句，泛泛地使用了「顧曲周郎」的典故，表示此妓善盡表演娛人之責的意思，詩人照例爲妓人極力表演的心思賦句讚嘆。

　　王績〈詠妓〉詩應當是士人宴席間的產物，其實，詩人以在場觀看的描寫方式去書寫女性豔色，是初盛唐時期宴遊社交詩的題材之

〔註30〕這首詩將分別在第三章、第四章討論。
〔註31〕《全唐詩》，37/486。
〔註32〕以上辭彙均從第一章第二節所引宮體豔詩摘出，不另注明出處。

一。初盛唐詩人多半於宴遊場合，「觀看」或「聆聽」歌舞小妓的舞唱表演，在場的詩人寫下「觀妓」、「聽妓」為題的詩作，以表示他們參與、出席了這個宴席；他們寫妓女的詩，詩題中除了多有「觀妓」等字眼，常常還標示了作詩的地點場合，這些詩歌可視為「宴遊詩」，社交意味重，在宴席遊賞之間，美人與美景都值得士人為之賦詩。這裡再以陳子良（575～632）、沈佺期（約656～714）、孟浩然（689～740）三首觀妓詩為例：

> 金谷多歡宴，佳麗正芳菲。流霞席上滿，回雪掌中飛。明月臨歌扇，行雲接舞衣。何必桃將李，別有待春暉。（〈賦得妓〉）
>
> 盈盈粉署郎，五日宴春光。選客虛前館，徵聲遍後堂。玉釵翠羽飾，羅袖鬱金香。拂帶隨時廣，挑鬢出意長。囀歌遙合態，度舞暗成行。巧落梅亭裡，斜光映曉妝。（〈李員外秦援宅觀妓〉）
>
> 畫堂觀妙妓，長夜正留賓。燭吐蓮花豔，妝成桃李春。鬢鬟低舞席，衫袖掩歌脣。汗溼偏宜粉，羅輕記著身？調移箏柱促，歡會酒杯頻。儻使曹王見，應嫌洛浦神。（〈宴崔明府宅夜觀妓〉）〔註33〕

在這些詠妓、觀妓詩中，起首兩句是點出場合，有關女妓歌舞的情景，一律放置在中間的部份，拼湊出一幅歌舞場景，最後兩句則是詩人對此情此景的詠嘆，相當符合初唐宮廷宴遊應酬詩的基本「三部式」，由主題、描寫式的展開與反應三部份構成。〔註34〕詩人們雖在宴席間觀賞歌妓女表演，但他們多半是以觀賞舞姿、聆聽歌聲等觀賞者的角度去寫這些詩。我們看不到詩人與這些歌女舞女的互動，詩中凡是有關女性歌舞情態描寫的部份，藉由姿態、歌舞動作、妝容服飾顯現，看似面面俱到，實際上宛如重點速寫，也不涉及這些舞女的個人情思，對偶的句式呈現出來的是近似靜止的畫面，也無任何宴會間賓客

〔註33〕《全唐詩》，39/497、160/1661-1662。

〔註34〕有關宮廷詩的基本「三部式」模式，詳見宇文所安，《初唐詩》，頁8～10。

熱絡交誼的動作穿插其中。就好像在形容宴席間的菜色一樣，觀妓詩中一切描寫都是作爲宴會歡愉氣氛的鋪陳，以顯現主人的善盡其事或賓主盡歡，詩人盡量不滲入個人情感，一切的應酬語只需留待起首與結束語即可。

　　如此說來，初盛唐的觀妓詩可說是承襲了南朝宮體豔詩的部份形式。在這些詠妓觀妓詩作中，女性豔色與歌舞姿態，與詩中所欲表現的歡樂氣氛是連結在一起的，詩人寫歌女、舞女，意在爲宴會歡快的速寫，採用應酬詩的格式。觀妓詩結束語較少像宮體豔詩般，強作解人地爲女子歌舞娛樂賓客的情態做結束語，也不寫觀賞者受歌舞妓女勾起的豔情興味，多是以讚嘆語調表示妓女歌舞之美，或致予酬詩對象友好或期待再會之意；無論是哪一種，都表示自己置身這個宴席場合的感謝之意。〔註35〕宮體豔詩群體摹寫練習的意味較重，初盛唐的詠妓觀妓詩是士人間的社交對話的形式之一，應酬意味更重，屬於場合詩的一種。

　　盛唐詩人李白（701～761）有〈邯鄲南亭觀妓〉、〈在水軍宴韋司馬樓船觀妓〉等詩，都是上述場合詩的模式。〔註36〕杜甫（712～770）的〈數陪李梓州泛江，有女樂在諸舫，戲爲豔曲二首贈李〉則是這類場合詩中的特例：

> 上客廻空騎，佳人滿近船。江清歌扇底，野曠舞衣前。玉袖凌風並，金壺引浪偏。競將明媚色，偷眼豔陽天。白日移歌袖，青霄近笛床。翠眉縈度曲，雲鬢儼成行。立馬千山暮，迴舟一水香。使君自有歸，莫學野鴛鴦。〔註37〕

〔註35〕宮體豔詩的詠妓、觀妓詩的結束語，有從女子角度表示盡力爲賓客娛樂，如蕭綱〈聽夜妓〉：「留賓惜殘弄，負態動餘嬌。」也有從賓客角度表示歌舞賞會之歡快，如蕭綱〈春夜看妓〉：「舉杯轉聊笑，歡茲樂未央。」相對來說，唐代的詠妓觀妓詩的結束語常從參與宴會的賓客角度做結。

〔註36〕《李太白全集》（〔清〕王琦注；北京：中華書局，1977），2/933、2/949。

〔註37〕《杜詩詳注》（〔清〕仇兆鰲注；北京：中華書局，1979），

由詩題來看，這應該是道地的場合詩，人物、地點、宴遊方式都寫清楚了。第一首是標準場合詩的方式，第二首，異於前述觀妓詩，詩人在結尾透露了勸戒之意。作爲宴席間的社交詩，杜甫詩題說「戲爲豔曲」，可見得就他的認知，這類宴席間描繪女性姿容的詩，聊備一格，偶然戲作未嘗不可，這實是沿襲宮體詩人「戲作豔詩」的心態。然而，除了描述歌女豔色之外，杜甫還兼顧歌舞場面與自然曠景的相映，超出一般賞妓詩的格式，此外，杜甫畢竟不忘在結尾語含歸諷，不要耽溺於這種逸樂的場面，在場觀客應該適時收心，使君有婦，不應做「野鴛鴦」。

除了觀妓詩之外，我們也可以在初盛唐其他非場合應酬詩中，看到以宮體豔詩描寫手法敘寫妓人的詩，如孟浩然〈美人分香〉：

　　豔色本傾城，分香更有情。鬟鬢垂欲解，眉黛拂能輕。舞學平陽態，歌翻子夜聲。春風狹斜道，含笑待逢迎。〔註38〕

「狹斜」指娼妓居處，這首詩是描寫一個妓女的美態。〔註39〕女子的美色傾城，風情宛然，她擅長舞蹈及演唱時興戀情歌曲，詩的最後，她盈盈佇立巷道間，含笑等待將臨賓客。這首詩也有可能作於宴席場合，但是，至少從詩題看不出其爲場合詩之端倪。全詩也沒有任何應酬語，可說是單純描寫妓女風情的詩，相較於前面所提及的李百藥〈火鳳辭〉與〈妾薄命〉爲詩中女子擬設思會之意，〈美人分香〉的書寫方式更接近旁觀角度，旨在點染一個女子風情萬千的姿態。

有一部份初盛唐閨怨詩，以前朝閨怨詩夫妻離別情境爲基礎，在同樣的情境上再創作，只在假設中的離別情境上抒發怨情，如張九齡〈賦得自君之出矣〉、宋之問〈有所思〉、劉允濟〈怨情〉，或是《玉臺後集》收錄的沈佺期〈古離別〉皆是如此。〔註40〕不過，《玉臺後集》女性閨情題材敘寫的詩歌，雖多以仿效古豔詞或怨詩爲題名，寫思婦棄婦及閨

12/995-997。
〔註38〕《全唐詩》，160/1656。
〔註39〕狹斜（狹邪）本指彎曲巷弄，樂府詩題〈長安有狹邪行〉及此意。唐人以狹斜指妓女居處，如白行簡〈李娃傳〉。
〔註40〕《全唐詩》，49/609，51/626，63/746。

怨之情，但與南朝文人的樂府豔詩一樣，有豔化跡象，如蔡瓖〈夏日閨怨〉：「君戀京師久留滯，妾怨高樓積年歲。非關曾入楚王宮，直爲相思腰轉細。臥簟乘閑乍逐涼，熏爐畏熱嬾焚香。雨霑柳葉如啼眼，露滴蓮花汗似妝。全由獨自羞看影，艷是孤眠疑夜詠。」詩中描述女子如花帶雨的愁容，引人遐思。《玉臺後集》這種閨情豔逸不分的現象，反映了一個現象：初盛唐詩中的豔詩與閨閣怨情詩界限依然模糊。

　　唐人有時以「玉臺體」爲豔詩標記。盛唐皇甫冉（717？～770？）有詩題〈見諸姬學玉臺體〉，[註41] 詩中寫的是歌女，詩人由歌女身分引起各種關聯想像，詩的最後則以神女「朝爲行雲，暮爲行雨」的典故表現爲之痴迷，落入將歌女與神女連結的典型。中唐權德輿（761～818）寫了〈玉臺體十二首〉，詩歌主題有閨思及豔色美的敘寫。[註42] 皇甫冉與權德輿均直以「玉臺體」爲名，可見唐代詩人以《玉臺新詠》形塑的「玉臺體」爲豔詩的代稱，而這「豔詩」不限於描寫歌妓舞妓「豔色」的詩歌，宮怨、閨怨詩「情思」應該也包括在內。中唐劉肅在《大唐新語》論《玉臺新詠》說：「先是，梁簡文帝爲太子，好作豔詩，境內化之，浸以成俗，謂之『宮體』。晚年改作，追之不及，乃令徐陵撰《玉臺集》以大其體。」[註43] 劉肅說徐陵「以大其體」，應該是觀察到從《玉臺新詠》以來，女性敘寫詩歌閨情豔逸不分的情況。

　　因此，像宮體詩人「怨情爲美」的詩作，在初盛唐詩也可找到類似作品，如孟浩然〈春怨〉：

　　　　佳人能畫眉，妝罷出簾帷。照水空自愛，折花將遺誰？春情
　　　　多艷逸，春意倍相思。愁心極楊柳，一種亂如絲。[註44]

[註41] 〈見諸姬學玉臺體〉：「豔唱召燕姬，清弦侍盧女。由來道姓秦，誰不知家楚。傳盃見目成，結帶明心許。寧辭玉簟迎，自堪金屋貯。朝朝作行雲，襄王迷處所。」《全唐詩》，249/2811。

[註42] 《全唐詩》，328/3673-74。

[註43] 《大唐新語》卷三，〈公直第五〉，見《唐五代筆記小說大觀》，（丁如明等點校；上海：上海古籍出版社，2000），頁234。

[註44] 《全唐詩》，160/1656。

詩人一步一步敘寫一個女子的舉動。從對鏡畫眉開始，顯示這是一個成熟且有姿色的女子，妝畢，她揭開簾惟踏出閨房，臨池，對著水面端詳著自己的容顏。「折花將遺誰」隱含〈古詩十九首‧涉江採芙蓉〉中相思情境。接下來說，春天的氛圍多情風逸，讓女子更添相思，就如同柳絮飛絲，心緒紛亂，同時「絲」也隱含有「思」之意。

　　不過，雖然唐代《玉臺後集》或「玉臺體」類的女性敘寫詩歌，有著閨情豔逸不分的現象；唐代的閨閣宮怨詩，還有很多是不再「重演」古典閨怨詩的情境，而是從當代社會背景去敘寫女子怨情。也就是說，唐代女子閨閣怨情類的詩作，一方面有部份受到宮體詩人豔化的影響，另一方面也貼合唐代社會背景，繼續倫理社會範疇下的怨情敘寫。唐代邊塞戰爭頻繁，閨怨詩同樣也反映當時社會情況，崔液（？～約713）〈代春閨〉說：「妾恨十年長獨守，君情萬里在漁陽。」又如王昌齡的〈閨怨〉：

閨中少婦不知愁，春日凝妝上翠樓。

忽見陌頭楊柳色，悔教夫婿覓封侯。〔註45〕

這首詩寫出一個少婦對夫君忽有所感的情境。開頭兩句勾勒出一個典型閨中女性的模樣，對鏡梳妝畢，登樓眺望，見到眼前楊柳春色，忽然間勾動思緒，想起自己處於夫妻離別的狀態，此時，強烈的思念讓她萌生悔意，悔的是讓丈夫出征，而造成如此處境。詩中有關征夫的敘寫，因應初盛唐邊塞戰爭型態，此征夫顯然是以從戎立功爭取封官機會，而不是被迫上戰場，造成夫婦離別。這首詩超出爲古典思婦詩的普遍性怨愁，從思婦角度進一步設想某種人生情境。

　　除了征夫思婦之外，也有寫「商婦」之怨，如李白〈江夏行〉爲商賈之婦代言道：

憶昔嬌小姿，春心亦自持。爲言嫁夫婿，得免長相思。誰知嫁商賈，令人卻愁苦。自從爲夫妻，何曾在鄉土？去年下揚州，相送黃鶴樓。眼看帆去遠，心逐江水流。只言期

―――――――――――――――

〔註45〕《全唐詩》，143/1446。

　　一載，誰謂歷三秋。使妾腸欲斷，恨君情悠悠。東家西舍
　　同時發，北去南來不逾月。未知行李遊何方，作簡音書能
　　斷絕。適來往南浦，欲問西江船。正見當壚女，紅妝二八
　　年。一種為人妻，獨自多悲悽。對鏡便垂淚，逢人只欲啼。
　　不如輕薄兒，旦暮長相隨。悔作商人婦，青春長別離。如
　　今正好同歡樂，君去榮華誰得知。〔註46〕

這首詩的特殊之處在於詩中妻的身分為「商婦」，她面對的情境是商
人遠遊，虛度青春，不禁起悔嫁之心。詩的焦點是商人遠遊無音信，
商婦悔恨抒情，而非貞敬自守之情，與傳統思婦詩中婦女的情懷不盡
相同，稍見以思婦主體的情思。〔註47〕觀其手法，應從民間樂府「西
曲」中商婦之怨的詩而來，但詩中從江夏（湖北武昌）下揚州的片段
描寫，則蘊含唐代的社會背景。

　　除了商婦之情，「尼妓」之怨也入詩。駱賓王（？～684？）有兩
首長詩，一首是〈豔情代郭氏答盧照鄰〉，另一首是〈代女道士王靈
妃贈道士李榮〉，都是以男性詩人的身分模擬女性口吻，表達愛情情
思。〈代女道士〉一首雖沒有「豔情」二字，跟〈豔情代郭氏〉的寫
法是差不多的，從中可看到詩人代擬的唐代女冠的情愛生活。駱賓王
代女道士言情的詩，自然遠超出傳統思婦詩限於「妻」的社會角色。

　　在初盛唐詠怨情的詩中，杜甫的〈佳人〉則是最特殊的一首，詩
的前半部敘述戰亂中女子遭輕薄夫婿相棄的過程，詩的後半，詩人卻
沒有持續著眼於棄婦的悲哀。〔註48〕杜甫試圖呈現一個女性本質上的
美好，經風不摧。這個女子本質的美好，杜甫用具形象性的語言勾勒
出來：「摘花不插髮，採柏動盈掬，天寒翠袖薄，日暮倚修竹。」女
子固然遭遇了離棄，在世亂中，她摘花不為裝飾，不像〈離騷〉中人
須修飾自己，「柏」的貞潔意義，天寒中「竹」之有節挺立的形象，

〔註46〕《李太白全集》，8/446-7。

〔註47〕鄭華達〈敬順與悔嫁—唐代閨怨詩的社會意識〉，《大陸雜誌》97卷
　　　　4期，1998年10月，頁145～158。

〔註48〕《杜詩詳注》，7/553-555。

似乎就是她安身立命的依歸。杜甫樹立了女子煢煢獨立的超然形象，不重詠被棄之思，也不倚傍他人的同情。

興盛於唐代的宮怨詩，也有值得討論之處。相較於閨怨詩，宮怨詩是範圍更窄，主題內容也更趨於單純的詩歌類型。兩者大致可相對區別如下：閨怨詩中的女性，是設定在夫妻倫理關係之中，妻子依附在丈夫之下，以女性為主體發聲抒情的，閨怨詩中的女子通常處於丈夫不在，或者未能覓得良緣的困境。〔註49〕宮怨詩中的女性也有一個依附的對象——君王，只是宮中的女性眾多，與君王的恩澤能及的範圍簡直不成比例。即使宮女不以求帝王恩澤為目的，還是難以擺脫獨處終老的窘境，孤獨、寂寞、遭棄或準遭棄，是宮怨詩中女性普遍的困境。即使如此，閨怨詩與宮怨詩的還是有相似的主題情境，詩人往往書寫女性等待男性的心境與處境，以及閨閣、宮室裡封閉而有所缺憾的生活情景。

魏晉南北朝宮怨詩的題材大約是班倢妤（長信怨）加上陳皇后（長門怨）兩個失寵者故事，直至唐代的宮怨詩，大致也沿襲這母題，內容環繞在宮中女性因爭寵而引起嫉妒、因失寵而失落感傷的心理描寫。〔註50〕如杜審言〈賦得妾薄命〉：「草綠長門掩，苔青永巷幽。寵移新愛奪，淚落故情留。啼鳥驚殘夢，飛花攪獨愁。自憐春色罷，團扇復迎秋。」〔註51〕接連運用數個宮怨詩中常見的典故，包括陳皇后（長門怨）、戚夫人（永巷）、班倢妤（團扇）等等，是典型的宮怨詩作。

〔註49〕朱崇儀〈閨怨詩與豔詩的「主體」〉，提出閨怨詩中的女性主體是一種「偽主體」，意謂閨怨詩中的女性並不具有主體性。這是因為閨怨詩多男性為女性代言，豔詩也是從男性角度觀看女性，詩中的女性主體是受到諸多限制的，是男性詩人的投射。見《文史學報》29 期（1999），頁 73～89。不過，這裡筆者還是先不論代言背後的性別因素，純粹就詩歌本身去討論。

〔註50〕筆者在第一章曾以班倢妤的怨詩為例，說明早期宮怨詩的樣貌。另參見鄭華達《唐代宮怨詩研究》（臺北：文津出版社，2000），第四章〈唐代宮怨詩母題分析〉，頁 165～221。

〔註51〕《全唐詩》，62/733。

　　唐詩人常在宮怨詩中，多做女子「情思」的拓展。如李白〈玉階怨〉：「玉階生白露，夜久侵羅襪。卻下水晶簾，玲瓏望秋月」，〔註52〕就沒有在典型的被棄情境上多言，而是寫一個宮中女性夜間若有所思的片刻。或者，李白的嘗試可說更貼合了唐宮女的情況。前面所提的陳皇后、班倢妤事蹟固然是早期宮怨詩的典型，失寵的后妃在唐代宮廷中畢竟算是少數。唐代的宮中，除了后妃之外，更有數以萬計的宮女，〔註53〕她們在宮中的職務是服侍皇族。樂妓與宮人，一為娛樂表演，一為生活服侍，只是同樣居住在宮中，並且限制外出。是以，唐代寫宮闈女性的詩，漸漸跳出傳統宮怨詩爭奪、失寵的感傷，中唐王建有〈宮詞〉百首，寫的就是宮中生活百態，這可能與中唐詩人開始從現實生活的女性形象取材有關。〔註54〕

　　這裡，我們還可從初盛唐詩人女性題材敘寫詩歌的慣用語彙，去思考一些問題。這些以女性為敘寫對象的詩，若是描寫歌舞女妓，有關歌舞姿態的女性形象，詩人使用的詞彙自然環繞在妝容、纖手、腰身、服飾等等，以視覺效果營造賞樂、愉悅的場景，使用描繪舞女歌女姿態與妝容的詞語，目的在於傳達享樂的意態，環境背景則是精美的會堂宮室或戶外明媚風景，與之相稱。若是寫閨中及宮中女性的詩，則以細微的意象營造淒冷寒涼的環境，如螢、苔、階、簾、等，〔註55〕冷落的環境與詩中女性寂寞孤獨的心緒相映。

　　同樣以女性為詩歌敘寫的題材，會有描繪修飾女性的共通詞彙，但同樣的詞彙在不同類型的詩作裡，就會傳達迴異的語意形象。例如，在妓人手中「扇」是「歌扇」、「舞扇」，是輔助她們表演的道具，

〔註52〕《李太白全集》，5/293。

〔註53〕據《新唐書・宦者上》，207/5856 記載：「開元、天寶中，宮嬪大率至四萬。」

〔註54〕中唐詩中女性形象的變化與從現實生活中取材的方式，本章稍後將有更詳細的討論。

〔註55〕鄭華達分析唐代宮怨詩意象，共列出九個常見的意象，見氏著《唐代宮怨詩研究》第三章，頁 56～164。相同的意象在閨怨詩中也經常出現。

在詩中的詞語意象是引向搖曳生姿的曼妙美感；然而當宮怨閨怨詩中出現「扇」的時候，則是團扇，是合歡扇，象徵著會合與離別擇一之況。「衣帶」在舞女身上是迴環擺盪，展現舞姿風情；在閨中女子，則是「衣帶日以緩」，用以暗示因溫柔堅守而日易消瘦的形體。當述及手部動作時，舞妓擺動手腕形成長袖飄舞，皓腕垂手；閨中女子則以「纖纖玉指」運織為經，以相思為緯，為在外遊子密縫衣裳。女妓舞動歌唱的情態，別具風情，詩人表達的是我們透過視覺呈現出的歡樂，詩中的世界似乎靜止在這個美與樂的場面。在另一方面，詩人也在代言女子閨情中宣洩怨愁，在描述情態的過程中去想像、體驗寂寞的各種可能，在極盡所能地揣摩閨中女性情態時，詩人們也漸漸建立了女性抒情情思的特殊樣式：隔絕、悲哀、寂寞、淒涼、孤獨自賞；於此同時，也建構出詩歌藝術美感的新典型。

現實生活中所觀看到的女性，在觀妓詩作中作為享受與愉悅的聯想，而在閨閣詩中所揣摩的女性情思，則是另一種觀看女性的方式，詩人藉此想像連結到陰柔、幽閉、寂寞的情思，這與第一章談及《楚辭》中的求女段落，女性形象代表的是遲疑、猶豫、躊躇不前的情緒，又是可以連接的。從《玉臺新詠》到《玉臺後集》，初盛唐詩人在寫作豔詩與擬代閨怨、宮怨詩的創作歷程中，實質上隱含著鍛鍊詩歌描寫及抒情技巧的成果。雖然，這也依然是「限制式」的練習，有一個無形的框架限制著這類型詩歌的情意進展。至於詩人如何突破這種限制，又如何深化其情意內涵，這就要留待中唐綺豔詩歌的興起了。

第二節　中唐冶遊詩的豔色與道德意義
——以元稹、白居易的敘豔情長詩為例

中唐時期，詩人以女性為主題或書寫對象的詩，漸漸擴大超出思婦怨情及宴席詩作的範圍，其中最主要的轉變是，詩人開始以詩書寫

自身出入妓院的冶遊經歷，而不只是寫作以「觀妓」、「聽妓」爲名的詩。〔註56〕在這個時期，詩人開始跳出以往宮體詩人「觀賞者」的角度，以「參與者」的角度書寫自身冶遊經歷，元稹、白居易即爲箇中代表。

　　這裡要先從中唐詩人與妓女私底下的密切接觸談起。唐代的妓女可分爲宮妓、官妓、家妓、民妓。〔註57〕宮妓生活在宮中，服務對象是皇帝，專在宮中表演樂舞，與一般宮外的士人很難有私下接觸的機會。官妓隸籍於官府，家妓多爲豪官私人畜養，在初盛唐宴席場合詩中以歌舞助興的歌舞妓女，應該屬官妓及家妓身分。除了出席官員的宴席，在宴會上觀賞歌舞表演，一般士人與低階官員以個人身分與妓女互動的機會也不多。民妓是民間自營生活的妓女，與官府無關，隸屬於民間妓院。初盛唐時期雖有民妓的存在，但只見零星散娼，較宮妓、官妓、家妓三者而言實爲少數。到了中唐，這種情況漸漸改變。第一、官妓爲地方長官私產化的情形漸趨嚴重，可隨長官支配、調動、甚至贈送（但不准買賣），官妓與士人私下的互動也更多。第二、民妓方面，中晚唐組織化與商業化的民間妓院興盛。唐末孫棨《北里志》一書所記載的名妓，幾乎都是民妓，妓院成爲都市商業生活的一部份，士人狎妓風氣更是大盛。〔註58〕中唐李廓有詩〈長安少年行十首〉，〔註59〕對當時長安市井子弟冶遊尋歡的生活著墨甚細，頗能反

〔註56〕參考鄭志敏，《細説唐妓》（臺北：文津，1997），頁 104～120。

〔註57〕有關唐妓制度及性質，以〔唐〕崔令欽《教坊記》及〔唐〕孫棨《北里志》的相關文獻最多，〔日〕岸邊成雄根據石田幹之助的説法即文獻整理爲基礎，討論唐代樂妓。唐代妓女實以歌舞才藝爲主，因此，岸邊所討論的唐代樂妓就相當於本文所討論的唐代妓女。見氏著《唐代音樂史的研究》（梁在平，黃志炯譯；臺北：臺灣中華，1973）頁 76～78 及頁 364～374。鄭志敏整理石田與岸邊的研究，把唐代妓女的分成四種，見《細説唐妓》頁 26～46。這邊的分類主要採鄭志敏的説法。

〔註58〕參考鄭志敏，《細説唐妓》，頁 104～120。

〔註59〕李廓生卒年不詳，元和十三年進士，見《登科記考》（〔清〕徐松；北京：中華書局，1984），18/673。

映長安城內男性的冶遊風流生活，茲舉幾首詩例：

> 追逐輕薄伴，閒遊不著緋。長攏出獵馬，數換打毬衣。曉
> 日尋花去，春風帶酒歸。青樓無晝夜，歌舞歇時稀。賞春
> 唯逐勝，大宅可曾歸。不樂還逃席，多狂慣衩衣。歌人踏
> 日起，語燕卷簾飛。好婦唯相妒，倡樓不醉稀。遊市慵騎
> 馬，隨姬入坐車。樓邊聽歌吹，簾外市釵花。樂眼從人鬧，
> 歸心畏日斜。蒼頭來去報，飲伴到倡家。〔註60〕

〈少年行〉爲樂府詩題，初盛唐詩人多寫游俠題材，這組詩卻描繪了
長安男性的各種宴遊社交活動，包括攜妓遊江、打馬毬、遊春、上青
樓妓院聽歌觀舞，逸遊娛樂，熱鬧非凡。〔註61〕士人與女妓的私人往
來漸趨頻繁，他們往往直接出入妓院酒樓，不像初盛唐時期的士人，
幾乎只在王公貴族的宴席間，欣賞宮妓、官妓或貴家小妾的歌舞表
演。大約在開元天寶年間，士子出入妓院已屬平常。五代王仁裕（880
～956）的《開元天寶遺事・風流藪澤》說：「長安有平康坊，妓女所
居之地。京都俠少，萃集於此。兼每年新進士，以江牋名紙，遊謁其
中。時人謂此坊，爲風流藪澤」。〔註62〕士人狎妓，漸漸形成風氣。
對經濟狀況不太差的士人來說，在長安、洛陽或揚州等士子聚集與商
業發達的繁華城市，出入妓院是求仕之外的娛樂活動之一。唐代傳奇
中流行的應考士子與妓女戀愛的題材，如〈李娃傳〉、〈霍小玉傳〉等，
也是在這樣的風氣上發展起來的。幾位著名的中晚唐詩人，如白居
易、元稹、溫庭筠、杜牧等，或出入酒館妓院，或畜養歌妓。〔註63〕
詩人們以詩歌與妓女唱酬應答，有些士人以與名妓來往爲風雅，例如

〔註60〕《全唐詩》，24/328。

〔註61〕商偉指出，唐代〈少年行〉一類的樂府，從盛唐游俠憧憬，漸漸轉
向中晚唐寫市井少年的豪華享樂與冶遊豔遇等風情的內容，見〈論
唐代的古題樂府〉，《文學遺產》1987第2期，頁39～48。

〔註62〕〔五代〕王仁裕《開元天寶遺事》卷上，見《唐五代筆記小說大觀》，
頁1725。

〔註63〕有關這幾個詩人出入妓院或與妓互動的相關記載與情形，將分別於
各章節討論。

中唐名妓薛濤，算是唐代知名的女詩人，她與許多著名詩人與官員都
有唱酬往來之作，堪稱代表。〔註64〕

　　中唐士人前往長安、洛陽等大城市，達成應試或干謁等求官等目
標，閒暇之餘，與友朋攜妓出遊，甚或至青樓妓院中飲酒作樂，對一
些經濟較寬裕的士人來說，是很自然的事。對新科進士而言，攜妓出
遊，或宴集中歌妓助興，更是名正言順。歌妓宴集是同年之間彼此交
誼的方式之一，著名的曲江宴等，其間的熱鬧風光，甚至「相聚追歡
的情景終難以忘懷」。〔註65〕我們可從白居易（772～846）與元稹（779
～831）的交往詩來探討這個現象。白居易與元稹在貞元十九年（803）
同以書判拔萃科登第，並授秘書省校書郎。〔註66〕白居易的〈代書詩
一百韻寄微之〉寫了兩人年少時登科任官後，在長安同進出，時時一
起賦詩聯句的情誼，其中有一段寫到兩人春遊曲江、歌妓相伴情形：

　　憶在貞元歲，初登典校司，身名同日授，心事一言知。貞
　　元中，與微之同登科第，俱授秘書省校書郎，始相識也。
　　肺腑都無隔，形骸兩不羈。疏狂屬年少，閒散為官卑。……
　　往往遊三省，騰騰初九逵。寒銷直城路，春到曲江池。樹
　　暖枝條弱，山晴彩翠奇。峰攢石綠點，柳宛麴塵絲。岸草
　　烟鋪地，園花雪壓枝。早光紅照耀，新溜碧逶迤。幄幕侵
　　堤布，盤筵佔地施。微伶皆絕藝，選妓悉名姬。粉黛凝春
　　態，金鈿耀水嬉。風流誇墮髻，時世鬥啼眉。貞元末，城
　　中復為墮馬髻、啼眉妝也。密坐隨歡促，華樽逐勝移。香
　　飄歌袂動，翠落舞釵遺。籌插紅螺椀，觥飛白玉卮。打嫌
　　調笑易，飲訝卷波遲。拋打曲有《調笑令》，飲酒曲有《卷

〔註64〕薛濤與士人的交往參考《唐才子傳校箋》（傅璇琮主編；北京：中華
　　　　書局，1990）卷六，第三冊，頁102～113，吳企明的討論。
〔註65〕傅璇琮，《唐代科舉與文學》（臺北：文史哲出版社，1984），頁317，
　　　　詳細的討論可參見頁314～324。
〔註66〕白居易進士登第，元稹為明經登第，後參加吏部試書判拔萃得以授
　　　　官。參見朱金城《白居易年譜》（臺北：文史哲出版社，1991），頁
　　　　25，及下文白居易詩自注；參見卞孝萱《元稹年譜》（山東：齊魯書
　　　　社，1980），頁64。元稹時年二十五，白居易時年三十二。

白波》。殘席喧譁散,歸鞍酩酊騎。酡顏烏帽側,醉袖玉鞭垂。……〔註67〕

白居易回憶起剛登科第時,與同年趁空作樂尋歡。春天的曲江邊,幾人不僅觀賞池邊新綠春意,也當場席地宴席,並找來能歌善舞的伶妓娛樂助興。白居易在詩中數度自注解釋,顯示他有意記載這些歌妓們的髮飾裝扮,以及她們所唱歌曲的曲名。詩中寫春遊宴席間歌妓表演細節,可為中唐流行樂舞資料文獻之一,之前少有。元稹在回應白居易的〈酬翰林白學士代書一百韻并序〉中說:「昔歲俱充賦,同年遇有司。……密攜長上樂,偷宿靜坊姬」。〔註68〕從這兩人的酬唱詩可知,士人攜妓伴遊,曲江春宴完全是文士風雅的娛樂活動。

中唐以後的詩歌屢見士人與歌舞妓女的交往互動,有時妓女與士人們還形成小型的社交圈,彼此以詩歌酬唱往來,如前舉著名唐妓薛濤,便與元稹相互酬唱。〔註69〕元稹、白居易唱和詩數量幾為中唐詩壇魁首,並時常於唱和應酬詩,寫他們與妓女來往之事。白居易在〈寄李蘇州兼示楊瓊〉詩中寫二人共同認識的歌妓楊瓊,〔註70〕元稹可能看到這首詩,就寫了〈和樂天示楊瓊〉,在詩題標明與白居易唱和,兼示舊識楊瓊。依元稹詩的內容及其自注,楊瓊為蘇州歌妓,少女時期即與元稹相識,亦與不少士人有所往來。〔註71〕白居易還畜養家妓,晚年的〈不能忘情吟并序〉,寫自己畜養歌妓樊素一事。樊素跟在白居易身旁十年,善唱〈柳枝〉曲,白居易因自身年老而決定放還樊素回鄉,詩中充滿不捨之情。〔註72〕

〔註67〕《白居易集箋校》(朱金城箋校;上海:上海古籍,1988),13/703-704。
〔註68〕《元稹集》,10/116。
〔註69〕《元稹集》〈寄舊詩與薛濤因成長句〉,〈寄贈薛濤〉,薛濤有〈寄舊詩與元微之〉,《全唐詩》,803/9045。
〔註70〕《白居易集箋校》,19/1309,約作於開成二年(837)。
〔註71〕詩云:「我在江陵少年日,知有楊瓊初喚出。腰身瘦小歌圓緊,依約年應十六七。」其後又細數當時與楊瓊結識的幾個士人。《元稹集》,外集7/684。
〔註72〕〈不能忘情吟・序〉云:「樂天既老,又病風,乃錄家事,會經費,

　　關於冶遊生活及經驗，白居易、元稹有幾首五言排律，以很長的篇幅敘述他們的豔情冶遊歷程，以及對此豔情經驗的感想。這樣的詩，本文以「敘豔情長詩」統稱，因這些詩不但篇幅長，有關豔情冶遊的段落，在詩歌中也極具份量。以下分析討論幾首典型的「敘豔情長詩」。

　　白居易的〈江南喜逢蕭九徹因話長安舊遊戲贈五十韻〉一詩，從詩題可知，白居易在江南與昔年長安舊遊蕭徹相逢，敘舊之時，憶起兩人昔年共同嬉遊的往事，進而追憶重現當年的冶遊場景，寫成一首長詩。〔註73〕在這首詩中，白居易用了超過一半的篇幅敘述其冶遊經過：

憶昔嬉遊伴，多陪歡宴場。寓居同永樂，幽會共平康。師子尋前曲，聲兒出內坊。花深態奴宅，竹錯得憐堂。庭院開紅藥，門閒蔭綠楊。經過悉同巷，居處盡連牆。時世高梳髻，風流澹作妝。戴花紅石竹，帔暈紫檳榔。鬢動懸蟬翼，釵垂小鳳行。拂胸輕粉絮，暖手小香囊。選勝移銀燭，邀歡舉玉觴。爐煙凝麝氣，酒色注鵝黃。急管停還奏，繁絃慢更張。雪飛回舞袖，晨起繞歌梁。舊曲翻調笑，新聲打義揚。名情推阿軟，巧語許秋孃。風暖春將暮，星迴夜未央。宴餘添粉黛，坐久換衣裳。結伴歸深院，分頭入洞房。綵帷開翡翠，羅薦拂鴛鴦。留宿爭牽袖，貪眠各佔床。綠窗籠水影，紅壁背燈光。索鏡收花鈿，邀人解袷襠。暗嬌妝靨笑，私語口脂香。怕聽鐘聲坐，羞明映縵藏。眉殘蛾翠淺，鬟解綠雲長。聚散知無定，憂歡事不常。離筵開夕宴，別騎促晨裝。

「憶昔嬉遊伴」到「居處盡連牆」十二句，從白居易與友人相伴前往尋歡寫起。二人前去長安城平康里，即當時妓院所在，觀賞伶人及樂

去長物。妓有樊素者，年二十餘，綽綽有歌舞態，善唱〈楊枝〉，人多以曲名名之，由是名聞洛下。籍在經費中，將放之。……題齊篇曰〈不能忘情吟〉。」詩曰：「素事主十年，凡三千有六百日」。約作於開成四年（839），時年六十八。見《白居易集箋校》，71/3810。

〔註73〕《白居易集箋校》，外上/3825-26。

人的表演。〔註74〕「態奴」、「得憐」應爲平康妓名，其居所前種芍藥
柳樹等花樹，自成一區，妓女平常只在院中互相往來。「時世高梳髻」
到「暖手小香囊」八句，寫妓女的打梳妝扮，她們有著極爲時尚的高
梳髮髻，飾以豔紅花卉與暈紫披肩，鬢髮薄如蟬翼，髮釵尾端上有鳳
形吊飾，她們在頸胸間撲粉，隨身佩帶小香囊。「選勝移銀燭」到「坐
久換衣裳」十六句，寫妓人如何招待前往尋歡的客人們，她們舉起酒
觴，表演流行歌曲與舞蹈，然後，詩人開始與名爲「阿軟」、「秋娘」
這樣的女子相互表態調情。〔註75〕歌舞表演直至夜深，席間，女子們
爲取悅眼前人，還不忘添妝換衣。從「結伴歸深院」到「別騎促晨裝」
寫豔遊高潮。酒筵歌席後，前往冶遊的士人各自跟著心儀的娼妓入其
房室。接下來，詩人藉閨房陳設與女子的風姿寫深夜豔宿情景：男子
留宿於繡有翡翠與鴛鴦的床帷之間，不時與女子私語調笑，紅燈綠籠
之間，兩人身影依依，流連不捨，厚重的布幔內藏無限春光，似乎足
以阻擋天明時刻的到來。經過一夜歡愉，女子的妝容暈開漸淡，黑髮
披散，此時，也是冶遊該結束的時候。士人與妓女本是萍水相逢，士
人必須起身整裝上路。至此，從相伴前往妓院，尋歡作樂，到留宿冶
遊，第二天士妓離別，白居易將整個過程順序寫出，「冶遊」是本詩
前半的主題內容，亦即詩題所說的跟「長安舊遊」蕭徹分享的回憶。

　　之後，白居易開展本詩的另一主題「逢蕭徹」，鋪敘二人情誼及
別後思念：

> 去住青門外，流連滻水傍。車行遙寄語，馬駐共相望。雲
> 雨分何處，山川各異方。野行初寂寞，店宿乍恓惶。別後
> 嫌宵永，愁來厭歲芳。幾看花結子，頻見露爲霜。歲月何
> 超忽，音容坐渺茫。往還書斷絕，來去夢遊揚。自我辭秦
> 地，逢君客楚鄉。常嗟異岐路，忽喜共舟航。話舊堪垂淚，

〔註74〕據任半塘《教坊記箋訂》自序，坊中呼太常人爲聲伎兒。（〔唐〕）
　　　　崔令欽撰、任半塘箋訂；臺北：宏業書局，1973），
〔註75〕「阿軟」、「秋孃」應是「阿軟」、「秋娘」，見《白居易集箋校》，頁
　　　　3828。

思鄉數斷腸。愁雲接巫峽，淚竹近瀟湘。月落江湖闊，天高節候涼。浦深煙渺渺，沙冷月蒼蒼。紅葉江楓老，青蕪驛路荒。野風吹蟋蟀，湖水近菰蔣。帝路何由見，心期不可忘。舊遊千里外，往事十年強。春晝題壺飲，秋林摘橘嘗。強歌還自感，縱飲不成狂。永夜長相憶，逢君各共傷。殷勤萬里意，并寫贈蕭郎。

在這首詩的後半，白居易轉寫他與蕭徹的情誼，從當年分別的場景，寫到別後十年的境況，再寫對蕭的思念心情，這部份就溢滿詩人直述心思的話語。如前所言，這首詩的第一個主題是豔情冶遊回憶，第二個主題是友情。在長安，蕭、白兩人均曾經擁有美好的冶遊豔情經驗，闊別十年，再度重逢。於是，當年的冶遊經驗便成為年少風流的回憶，值得分享回味，形成「敘冶遊、憶舊夢」的情調。〔註76〕此外，白居易在詩題中冠以「戲贈」字眼，可知「分享豔情回憶」雖是本詩主題之一，然白居易也還強調他的戲作心態，透過詩中人的經歷，讀者當年看到的女子住所、容貌及神態，跟著詩人重歷冶遊過程。如此，豔情回憶雖然歷歷在目，卻是過去的回憶，如今回想，也只能以遊戲的心態看待了。

再進一步分析這首詩中的豔情段落，冶遊豔情歷程大致分為兩部份。一是詩人跟友伴進入妓院的路徑及入妓院後歌舞助興的場面，詩中可見詩人的觀看（居所、歌舞場面），也可見詩人與妓女的互動，彼此調笑。第二部份是與女子相處一晚，這個段落幾乎描寫女子的姿容動作及場景處所，主要以名詞加形容詞組成，表示時間進程，偶爾摻雜詩人的行動。詩人並沒有對這段豔情發表任何感想，只有冶遊結束時以「聚散知無定，憂歡事不常」聊表不捨之意。

元稹的〈夢遊春七十韻〉敘述自己的豔情經歷與婚仕歷程。〔註77〕本篇為元稹元和五年（810）至江陵，追憶往日風流而寫。〔註78〕全篇

〔註76〕此借用康正果語，《風騷與豔情》，頁210。
〔註77〕《元稹集》，外集1/635-636。
〔註78〕元稹寫這首詩的動機與時間，可參考白居易〈和夢遊春詩一百韻並

內容寫這段戀情之始末，及作者對此情之反省。以下引此詩前半段：

> 昔君夢遊春，夢遊何所遇？夢入深洞中，果遂平生趣。清
> 泠淺漫溪，畫舫蘭篙渡。過盡萬株桃，盤旋竹林路。長廊
> 抱小樓，門牖相回互。樓下雜花叢，叢邊繞鴛鴦。池光漾
> 霞影，曉日初明煦。未敢上階行，頻移曲池步。烏龍不作
> 聲，碧玉曾相慕。漸到簾幕間，徘徊意猶懼。閒窺東西閣，
> 奇玩參差布。格子碧油糊，馳鉤紫金鍍。逡巡日漸高，影
> 嚮人將寤。鸚鵡飢亂鳴，嬌姹睡猶怒。簾開侍兒起，見我
> 遙相諭。鋪設是紅茵，施張鈿妝具。潛裹翡翠帷，瞥見珊
> 瑚樹。不辨花貌人，空驚香若霧。回身夜合偏，斂態晨霞
> 聚。睡臉桃破風，汗妝蓮委露。叢梳百葉髻，金蔑重臺屨。
> 紕軟鈿頭裙，玲瓏合歡袴。鮮妍脂粉薄，暗澹衣裳故。最
> 似紅牡丹，雨來春欲暮。

詩的開頭「昔歲……平生趣」四句，詩人藉著重複「夢遊春」二字將
讀者引入，跟隨作者的陳述，走一趟他當年的遊春歷程。「夢入深洞」，
用劉晨、阮肇入仙台逢仙女的情事以喻狹邪豔情，「仙」、「洞」都是中
唐人慣用的以仙擬妓手法。〔註79〕「清泠……竹林路」四句，以一段
迂曲彎迴的路徑呈現出宛如遊仙洞的樂趣，並延續「夢遊」的氣氛。
接下來，正式進入幽會的過程。自「長廊抱小樓」到「馳鉤紫金鍍」，
依次描寫該女子住處外庭院門戶風光。其中「未敢上階行，頻移曲池
步」與「漸到簾幕間，徘徊意猶懼」均表現作者的躊躇不進，顯示詩
中人極為看重這段幽會而患得患失的心態，也加強了令人好奇的神祕
氣息。自「簾開侍兒起」以下，寫兩人相見約會的情景，詩人潛身閨
房，瞥見妝奩錦鋪等陳設，並正式成為入幕之賓。自「不辨花貌人」
以下，於描繪女子容貌髮妝時，使用像「睡臉」、「汗妝」等活生生的

序〉（見下文）及卞孝萱，《元稹年譜》，頁 184。

〔註79〕中唐人常以劉晨、阮肇入仙洞之事隱喻狹邪之遊。因遊仙之喻盛行，
冶遊男子常稱仙郎、劉郎，妓女則稱某仙或以仙為號，詳見李豐楙
〈仙、妓與洞窟——唐五代曲子詞與遊仙文學〉，《憂與遊：六朝隋
唐遊仙詩論集》（臺北：學生書局，1996），頁 375～422。

描寫詞彙，使人如歷其境，或像「鈿頭裙」、「合歡袴」以服飾象徵歡好的詞語，不僅暗示二人有所互動，並且關係匪淺。「鮮妍脂粉薄，暗淡衣裳故」，更顯示經過一夜歡快，女子曾精心梳理的妝容已不復光鮮。

〈夢遊春〉的後半，著重詩人豔情夢醒之後的人生歷程，及對此之反省：

> 夢魂良易驚，靈境難久寓。夜夜望天河，無由重沿泝。結念心所期，返如禪頓悟。覺來八九年，不向花回顧。雜洽兩京春，喧闐眾禽護。我到看花時，但作懷仙句。浮生轉經歷，道性尤堅固。近作夢仙詩，亦知勞肺腑。一夢何足云，良時自婚娶。當年二紀初，嘉節三星度。朝蕣玉佩迎，高松女蘿附。韋門正全勝，出入多歡裕。甲第漲清池，鳴騶引朱輅。廣榭舞蓁蓁，長筵賓雜厝。青春詎幾日，華實潛幽蠹。秋月照潘郎，空山懷謝傅。紅樓嗟壞壁，金谷迷荒戍。石壓破欄杆，門摧舊椽桂。雖云覺夢殊，同是終難駐。惊緒竟何如，菉絲不成約。卓女白頭吟，阿嬌金屋賦。重璧盛姬臺，青塚明妃墓。盡委窮塵骨，皆隨流波注。幸有古如今，何勞縑比素。況余當盛時，早歲諧如務。詔冊冠賢良，諫垣陳好惡。三十再登朝，一登還一仆。寵榮非不早，邅迴異云屢。直氣在膏肓，氛氳日沈痼。不言意不快，快意多忤。忤誠人所賊，性亦天之付。乍可沈爲香，不能浮作瓠。誠爲堅所守，未爲明所措。事事身已經，營營計何誤。美玉琢文珪，良金填武庫。徒謂自堅貞，安知受羈鑄。長絲羈野馬，密網羅陰兔。物外各超超，誰能遠相錮。時來既若飛，禍速當如騖。
>
> 囊意自未精，此行何所訴。努力去江陵，笑言誰與晤。

在詩的前半部敘寫冶遊幽會的過程後，詩人在後半部呼應詩題「夢遊春」的主軸，以「夢魂良易驚，靈境難久寓」，夢境或仙境皆短暫，來比喻這段戀情匆匆結束。夢本是短暫易醒的，仙靈之境也非凡人久留之地，即使想要重遊，也再無可尋之路，仙境比喻，正是「遊仙」之意，再次突出這首詩描寫的是士妓戀情。之後，作者以各種理由表明此一戀情之「不值留戀」，「結念心所期，返如禪頓悟」，表示自己

雖有不安，卻能慧斬情絲，回歸正途，就如同「禪悟」一般。「覺來八九年」以下，說自己從此不再受花叢女子的誘惑，而能另覓良家女子，結成姻緣，享受新婚之樂。詩中提到的「韋門」，指元稹妻韋氏，出於韋夏卿之門，從詩中的描述來看，韋氏門第佳，實屬良配，締結之時風光不在話下。〔註80〕「青春詎幾日」，指這種美好日子並不長久，「秋月照潘郎」，潘郎指潘岳，言自己喪妻。〔註81〕由自身的喪妻，詩人聯想到幾個歷史上著名女子，如卓文君、阿嬌、盛姬、王昭君等，均成青塚，意指古今一致。之後，此詩的焦點便轉為敘述自己奮於仕進的過程。仕途自然有起有伏，有時不甚順遂，詩人檢討原因在於自己的直言忤人。不知不覺中，年歲飛逝，「三十再登朝，一登還一仆」，在寫此詩之詩，詩人正處官場上的逆境，此時，他卻能看淡挫折，不再以官場的事羈絆自己。詩的最後說：

> 江花縱可憐，奈非心所慕。石竹逞奸黠，蔓菁誇畝數。一種薄地生，淺深何足妒。荷葉水上生，團團水中住，瀉水置葉中，君看不相污。

詩人先是將自己棄絕這段戀情的行為合理化，經過迷途知返的歷程後，他對自己的此種抉擇顯然持肯定態度，也頗為自己所選人生方向自豪。由〈夢遊春〉的後半可知，元稹的婚戀心態，確實是屬於非常傳統的士人典型，士人面對正式婚嫁，不論是門第家教都不可等閒視之，而士人擁有「非婚姻關係的戀情」，則屬平常。〔註82〕

〔註80〕元稹於貞元十九年（803）與韋夏卿之女結婚，見卞孝萱，《元稹年譜》，頁69。

〔註81〕元和四年（809），韋叢卒，年二十七歲，見卞孝萱，《元稹年譜》，頁116。

〔註82〕就唐代士人的婚宦觀念，締結高門還是最理想的途徑，有利士宦。對豔婦妓女可有非婚姻關係的戀情，但於正式婚姻則庶幾見之，唐傳奇〈李娃傳〉，娼妓終為賢妻，是利用此種觀念去彰顯李娃的特殊性，〈霍小玉傳〉強調李益另娶高門盧氏的報應。此兩篇連同元稹的〈鶯鶯傳〉（詳下文），都是在這種婚宦背景下的作品。三篇唐傳奇內文及其與中唐士人的婚宦觀念，可參見王夢鷗，《唐人小說校釋》（臺北：正中書局，1983），頁81～103，165～218。

　　在上述元、白的排律中，詩人即爲詩中敘述者，自敘其豔情冶遊的歷程。他們的共同點是，詩人都有一個「寄呈酬唱」的對象，白居易寫給蕭徹，元稹寫〈夢遊春七十韻〉亦曾與白居易自道其旨：「斯言也，不可使不知吾者知，知吾者亦不可使不知。樂天知吾也，吾不敢不使吾子知」，〔註83〕表明藉這首詩向白居易敞開心思的意圖。〈夢遊春〉敘豔情的部分，其敘述與表現手法與上引白居易〈江南喜逢蕭九徹〉詩其實頗爲類似。

　　元稹的〈夢遊春〉，有論者言：「以作者自我爲描寫對象，眞切細膩地書寫了自己的感情上的悲歡離愁……哀感動人，尤其引人注目。」〔註84〕〈夢遊春〉的前半部份確實寫了豔情繾綣，但後半部份，詩人以更多篇幅，解釋由豔情省悟到決意仕進的轉變。因此，「夢遊春」的詩題，看上去的確是在描寫戀情，但詩中人的內心活動其實不依傍於「戀情」之上，而是由「棄絕豔情」到「正式婚姻仕宦」之途。詩前半段的豔情過程敘寫，實可視爲元稹「敘事」詳盡的結果，情意上並無特出深入之處。「哀感動人」之情主要在後半部。其實，從本詩的結構安排及結尾來看，〈夢游春〉有兩層體悟，一是沈迷豔情而後棄絕的體悟，二是投身官場而後退敗的體悟；這才是元稹詩眞正所要表達的情意：人生總有沈迷投入而後醒悟的過程。換言之，這首詩幾乎可視爲元稹的懺情錄。

　　白居易讀出了元稹所要傳達的訊息，在〈和夢遊春詩一百韻〉序言中，他不但試圖回應元稹此種反省式的思維，更爲之寬解：

　　　　予辱斯言，三復其旨，大抵悔既往而悟將來也。然予以爲苟不悔不寤則已，若悔於此則宜悟於彼也，反於彼而悟於妄，則宜歸於眞也。況與足下外服儒風，內宗梵行者有日矣。而今而後，非覺路之返也，非空門之歸也，將安返乎？

〔註83〕元稹語不見本集，在但白居易〈和夢遊春詩一百韻·序〉中引用並註明爲元稹語，《白居易集箋校》，14/863。

〔註84〕張明非，〈中唐豔情詩的勃興〉，《遼寧大學學報》，1990 第 1 期，頁8～12。

> 將安歸乎?今所和者,其章旨卒歸於此。夫感不甚則悔不
> 深,故廣足下七十韻爲一百韻,重爲足下陳夢遊之中所以
> 甚感者,敍婚仕之際所以至感者,欲使曲盡其妄,周知其
> 非,然後返乎眞,歸乎實……。〔註85〕

在詩序中,白居易對元稹處理豔情冶遊與婚仕的態度,給予正面評
價,在詩中也就元稹的行爲與其詩作勸說:

> 請思夢遊春,此夢何閃倏?豔色即空花,浮生乃焦穀。良
> 姻在嘉偶,傾刻爲單獨。入世欲榮身,須臾成黷辱。合者
> 離之始,樂兮憂所伏。愁恨僧祇長,歡榮詫那促。覺悟因
> 傍喻,迷執由當局。

他認爲,由於元稹有過一段沈迷豔情的日子,才更凸顯回返正規仕途
的可貴,至於元稹原詩所寫的豔情情節,則是用以呈現這種心境轉變
的最佳方式。是以,白居易的和詩不但循元稹的模式,先寫豔情後寫
婚宦,他更以自身對佛學的素養將元稹的「禪悟說」予以周揚,並以
此爲由加長了豔情以外的篇幅。〔註86〕最後,白居易將元稹與他和作
的豔情細節解釋爲「曲盡其妄,周知其非」,將之提升到道德修養的
層次,再一次印證元稹的「禪悟說」。〔註87〕

陳寅恪評元、白之〈夢遊春〉詩,說:「實非尋常遊戲之偶作,乃
心儀浣花草堂之鉅製,而爲元和體之上乘,且可視作此類詩最佳之代

〔註85〕《白居易集箋校》,14/863-866。
〔註86〕白居易〈和夢遊春一百韻〉原詩甚長,這裡不全詩引出。白居易和
詩(一百韻)較元稹原詩(七十韻)長數十句,自然以更充足的篇
幅書寫豔情以外的感想。
〔註87〕白居易詩中這種極度擴張豔情,而後懺悔的思想表現,在中國豔詩
史中可說是首見。張伯偉曾爲文探討南朝宮體豔詩與佛教的關係,
指出佛經中的豔詞綺語並不少見,「穢解脫法」,詩人假豔詩以悟道
的做法並不罕見。此外,宮體詩派之首蕭綱,膩於佛教與豔詩的時
期幾乎重疊,也在一些篇章對這些綺語表懺悔。見張伯偉《禪與詩
學》(臺北:揚智文化,1995),頁265~311;尤其是頁293~311。
不過,蕭綱的宮體豔詩中,並無女性豔色描寫與懺悔並行之作,相
較之下,白居易這首詩則同時曲盡豔情與悔懺。

表者也。」〔註88〕顯然陳寅恪認爲元、白兩人寫作此詩，有自言心志
的強烈企圖。且不言兩人的寫作目的，是否如陳寅恪所言的「大企圖」，
元白這兩首詩，本來就是寄贈酬唱詩，兼有對話的功能，大可看成是
兩個士人間的對話交流活動，也是兩個男性之間表示情誼的方式。就
元、白在這兩首詩中的態度來看，頗有相濡以沫的意味。對士人來說，
冶遊當然是歡愉的，但爲了前途打算，棄絕非婚姻關係戀情而就婚宦
之路，才是正規的途徑，在這樣的風氣下，士人冶遊得到整個士階層
的默許，只要適時注意，不過度違反道德判準，即可公然書寫豔情，
稍有縱逸也無妨。就元、白二人的唱和來說，兩人對豔色描寫與豔情
敘寫的興趣都涵括在士人生活的範疇之內，士人對豔色的興趣，既然
不會導致他們偏離正統的仕宦道路，則〈夢遊春〉前段的冶遊描寫，
反而成爲賦予後段道德教誨意義的基石。

　　現在看來，元、白這些涉及豔情的排律，就與唐代大多數的應酬
詩一樣，並非二人詩集中的佳作，詩歌文字鋪排，顯得冗長而又情意
泛泛，前半段豔情細節與後半段詩人自言心志部分，兩相對照之下，
似乎不太自然，甚至有些過度造作，而顯突兀。這樣的詩其實是相當
缺乏情味的。此外，在他們的敘豔情歷程時，雖有記「悔悟仕進」的
過程，他們「記敘豔情、實寫豔事」，這種長篇鋪敘豔情細節的舉動，
實在更引人注意。在元、白的敘豔情排律中，詩人們敘寫一個「豔情
經驗」，並且包含有詩人對這場冶游經歷的體悟與反省。豔情經驗的
意義，透過詩人直接言說傳達出來。詩人不厭其煩地描寫豔情事件的
細節與過程，引人入勝，既能表現出執迷繼而超脫的歷程，也能藉此
凸顯、反省身在其中的心境。

　　元、白這些「敘豔情長詩」，展示的意味頗爲濃厚。若說這兩人
有藉唱和律詩、言說豔情來展現詩人「才情」的意圖──風流之情，
詩人之才，也不爲過。以長篇排律形式寫作，在詩人心中就是能文之

[註88] 陳寅恪，《元白詩箋證稿》（北京：三聯書店，2001），頁94。

「雅」，即使豔情風流內容亦然，因爲透過詩人的詩思已經予以藝術化了。〔註89〕唐代以前，士階層面對情慾的詩文，以漢代辭賦體裁的「神女」主題爲最高峰；南朝宮體豔詩只裁取了「觀看注視」女性豔色及怨美的題材；在詩歌中，眞正以男性角度審視豔情經驗，元、白這類敍冶遊排律的可說是開山之作，而這也是自南朝豔詩「類型化」以後，一次重大的改變。〔註90〕

　　由記敍豔情經歷開始，元、白二人從而展開詩的「綺豔風情」成份。就純粹展現「豔情趣味」這部分而言，元稹無疑較白居易展現了更大的寫作興趣。除了寫出士人面對「婚外戀情」與「正規婚宦」的心態之外，元稹可以說是唐代第一個在詩中書寫「士子對婚外戀人的愛戀及欲求」這個主題的。就元稹來說，既然是屬於婚外戀情，僅可視之爲一場夢，一個回憶，如此，則這些戀情都屬過去的歡愉，以追憶的心態書寫，偶爾回憶過去戀情並且沈浸其中，應不過份，畢竟它與現實生活已經互不干擾。元稹的另一首豔情詩〈會眞詩三十韻〉，其實是他寫的傳奇〈鶯鶯傳〉的附詩。〈會眞詩〉就沒有像〈夢遊春〉般大段自言心志的部分，焦點幾乎集中在豔情之上：

　　　微月透簾櫳，螢光度碧空。遙天初縹緲，低樹漸葱朧。龍
　　吹過庭竹，鸞歌拂井桐。羅綃垂薄霧，環珮響輕風。絳節

〔註89〕元稹〈上令狐相公詩啓〉中有一段話可爲評註：「日益月滋，有詩向千餘首。……唯杯酒光景間屢爲小碎篇章，以自吟暢。然以爲律體卑下，格力不揚，苟無姿態，則陷流俗。常欲得思深語近，韻律調新，屬對無差，而風情宛然，而病未能也。江湖間多新進小生，不知天下文有宗主，妄相倣效，而又從而失之，遂至於支離褊淺之詞，皆目爲元和詩體。稹與同門生白居易友善。居易雅能爲詩，就中愛驅駕文字，窮極聲韻，或爲千言，或爲五百言律詩，以相投寄。小生自審不能以過之，往往戲排舊韻，別創新詞，名爲次韻相酬，蓋欲以難相挑耳。江湖間爲詩，復相倣效，力或不足，則至於顚倒語言，重複首尾，韻同意等，不異前篇，亦自謂爲元和詩體。而司文者考變雅之由，往往歸咎於稹。」文中的杯酒光景之作，就包含這些涉及風情之作。《元稹集》，60/632-633。

〔註90〕中唐這種才子與風情詩相映的觀念，在第三節會更進一步討論。

隨金母，雲心捧玉童。更深人悄悄，晨會雨濛濛。珠瑩光
文履，花明隱繡龍。瑤釵行採鳳，羅帔掩丹虹。言自瑤華
圃，將朝碧帝宮。因遊洛城北，偶向宋家東。戲調初微拒，
柔情已暗通。低鬟蟬影動，迴步玉塵蒙。轉面流花雪，登
牀抱綺叢。鴛鴦交頸舞，翡翠合歡籠。眉黛羞頻聚，唇朱
暖更融。氣清蘭蕊馥，膚潤玉肌豐。無力慵移腕，多嬌愛
斂躬。汗光珠點點，亂髮綠鬆鬆。方喜千年會，俄聞五夜
窮。留連時有限，繾綣意難終。慢臉含愁態，芳辭誓素衷。
贈環明運合，留結表心同。啼粉流清鏡，殘鑪遠暗蟲。華
光猶冉冉，旭日見瞳瞳。乘鶯還歸洛，吹簫亦上嵩。衣香
猶染麝，枕膩尚殘紅。幕幕臨塘草，飄飄思渚蓬。素琴鳴
怨鶴，清漢望歸鴻。海闊誠難渡，天高不易衝。行雲無處
所，蕭史在樓中。〔註91〕

雖然元稹〈鶯鶯傳〉以張生與崔氏的戀情隱之，但由〈鶯鶯傳〉的敘
述來看，及張生始亂終棄後，對元稹所說的崔氏爲「尤物」，與張生
的「忍情」說來看，崔鶯鶯應該不是什麼高門貴家之後，甚至「會眞」
應該是暗涉豔婦妓人之流。〔註92〕〈會眞詩〉因爲不假借在任何名目
之下（憶舊、酬唱等等），是一首道地的男性冶遊詩。除了少了「自
言心志的部分」，〈會眞詩〉的寫法猶如〈夢遊春〉的裁減版，但詩中
的「豔情趣味」則提高得多，有關男女一夜繾綣的細節，也顯得露骨
許多，更接近純粹冶豔情事的敘寫。尤其是「戲調初微拒」到「亂髮
綠鬆鬆」，寫男女調情的過程，先寫詩中女子欲拒還迎的樣態，再藉
「鴛鴦交頸」、「翡翠合歡」喻交歡之好，「眉黛」、「唇朱」、「蘭蕊」、
「玉肌」，描寫這個女子面容的同時，其實也動用了詩人的視覺、嗅
覺與觸覺等各種感官，隱透顏色、氣味、質地，官能意味濃厚，字句
連番排比，更遣動讀者去想像詩中人的歡愉，不但具豔色趣味，且能
讓讀者即時興起豔情想像。

〔註91〕《元稹集》，集外集 6/676-7。
〔註92〕陳寅恪《元白詩箋證稿》，頁 110～120。

　　從這裡，可以看到元稹豔詩與前代豔詩的區別所在。前代宮體詩人寫作豔詩時，儘可能採取一種旁觀而於己無涉的態度，宮體詩人將寫作者的身影降到最低，側寫眼前女子的裝扮、動作，如同寫一個靜物、一幅畫，縱使閱讀者從中感覺到豔色照人的趣味，那也是一種隱含其中的趣味，須透過閱讀玩味後去感受。〔註93〕元稹詩則不然，他潛入詩中現身自敘，在一些豔情場景的描寫中，詩人所感受到的戀情歡愉也一一欲現。女子汗容涔涔、髮鬢紛亂的情景，或是殘燈黯淡、枕沾紅粉等閨房寢具的描述，都是男女一夜歡愛的結果。一夜歡愛過程，幾乎透過「物件的變化」呈現，其中隱含了時間的推移，詩末也有詩人對這場幽會的感想。與宮體豔詩相同的是，〈會眞詩〉對女子的容貌、裝扮、衣飾等的描寫詳細，這首詩的敘述口吻依舊是屬於男性的，詩中寫女子心思的部份，也是詩中男性的「所見所聞」而非代言其情。

　　元稹對豔色、豔情的書寫不但出於個人興趣，也在於他「好寫習俗」的心態。〔註94〕本來，在元稹的時代，士人狎妓、冶遊的風氣興盛，婚外戀情若不影響正常婚姻，通常是世人所默許的。元稹及白居易，都在酬唱詩歌中公開分享自身的冶遊生活，且元稹〈夢遊春〉還能自圓其說。但是，面對正式婚配的態度就不能以娛情遊戲視之，元稹寫給妻子的幾首悼亡詩，如著名的〈三遣悲懷〉，內容情深意摯，但均從「婦德」的角度懷念讚揚他的妻子，以第一二首來看：

　　　　謝公最小偏憐女，自嫁黔婁百事乖。顧我無衣搜藎篋，泥
　　　　他沽酒拔金釵。野蔬充膳甘長藿，落葉添薪仰古槐。今日

〔註93〕請參考第一章第二節，頁 37～38。另胡大雷指出「宮體詩是一種以男女交往爲敘寫重心的誘惑化抒情」，但他也說，「宮體詩從根本上講不是敘事詩，其敘寫只是對事件點到爲止，所以我們稱之爲動作行動的敘寫，稱之爲男女交往過程的敘寫，而未稱之爲事件過程的敘寫。」見氏著《宮體詩研究》（北京：商務印書館，2004），頁 141。

〔註94〕元稹〈敘詩寄樂天書〉：「不幸少有伉儷之悲，撫存感往，成數十詩，取潘子悼亡爲題。又有以干教化者，近世婦人暈淡眉目，綰約頭鬢，衣服修廣之度，及匹配色澤，猶劇怪豔，因爲豔詩百餘首。」《元稹集》30/353。元稹好寫習俗的心態在下一節會更詳細討論。

俸錢過十萬，與君營奠復營齋。昔日戲言身後意，今朝皆
到眼前來。衣裳已施行看盡，針線猶存未忍開。尚想舊情
憐婢僕，也曾因夢送錢財。誠知此恨人人有，貧賤夫妻百
事哀。〔註95〕

全詩之悲起源於妻子已逝，詩人自覺沒能在生前提供妻子較好的生活
條件，第一首寫妻子以服侍丈夫爲經營持家的重心，甚至不惜典當自
身財物，以作爲丈夫的後盾；第二首由妻子留下的針線衣匣等女工，
思念起妻子勤儉持家的身影及妻子生前與他相伴的時光，透露出元稹
對逝去妻子的依戀。在這裡，妻子是極爲親密的家人，同時也兼具照
顧丈夫、持家的角色。

　　論者曾針對元稹與鶯鶯的非婚姻戀情、元稹與元配韋氏及再娶妾
室等事件，給予元稹負面評價，對〈遣悲懷〉也略有微詞。不過，本
文無意在這裡評斷元稹的人格，〔註96〕僅藉由元稹的悼亡詩與豔情詩
說明，〈三遣悲懷〉與元稹其他豔情詩作相較，內容情調相去甚遠。
唐人對妻子言相思之情，本已少見，比元稹稍早的權德輿的多首「贈
內詩」可說是異數。〔註97〕元稹的悼亡詩主旨並不在與妻子之間的愛
情，元稹依然回歸傳統的婦德敘寫，兩人的深厚情感，多半建立在夫
妻親情的扶持之上。那麼，元稹的〈敘詩寄樂天書〉將悼亡詩與豔詩
前後並陳，是否因下意識認爲這兩者的書寫主題皆爲女性的關係呢？

　　在元稹直述豔情經歷的詩裡，可看到女子風情姿態，除女子豔色
描寫是重要部份，當中也有詩人對豔情的反省與體悟。除此之外，元
稹也有一些戀情詩，不著重豔情經歷的敘寫，而以男性角度隱約在抒
發相思情思的。如〈春曉〉、〈桐花落〉、〈夢昔時〉、〈憶事〉等均爲如
此。〔註98〕以〈春曉〉爲例：

〔註95〕《元稹集》，8/98。
〔註96〕陳寅恪，《元白詩箋證稿》，頁103～110。
〔註97〕關於中唐以前的贈內詩，可參見蔣寅，〈權德輿與唐代的贈內詩〉，《山
　　　　西大學師範學院學報》，1999年第1期，頁53～57。
〔註98〕《元稹集》，外集1/642，7/681，7/687。

半欲天明半未明，醉聞花氣睡聞鶯。

狂兒撼起鐘聲動，二十年前曉寺情。

由這首詩所提到的花氣、鶯聲及豢養的小狗兒，[註99] 可推測詩人晨起時，聽聞似曾相識的香味與鳥鳴，在記憶中尋找這曾經熟悉的感官體驗，突然間拉回到多年前一段情感過程中的相似景況，如此，回憶中的情感經驗也一併呈現，頗有追憶懷念之感。相較於前代大量為女性代言相思的詩歌，以男性角度抒發對女性的相思的詩，在唐代以前實不多見。可見元稹的確是有意識地在豔情詩中，鋪展豔色描寫，或言豔情留戀。像元稹這樣以男性角度敘寫戀情經驗，將男性角度的戀情情思，以詩歌呈現，就唐代以女性為敘寫主題詩歌而言，是一大改變。

這裡要再討論白居易與小妓的詩歌。可能因其家中畜養小妓的關係，白居易寫到歌舞小妓時更具日常生活感，不限於豔情冶遊之慨，或如元稹像是在寫回味之情。有時候，白居易自在地在詩中寫他與歌舞小妓的互動。以〈山遊示小妓〉為例：

雙鬟垂未合，三十纔過半。本是綺羅人，今為山水伴。春泉共揮弄，好樹同攀玩。笑容花底迷，酒思風前亂。紅凝舞袖急，黛慘歌聲緩。莫唱楊柳枝，無腸與君斷。[註100]

這是一首與小妓出遊的詩，與〈夢遊春〉、〈會真詩〉記士人冶遊豔情經歷不同，詩人的說話對象是詩中的小妓，詩先從她的年紀與身分寫起，這樣一個青春正盛的女性相伴遊山，自然更添風光明媚。由於對方為小妓，自然也有詩人觀賞其歌舞表演的描寫。詩末，詩人開玩笑說不要唱〈楊柳枝〉，因為柳枝有表示離別之意，令人愁。[註101] 表面上，是不想聽離別歌辭而致愁腸百轉，言下之意，似乎也暗示他沒

[註99] 「狂」意為小狗，指女子身邊豢養的狗兒，陳寅恪，《元白詩箋證稿》，頁 94～95。

[註100] 《白居易集箋校》，29/2019。

[註101] 白居易有〈楊柳枝詞八首〉，《白居易集箋校》，31/2167-68。從白居易另一首〈楊柳枝二十韻〉自注來看，〈楊柳枝〉是「洛下新聲」，也就是當時洛陽一帶流行的新曲。

有心思成爲令對方斷腸的人，跟這個小妓純粹只是相伴遊山，因而以略帶輕鬆的口吻與小妓戲謔。白居易寫攜妓娛樂之事，與元稹在詩中寫豔情冶遊情事，寫作方式不盡相同：一個只是生活中偶然的娛樂，當成娛樂的時候態度儘可輕鬆；一個是作爲一段豔情回憶，是一段曾經沈迷的情事，自然需要回味，在詩中刻畫當時令其沈迷的明媚豔色。有意思的是，他們的詩作所呈現出的士妓互動關係，卻不約而同是「暫時且娛情」的。〔註102〕

　　儘管冶遊對中唐士人的意義可能是休閒活動，娛情也可能是一種寄託，幫助士人暫時脫出更沈重的其他生活事務。豔情經歷或許是中唐部份士人所共同擁有的。儘管偶爾在詩中採取自悔自省的態度，元稹的多首冶遊詩與白居易的生活小詩，都明白呈現出中唐士妓之間頻繁互動與深厚的人情關係。中唐詩歌中的妓女，超出了以往古典詩歌中女性形象的範疇。中唐詩歌中的綺豔題材敘寫，不再隱伏在春閨、宮怨之下，或以聽妓觀妓詩題爲名，構築於南朝文人對女性的描摹想像之上；而是詩人就現實生活中的特定事件或特定人物所寫。然而，現實生活中的女性進入詩歌之後，綺豔詩歌有什麼樣的轉變？在描寫方式上，有沒有受到宮體豔詩的影響呢？這都是值得進一步探討的問題。

第三節　中唐綺豔詩的「才子妍詞」特徵

　　唐人曾以「元和體」稱元、白二人的詩。依陳寅恪的考察，「元和體」詩有二類：第一類是指元、白二人次韻相酬之長篇排律；包含筆者上一節討論的元、白「敘豔情長詩」。第二類是指兩人留連杯酒光景間之小碎篇章，其中包含元稹自言描寫婦女衣飾妝容的「豔詩」。

〔註102〕白居易〈醉吟先生傳〉言及這種聽小妓演唱的放情自娛心理，可作
　　　　爲參照：「自居守洛川洎布衣家，以宴遊召者，亦時時往。每良辰
　　　　美景，或雪朝月夕，好事者相過，必爲之先拂酒罍，次開詩篋。酒
　　　　既酣，乃自援琴，操宮聲，弄秋思一遍。若興發，命家僮調法部絲
　　　　竹，合奏〈霓裳羽衣〉一曲。若歡甚，又命小妓歌〈楊柳枝〉新詞
　　　　十數章。放情自娛，酩酊而後已。」《白居易集箋校》，70/3782。

〔註103〕元、白不避諱在詩中寫與歌舞妓女的交往及自身豔情經歷，依兩人創作量之豐（尤其是白居易），這類詩縱然不足二人詩作的十分之一，依然可觀，加之以這些詩作傳誦之廣，影響力自是不小。

中唐婦女的服飾、化妝、髮式都變成詩人的書寫題材，元稹把這些詩稱爲「豔詩」，強調他是因爲這些婦女們的裝扮太過「怪豔」，所以特別要花費篇幅以反映時世婦女妝容。〔註104〕元稹所謂「怪豔」的婦女，應該就是歌妓、舞妓身分的女性，就如白居易在〈代詩書一百韻寄微之〉說：「徵伶皆絕藝，選妓悉名姬。粉黛凝春態，金鈿耀水嬉。風流誇墮髻，時世鬥啼眉。」又白居易〈和夢游春〉也說：「風流薄梳洗，時世寬裝束。」這兩首詩描寫的女性都是妓女。如果不是因爲中唐士人經常在宴席上觀賞歌舞妓表演，或者出入妓院，元稹、白居易焉能有機會觀察到「時世妝」？〔註105〕

中唐士人與妓女面對面，欣賞情態，士妓之間則有情感交流，詩中敘寫的是現實中心有所感、爲之動情的女性。這與以往詩人在閨閣怨情詩中，敘寫想像模擬的女性形象，自然有別。宮體豔詩主要孕育於宮廷環境中，由觀賞宮女的歌舞與妝扮而發展成一類型；元稹、白居易的豔詩則是從士人參與歌酒宴席、出入妓院發展出來的。詩人與

〔註103〕陳寅恪，《元白詩箋證稿》，頁341～350。陳寅恪此說，乃根據元稹〈上令狐相公詩啓〉所提到的五言律絕與長篇排律，見上節注。

〔註104〕元稹〈敘詩寄樂天書〉：「不幸少有伉儷之悲，撫存感往，成數十詩，取潘子悼亡爲題。又有以干教化者，近世婦人暈淡眉目，綰約頭鬢，衣服修廣之度，及匹配色澤，猶劇怪豔，因爲豔詩百餘首。」《元稹集》30/353。另外，〈有所教〉一詩也說：「莫畫長眉畫短眉，斜紅傷豎莫傷垂。人人總解爭時勢，都大須看各自宜」也表達他寫時世妝是基於描述風俗，《元稹集》外集7/689。

〔註105〕白居易有一首詩的題目就是〈時世妝〉，內容寫元和年間婦女的流行妝扮：「烏膏注唇唇似泥，雙眉畫作八字低。妍媸黑白失本態，妝成盡似含悲啼。圓鬟無鬢堆髻樣，斜紅不暈赭面狀。……元和妝梳君記取，髻堆面赭非華風」。另〈上陽白髮人〉：「小頭鞋履窄衣裳，青黛點眉眉細長。外人不見見應笑，天寶末年時世妝」寫可與之對照。《白居易集箋校》，4/235，3/156。

妓女頻繁往來與互動，這樣的經驗，特別能引發詩人特殊的觀察角度
與體驗，進而發展爲詩歌素材，在這樣的環境下引發的詩歌創作，自
然有著「才子妍詞」的特色。元稹與白居易流連歌酒的篇章數量頗多，
除上一節所提到「敘豔情長詩」之外，其他交往應酬類的長篇排律，
提到宴席間妓女歌舞助興，或有短小篇章專言歌酒者，可說是不勝枚
舉。〔註 106〕這些詩往往對句工整，押韻順暢流利，字詞靡曼穠麗，
內容也大多寫妓女或閨房女子，或具有泛女性化的情思，可以「綺豔
詩」稱之。〔註 107〕從元白兩人詩作比來看，元稹的綺豔詩，有意無
意涉及女性風情與豔情情思的詩作比例較多，白居易的綺豔詩則以男
性流連歌酒，與小妓相伴交誼因而遣興，所謂日常生活雜感詩歌的比
例居多。上述這些具「才子妍詞」特色的綺豔詩，在中晚唐引起不小
的影響。

一、元稹綺豔詩的豔情化特徵

　　元稹雖表示他在詩中寫時世妝，是基於描述風俗的理念，實際上
元稹寫婦女的時世妝，並不只是描寫化妝的樣式而已。以他的〈恨妝
成〉詩爲例：

> 曉日穿隙明，開帷理妝點。傅粉貴重重，施朱憐冉冉。柔
> 鬟背額垂，叢鬢隨釵斂。凝翠暈蛾眉，輕紅拂花臉。滿頭
> 行小梳，當面施圓靨。最恨落花時，妝成獨披掩。〔註 108〕

元稹透過一個閨房女子的化妝動作與過程呈現出她的情思，從晨起梳
理開始，輕拂慢撲，柔束髮鬟，慢條斯理爲自己裝扮。詩末「最恨落
花時，妝成獨披掩」，「落花」句是說，女子每在落花春暮時節感到憾

〔註 106〕 長篇交往應酬詩如元稹〈痁臥聞幕中諸公徵樂會飲因有戲長三十
　　　　　韻〉，《元稹集》11/130。白居易〈郡齋旬假始命宴呈座客示郡寮〉、
　　　　　〈東南行一百韻寄通州元九侍御澧州李十一舍人果州崔二十二使
　　　　　君⋯⋯員外竇妻校書〉，《白居易集箋校》，21/1399、16/965-968。
〔註 107〕 有關「泛女性化」的情思，指的是具有女性愛情與脂粉味情思的詩，
　　　　　下一章會進一步討論。
〔註 108〕 《元稹集》，集外集 7/682。

恨，但配合「妝成」句來看，落花也用來比喻女子害怕容顏無色，芳華凋零。女子的感慨缺乏與離別情境明顯相關的敘寫，但是卻有深閨怨思之意。詩人僅客觀描述這個女子在細細裝扮的每一個動作，沒有一句偏離了化妝這件事，那麼，最後忽然而生的惆悵，所爲何來呢？似乎僅「獨」字顯示，女子妝成之後是有所遺憾的。外表的妝成完美與內心的有所欠缺，恰符合「恨妝成」的詩旨。

〈恨妝成〉可與蕭綱的〈詠美人晨妝〉作爲對照，[註109] 蕭綱以旁觀者的口吻寫了這首詩，稍事描寫美人精心妝扮的心情與動作，最後下了斷語說，如果現身人前，她一定能博得美名。〈詠美人晨妝〉在第五、六句對仗，〈恨妝成〉對仗則更加完備，寫女子裝扮時，詩人在場觀看的感覺幾乎不見，只在最後兩句代入道出女子的心境。元稹這首詩依然可見宮體豔詩重豔色書寫的影響，同時又可看到詩人在豔色以外的書寫興趣。〈恨妝成〉可說是從男性角度觀賞歌詠女子妝扮，過渡到藉由女子化妝動作呈現閨情惆悵之思的一首詩。

元稹可能有意識地參考前代宮體豔詩，從宮體豔詩中得到一些靈感與啓發，寫出元稹式的豔情詩。從他的綺豔詩與宮體豔詩對照來看，元稹詩歌「泛豔情化」的特徵是很明顯的，他的綺豔詩常見戀情情思的滲透。

在元稹的〈雜憶五首〉當中，詩人如此自述對一個女子「雙文」的情感：

> 今年寒食月無光，夜色纔侵已上牀。憶得雙文通內裏，玉櫳深處闇聞香。花籠微月竹籠烟，百尺絲繩拂地懸。憶得雙文人靜後，潛教桃葉送鞦韆。寒輕夜淺繞迴廊，不辨花叢闇辨香。憶得雙文籠月下，小樓前後捉迷藏。山榴似火葉相兼，亞拂低牆半拂簷。憶得雙文獨披掩，滿頭花草倚新簾。春冰消盡碧波湖，漾影殘霞似有無。憶得雙文衫子

〔註109〕 「北窗向朝鏡，錦帳復斜縈。嬌羞不肯出，猶言妝未成。散黛隨眉廣，燕脂逐臉生。試將持出眾，定得可憐名。」

　　　　裏，鈿頭雲映襪紅蘇。〔註110〕

詩開頭的「月無光」、「夜色纔侵已上牀」，顯示在一個寂寥的夜晚，
詩人早早上床歇息。詩人並未即刻入眠，他想起一個名爲「雙文」的
女子，便開始搜尋記憶中「雙文」的身影。每一首寫法都一樣，先是
描繪詩人眼前的一個場景，再由這個場景聯結雙文曾經在此的回憶。
透過詩人的回憶，與讀者看到昔日的雙文身影，她盪鞦韆、捉迷藏、
倚新簾。每出現一個雙文的身影，都代表詩人對她的一個戀情回憶，
詩人在此際此時，透過回憶對不在場的雙文投以愛戀的凝視。第二到
四首中，雙文的身影還顯得天眞爛漫，第五首「憶得雙文衫子薄，鈿
頭雲映退紅蘇」，詩人的目光凝聚在雙文身軀，薄衫雲鬢，不免予人
豔色遐想，戀情依依之中又流露些許愛慾意味。從女子媚態的描寫，
詩人與這名女子的互動關係不言而喻。由此可知，元稹豔詩所描寫的
女子，已不再單純做爲詩人旁觀凝視的焦點。透過女子姿容的描寫，
詩人的慾念不斷地流轉其中，與女子所發展的一段豔情，春色蕩漾，
昭然若現；這與宮體豔詩作者力圖側寫女子，而儘可能與之無涉的寫
作態度是不同的。元稹這首詩的寫作手法，比較接近沈約〈六憶詩四
首〉。沈約〈六憶〉可說是宮體豔詩中少數直接帶入男性自身的詩：

　　　憶來時，的的上階墀。勤勤敍別離，慊慊道相思。相看常
　　　不足，相見乃忘機。

　　　憶坐時，點點羅帳前。或歌四五曲，或弄兩三弦。笑時應
　　　無比，嗔時更可憐。

　　　憶食時，臨盤動容色。預坐復羞坐，欲食復羞食。含哺如
　　　不飢，擎甌似無力。

　　　憶眠時，人眠彊未眠。解羅不待勸，就枕更須牽。復恐旁
　　　人見，嬌羞在燭前。〔註111〕

由「憶坐時」、「憶來時」等語，顯示詩中有一個「回憶者」（男）及

<hr />

〔註110〕　《元稹集》，外集 1/640。
〔註111〕　《先秦漢魏晉南北朝詩》，梁詩 7/1663。

他的「回憶對象」（女）。透過這個男子的回憶，從日常生活中一點一點勾畫出這個可愛女性的身影，臺階上，羅帳前，不論是為他撥唱彈奏，或是平日共食共寢的嬌羞柔媚的姿態，可見詩中的女子與此男性為伴侶的殷殷深情。〈雜憶〉與〈六憶〉詩，以男性敘述者回憶女性身影的方式及句法頗為相似，但元稹寓「豔情」於女性豔色描寫的痕跡，顯然較宮體豔詩來得明顯，也就是說，元稹綺豔詩中，詩中人「涉入」的程度增加許多。

以元稹的〈贈雙文〉來看，雖與宮體豔詩一樣描寫女性歌舞姿態，除了有女子名而不是以「妓」泛稱之外，元稹的寫法也更顯春情。這裡將〈贈雙文〉與蕭綱〈聽夜妓〉相比：

> 豔極翻含怨，憐多轉自嬌。有時還暫笑，閑坐愛無聊。曉月行看墮，春酥見欲銷。何因肯垂手？不敢望迴腰。（〈贈雙文〉）〔註112〕
>
> 合歡蠲忿葉，萱草忘憂條。何如明月夜，流風拂舞腰。朱唇隨吹動，玉釧逐弦搖。留賓惜殘弄，負態動餘嬌。（〈聽夜妓〉）

由詩題便能覺察到兩人寫作意向的差異。元稹是贈詩與妓人雙文，蕭綱只是描述聆聽某妓歌唱。自然，詩人涉入方式也有差別，蕭綱從妓人極力取悅賓客的角度去寫，元稹則字字句句充滿詩人對雙文情態的垂愛，明白表示對這個女子的讚賞與喜愛。在〈贈雙文〉中，一個女性極力在男性面前展露風情，這個男性也深為所感，這與〈聽夜妓〉中男性詩人意欲片斷重現的夜妓表演圖象相比，具有截然不同的意義。

由此可延伸討論一個問題。元稹詩中數次出現「雙文」這個名字，除了〈雜憶〉之外，還有〈贈雙文〉。當言及元稹與崔鶯鶯關係時，論者每就「雙文」是否即鶯鶯去討論。〔註113〕南朝豔詩每以卓文君、

〔註112〕《元稹集》，外集 1/642。

〔註113〕例如陳寅恪認為雙文即鶯鶯，元稹詩凡言雙文者為豔詩，《元白詩

羅敷代稱美女，重演古樂府女性情境，詩中女子可視爲泛指，元稹的「雙文」是直呼人名，不免令人產生實有所指的印象。然而，元稹這首詩與沈約的〈六憶〉一樣，雖然看似爲特定現實對象所寫，實際上，我們只能看到詩中男子在各個場景回憶這個女子的身影，以及這個男子的戀慕之情。再回上一節所討論的〈夢遊春〉或〈會眞詩〉等敘士妓豔情的詩，雖然是長篇敘述豔情過程，然而女主角面目模糊，這些士妓戀情詩的豔情段落、豔色描寫幾可相互套用，同時也淡化豔情故事的特殊性。因此，元稹的豔情詩，雖然跳出宮體豔詩以豔色描寫爲主的類型，卻又形成另一種類型——以士妓戀情爲基本背景的豔情詩。

元稹在「敘豔情長詩」從男性角度敘寫男女戀情，或在交往應酬詩或感懷詩中自言豔情回憶；與妓女的交往經驗，與詩人元稹明確有關。在〈襄陽爲盧竇紀事五首〉裡，元稹寫豔情情事，五首詩分別寫一對男女從相識、幽會到別離的過程：

> 帝下眞符召玉眞，偶逢遊女暫相親。素書三卷留爲贈，從向人間說向人。
>
> 風弄花枝月照階，醉和春睡倚香懷。依稀似覺雙鬟動，潛被蕭郎卸玉釵。
>
> 鶯聲撩亂曙燈殘，暗覓金釵動曉寒。猶帶春酲懶相送，櫻桃花下隔簾看。
>
> 瑠璃波面月籠烟，暫逐蕭郎走上天。今日歸時最腸斷，迴江還是夜來船。
>
> 花枝臨水復臨堤，閑照江流亦照泥。千萬春風好擡舉，夜來曾有鳳皇棲。〔註114〕

盧、竇指盧眞與竇晦之，是這首詩的呈詩對象。〔註115〕詩人以《列

笺證稿》，頁95～103。相關討論參見袁梅、孫鴻亮〈元稹「豔詩」考異〉，《唐都學刊》，2004 第4期，頁59～62。

〔註114〕《元稹集》，外集 7/689。

〔註115〕見卞孝萱《元稹年譜》，頁174。

仙傳》中仙人贈婦人《素書》養身術之典，意指與女相逢發生豔情。
〔註116〕五首分敘這段豔情過程，第一首是相約，女方給予信物，第
二首是幽會，花前月下相會，渡過一晚。第三首是晨起送別，男方離
開，女方隔簾窺看相送，顯現不捨。第四首是從女方角度看這場訣別，
離別斷腸。第五首，詩人刻意淡出豔情情事的直接敘寫，而是以一個
自然情境的描寫涵蘊這整段情事的面貌，花枝上曾有鳳凰棲息的畫
面，正好映照出這段情事並非船過水無痕。這種寫法類似〈夢遊春〉
的前半及〈會眞詩〉，只是〈襄陽為盧竇紀事五首〉分成五首小詩來
寫一段情事，採取分段點染的方式，情事的敘述不是唯一重點，每一
個豔情場景都包含人物、場景，及人物的動作與心理感覺。詩中以「玉
眞」的傳說指所記女性，不免令人聯想其身分應為妓女。其實，這首
詩可說是士妓戀情的寫照，對照上節所討論過的〈會眞詩〉來看，兩
首詩所寫的內容情意幾乎是差不多的，只是〈會眞詩〉整首皆豔情歷
程敘述，〈襄陽為盧竇紀事五首〉分成五首短詩敘寫，不必去論是否
實錄豔情。元稹的豔情詩一直是在士妓之戀的軸線上，豔詩中的女性
幾乎都身處「戀情」與「準戀情」的狀態。他的豔情詩特色是「豔色」
與「豔情」並重，場景敘寫與人物動作、女子妝容的描寫都隱伏在表
現豔情的意圖之下。

　　這裡再以元稹的〈箏〉詩來討論其詩歌的豔情化特徵。歌妓舞孃
所使用的娛樂表演用具，如舞蹈所使用的扇，演奏所使用的箏、瑟等
樂器經常出現在詠妓及觀妓詩中。因此，即使是歌詠某項樂器的詩，
如果彈奏者通常是女性樂妓，自然也在歌詠這項樂器時，一併歌詠彈
奏者的演奏姿態、手勢。以沈約的〈詠箏〉詩為例：

　　　　秦箏吐絕調，玉柱揚清曲。弦一高張斷，聲隨妙指續。徒
　　　　聞音繞梁，寧知顏如玉。〔註117〕

這首詩在歌詠箏曲動人、技巧高超之後，詩人下了個斷語說，只聽到

〔註116〕見楊軍箋注，《元稹集編年校注》（西安：三秦，2002），頁277。
〔註117〕《先秦漢魏南北朝詩》，梁詩卷7，頁1656。

餘音繞樑，誰會去注意到彈箏的人是否是顏如玉呢？藉此把全詩焦點
集中在箏聲美妙之上。在元稹以前，唐人的詠箏詩也多圍繞在箏這個
樂器及彈箏場景上，如李嶠〈箏〉：「新曲帳中發，清音指下來。鈿裝
模六律，柱列配三才。」〔註118〕如果是在宴席場合，對美人彈箏圖
自然加以描繪，如盧綸〈宴席賦得姚美人拍箏歌〉中數句：「微收皓
腕纏紅袖，深過朱弦低翠眉。忽然高張應繁節，玉指迴旋若飛雪。……
有時輕弄和郎歌，慢處聲遲情更多。以愁紅臉能伴醉，又恐朱門難再
過。」〔註119〕勾畫宴席彈箏即景之時，詩人也明顯為彈箏美人的技
藝及姿態心動。元稹的〈箏〉與前此詠箏詩寫法並不相類，他不試圖
描出女性彈奏樂器的圖像，而是由樂器聲所引發對彈箏女性的情思想
像，詠嘆彈箏女的情思：

> 莫愁私地愛王昌，夜夜箏聲怨隔牆。火鳳有皇求不得，春
> 鶯無伴囀空長。急揮舞破催飛燕，慢逐歌詞弄小娘。死恨
> 相如新索婦，枉將心力為他狂。〔註120〕

元稹這首詩運用一些想像，引出女性角度之悲哀情愛。莫愁、王昌為樂
府詩中常見人名，通常用來指青春戀情年輕女性與男性。〔註121〕一個
失戀女子夜夜將她的怨情寄託在箏聲當中，然而怨情無法傳遞，「火
鳳」、「春鶯」兩句，都指求伴侶不成，火鳳同時也是豔曲名，〔註122〕
與春鶯啼叫同時回扣主題「箏」的樂音感，又兼表現女子失戀情思。再
來是女子彈奏箏的姿態。本來極其一般的彈箏動作，不是只因詠箏之題
而寫，作者像是要把焦點鎖定在彈箏的畫面，引起讀者好奇，進而期待
下一個高潮，那也是全詩情緒張力最高之處——用了卓文君遭棄，司馬
相如另結新歡的事指喻女子可悲的情境。這是一段無解的憾恨，女子為
「他」而起的箏聲與愛情都是白費的。方瑜談到元稹〈箏〉時，說這首

〔註118〕《全唐詩》，59/709。
〔註119〕《全唐詩》，277/3149-3150。
〔註120〕《元稹集》，外集7/688。
〔註121〕《元稹集編年箋注》，頁361。
〔註122〕見《樂府詩集》，50/1136。

詩的首聯「以樂府故事中的人名，使全詩浪漫性增濃，而發揮傳奇小說的效果，這是元稹豔體常用的手法。」〔註123〕這幾句話所說的，正是元稹綺豔詩的特色：有豔色，有經歷，隱約有段浪漫情事在其中。宮體豔詩是豔詩，是豔歌，我們看到的還是類似「詠物」手法，是對女性姿容情態的描寫，頂多能從姿容的描寫察覺到男子對女子的隱微的關注與興味；元稹的綺豔詩，在豔色趣味之外，還有豔情情味的滲入，不管是實有情事或是想像情事。

元稹有些綺豔詩作，還能看到介於閨情與豔情間的趣味。如〈暮秋〉：

> 看着牆西日又沈，步廊迴合戟門深。栖烏滿樹聲聲絕，小玉上床鋪夜衾。〔註124〕

深秋時節的詠嘆，透過日沈、隔廊深迴，及寒鴉淒鳴，最後指向一個心事重重的女性，她的身分應該是侍女。宮體詩人藉閨怨而實詠豔色，元稹詩中則更明顯見到閨中女性的豔情情思，如〈閨晚〉詩：

> 紅裙委塼階，玉瓜剺朱橘。素臆光如研，明瞳豔凝溢。調弦不成曲，學書徒弄筆。夜色侵洞房，香烟透簾出。〔註125〕

這首詩雖名為「閨晚」，卻沒有述及女子怨情的部份，全詩幾乎描述閨中女子妝容姿態及舉動。在精心打扮之後，女子豔色照人，但她漫不經心地撥弦寫字，斷續不成篇章，呈現出似無人賞而致慵懶愁悶的情思。然後，詩人把場景視角拉出閨房之外，「侵」字宣告著夜色降臨，即將發生些什麼呢？詩中並沒有解答。最後的「香烟透簾出」，女子於閨房中的情思無人能曉，只見簾中透光，帶著香味的煦煦煙絲透光而出。我們沒辦法準確猜測出詩中女子的身分，不過由「明瞳豔凝溢」等字句來看，可能是妓女身分，一般描寫閨房婦女的詩不至於如此強調其眼神之美豔。由「閨晚」詩題可知，或許元稹只是在假想

〔註123〕見氏著《中晚唐三家詩析論》，頁60。

〔註124〕《元稹集》，外集7/686。

〔註125〕《元稹集》，外集7/682。

一個閨房女子的情態。然而，他的用語與字句，卻不覺滲入豔情情調，如此，〈閨晚〉像是宮體豔詩寫女性閨情怨美的進一步發展。另一個猜想是，元稹本來就有意描寫一個妓女身分的女子，他只是憑「閨晚」之題暗寫豔情。不論是哪一種情形，元稹都把宮體詩人及初盛唐詩人「公眾觀賞」式的詠妓描寫，轉向對妓女情思的私密領會：詩人等於是把自己放置在這個女性私密空間中的一個角落，他能來去自如地內外觀看女子的動作及閨房環境氣氛，他意圖凸顯鮮活的女子情態。他的詩不再是隨意點染、呈現美麗且靜態的歌舞畫面，而是先設置了一個主要的情思（可能是妓女之怨），再透過這個女子的動作及閨房環境呈現出來。這也是豔情化詩作的特徵，除了隱約有情事在其中，詩中所寫豔情人物的感覺心理，是不會受到忽略的。因此，元稹的〈閨晚〉，實是閨情詩中的女色怨美與豔情趣味融合的成品。

　　元稹從男性角度寫相思愛情題材，則具突出女子豔色的特徵。元稹〈離思五首〉，看似寫傳統男女離別題材，詩中卻頗見女子風情，有別於傳統敘寫夫婦男女離別主題的詩歌：

> 自愛殘妝曉鏡中，環釵謾篸綠雲叢。須臾日射臙脂頰，一朵紅酥旋欲融。
>
> 山泉散漫繞階流，萬樹桃花映小樓。閑讀道書慵未起，水晶簾下看梳頭。
>
> 紅羅着壓逐時新，杏子花紗嫩麴塵。第一莫嫌才地弱，些些紕縵最宜人。
>
> 曾經滄海難爲水，除卻巫山不是雲。取次花叢懶回顧，半緣修道半緣君。
>
> 尋常百種花齊發，偏摘梨花與白人。今日江頭兩三樹，可憐枝葉度殘春。〔註126〕

以離思爲題，透過各種情境表達「離別」的主題。元稹此詩明顯不是傳統夫妻離別的怨情敘寫，而是一個男性觀察與自己具有戀情關係女

〔註126〕《元稹集》，外集 1/640。

子,並言情思。詩中的女子對鏡自照,著妝梳理,男子則「看梳頭」,充分感受女子的豔光照人。到第四首「取次花叢懶回顧」開始,透漏出這兩人已經分離。兩人戀情遭遇過程不詳,但可知原來詩中一些場景的描寫,似是男方對這相戀女子的回憶。這首詩不論是敘寫口吻,或「鐶釵鬖鬖」、「脂膩頰」、「一朵紅酥」等有關女子妝容的描寫,都予人豔色遐想,不似對良家女子的想像。

元稹的〈古豔詩〉、〈古決絕詞〉等詩也類似〈離思〉,雖然使用傳統樂府詩題,其中有關情愛的敘寫特別的濃烈,遠遠溢出了古詩女子貞潔自守、誓為所屬的程度。元稹隱豔情於閨情詩,這可視為女性敘寫詩歌題材的拓展,在融合豔色與豔情趣味方面,元稹也有突出表現。由於〈離思〉、〈古豔詩〉等詩題表示男性詩人為女子代言的前題,豔情(或愛情)的敘寫也逐漸成為具文人趣味的題材,男性詩人心知肚明,以閨情詩為名深掘女性的戀情情思。〔註127〕

元稹指出自己的豔詩是描述女子妝容為目的,但是,現今元稹集中純寫時世妝的詩歌是很少的。因此,我們有理由懷疑,元稹雖提出「時世妝」為其主要描寫面向,但他那些從女子角度言情,並兼述女子服飾姿容的詩,均是元稹自己所說的「豔詩」。元稹綺豔詩所敘寫的女性,幾可確定為妓女身分。這些女性以歌舞伴飲為業,傳統代言女子閨怨情思題材的敘寫,夫妻倫理關係下的離別之思,已不足以統括她們的惆悵與哀思。雖然身處華貴的場所,卻形同飄搖維生,每天遇到的人事物都是不定的,即使為愛情所惱,也可視為豔情,一切因這些女子身分並不在傳統倫理的定義之中。

對於「時世妝」詩的實質內涵,陳寅恪曾舉元稹與白居易豔詩數首說:「夫長於用繁瑣之詞,描寫某一時代人物妝飾,正是小說能手。後世小說,凡敘一重要人物出現時,必詳述其服妝,亦猶斯義也」,

---

〔註127〕元稹寫這種寓豔情於閨閣怨情的詩,可能與中唐詩人常以閨閣怨情詩作,供妓女席間演唱的風氣有關,詳下文。

甚而說二人這類詩「可作社會風俗史料讀」。〔註128〕正如同使用小說手法描述一個人物，便要設法使讀者如歷其境，親見人物出場一般，的確，元稹、白居易的綺豔詩，都有明白詳盡的特點，顯然以此手法寫時世妝容，更易於為世人接受，得以廣泛流傳。這也正是元稹豔情詩的特徵，他並不是只著重女子的姿容與舞蹈動作等表面速寫，而是想把這個女子的姿容裝扮，與她所處的環境景物、周遭氣氛融合，以稍顯女子的心境。

　　不過，除去像〈恨妝成〉、〈閨晚〉等詩，幾乎著重在藉女子動作及周遭環境呈現其心理感覺，元稹大部分的豔情組詩如〈襄陽為盧竇紀事五首〉、〈離思五首〉及「敘豔情長詩」〈夢遊春〉、〈會真詩〉，都雜有詩人的斷語及評論，如「海闊誠難渡，天高不易沖。行雲無處所，蕭史在樓中」、「取次花叢懶回顧，半緣修道半緣君」等，似乎為一段情事評斷其意義，或用典事表示這段戀情的狹遊性質，如用「帝下真符召玉真，偶逢游女暫相親」表示與女道士或女妓的戀情。當然，這也可能是詩歌篇幅的問題，短篇不易敘述，只能呈現一種情境，長篇則利於敘述豔情情事。不管怎樣，元稹在豔情詩中虛擬或真實地「紀事」的意圖，顯然較從前任何一首宮體豔詩來得強烈，他的豔情詩有「故事性」在其中，而不只是一個歌舞畫面的呈現。

　　元稹還透過詠花詩，表現陰柔纏綿的情感。在詠物中傳達女子春思，不是沒有前例，〔註129〕在元稹這些詩中，花如同一個柔弱美麗的女子，看上去分不出是花還是人，以下面幾首詩為例：

櫻桃花，一枝兩枝千萬朵。花磚曾立摘花人，窣破羅裙紅似火。（〈櫻桃花〉）

桃花深淺處，似勻深淺妝。春風助腸斷，吹落白衣裳。（〈桃花〉）

五色階前架，一張籠上被。殷紅愁疊花，半綠鮮明地。風

〔註128〕陳寅恪，《元白詩箋證稿》，頁93。
〔註129〕參見第一章第二節，頁42～43。

蔓羅裙帶，露英蓮臉淚。多逢走馬郎，可惜簾邊思。(〈薔薇架〉) 〔註 130〕

以花喻人，本是很自然的事，但是，元稹這裡不只以花之美去比擬女子的美貌。〈櫻桃花〉假想這些花之前，曾立有女子身影。〈桃花〉則花人不分，像是在詠花，又像是在詠人，花的飄搖如麗人衣裳嫋嫋動人，具有眩惑的視覺效果。〈薔薇架〉詩，則又以風姿綽約的女郎來比喻薔薇攀架，薔薇花曲折蜿蜒上攀的姿態，就如女郎倚簾期盼情郎來會，輕俏間可見婉轉風情。這些詩的情思婉轉細微，透過隱約可見的女性身影勾勒出花的情態，元稹由風情女子的形象去設計詩中的女性意象，再以這些意象比花。元稹的〈見人詠韓舍人新律詩因有戲贈〉說：「花態繁於綺，閨情軟似眠」，如果反過來，花的形象也可用來形容女子的風情，如〈白衣裳二首〉：

雨溼輕塵隔院香，玉人初著白衣裳。半含惆悵閒看繡，一朵梨花壓象牀。

藕絲衫子柳花裙，空著沈香慢火熏。閒倚帲風笑周昉，枉拋心力畫朝雲。〔註 131〕

透過清冷幽寂的庭院，看到女子穿著白色衣裳的身影，她臉含愁態看著繡被，那姿態如同梨花般潔白。第一首的「玉人」，或是第二首用周昉的仕女圖與女子的美麗相較，及「朝雲」的聯想，均會使讀者聯繫到妾妓身分的女性。〔註 132〕

元稹在〈上令狐相公詩啓〉自評詩作：「日益月滋，有詩向千餘首。……唯杯酒光景間，屢為小碎篇章，以自吟暢。然以為律體卑下，格力不揚，苟無姿態，則陷於流俗。常欲得思深語近，韻律調新，屬對無差，而風情宛然，而病未能也。」〔註 133〕文中所說

〔註 130〕 《元稹集》，外集 7/682、686、683。
〔註 131〕 《元稹集》，外集 7/686-687。
〔註 132〕 參見楊軍《元稹集編年校注》，頁 357。詩中的「白衣裳」與「梨花」的形象也出現在前所引之〈離思〉五首。
〔註 133〕 《元稹集》，60/632-633。

的是律詩，〔註134〕雖不專指豔詩，但本節所舉的豔情詩作，形式大部分為律詩與絕句，即使古體豔詩，也見短小，〔註135〕因此以「風情宛然」的「小碎篇章」來形容這些詩，至為合適。〔註136〕元稹將宮體豔詩以「豔色」為主的描寫方式，以及「詠物」般的創作心態，轉變成豔情化的綺豔詩：瀰漫著綺豔字詞，並且有著女子愛情或類愛情的感觸、哀婉的情思及惆悵的心緒。這就是中唐綺豔詩與南朝宮體豔詩的區別所在。豔詩中女子，婉麗明豔的身影與柔弱悵然的情感融合，形成華麗中的悲傷，詩中女子的情感，也不是再樸素直道相思與離別之思，而是泛化為明媚的風情，展現女性的婉約之姿。元稹這些豔情詩，表現的是孤獨、冷落、哀傷的情感，這與初盛唐詩人觀妓詩中，描寫女性表演用以表現富樂娛情宴會場面，自是不同，詩人描寫歌舞女子，漸趨淒清冷落的心境敘寫，與她們華麗的裝容與表演成為對比。

二、士人與妓女間惺惺相惜的命運之感

　　從《楚辭》以來，「香草美人」於古典詩歌傳統一直有特殊的意涵。在唐代的感遇詩中，也可見由《楚辭》「香草美人」延伸的賢才寄託，如陳子昂〈感遇〉:「蘭若生春夏，芊蔚何青青。幽獨空林色，朱蕤冒紫莖。遲遲白日晚，嫋嫋秋風生。歲華盡搖落，芳意竟何成。」具有賢才不遇之意。美人形象的賢才寄託，在唐代閨怨詩中亦可見，閨中思婦或棄婦殷殷期盼良人歸來與唯恐遭棄幽情，或者是美人孤芳自賞，空閨寂寞，這些情感易於被認為是士人暗喻自身所處情境，甚至有假代言為名，實際上為自言心志的情況，如朱慶餘的〈近試上張

〔註134〕元稹的「律體」是包含律詩與絕句的。

〔註135〕元稹將自己的豔體分為古體與今體，見〈敘詩寄樂天書〉，《元稹集》，30/353。

〔註136〕白居易〈與元九書〉說兩人曾於春遊時，「各誦新豔小律」，元稹則說「為樂天自堪詩集，因思青年城南醉歸，馬上遞唱豔曲，十餘里不絕」（此為詩題）《白居易集箋校》，45/2795，《元稹集》，22/252。

水部〉：「昨夜洞房停紅燭，待曉堂前拜舅姑。妝罷低聲問夫婿，畫眉
深淺入時無？」看似代言而實有寄託，意在冀求援引。〔註 137〕進一
步說，這些詩的寄託意義，都明顯存在於詩歌文字之外，並與作品形
成一種平行的隱喻關係。〔註 138〕然而，中唐詩人開始書寫現實生活
中的女性，寫與小妓的互動時，「香草美人」寓意的美好形象便不適
用於此，甚至脫離了原先的框架，整個香草（花）、美人、賢才「精
神上」等政教上的對應關係都出現變化。中唐詩人也突破閨怨代言與
士人情志寄託間的隱喻關係，不以隱約的寄託，傳遞詩歌以外未曾言
明的心志，詩人自身與歌妓是「直接比擬」的關係。

在元稹的詠花詩中，出現女性與花形影照映的內容，與前面討論
的以詠花透露女子春思不同，顯然是「香草美人」政教詩歌脈絡下的
產物。以〈山枇杷〉為例：

> 山枇杷，花似牡丹殷潑血。往年乘傳過青山，正值山花好
> 時節。壓枝凝豔已全開，映葉香苞纏半裂。緊搏紅袖欲支
> 頤，慢解絳囊初破結。金線叢飄繁蕊亂，珊瑚朵重纖莖折。
> 因風旋落群片飛，帶日斜看目精熱。亞水依巖半傾側，籠
> 雲隱霧多愁絕。綠珠語盡身欲投，漢武眼穿神漸滅。穠姿
> 秀色人皆愛，怨媚羞容我偏別。說向閑人人不聽，曾向樂
> 天詩人說。昨來谷口先相問，及到山前已消歇。左降通州
> 十日遲，又與幽花一年別。山枇杷，爾記深山何太拙？天
> 高萬里看不精，帝在九重聲不輒。園中杏樹良人醉，陌上
> 柳枝少年折。因爾幽芳喻昔賢，磻溪冷坐權門咽。〔註 139〕

這首詩特別強調花開時的豔麗異常，並以女子的容貌衣裝來比擬這份
美麗，甚至以綠珠墜樓，美人殞落的典故來比喻花的枯萎凋零。詩人
試圖把觀察山枇杷花所得的體悟說與知音白居易，並默記於心，一直

〔註 137〕 以上參考施逢雨，〈「旁通」與「寄託」──兩種解讀詩詞的特殊方
式〉，《清華學報》1993，1（23:1），頁 1～30。
〔註 138〕 參見蔡英俊關於「寄託」的探討，《中國古典詩論中「語言」與「意
義」的論題》，頁 231～233。
〔註 139〕 《元稹集》，26/303。

掛念著當時所見的花的姿態。最後，詩人說，他是由花聯想到賢人不
遇的冷落。這樣看來，〈山枇杷花〉依然是花──美人──賢才脈絡
下的產物。然而，元稹對花姿的描寫，及聯想的女子身影（綠珠），
已脫出如曹植〈美女篇〉，女子高門難結親事，因著「本質美好、難
得匹配」的喟嘆；或是陳子昂〈感遇〉著重在以花（蘭）的精神姿態
為賢才的寄託，「花色凋零」作為「賢人不遇」的比喻，元稹〈山枇
杷花〉並非孤芳自賞，而是挫折感的表現。因此，小妾綠珠的悲慘結
局也直可比擬，詩人以理解者的姿態詠嘆這不幸且不得遇的情境。元
稹花如美人的比喻，指涉的對象竟成為淪落人間、遭遇悲慘美女，再
也不是曹植〈美女篇〉詩中，精神上傲視一切的高門佳人，或者陳子
昂、張九齡詩中本質高潔的蘭花了。從他詠花所聯結的女性形象，不
禁令人想到，元稹詩中的「女性形象」也在轉變，開始指向世俗的美
女，以現實中存在的女性人物舉例，而不再如同往昔，於文人的共同
想像中構織出佳人的形貌。元稹的〈賦得雨後花〉、〈月臨花〉、〈紅芍
藥〉也如同〈山枇杷〉詩的寫法，〔註140〕他歌詠這些花，著重在描
繪它們的外表、顏色及花開的姿態，而不是花的精神內涵，如菊的高
雅淡潔，梅的堅忍耐寒等，花的盛開與凋零，每每用美女芳華零落來
比喻，因而女子的妝容用來比擬花的色與貌。

　　白居易〈琵琶行〉直接將歌妓的命運與自身命運相比擬。〔註141〕
琵琶女擁有歌舞才華，但因造化弄人，年華老去而致流離漂蕩。詩人
先敘述如何與這名女子相遇，之後轉述琵琶女所言的人生遭遇。白居
易聽琵琶女的琴聲表演，並將之與士人的命運不由己，棄逐在外的感
慨聯繫在一起，二者結合形成一種流轉在外的漂泊感。詩人被女子的
琴聲所感動，女子的才情引起詩人的驚嘆，進而在詩中表現一種「惺
惺相惜」、「同病相憐」的情感。此時，士人身分的白居易與民間的歌
女一樣，都是「可淪落」的，他最深層的恐懼，不在於潔身自好而不

〔註140〕　《元稹集》，14/156，6/68。
〔註141〕　《白居易集箋校》，12/685-686。

受賞識,而是命運操弄與年歲逝去,是一種普遍性的人生感慨。所以,詩人對優美琴音的讚賞,同時也是對美好時光的珍惜,除了呈現琵琶女一生的歷程之外,也試圖將她的生命歷程投射於己身。透過同理心所觀照而得的生命印象,引發詩人關於人生的慨嘆。

　　除直書豔事與泛豔情化的豔詩之外,元、白都有單篇書寫歌妓、舞妓演奏或跳舞時的姿態,與初盛唐時期宴遊觀妓的社交詩不同。在這些詩作,詩人或替女子代言傳達某種情懷或心緒,有時也兼抒己懷。白居易的〈楊柳枝二十韻〉,提到歌妓在士人筵席間演唱怨情曲子:

> 小妓攜桃葉,新歌蹋柳枝。妝成剪燭後,醉起拂衫時。繡履嬌行緩,花筵笑上遲。身輕委迴雪,羅薄透凝脂。笙引簧頻煖,箏催柱數移。樂童翻怨調,才子與妍詞。便想人如樹,先將髮比絲。風條搖兩帶,烟葉貼雙眉。口動櫻桃破,鬟低翡翠垂。枝柔腰嫋娜,荑嫩手葳蕤。唳鶴晴呼侶,哀猿夜叫兒。玉敲音歷歷,珠貫自纍纍。袖爲收聲點,釵因赴節遺。重重遍頭別,一一拍心知。塞北愁攀折,江南苦別離。黃遮金谷岸,綠映杏園池。春惜芳華好,秋憐顏色衰。取來歌裏唱,勝向笛中吹。曲罷那能別,情多不自持。纏頭無別物,一首斷腸詩。〔註142〕

〈楊柳枝〉是在宴席間供妓女歌唱跳舞的詩,在中唐時期已經盛行。既然是供歌舞妓表演的詩歌,自然言及歌女表演時的動作與情態。這首詩的特殊之處在於「樂童翻怨調,才子與妍詞」,歌女演唱由才子賦作的怨曲,聆賞作品的同時,詩人也當場激發更多靈感。這些妓席表演的詩作,則多是類似「塞北愁攀折,江南苦別離」的女子怨情,曲調哀怨依靡,舞蹈也嫋嫋動人。〔註143〕寫唱詞者言情深,唱者也賣力演繹詩中怨情,表演歌舞者與觀賞歌舞者(才子詩人),彼此相

〔註142〕《白居易集箋校》,32/2200。
〔註143〕這首詩所言〈楊柳枝〉的樂舞表演內容,參見沈冬〈小妓攜桃葉,新歌踏柳枝——民間樂舞《楊柳枝》〉,見氏著《唐代樂舞新論》(臺北:里仁書局,2000),頁73～141。

互激盪，將娛樂氣氛臻於頂點。

白居易的〈箏〉，聲色之娛與女子的姿態連結，構成一幅女子彈箏圖，內容除了圍繞在彈箏女子的外貌裝扮、彈箏女子愁態，並觸及詩人的感觸：

> 雲髻飄蕭綠，花顏掍旋紅。雙眸剪秋水，十指剝春蔥。楚豔爲門閥，秦聲是女工。……移愁來手底，送恨入弦中。趙瑟清相似，胡琴鬧不同。慢彈迴斷雁，急奏轉飛蓬。……倚麗精神定，矜能意態融。歇時情不斷，休去思無窮。燈下青春夜，樽前白首翁。且聽應得在，老耳未多聾。〔註144〕

詩中描述聆聽箏聲，欣賞彈箏女子的過程，詩人欲將聆聽過程與自己的人生感觸相通的意圖是顯而易見的。若與白居易著名的〈琵琶行〉相對照，可以看到詩中「同是天涯淪落人」的比擬，年老之人對流浪歌女充滿憐惜與慨嘆，發出失去青春年華美好歲月的唱嘆。

元稹在〈和樂天示楊瓊〉中，寫了一個與他生命曾有交會的歌女：

> 我在江陵少年日，知有楊瓊初喚出。腰身瘦小歌圓緊，依約年應十六七。去年十月過蘇州，瓊來拜問郎不識。青衫玉貌何處去，安得紅旗遮頭白？我語楊瓊瓊莫語，汝雖笑我我笑汝。汝今無復小腰身，不似江陵時好女。楊瓊爲我歌送酒，爾憶江陵縣中否。江陵王令骨爲灰，車來嫁作尚書婦。盧戩及第嚴澗在，其餘死者十八九。我今賀爾亦自多，爾得老成余白首。〔註145〕

詩人從楊瓊少女初出時風姿綽約的形象寫起，多年後，當他再見楊瓊時，她已「無復小腰身」，兩人一同回憶當年在江陵曾聆聽楊瓊歌唱的士人，細數現況，除了少數活著的各有際遇，病老死者竟有十之八九。在這裡，女子姿色與青春年華連結，成爲詩人年少的記憶，楊瓊的老態也引起了詩人關於歲月流逝，人世變遷的興嘆。

〔註144〕《白居易集箋校》，31/2105。
〔註145〕《元稹集》，外集7/684。此詩約作於長慶四年（824），見卞孝萱《元稹年譜》，頁447。

三、詩人的憶舊遊與歌酒經驗

　　江陵地區在六朝時期，因商業發達，有歌妓聚集，由樂府「西曲」可見此種現象。唐代的江南妓女依舊出名，不過，中唐詩人的江南歌酒經驗，與市井間女子當壚的情味不甚相同。在白居易的詩裡，江南的歌酒經驗，往往做為詩人回憶中極其迷人的段落，如寫給劉禹錫的〈憶舊遊〉詩中就說：

> 江南舊游凡幾處，就中最憶吳江隈。長州苑綠柳萬樹，齊雲樓春酒一杯。閶門曉嚴旗鼓出，皋橋夕鬧船舫迴。修蛾慢臉燈下醉，急管繁弦頭上催。六七年前狂爛熳，三千里外思徘徊。李娟張態一春夢，周五般三歸夜臺。〔註146〕

詩中將當年在江南時一些值得記憶的細節，包括歌妓名一一列出。在他的〈憶江南詞〉三首中，江南的明媚風光與歌舞妓女的明豔身影，交織成詩人心目中美好的圖像，以第一、三首為例：

> 江南好，風景舊曾諳。日出江花紅勝火，春來江水綠如藍，能不憶江南。

> 江南憶，其次憶吳宮。吳酒一盃春竹葉，吳娃雙舞醉芙蓉，早晚復相逢。〔註147〕

這組詩是白居易晚年在洛陽所作。詩人以幾個具有江南特點的畫面去呈現那種難得的相遇與銘刻。〈憶江南詞〉便是〈憶舊遊〉較為抒情化的寫法，把歌妓舞妓人名，具體的人事物等介紹細節全部拿掉，只剩下回憶中形象化的場景，經過詩人篩選精練，表現的是對歡樂美好的追憶與緬懷。

　　歌酒之樂，在士人失意的時候，也是暫時寄情的方式。元稹在〈酬鄭從事四年九月宴望海亭次用舊韻〉中，提到自己對望海亭宴的回憶，在描寫望海亭「雪花布遍稻隴白，日腳出入秋波紅」的遠景之餘，詩人乘興望著座中人物，說道：

〔註146〕《白居易集箋校》，21/1459。
〔註147〕《白居易集箋校》，34/2353。

> 興餘望劇酒四坐，歌聲舞豔煙霞中。酒酣從事歌送我，歌
> 云此樂難再逢。良時年少猶健羨，使君況是白頭翁。我聞
> 此曲深嘆息，唧唧不異秋草蟲。憶年十五學構廈，有意蓋
> 覆天下窮。安知四十虛富貴，朱紫束縛心志空。妝梳妓女
> 上樓榭，止欲歡樂爲茫躬。〔註148〕

在聆賞小妓唱曲舞蹈之時，詩人忽然察覺到，此時酒酣耳熱的情境似
曾相識。他回想年少十五二十時，那份博大的野心，想爲天下蒼生做
事的志氣。哪知投身宦場之後，年歲虛度，空有官銜虛名、富貴之身，
身著官服而當年心志消磨，只出入亭臺樓榭，看著這些裝扮入時的妓
女表演，沈浸在歡樂場面，茫然忘卻一切。在這裡，眼前歌唱的場景
成爲詩中貫串到回憶的一條線，時間拉回到年少，再瞬間接回眼前當
下，詩人意識到沈醉此曲，畢竟是暫時的忘卻世事而已。

　　席間的歌酒逸樂與青春正盛，綰合成爲部份中唐士人的青春回
憶。即使這些詩人步入暮年，仍能從賞愛小妓歌唱中，重溫舊日歡樂，
成爲年老生活的慰藉。白居易〈追歡偶作〉即是這種心理：

> 追歡逐樂少閒時，補帖平生得事遲。何處花開曾後看，誰
> 家酒熟不先知。石樓月下吹蘆管，金谷風前舞柳枝。十聽
> 春啼變鶯舌，三嫌老醜換蛾眉。樂天一過難知分，猶自咨
> 嗟兩鬢絲。蘆管柳枝已下，皆十年來洛中之事。〔註149〕

在這首詩中，白居易對自己的衰老與沈湎歌酒的生活毫不掩飾。他以
把握人生有限美好的想法，去達成「補償行樂」的情調。

　　劉禹錫（772～842）與白居易兩人，晚年居洛陽唱和，劉禹錫詩
中也見類似的想法，他在〈樂天寄憶舊遊因作報白君以答〉說：

> 報白君，別來已渡江南春。江南春色何處好？燕子雙飛故
> 官道。春城三百七十橋，夾岸朱樓隔柳條。丫頭小兒蕩畫
> 槳，長袂女郎簪翠翹。郡齋北軒卷羅幕，碧池逶迤繞畫閣。
> 池邊綠竹桃李花，花下舞筵鋪彩霞。吳娃足情言語點，越

〔註148〕《元稹集》，26/311。
〔註149〕《白居易集箋校》，34/2378。

客有酒巾冠斜。坐中皆言白太守，不負風光向杯酒。酒酣
襞牋飛逸韻，至今傳在人人口。報白君，相思空望嵩丘雲。
其奈錢塘蘇小小，憶君淚點石榴裙。白君有妓近自洛陽歸
錢塘。〔註150〕

在中唐詩人的詩裡，冶遊經驗可以與青春年少意氣風發的連結；眾文
官交遊、聆聽小妓歌唱賞樂的經驗，也可以是士人共同的交誼記憶，
公餘之時放鬆享樂，沈醉急舞繁弦，這個記憶猶如白居易交遊群的世
代回憶。〔註151〕如果說，能夠「白頭宮女話當年」的話，那麼白頭
老去的劉禹錫、白居易也要跟舊遊話當年，這些流連歌酒的記憶，就
成為他們挖掘往年情誼的共同瑰寶，一句「錢塘蘇小小」，更道盡詩
人為小妓風流感傷的情味。〔註152〕縱使詩人年華已然老去，眼下的
歌舞小唱，也還能寓寄娛情，詩酒歌唱互為風雅。〔註153〕

　　初盛唐即席觀妓詩中，詩人描寫妓女歌舞場面，用於表示宴會盛
大繁華，作為應酬式的歡樂語言；與此不同的是，中唐綺豔詩歌中，
妓女歌舞場面提煉成為詩歌情意的部份精華，華美與歡樂的場面，進
一步成為詩人對美好往懷的寄託與嚮往。這也是白居易所說「才子與
妍詞」的實質意義，詩人並非只是觀賞、讚嘆，而是暫時將自己安放
在歌妓演唱的自創新詞，體驗流連歌酒的美好，這些經驗也確實在詩
中成為追憶的一部份。詩人在流連歌酒之際，還能夠編織出妍麗的詩
歌，於是，歌酒回憶與其完成品（詩作）交融，形塑成為詩人一次次
再創作的素材之一。

〔註150〕《全唐詩》，356/4003。

〔註151〕劉禹錫寫有不少言及這種妓席社交的詩作，多為應和白居易、元稹
　　　　的詩。除了這首詩之外，他在〈酬樂天衫酒見寄〉：「酒法眾傳吳米
　　　　好，舞衣偏尚越羅輕。動搖浮蟻香濃甚，裝束輕鴻意態生。閱曲定
　　　　知能自適，舉杯應歡不同傾。終朝相憶終年別，對景臨風無限情」、
　　　　〈答樂天戲贈〉：「才子聲名白侍郎，風流雖老尚難當」，《全唐詩》
　　　　360/4070、4064。

〔註152〕〈白舍人自杭州寄新詩，有柳色春藏蘇小家之句，因而戲酬，兼寄
　　　　浙西元相公〉，《全唐詩》360/4060。

〔註153〕〈春日書懷寄東洛白二十二楊八二庶子〉，《全唐詩》360/4060。

　　除了在唱和交往詩中敘及豔情，或暢談歌酒回憶之外，綺豔題材進入中唐詩歌的方式是更爲廣泛的。白居易在「新樂府詩」社會題材敘寫要求的「爲時而著」或是「爲事而作」，元、白兩人的社會敘寫詩作以當代時事爲要求。白居易〈琵琶行〉、以及元稹的〈何滿子〉等詩，則是對現實生活中女性人物的歌詠，或歌女命運的敘寫。〔註154〕女性人物敘寫的詩歌，從陳皇后，班婕妤等歷史人物，擴增到詩人生活中遭遇的女性。因此，元、白的部份社會題材類詩歌，與綺豔詩歌一樣，時而書寫共同的題材——女性生活，特別是歌女、舞女的敘寫。

　　以白居易的〈長恨歌〉，元稹的〈連昌宮詞〉爲例，裡面有關天寶宮中歌舞生活的想像與描述，詩中所敘寫的女性豔色與才藝相互輝映，與他們在綺豔詩中的理解與經驗如出一轍。〔註155〕正如本章第一節所言，詩人們在詩中寫女子歌舞的場景，用以表達繁華熱鬧的場景及詩人的賞悅之意，那麼，有關女性在宮中受寵逸樂的想像與描寫，即可能來自於詩人現實生活中對歌舞場面的觀察，以及詩人在其他詩中揣摩女子歌舞豔色的書寫。〈長恨歌〉與〈連昌宮詞〉本重描寫事件及場景，在這裡，雖然詩人主要意圖不是豔情書寫，無意間也滲入了綺豔詩的寫作手法與描寫方式，足見社會敘寫詩的風情化。連白居易自己都說：「一篇〈長恨〉有風情，十首〈秦吟〉近正聲」，爲自己的詩歌能兼具社會教化與風情的敘寫，頗感得意，有意模糊兩者的界限。〔註156〕這應該說是交互影響，即使白居易在一些書信中，有意識地根據將自己的創作意圖與體裁分成幾類，從其詩歌表現來看，綺豔詩與其他主題的詩歌也沒辦法完全區分，因而造成中唐綺豔

〔註154〕〈何滿子〉寫天寶年間一個著名歌妓的故事，見《元稹集》，26/309-310。

〔註155〕如〈連昌宮詞〉描寫歌妓念奴的段落：「力士傳呼覓念奴，念奴潛伴諸郎宿。須臾覓得又連催，特敕街中許燃燭。春嬌滿眼睡紅綃，掠削雲鬟旋裝束。飛上九天歌一聲，二十五郎吹管逐」，《元稹集》，24/270。

〔註156〕見〈編集拙詩成一十五卷，因題卷末，戲贈元九李二十〉，《白居易集箋校》，16/1053。

詩歌愈發勃興。

　　從寫作目的與表現方式來看，元、白的綺豔詩乃因中唐士人冶遊風氣而興起，所以，他們的豔詩往往帶有城市歌舞風情，詩人參與其中，不須高高在上，特意與詩中女子拉開距離及表現出「觀賞」的姿態；元稹、白居易兩人豔情酬唱詩作，與南北朝時期側寫女性的宮體豔詩，顯見分野。在一些豔情詩中，詩人爲女性設想其情思，這個女子的身份通常是妓院女子、歌女、舞妓之類，與某個士人產生戀情，詩人替詩中的女性說出她期盼、等待、思念戀人的過程與心情。這也與傳統代言閨閣怨情中，所設想的女性「妻」的身分有別。寫作目的與表現方式不同，造成中唐綺豔詩歌內容情意表現的實質變動。

四、元、白綺豔詩在晚唐詩壇引發的「風情」效應

　　在中唐以前，女性敘寫詩作多還是傳統閨情詩。元、白這種「敘豔情」的創作態度與詳盡的豔情細節，不論是元稹〈夢遊春〉〈會眞詩〉，說士子在戀情與婚宦間的抉擇，或是元稹其他寫時世妝，寫豔情的詩，在中晚唐詩人均視爲「風情詩」，他們這種加強豔情細節的作法也風行一時。正如同白居易在〈楊柳枝詞〉中說的「才子與妍詞」，才子加入風花雪月的活動，與小妓共享風情。從元稹、白居易及與其唱和的詩人，如劉禹錫等，都可看到中唐詩人在詩中寫與妓女、歌女間的互動與經驗，那是許多士人的青春經驗。

　　晚唐詩人對以元、白爲代表的豔情詩作不乏批評，透過這些批評，反而凸顯綺豔詩歌的盛行。例如，杜牧（803～852）曾藉李戡之口對元、白之「豔詩」提出嚴厲的批評，從他的話，顯示元、白豔詩的流傳之廣，爲市井傳誦在口。〔註157〕爲此，唐末黃滔在〈答陳磻

〔註157〕　〈唐故平盧軍節度巡官隴西李府君墓誌銘〉：「嘗痛自元和以來，有元、白豔詩者，纖豔不逞，非莊士雅人，多爲其所破壞；流於民間，疏於屏壁，子父女母，交口教授，淫言媟語，冬寒夏熱，入人肌骨，不可除去。」《樊川文集》（〔唐〕杜牧撰。臺北：漢京，1983），9/137。杜牧這段話在第三章會有進一步討論。

隱論詩書〉指出：

> 大唐前有李、杜，後有元、白，信若滄溟無際華嶽於天然。
>
> 自李飛數賢，多以爲粉黛爲樂天之罪，殊不謂三百五篇，
>
> 多乎女子，蓋在所指說如何耳。

至如長恨歌云：「遂令天下父母心，不重生男重生女」。此刺以男女不常，陰陽失倫，其意險而奇，其文平而易……咸通乾符之際，斯道隳明。鄭衛之聲鼎沸，號之曰今體才調歌詩。〔註158〕

　　黃滔實是以讀者的立場，爲元、白的社會教化詩與風情詩尋求統一的解釋：將兩者一同歸因於教化目的之敘寫。前人以白居易爲唐代風情詩興起的罪魁禍首，黃滔不以爲然，認爲從《詩經》開始，就有寫女性的詩歌，白居易的女性敘寫詩作，不過是沿襲《詩經》的傳統，重點應該在他的是基於何種緣由與作用。他舉〈長恨歌〉爲例，以其中的風情敘寫實爲美刺之用。黃滔的舉例實有失準之嫌。他略過了〈長恨歌〉大段的風情描寫，這與白居易頗感得意的「風情與教化」並行之意也略有扞格。再者，說「粉黛爲樂天之罪」者，恐怕指的是元、白的長篇敘冶遊詩及輕豔小律。不過，黃滔說的「今體才調詩」，卻顯示以風情詩爲詩人才調展現的風氣。

　　有關中晚唐才調風情詩作盛行的現象，還可從《才調集》這本唐人選唐詩來討論。五代的韋縠編有唐詩選集《才調集》，選詩十卷達上千首。韋縠《才調集》序言：

> 暇日因閱李、杜集，元、白詩，其間天海混茫，風流挺特，遂採摭奧妙，并諸賢達章句。不可備錄，各有編次。或開窗展卷，或月榭行吟，韻高而桂魄爭光，詞麗而春色鬬美。
>
> 但貴自樂所好，豈敢垂諸後昆。〔註159〕

《才調集》自言編選方式與實際所選詩歌的矛盾之處，是編者雖說遍攬李、杜、元、白詩歌，然集中卻沒有任何一首杜甫的詩。此外，《才調

〔註158〕《全唐文》（〔清〕董誥等編；北京：中華書局，1983），823/8671-72。
〔註159〕見傅璇琮，《唐人選唐詩新編》，頁691。

集》的選錄方式略嫌混亂，光是白居易詩在卷一、卷五各出現數首，其他如薛能、項斯詩也有如此情形。此外，韋縠的詩歌抄錄有幾處明顯出錯的地方，作者偶有張冠李戴，其中有不少詩歌的選例編次直接抄自韋莊《又玄集》。〔註160〕因此，這裡李杜元白之說，只是場面話，韋縠其實想帶出的是「諸賢達章句」——實際上是自己私心傾慕的詩歌。從所選詩作來看，韋縠所謂的「才調詩」其實即以中晚唐綺豔詩歌為主，他所選元稹，白居易的詩，就是這兩節所討論過的元、白綺豔詩，合起來有數十首，幾乎囊括了元、白集中的「風情之作」。〔註161〕收入才調集的其他詩歌，還包含了溫庭筠、杜牧、李商隱、韋莊、韓偓等中晚唐綺豔詩，參照黃滔「今體才調詩」之語，可見得在晚唐五代，確有以綺豔詩作為詩人才調表現的風氣。

　　最後要談談元稹詩歌「豔情化」的問題。元稹「豔情化」，實包含詩人自身的經驗，及當代社會風俗現象的觀察。因此，豔情化也是一種俗世化，豔情詩脫出傳統溫柔怨誹的閨思，豔情詩中的女性脫出了如詩如畫的舞唱表演，現身與詩人的交往，詩中的女性形象是基於現實體會的經驗，而非古典女性主題詩歌的重複或模仿，可說是娛情與豔情相通的開端。因此，「豔情詩」還是一種能引動男性詩人欲望的詩歌。雖然這些豔情詩，不是明白如宮體豔詩對「女色豔色」表示賞愛，但是這些以男性為敘述角度的詩，終究還是提供了具誘惑性的趣味。

　　元稹、白居易重豔情與豔色描寫，十分具影響力。《才調集》有一首鄭谷（851？～910）的〈詠手〉說：「一雙十指玉纖纖，不是風流物不拈」，〔註162〕晚唐綺豔詩中風情意味的展現，大約皆由女性豔色的描寫通向豔情，詩中的女性豔色，足堪風流。以唐末韓偓（842～914？）的「香奩詩」為例，其中引人非議的幾首詩，豔色即是豔

〔註160〕參見傅璇琮於《才調集》之前記，《唐人選唐詩新編》，頁 687～690。

〔註161〕這兩節所引用的元、白綺豔詩作，除少數例外，幾乎全數收入《才調集》，這裡就不一一指出。

〔註162〕見傅璇琮，《唐人選唐詩新編》，頁 825。

情，遠超出了宮體詩人藉著「旁觀」側寫，隱約透露誘惑意味的宮體艷詩，直可以艷情詩名之。詩人在詩中以己身「感官」去享受詩中女子的身軀，官能意味重，而詩中女子也明顯與詩人有眼神的交流與互動。以〈席上有贈〉與〈晝寢〉二詩為例：

> 矜嚴標格絕嫌猜，嗔怒雖逢笑靨開。小雁斜侵眉柳去，媚霞橫接眼波來。鬢垂香頸雲遮藕，粉著蘭胸雪壓梅。莫道風流無宋玉，好將心力事妝臺。

> 碧桐陰盡隔簾櫳，扇拂金鵝玉簟烘。撲粉更添香體滑，解衣唯見下裳紅。煩襟乍觸冰壺冷，倦枕徐欹寶髻鬆。何必苦勞魂與夢，王昌只在此牆東。〔註163〕

詩中對女子五官及軀體的描寫，都較宮體艷詩更具感官性，像眼波流轉、酥胸半露、鬢垂香頸這樣的情態並不見於宮體艷詩。而〈晝寢〉若與蕭綱〈詠內人晝眠〉：「簟紋生玉腕，香汗浸紅紗」相比，則不論在詩人的嗅覺、觸覺、視覺上的官能意味都更強，宋玉、王昌的典故，更暗示女子應該有艷情遇合，顯示這實際是埋伏在艷情情事下的場景人物描寫。而在〈鬆髻〉、〈裊娜〉、〈懶起〉、〈半睡〉等詩，有些從詩題即知為描寫女子情態，詩中女子常顯現出嬌慵之態，凸顯女子雍容富麗的背景。〔註164〕韓偓除了以冶遊中的女性艷色為主題的「香奩詩」之外，有些綺艷詩作以男性敘述口吻，表現出男子沈迷艷情後的失落與追尋，形成令人不勝唏噓的戀情追憶，如〈五更〉：

> 往年曾約鬱金床，半夜潛身入洞房。懷裡不知金鈿落，暗中惟覺琇鞋香。此時欲別魂欲斷，自後相逢眼更狂。光景旋消惆悵在，一生贏得是凄涼。〔註165〕

這首詩有明確描述密會幽期的部份，導致情調雖不十分「高雅」，然充分表現出詩人為艷情執迷，短暫歡樂逝去，凄涼惆悵的情感。韓偓這些「香奩」詩的艷情描寫，自然與元、白艷情冶遊詩中描寫與女子

〔註163〕《全唐詩》，683/7834、7837。
〔註164〕《全唐詩》，683/7863，683/7843、683/7832、682/7828。
〔註165〕《全唐詩》，683/7832。

互動的段落，或是「時世妝」式的艷情描寫較爲接近，可見艷色與艷情交融的娛樂性趣味。

小　結

　　由初唐至中唐，艷詩歷經了潛隱於社交宴遊、閨怨兩類詩歌，略顯衰微，繼而再度邁向興盛，終成風尙的過程。初盛唐時期的艷詩，做爲士階層於公領域吟詩交流的社交性作用，遠大於宮體詩人對女性艷色的關注及摹寫。另一方面，由於宮體艷詩的影響，具有政教意義的閨閣宮怨詩歌，以及關涉女性艷色描寫的娛樂趣味性詩歌，兩者始終夾纏不清。到了中唐，元稹、白居易、劉禹錫等人的詩作中，男性士人的艷情經歷、士人與妓女的情感交流經驗，漸漸浮現，冶遊題材也漸入艷詩，綺艷詩再度興起。詩人直接涉入艷情，以寫綺艷題材爲流行風尙，爲詩人之才調展現。不論在艷詩的社交性功能的情意展開；或從男性角度言私人情感，假想代言女性情思的部份，都有不同以往的表現。於是，流行風尙與綺艷題材相互滋養成長，並爲中晚唐綺艷詩歌注入轉變。

第三章　抒情的開端與綺豔詩意的形成：李賀的綺豔詩

　　南朝豔詩分成兩種類型，第一種是宮體豔詩，形式上講求音韻對仗，詩歌的內容情意，著重在歌詠女性的姿容、服飾、舞唱表演或女性的閨房器物。第二種是樂府豔詩，包括文人以漢魏樂府舊題發展的豔情樂府詩，以及民間樂府吳歌、西曲等戀情詩（含文人仿作）。初盛唐觀妓、詠妓詩可說是沿襲第一種宮體豔詩，在形式上，從宮體豔詩單純講求音韻對仗的五言詩逐漸邁向五言律詩；在結構上，調整為更適合用在飲宴場合詩歌酬酢的結構形式；內容上多描寫歌女舞女的舞唱姿態，及詩人對此情此景的感想。

　　到了中唐，綺豔詩的內容題材反映了時人的冶遊生活，元稹、白居易等人除了以長篇唱和律體寫成冶遊豔詩，還以短小五七言律詩、絕句等，寫具有風情意味或豔情情調的詩。

　　這一章所要討論的詩人李賀（790～816），寫作綺豔詩的時代社會背景與元、白類似，建立在中晚唐士人與妓女的密切互動的風氣上，也可稱為「才調詩作」。不過，縱使創作的社會背景相似，李賀與元白的綺豔詩，終究沒辦法混為一談。首先，李賀多以新題樂府詩寫綺豔題材，可說是繼南朝樂府豔詩之後，詩人又一次回歸以樂府體

裁作豔詩。〔註1〕再來，就詩歌的內容情意來說，元、白的敘豔情、風情詩作，畢竟隱含在社會風情描寫的意圖之下，沒能抹滅紀實成份；李賀的綺豔詩，則從中唐士人的冶遊生活出發，將唐代綺豔詩從質性上加以變化，不但摸索回到南朝豔詩的傳統，詩歌也更注重詞采與女性情思的經營發展，編織前所未見的綺豔女性世界。

第一節　從〈惱公〉論李賀敘豔情長詩的女性情思

　　李賀沒有明顯直述自己冶遊經驗的詩，詩集中像是〈蝴蝶飛〉、〈梁公子〉、〈河陽歌〉等詩，都側面描寫士人狎遊。〔註2〕李賀詩集中也少有表現宴遊歡樂氣氛的應酬詩，有關士人冶遊及里巷妓女的詩，旨在呈現貴遊風情，與初盛唐人應酬詩寫歌舞妓女表演，使用固定詞彙與形式的格套，並不相類。以〈許公子鄭姬歌〉為例，根據詩中字句來看，這應該是鄭姬在宴遊場合託李賀為她而做的詩，不過，與其說李賀這首詩是專篇歌詠妓女，不如說是歌詠貴遊狎邪與妓女富麗眩目的生活：

> 許史世家外親貴，宮錦千端買沉醉。銅駝酒熟烘明膠，古堤大柳烟中翠。桂開客花名鄭袖，入洛聞香鼎門口。先將芍藥獻妝臺。後解黃金大如斗。莫愁簾中許合歡，清絃十五為君彈。彈聲咽春弄君骨，骨興牽人馬上鞍。兩馬八蹄踏蘭苑，情如合竹誰能見。夜光玉枕棲鳳凰，裌羅當門刺純綫。長翻蜀紙卷明君，轉角含商破碧雲，自從小㚞來東道，曲里長眉少見人。相如塚上生秋柏，三秦誰是言情客？蛾鬢醉眼拜諸宗，為謁皇孫請曹植。〔註3〕

從「許史世家」到「大如斗」一段，寫許公子出身貴家，一擲千金，

〔註1〕 整個李賀詩集幾乎是古詩與樂府詩，不寫律詩本來就是李賀的特色。這裡筆者是為了與元、白冶遊豔詩相對照，而突出這點。至於李賀為何不寫律詩，因偏離主題，不在本文的探討範圍。

〔註2〕 葉蔥奇疏注，《李賀詩集》（北京：人民出版社，1959），3/218、219、212。本節凡引李賀詩均出自此注本，以下僅註明書名。

〔註3〕 《李賀詩集》，4/331。

帶著上好的酒往柳堤買醉，許公子爲洛陽名花鄭姬之名震攝，送上昂貴的花及大筆黃金，希望能入幕尋歡；表現了許公子出身不凡，方能贈與名妓珍貴的禮物，相得益彰。再來，詩人轉向描寫另一個主角鄭姬。她爲許公子的殷勤大方所感，爲他彈唱表演，歌聲牽動許公子，令其沉迷，兩人情投意合，歡情狎呢，情濃正好。〔註4〕最後的「皇孫」指的正是寫詩的李賀本人，他甚至以曹植的詩才自比。於是，在這首詩中，詩人李賀與許公子、鄭姬都是相得益彰的。這首詩可見李賀對貴公子冶遊的描寫。

　　眞正能窺見李賀與同時期的元、白「敘豔情長詩」之取徑不同者，是李賀的〈惱公〉詩。元、白的冶遊詩所寫的多是自身的經歷，從冶遊者的角度去描述冶遊經歷，詩人化身爲詩中的敘述者，自述意味明顯。如此看來，李賀的長篇敘事豔詩〈惱公〉，便顯得獨具特色。〈惱公〉有別於元、白的自敘豔情的方式，詩人站在旁觀的位置，從妓女的角度寫了一首「敘冶遊」詩。〈惱公〉一詩，詩意難解，原因在於李賀使用比較生僻的字詞，加以敘事刻意迂曲，令讀者無法一氣讀到底。〔註5〕〈惱公〉詩的註釋繁多，以下先逐段仔細討論這首詩，以便與元、白冶遊詩比較。〔註6〕首先是詩題，「惱」可解爲「戲惱」、「煩惱」之意，「惱公」就是「亂了心思的人」，因爲是講冶遊的事，所以戲謔式的以「惱公」爲題。〔註7〕詩一開始說：

〔註4〕　玉枕、裕羅等句暗示兩人歡情狎呢。王琦說，雖言陳設之美，兼以喻男女好合之情。鳳凰取雙棲之意，純綫取纏綿不相離之意。見其《李長吉歌詩匯解》，收於《李賀詩歌集注》（上海：上海古籍出版社，1977），頁320。

〔註5〕　參見葉蔥奇疏注，《李賀詩集》，頁155～156。

〔註6〕　本節〈惱公〉詩的注釋，筆者主要參考王琦《李長吉歌詩匯解》與姚文燮，《昌谷集注》；均收於《李賀詩歌集注》，以及葉蔥奇《李賀詩集》的疏注。以下凡引用三人說法，僅列出頁數，不再注明書名。

〔註7〕　姚文燮，頁431說〈惱公〉即樂府〈惱懷〉，還引徐渭說「惱公者，猶亂我心曲」。王琦，頁143也有類似說法。J. D. Frodsham，The Poemsof LiHo. Oxford: Clarendon Press, 1970, p.106將此詩題翻譯成"She Steals My Heart"，意謂此公之惱源自於遭女子偷心，並注釋

　　宋玉愁空斷，嬌嬈粉自紅。歌聲青草露，門掩杏花叢。

「宋玉」暗示這是一段士人的冶遊經歷，「嬌嬈」，可能從漢〈董嬌嬈〉詩出，指青春美貌的女子，初步點出這場士妓之戀的男女雙方。〔註8〕「歌聲」兩句，以聞其聲而不見其人的方式，導引出詩中女子的出場，也指出女子歌妓的身分。接下來都在細寫這個女子的容貌、姿態：

　　注口櫻桃小，添眉桂葉濃。曉奩妝秀靨，夜帳減香筒。鈿
　　鏡飛鵁鶄，江圖畫水葓。陂陀梳碧鳳，腰裊帶金蟲。杜若
　　含清露，河蒲聚紫茸。月分蛾黛破，花合靨朱融。髮重疑
　　盤霧，腰輕乍倚風。密書題荳蔻，隱語笑芙蓉。莫鎖茱萸
　　匣，休開翡翠籠。弄珠驚漢燕，燒蜜引胡蜂。醉纈拋紅網，
　　單羅挂綠蒙。數錢教姹女，買藥問巴賨。勻臉安斜雁，移
　　燈想夢熊。腸攢非束竹，胘急是張弓。晚樹迷新蝶，殘蜺
　　憶斷虹。古時填渤澥，今日鑿崆峒。繡沓褰長幔，羅裙結
　　短封。心搖如舞鶴，骨出似飛龍。

「注口櫻桃小」到「腰輕乍倚風」，從上妝前的小口、秀眉等五官，寫到女子梳起髮髻、釵頭。女子手持嵌有金絲鵁鶄的鏡子，後有畫著江水圖的屏風。她的頭髮盤起高高的髻，髻上飾有璧鳳，腰枝款款，腰帶上飾有金蟲。〔註9〕女子梳妝行頭及閨房器具是本段重心，裝扮完畢，一個蛾眉粉頰、髮濃如霧的女子如現目前，亭亭嬝嬝。「密書

　　　　說，詩中的主人公可能是李賀，與詩中歌女有一段情。這幾個人的
　　　　意思都是將惱公之惱解釋為男女情感上的，儘可以戲惱之情看待。
　　　　葉蔥奇，頁 146 說，唐人詩中的「惱」往往做「戲謔」解，「惱公」
　　　　即自嘲、自戲之意。王琦直指〈惱公〉是「狹邪遊戲之作」，這個看
　　　　法應當是符合詩意的。
〔註8〕　王琦，頁 143；葉蔥奇，頁 146。「宋玉」在中晚唐冶遊詩中作為
　　　　妓席或冶遊之士人代稱，如白居易〈盧侍御小妓乞詩座上留贈〉：
　　　　「夢中那及覺時見，宋玉荊王應羨君。」《白居易集箋校》15/963；
　　　　韓偓〈席上有贈〉：「莫道風流無宋玉，好將心力事妝臺。」《全唐
　　　　詩》，683/7834。在李賀這首詩中，還應注意「宋玉」的士人身分，
　　　　這實是一個伏筆，在〈惱公〉最後，男子的仕途是造成兩人離別
　　　　的原因。
〔註9〕　參見葉蔥奇，頁 146。

題荳蔻」到「買藥問巴賨」句，這個女子就如同一般活潑的少女，日間偶而畫畫心型的荳蔻圖案，臉上的笑容惹人憐愛。她不斷地從茱萸衣匣拿出衣物試裝，因而無暇賞玩籠鳥。她拋玩珠子，嚇走了梁上的燕子，燒起蜂蜜，氣味引來蜜蜂。「醉纈」、「單羅」都是染色絲織品，製成「紅網」與「綠羅」用來捕捉小生物。〔註10〕姹女、巴賨指婢女與僮僕，女子偶而使錢讓侍僕爲她買些零碎的東西。這一段所敘述的是女子日間的休閒娛情活動。從「匀臉安斜雁」到「骨出似飛龍」十二句，敘述時間跳至夜晚，女子的心情也有轉變，詩人寫女子夜間不能安寢，以烘托出女子暗含心事的樣貌。先是直敘她敷面匀臉，卸妝準備就寢，「夢熊」則暗示她有求偶之念。〔註11〕接下來均述女子的心理活動，以「束竹」、「張弓」比喻女子腸中百迴千轉，滿溢心事。「晚樹」及「殘蜺」兩句，以景象來象徵女子的心思迷茫有所缺憾，亟思匹配的情思。〔註12〕而後，詩人以精衛填渤海的典故加上「古時」二字，並且自添一句「今日鑿崆峒」，崆峒並非典故。詩人的意思是說，古有精衛填海奮戰不懈的故事，現在，這個女子也如此，她的心一如古人，甚至連西方的崆峒都要鑿空，藉以凸顯她堅持的意念。在「匀臉安斜雁」這一段中，李賀同時使用了直敘、比喻、象徵、用典及翻新的手法，試圖勾勒出女子的心理活動，以各種奇特的意象表現

〔註10〕葉蔥奇，頁 153 說這兩樣東西是用以捕魚、鳥，爲了不與燕、蜂變成連用四種動物名，所以暗說。王琦，頁 146 說醉纈與單羅都是女子身上的衣飾，王友勝、李德輝校注《李賀集》（長沙：岳麓書社，2003），頁 168 也說，這是女子拋掛自己的衣物以自眩。觀此段大意，大致都在敘述女子的遊戲活動，又接續上句漢燕、胡蜂句來看，若說是女子拋、掛自己的衣物也有點怪異。因此，葉蔥奇的說法可能比較合乎詩意。只是，醉纈、單羅等絲製品能否用來捕捉魚鳥值得懷疑，或許是用來捕捉更小的生物，或者是用來形容女子所用的織網色彩斑斕，品質不凡。

〔註11〕王琦，頁 146～147 注，《詩經》有「吉夢維何？維熊維羆，維虺維蛇。維熊維羆，男子之祥，維虺維蛇，女子之祥。」後人多以「夢熊」指生男之兆，此處應指求賢偶。

〔註12〕姚文燮，頁 432 說，樹晚宜蝶棲，雌蜺雄虹，此指思匹配。

輾轉不安的情緒起伏。在描述完女子的心理活動後，詩人又回到女子的動作姿容之上，勾畫出一個形容憔悴的女子樣貌：她拉上長幔，束起短裙，身形消瘦，心馳神搖。〔註13〕

　　女子為何有如此大的情緒起伏？這跟〈惱公〉接下來發展的事件有關：

> 井欄淋清漆，門鋪綴白銅。隈花開兔徑，向壁印狐蹤。玳瑁釘簾薄，琉璃疊扇烘。象牀緣素柏，瑤席卷香蔥。細管吟朝幌，芳醪落夜楓。宜男生楚巷，梔子發金墉。龜甲開屏澀，鵝毛滲墨濃。黃庭留衛瓘，綠樹養韓馮。雞唱星懸柳，鴉啼露滴桐。黃娥初出座，寵妹始相從。蠟淚垂蘭燭，秋蕪掃綺櫳。吹笙翻舊引，沽酒待新豐。短佩愁填粟，長弦怨削崧。曲池眠乳鴨，小閣睡娃僮。褥縫篸雙線，鉤絛辮五總。蜀煙飛重錦，峽雨濺輕容。拂鏡羞溫嶠，薰衣避賈充。魚生玉藕下，人在石蓮中。含水灣蛾翠，登樓澣馬鬃。使君居曲陌，園令住臨邛。桂火流蘇暖，金爐細炷通。春遲王子態，鶯囀謝娘慵。

從「井欄」到「瑤席」，詩人將焦點從女子身上移出，改寫她的居所。女子的居所隱僻清幽，花草環繞，有狐兔等小動物走過的痕跡，從門鋪寫到閨房之內，閨房的陳設包括玳瑁、琉璃、象牀、瑤席等寢具飾物，無一不精美；這也顯示詩人改由冶遊者由外入內的去寫。冶遊者入內後，詩人開始寫兩人的一夜遊樂。從「細管吟朝幌」到「長弦怨削崧」幾句，寫女子朝吟夜飲的生活，承接開頭提到的歌女身分的主題。「宜男」、「梔子」，均表示兩人之間有情。〔註14〕再來便是兩人之間的情愛甚篤，還在帛上題詩，兩人就像韓憑夫婦，如同成雙成對的

〔註13〕姚文燮，頁 433 引鮑照〈舞鶴賦〉：「驚身蓬集，矯翅雪飛。心之搖搖，如舞鶴之欲奮飛衝舉也。」〈讀曲歌〉：「自從別郎後，臥宿頭不舉。飛龍落藥店，骨出則為汝。」在這裡，舞鶴、飛龍均形容女子為情有所思的樣貌。

〔註14〕王琦，頁 148 說，宜男兆子，梔子同心。按：宜男在這個地方用法應該跟前面的「夢熊」一樣，均指思慕男子。

鳥兒一樣。〔註15〕「雞唱」、「鴉啼」句表示女子殷勤地接待，直至深夜，男性還逗留在那兒。「黃娥」、「寵妹」都是婢女，出來服侍。到了蠟盡之時，夜更深了，然而歌聲不輟，酒也不斷添上，「短佩」兩句，指琴聲多怨。〔註16〕從「曲池眠乳鴨」到「鶯囀謝娘慵」一段，是這場冶遊達到歡愉鼎盛，男子留宿。歌女與情人盡情至夜深漸明，池中乳鴨入眠，服侍的僮僕都睡著。「褥縫」二句，寫繫床的繩線與帳鉤，表示男子與歌女共眠；「蜀煙」二句形容錦帳衣裳如煙雲細雨繚繞，也兼指雲雨之情。〔註17〕李賀接連以溫嶠、賈充的典故表示兩人共享密約歡情，〔註18〕「拂鏡」與「薰衣」是賈充女的故事，將拂鏡與溫嶠事連用，一方面為了對句，一方面，藉拂鏡與薰衣強調女子私心相悅。「魚生」二句，用了南朝民間樂府常用的雙關語手法，玉藕指潔白如玉，「魚」、「藕」、「蓮」的隱語為「娛」、「偶」、「憐」，在意象上也指向兩人共享歡愉之情，彼此為偶，相互愛憐。使君、司馬相如的典故的運用，再次強調這是一場風流韻事。〔註19〕「含水」兩句指女子含情不捨，眉目水汪汪之態。〔註20〕在歡情達到頂點的時

〔註15〕姚文燮，頁433，及葉蔥奇，頁149。

〔註16〕王琦，頁150。

〔註17〕葉蔥奇，頁150、154。

〔註18〕溫嶠：溫嶠喪妻，從姑劉氏為女覓婚，溫嶠乃藉替劉氏覓婚，留下玉鏡臺一枚，後行婚禮時，新郎果為溫嶠本人。賈充：賈充女與韓壽私通，賈充見女兒時時拂鏡妝飾，疑有異常，後又聞韓壽身上有奇香，此香為皇帝所賜與賈充，因疑心兩人有私情，故韓壽衣有此香。後來，果然查出兩人私情，因此把女兒嫁給韓壽。事見《世說新語》，〈假譎〉及〈溺惑〉條。可見「拂鏡」與「薰衣」指的是溫嶠密婚，與賈充女私慕的故事。

〔註19〕使君指〈陌上桑〉羅敷與使君事，王琦，頁151說：「然『居曲陌』則無有事實，殆亦湊迫語耶？」「園令」指司馬相如為孝文園令時琴挑卓文君事。雖然使君與羅敷並非實有情事，李賀這邊應該是藉使君與司馬相如，暗示這是非正常謹守男女份際的戀情活動。

〔註20〕這兩句意義費解。姚文燮，頁434說「馬鬣」指男子離去，女子登樓遠望流淚，王琦闕疑，葉蔥奇，頁155，認為是挽留不讓情人離去。從前後句來看，葉蔥奇的說法較為合理，歡情達到鼎盛時，女子可能想到終歸一別而做不捨之態。

候，桂火流暖，香爐裊裊，這對幽會的男女慵懶而滿足地享受這種情境。春日遲遲，鶯啼百囀，「王子」與「謝娘」是通稱，大概分別指詩中前來冶遊的士人跟歌女。這裡指幽會晨起的懶態。

一夜歡愉過後，這場冶遊也該結束了，詩人因而轉寫士妓分別後，雙方面對這場冶遊的心態：

> 玉漏三星曙，銅街五馬逢。犀株防膽怯，銀液鎮心忪。
> 跳脫看年命，琵琶道吉凶。王時應七夕，夫位在三宮。
> 無力塗雲母，多方帶藥翁。符因青鳥送，囊用絳紗縫。
> 漢苑尋宮柳，河橋閡禁鐘。月明中婦覺，應笑畫空堂。

「玉漏」、「銅街」分別說明男為官員、女為妓女的事實，[註21]明白表示這場冶遊畢竟短暫，終成落空的結局。分離之後，女子心神不寧，只好用可以鎮定心神的藥物去壓制煩悶之感。[註22]「漢苑」二句，指出詩中男子因公務而與此女子有所阻隔，其實指明那個男子終究是在仕宦的道路之上。[註23]最後，詩人作結說，這個女子若思念起那個情郎，應該癡而發笑吧。[註24]詩人等於是現身為這場情事下評斷，言明這段戀情註定是沒有結果的。

〈惱公〉可能像元、白的「敘豔情長詩」，是冶遊風氣下的詩人才情展示。理由如下：一、〈惱公〉所寫的仍是中唐時期士人普遍的狎遊行止，詩人站在士子非婚姻關係戀情的觀點，來看待這場戀情。二、採順敘方式敘寫一段豔情歷程。三、〈惱公〉詩題的「惱」字，

〔註21〕玉漏指宮中的刻漏，藉指更鼓。三星從詩經「綢繆束薪，三星在天，今夕何夕，見此良人」出，銅街指女子居狹邪處，五馬逢則從〈陌上桑〉「使君從南來，五馬立踟躕」化出，見王琦，頁152。這兩句指歌女與這官員有段短暫的戀情。

〔註22〕王琦，頁152。

〔註23〕葉蔥奇，頁155。

〔註24〕葉蔥奇，頁155說，這應該是詩中男子的妻子（中婦）在思念他，癡而發笑。筆者認為，「中婦」一詞在南朝時期已漸漸脫離古〈長安有狹斜行〉：「大婦織綺羅，中婦織流黃」指二媳婦的意義，而有情婦、小妾的意義（此詩相關討論見第一章第二節，頁42），從全詩結構來看，中婦指詩中的妓院女子也較為合適。

暗示這是一場遊戲，藉此揭示詩人「戲作」之心。這與元、白的標題〈江南喜逢蕭九徹因話長安舊遊戲贈五十韻〉、元稹〈夢遊春〉詩題的「戲」、「遊」等顯示的遊戲娛情態度是一致的，詩人花費長篇字詞去書寫一段如夢短暫的情事，目的在張揚周延之。不過，同為「敘豔情長詩」，李賀與元、白的寫作手法卻有若干差異，以下分項論之。

（一）敘述角度的切換

李賀〈惱公〉與白居易、元稹的「敘豔情長詩」，最根本的差異是詩中敘述者切入轉換的方式。在元、白的冶遊詩中，詩人讓讀者跟隨著詩中男性，依序踏入女子的居所、門庭、閨房，漸次瞧見寢具裝飾、女子的衣著容貌，由外而內，全詩動線由冶遊者的行動及其視線所及而成，有一個前往冶遊的男性敘述者，全詩的敘述就肩負在這個男子身上。在李賀〈惱公〉詩中，他一開始就以宋玉點出「士人冶遊」的背景，但不從冶遊者的角度去重現這場冶遊經歷。詩人由女子裝扮容貌的描寫入手，藉著女子的動作姿態及其身處的環境居所來呈現她的心思，後半再分別從男子所見、女子所思，以及士妓分別後的客觀情況，為這段情緣註解做結。有別於元、白的「自敘豔情」的形式，李賀以大量篇幅寫出「士人冶遊」類型中，那個等待戀人（士人身分）的女子的生活與心境。〈惱公〉的解讀，因此巧妙避開直接將詩人自身代入的危機，李賀此詩脫離「自抒其情」、「自言其志」的方式。

（二）寫作修辭手法的差異

從元稹、白居易來看，中唐詩人書寫冶遊及與妓女交往的詩應該是很平常的事，李賀卻不把這種普遍的冶遊活動寫得活靈活現，好似生活寫照一般，讓人琅琅上口。相反地，〈惱公〉讀來頗具距離感，李賀將平凡的士妓之戀以生新曲折的語言藝術化。這可能是基於李賀個人的藝術喜好與嘗試。

李賀〈惱公〉的寫作修辭，不若元、白近似白描。〈惱公〉詩義晦澀得多，不但字詞費解，使用的比喻與象徵多且複雜，不像元、白

詩語之通俗易懂。比如說,〈惱公〉後半的一夜豔情過程,李賀並不透過白描女子的動作及妝容,呈現兩人的互動,而是不斷地渲染豔情事件的氣氛。李賀甚至用上各種比喻、象徵與典故。有關這點,可以元稹與李賀寫「一夜豔情」的段落來比較。元稹〈會眞詩〉有「汗光珠點點,亂髮綠鬆鬆」,呈現出女子經過一夜歡快後,妝容的減損,這種寫法令人讀來頗有「如在目前」之快,透過女子的絲絲亂髮、汗珠點點感覺到她與士人確實經過一夜浪漫情事。元稹形容男子看到女子時,爲其香氣所攝,用「不辨花貌人,空驚香若霧」來形容,由詩中男子嗅聞女子身上髮絲、香氣、肌膚,進而引起帶有觸感、嗅覺等能即時體驗的閱讀效果。李賀〈惱公〉詩則不然,他描繪香氣的段落,意欲渲染的是整個環境氛圍的香氣,甚至透過典故,讓讀者以曲折的方式去感受歡情意味,如「薰衣避賈充」,並非眞正指向詩中情事發生地點的香氣,是運用典故以表幽會。數句之後,李賀寫了「金爐細柱通」,香氣描寫帶有歡情意味,隱約與前頭「薰衣」句前後呼應。讀者依然可由詩中所營造的香氣去體驗詩中男女的歡情場景,只是這種感官性是更迂迴曲折的,因此,這段情事顯得更幽約隱諱。再以「使君」的典故來說,李賀在〈惱公〉詩中連用兩次,「使君居曲陌」、「五馬逢」皆與原詩〈陌上桑〉情境不符,卻同時指向了這場冶遊的本質:這本不是正規的男女關係,萍水相逢是其特色。甚至,「五馬逢」在語詞形象上有短暫相逢的意思,這與前面所提到的「薰衣」是相同的用法,詩人運用事典,同時又藉助原出處文字的字面意義,造成詩意在內容與文字意象上的雙重進展效果。由此,我們也可察覺李賀詩的特點:從複雜的典故及意象表現人物的心理感覺。李賀這裡運用典故,意在加強短暫豔情的質性與豔情人物的心理感覺,是爲加強情意效果;相較之下,元稹、白居易等人的豔詩,所用典故幾乎只是作爲豔情的暗示。

　　儘管從本質上來說,元稹與李賀寫的幾乎是同樣的情境,是士人冶遊留宿的過程。元稹的〈夢游春〉想要把一段豔事寫成夢境,這場

夢境是如在目前的，女子身上的香氣與裝扮、姿容透過在場男性的驚嘆來呈現。李賀化身爲旁觀的敘述者，並非「惱公」本人，也非歌女，這個敘述者仔細地側顯歌女的心思，女子各種日間夜間活動，塑造出一個個費解難猜的情境，卻也凸顯其女子爲情所惱的心思。從李賀的長篇〈惱公〉詩，〈許公子鄭姬歌〉等描寫歌女妓女的詩，顯示中唐士人冶遊、與妓女交往的風氣，同樣成爲李賀女性敘寫詩歌的內容題材。但〈惱公〉以愁悶情緒寫歡場女性的戀情，豔情娛樂性少，愁悶情意多，以愁悶情緒寫明豔的歌舞女子，顯示李賀敘寫豔情的興趣，主要放在爲女子言情之上。〔註25〕

第二節　另闢蹊徑：南朝豔詩寫作手法與素材的化用

　　在元稹、白居易的冶遊詩中，冶遊者所看到的女子閨房場景，包含女子閨房的寢具、器物等等，均可視爲詩中敘冶遊歷程的細節，詩人以白描手法表現。李賀〈惱公〉也有一大段關於女子居處寢具的描寫，純粹展示女子衣飾之講究，使用器物之華美。〔註26〕不過，李賀這類側寫冶遊的詩歌，對妓女居處的陳設裝飾都有細膩的描寫，與元稹、白居易的白描手法大異其趣。詩中女性所使用的器物與寢具都不只華美，簡直是別有來歷，這不禁令人想到南朝宮體豔詩的特徵。本節第一部份將就李賀綺豔詩與宮體豔詩的繫連與走向討論。此外，李賀綺豔詩的女子怨情敘寫，也可看到南朝豔詩素材的化用與精進。本節第二部份將就李賀綺豔詩與南朝豔詩描寫女性豔美、敘寫女性怨情的手法，言其區別，並分析情意特色。

〔註25〕李賀這種寫法，與元稹〈閨晚〉一類，爲女子言情的小詩實有異曲同工之妙，不過李賀在「敘豔情長詩」也設想女性的戀情之惱，爲女子代爲言情的意圖更甚於元稹。

〔註26〕〈夜來樂〉也見同樣的寫法：「紅羅複帳金流蘇，華燈九枝懸鯉魚。麗人映月開銅鋪，春水滴酒猩猩沽。價重一篋香十株，赤金瓜子兼雜麩。五色封絲青玉鬽，阿侯此笑千萬餘。」《李賀詩集》，外集，頁356。前引〈許公子鄭姬歌〉也有類似之處。

一、與宮體豔詩同色不同調

　　宮體豔詩寫女性房間的寢具及器物，有時極其考究，用詞穠麗堆砌，像是蕭綱〈娼婦怨情二十韻〉、〈和徐錄事見內人作臥具〉。〔註27〕這兩首詩描述女子在閨房中專心為夫君織作，詩中閨房器物的名目，實占全詩大多篇幅，直到詩末才出現「蕩子無消息，朱唇徒自傷」兩句聊表怨情背景的字句。李賀詩與宮體豔詩使用的描寫素材與手法相似，詩中的器物名目之講究，甚至要更來得稀奇古怪，色澤也更加鮮豔穠麗。不過，這種形式上的接近，不表示李賀綺豔詩可視為宮體豔詩的沿襲。宮體詩人看似為女子言怨情，大多數的宮體豔詩所展現的就是一幅精美的美女畫，詩中言及女子情意的成份不多，多半重複演繹類似的怨情字句。深究之，宮體詩人還是在閨怨詩中擴增「豔色」成份，隱藏在背後的是男性詩人的觀賞意圖及豔色趣味，李賀則在綺豔詩中拓展「情」的成份，雖有著宮體豔詩中以華美修辭描寫女子居處陳設的特色，他為詩中女子設想言情的意圖是顯而易見的。

　　我們可從李賀〈花遊曲并序〉一詩，初步探看這個現象。在這首詩中，他自述「採梁簡文詩調」：

> 寒食諸王妓遊，賀入座，因採梁簡文詩調，賦花遊曲與妓
> 彈唱。春柳南陌態，冷花寒露姿。今朝醉城外，拂鏡濃掃
> 眉。煙溼愁車重，紅油覆畫衣。舞裙香不暖，酒色上來遲。

〔註28〕

這首詩不著重在描繪美人容姿，而是先將場景拉開到宴席之前。春寒料峭，美人對鏡梳妝打扮，此際，想及今日將醉城外，「濃掃眉」的動作顯得心中似有所感。詩的後半場景拉回宴席。乍暖還涼時節，春遊行程顯見寒涼。宴席間，儘管女子不停舞蹈著，裙擺間香而不暖，臉上酒色也暈開緩慢。藉由這股寒涼遲滯之感，似乎暗示詩中女子內心有所不耐，隱隱然升起愁悶。

〔註27〕見第一章第二節，頁 37。
〔註28〕《李賀詩集》，3/214。

在〈花遊曲〉中，詩人非從旁觀者角度描寫，而是化身爲詩中的歌舞女子。據李賀序言，這首詩是在宴遊場合作給歌妓彈唱的，此詩可能由於是即席供歌女彈唱，寫作角度自然偏向女子。〔註29〕即使如此，也足可看到李賀詩視角有別於往。李賀自述此詩「採梁簡文詩調」，似有沿襲蕭綱之意，從此詩卻可看出李賀詩與宮體豔詩「同色不同調」之處。南朝宮體豔詩普遍「描寫」意味濃厚，宮體詩人往往將視覺「凝著」在詩中女子身上，並從旁觀的角度描繪出一個女子的神態，以滿足旁觀者歡情想像爲主；詩中女子表現出種種「情態」，似乎均爲旁觀詩人的欣賞而存在。以蕭綱的〈聽夜妓〉爲例：

> 合歡蠲忿葉，萱草忘憂條。何如明月夜，流風拂舞腰。
> 朱唇隨吹動，玉釧逐弦搖。留賓惜殘弄，負態動餘嬌。

夜色美好，美人獻技，在描寫女子動作時，旁觀者（詩人）對此女應該要能嬌媚動人的期待也暗含其中，這同時也引起了讀者的期待：女子的表演，必定令人驚豔，帶給賓客（觀賞者）無限歡愉。初盛唐觀妓詩中，妓女彈唱表演，常引起詩人享受與愉悅的觀想，這個「三部式」結構可說是繼承宮體豔詩而來的。〔註30〕同樣作爲宴遊場合的詠妓詩，〈花遊曲〉與初盛唐宴遊場合中「三部式」結構的宴席詠妓詩有異，不從賓主盡歡的角度做結。詩人爲詩中舞妓設想的感受，以愁悶的情感取代了爲君盡歡的情感。不似蕭綱〈聽夜妓〉，宛如名伶出場的定格速寫，李賀著重的是環境氣氛的描寫，並且間接表現描寫對象的心緒。是以，詩的結尾兩句，不再是從詩人（觀看者）角度設想女子將如何的出色動人，而是形容這個女子身處場所的氣息及容態。從這裡，可推測實是創作意圖的差異，造成這種結果。宮體豔詩旨在描寫女子豔色，李賀有著爲女子抒發情意的意圖；書寫角度的差異，讓〈花

〔註29〕參見任半塘《唐聲詩》（上海：上海古籍，1982），下編，頁251。
〔註30〕「三部式」結構：起首兩句是點出場合，有關女妓歌舞的情景，一律放置在中間的部份，拼湊出一幅歌舞場景，最後兩句則是詩人對此情此景的詠嘆。詳見第二章第一節，頁67～69。

遊曲〉詩中的一切細節均為營造出此種情感氣氛，形成抒情性的描寫。

宮體豔詩重女性豔美的特徵，成為李賀綺豔詩汲取養分之來源。不過，李賀豔詩與宮體豔詩的形似，實際上是為他代言揣摩女性情意鋪路，是在宮體豔詩類型上的進一步嘗試。李賀一向對書寫女性綺豔題材相當有興趣，但他的綺豔詩不像元稹的綺豔詩總有紀實意味，歌筵酒席間才子風流的唱和交流，對風情女子的理解與同情，都不是李賀詩所要表達的重點。李賀以宮體豔詩中的豔色描寫方式做為詩歌素材，拓展女子的抒情情思，達成二者兼顧的理想。

宮體豔詩常以女子織作描寫為題材。〔註31〕在〈染絲上春機〉一詩中，李賀使用宮體詩人歌詠織婦，這種看似具有「觀賞趣味」的手法，導出織婦的春思：

> 玉甃汲水桐花井，蒨絲沉水如雲影。美人嬾態燕脂愁，春梭拋擲鳴高樓。綵線結茸背複疊，白袷玉郎寄桃葉。為君挑鷥作腰綬，願君處處宜春酒。〔註32〕

這首詩前半著眼於女子織作的美態，女子的織作久坐之態，有著無限柔媚的美感。第三、四句，透過梭機操作的景象描寫，詩人溢出了這種觀賞趣味，進入織女的內心。女子的內心正聯想著，這織布將為哪個如白玉般的男子買去，做為禮物送給情人。想著想著，女子將自己幻化成那個接受禮物的女子，不禁有著將眼前織布做成繡有鷥鳳的腰帶，回報男子之意。這首詩看似描寫織女情態，實則詩人代入其中，為女子抒發戀情情思，遠超過宮體詩人的吟詠意圖。

李賀從宮體豔詩的寫作特色出發，為其綺豔詩另闢蹊徑的最佳成果，莫屬〈美人梳頭歌〉：

> 西施曉夢綃帳寒，香鬟墮髻半沉檀。轆轤咿啞轉鳴玉，驚起芙蓉睡新足。雙鷥開鏡秋水光，解鬟臨鏡立象床。一編香絲雲撒地，玉釵落處無聲膩。纖手卻盤老鴉色，翠滑寶

〔註31〕參見第一章第二節，頁36～38。
〔註32〕《李賀詩集》，4/315。

　　釵簪不得。春風爛熳惱嬌慵，十八鬟多無氣力。

粧成髻鬌敧不斜，雲裾數步踏雁沙。背人不語向何處，下堦自折櫻桃花。〔註33〕

　　宮體詩人專篇詠美人詩作，或詠美人梳妝，前文曾舉蕭綱〈美人晨妝〉爲例，詩歌內容歌詠女爲悅己者容之意。這裡再以江洪〈詠美人治妝〉、庾肩吾〈詠美人〉爲例與李賀詩比較：

　　上車畏不妍，顧盼更斜轉。太恨畫眉長，猶言顏色淺。

　　絳樹及西施，自是好容儀。非關能結束，本自細腰枝。

　　鏡前難並照，香將映綠池。看裝畏水動，斂袖避風吹。

　　轉手齊裾亂，橫簪歷鬢垂。曲中人未取，誰堪白日移？

　　不分他相識，惟聽使君知。〔註34〕

詩中多可見男性詩人的目光的注視，雖然〈詠美人〉結尾道出了美人的心思，詩歌主旨還是在歌詠美人爲君裝扮。但在〈美人梳頭歌〉，則完全不見這種從男性目光讚賞詠嘆的語意。宮體詩人描繪女性閨房情態時，往往將詩中女子設定在某種倫理情境，即使如蕭綱的〈娼婦怨情二十韻〉，詩中的豔色描寫雖然較以往的閨怨詩爲多，畢竟還隱括在閨怨情思的意圖之下；但由〈美人梳頭歌〉的字句，則看不出詩中的女子是否在此種思婦閨怨的情境。

　　李賀這首詩，雖然形貌與宮體豔詩相似，卻與宮體詩人的成品呈現異色情調。光是字面上的色澤多樣，華麗流轉，裊裊依違，就比宮體豔詩眩目得多。除了用華麗雕琢，描寫細緻來形容這首詩之外，我們還應當追問，李賀這首所要表現的究竟是什麼，又如何表現？

　　這要從〈美人梳頭歌〉的內容與手法探討。詩中的美人，有兩個層次的美，第一，是她的外在形貌，像是「西施曉夢綃帳寒，香鬟墮髻半沉檀」，明白勾勒出美女的身影。再來，是姿態之美。這個女子的梳妝情態是嬌慵懶怠的，她將注意力完全放在自身身上，她的感

〔註33〕《李賀詩集》，4/325-26。
〔註34〕《玉臺新詠箋注》，10/494、8/373。

覺、她的思緒，都跟著正在梳妝的自己，無限放大，像是「一編香絲雲撒地，玉釵落處無聲膩」、「春風爛熳惱嬌慵，十八鬟多無氣力」，這個心神沉溺於梳妝之美感，又有著無限嬌慵情態的女子，也是美的，如此才符合「美人梳頭」的主題。那麼，當美人梳頭的動作，透過美人感官、感覺的描述，放大成爲一首詩的重心時，其效用爲何？

在〈美人梳頭歌〉中，美人梳頭所呈現的氣氛與感覺，都是透過描述她梳妝過程去呈現。例如，美人身上的香氣以及梳妝器具的質感、色澤與溫度，像是「香絲」、「老鴉色」、「翠滑」；女子種種懶慢慵弱的梳妝動作，像是「無聲膩」、「簪不得」、「惱嬌慵」、「無氣力」。只是，我們始終不明白美人的情思是怨情、別思還是閨愁、春思。詩的最後兩句最爲突出這種憐惜的效果：「背人不語向何處，下堦自折櫻桃花」。表面上看，這兩句僅僅勾出美人梳妝完畢，默默下堦折櫻桃花的行動，順著這首詩懶慢嬌慵的美感脈絡來看，這裡背對著讀者的主角，因而懸置形成曖昧模糊、情況不明的情境。妝成後，轉過去摘花的動作，她的默然，無意間引起讀者無限的疼惜。杜國清說，這兩句詩可能有兩種闡釋。第一，這個舉動應是女子春心的表現。櫻桃花在春天盛開，從女子十八歲的年紀來看，女子摘櫻桃花，有著希望自己如櫻桃花一樣，受人疼惜。第二，配合本詩開頭兩句來看，女子摘花動作也可說是映照她自身的寂寞孤獨，延續她品嚐賞味自身寂寞，或者，摘花只是陷於自身美麗迷人的延伸，是近似自戀沉溺的舉動。〔註35〕不論哪種解釋，都顯示這首詩的結尾導向開放式的曖昧朦朧情意。

這裡，我們要將〈美人梳頭歌〉再與上一章討論過元稹的〈恨妝成〉做比較，藉以說明李賀綺豔詩與中唐「宮體豔詩」式綺豔詩的差異。

〈恨妝成〉是宮體豔詩的改造，元稹的歌詠無一脫離女子化妝動作，僅在最後說出了「最恨落花時，妝成獨披掩。」將全篇由宮體豔

〔註35〕Tu, Kuo-Ch'ing, LiHo. Boston: Twayne Publishers, 1979, pp.73-74。

詩豔色描寫，導向藉女子化妝動作呈現閨情之思。元稹的改造有跡可尋，是借用宮體豔詩的形式呈現新意，還可略見宮體詩人歌詠閨情模式的痕跡。

　　李賀的綺豔詩，更是站在文人豔詩傳統上的改造，巧妙化用了宮體豔詩的形式。李賀詩意的曖昧模糊顯然高於元稹的〈恨妝成〉，他理解並運用了蕭綱所說的「雙鬢向光，風流已絕」，〔註36〕這種由觀賞入手，以描寫為宗的豔色詩。只是，熟悉豔詩傳統的李賀，將由男性角度所關注的豔色感官式的描寫，變成「全由女性自身感官、感覺去呈現」。男性詩人注視的痕跡因而退至幾乎不見，李賀詩中的豔色描寫因而成為「抒情性描寫」，導向女子脈脈情思。從這個角度看，〈美人梳頭歌〉脫離了〈娼婦怨情二十韻〉、〈和徐錄事見內人作臥具〉的「描繪女性生活面貌」的閨情詩格式，或說是把宮體詩人為了隱藏豔色描寫意圖，所加上的思婦字句全拿掉了。〔註37〕元稹的〈恨妝成〉把一切可辨識女子身分背景的字句幾乎抹去，而李賀連「恨」的情緒用語都拿掉了，只著墨在美人著妝完畢，獨自在閨房中，品味沉溺自身心思，這樣的一個斷片。雖然如此，這個斷片所引起的情意聯想，反而是遠多於宮體詩人及元稹為女子設想的愁態的。

　　〈美人梳頭歌〉單以女子閨房的一個斷片，引導出女子情意，不過，李賀有時耽溺於以濃豔至極的筆觸凝著女子閨房內的一景，以微妙側顯女性情思，如〈屏風曲〉一首：

　　　蜨棲石竹銀交關，水凝鴨綠琉璃錢。團迴六曲抱膏蘭，將
　　　鬟鏡上擲金蟬。沉香火暖茱萸煙，酒酣縮帶新承懽。月風
　　　吹露屏外寒，城上烏啼楚女眠。〔註38〕

屏風是貴婦閨房內常見的器具，詩由屏風上的圖案寫起，寫到閨房內，燈燭火光，像是一環環地將女子包圍著，沉香裊裊，這個女子對

───────────────

〔註36〕蕭綱〈答渝侯和詩書〉語。
〔註37〕參見第一章第二節，頁36～38。
〔註38〕《李賀詩集》，2/115-116。

鏡正卸下髮上的金蟬飾釵。「酒觥縮帶新承懽」，顯示這是新婚夜晚。
〔註39〕最後，視點轉向屏風以外的世界，城頭烏啼，民女此時正在寒
露中入眠。葉蔥奇指出，李賀在這裡關注了貧富女性的差距，不過，
筆者以為，李賀的用意應該不在同情民女寒苦生活。屏風外女性的描
寫，並非李賀對民間女性的關照，而是以空間的轉換作為客觀對照，
加強屏風內女性描述的真實性，同時巧妙隱去了宮體豔詩中，那種男
性詩人注視的痕跡。屏風外的民女在寒風中酣然入眠，正好對比出屏
風內尚未入眠，正專注於釵飾自己的女性。則詩中有關屏風內女子的
精美華麗的妝具與閨房描寫，意在沒有言明的一種氣氛：女子新婚之
夜的軟膩婉轉情思。

　　從〈花遊曲〉、〈染思上春機〉、〈美人梳頭歌〉、〈屏風曲〉等詩可
知，類似宮體豔詩女子閨房情態的描寫特徵，只是李賀與宮體豔詩表
面的顯性連結。這裡，筆者要再以庾信（513～581）的〈舞媚娘〉這
個特例，來說明李賀豔詩如何溢出宮體豔詩傳統：

> 朝來戶前對鏡，含笑盈盈自看。眉心濃黛直點，額角輕黃
> 細安。只疑落花漫去，復道春風不還。少年唯有歡樂，飲
> 酒哪得留殘？〔註40〕

在宮體詩人的筆下，舞妓總是著重梳妝打扮，為的是出場表演，博得
觀賞者的讚賞。這是大多數宮體豔詩詠舞女的模式。然而，當客散酒
醒，昨夜如夢，歡場女子不能遽然忘卻這一夜歡快，興起若有所失的
愁慨。庾信掌握這點，從女子對鏡裝扮寫起，裝扮畢，女子若有感傷，
忽然察覺歌舞妓女的宿命。在唐代以前，庾信曾經一度從宮體豔色描
寫的樣式，跨越到從女性角度「言情」的這塊天地。〈舞媚娘〉這個
特例，正好與李賀的豔詩相類。使用近似的素材與描寫手法，只要轉
換觀看角度，把男性觀看注視的痕跡去除，改成全由從女性感官去寫

〔註39〕酒縮繫帶，謂兩杯相並，應該是婚禮合巹之用，見王琦《李賀歌詩
　　　　匯解》，2/121。
〔註40〕《玉臺新詠箋注》，9/466。

的代言形式，李賀就得以在宮體豔詩式的描寫中拓展言情成份。如此，有關女子形貌容態的描寫，最終目的是通向女子的抒情，整首詩作，就是詩人爲詩中女子精心構織的心曲。所以，李賀的綺豔詩，終究不能視爲宮體豔詩又一次復興，而是一種別具新裁的化用。

二、南朝文人樂府豔詩與戀情樂府民歌素材的運用

　　南朝文人樂府豔詩對於刻劃思婦淒涼情境之美特別有興趣，這是根植於「以怨爲美」的創作意圖。李賀的以怨爲美取向，與南朝文人樂府相同，但更見異趣。

　　從李賀的〈夜坐吟〉，〔註41〕可見他融合閨怨情境與文人樂府豔詩，極力拓展思婦角度的抒情情思：

> 踏踏馬蹄誰見過，眼看北斗直天河。西風羅幕生翠波，鉛華笑妾嚬青娥。爲君起唱長相思，簾外嚴霜均倒飛。明星爛爛東方陲，紅霞稍出東南涯，陸郎去矣乘斑騅。〔註42〕

從這首詩，不難看出李賀寫閨閣宮情詩的奇思異想。雖然詩中的書寫對象是傳統夫婦別離情境下的「思婦」，李賀詩並不謹遵傳統閨怨詩歌詠思婦貞靜自守的模式。整首詩將女子眼前所見景象與其心中情思融合，形成源源不絕的「夜坐吟」。詩開頭「踏踏」兩句，是女子的對夫君歸來的質疑，期盼，引頸等待的情思一開始就受到否定了。夜裡，她只好張眼直望著星河。「簾外嚴霜均倒飛」一句顯得突飛逸表，女子唱〈長相思〉的歌聲不斷震盪，令嚴霜爲之倒飛。最後，東方欲明而夜將盡，當霞光稍現之時，女子看著斑斕的光照，心中卻憶起當年情郎乘著馬離她而去的情景。李賀以鮮活誇大的意象表現女子強烈悲哀的情思，使得這首詩超越「以景言情」的格局，女子的情思幾乎凌駕她所見的景物。詩人以女子爲主體發展其抒情情思，遠超出宮體詩人透過怨情書寫窺見豔色美感的手法。

〔註41〕詩題始於鮑照〈夜坐吟〉，見《樂府詩集》，76/1073。
〔註42〕《李賀詩集》，4/267。

　　李賀樂府詩重視女子情思，有時受到南朝戀情樂府民歌女子言情方式的影響。如〈大堤曲〉一詩，是蕭綱以民歌口吻，描述商賈流水戀情現象的詩作，〔註43〕李賀沿襲了原詩的內容，改以女子口吻直述情思：

> 妾家住橫塘，紅紗滿桂香。清雲教綰頭上髻，明月與作耳
> 邊璫。蓮風起，江畔春，大堤上，留北人。郎食鯉魚尾，
> 妾食猩猩唇。莫指襄陽道，綠浦歸帆少，今日菖蒲花，明
> 朝楓樹老。〔註44〕

不論是戀情題材與女子直述口吻，都有模擬南朝樂府民歌的意思，但李賀的詞語更見雕琢。〔註45〕

　　有時，李賀沿用戀情樂府民歌的戀情題材，將女子口吻直述情思的方式，轉向女子角度的戀情詠嘆。例如他的〈蘇小小墓〉由梁武帝蕭衍樂府具有民歌風味的〈蘇小小歌〉詩而來，原詩是以南齊錢塘名妓蘇小小的口吻直述戀情情思：

> 我乘油壁車，郎乘青驄馬，何處結同心，西陵松柏下。〔註46〕

李賀的〈蘇小小墓〉，由寫蘇小小墓的環境氣氛，隱含她生前的戀情：

> 幽蘭露，如啼眼。無物結同心，煙花不堪剪。草如茵，松
> 如蓋，風為裳，水為珮。油壁車，夕相待。冷翠燭，勞光
> 彩。西陵下，風吹雨。〔註47〕

原詩從女子口吻敘述與戀人會面盟誓的情境。李賀把〈蘇小小歌〉中的素材重新組合，再加以變調，營造出「蘇小小墓」森冷的氣氛，想像在蘇小小逝去之後，躺在墓地之中，她再也沒辦法與人永結同心，生前的甜蜜象徵（油壁車）與周遭冷瑟的景物一樣，都只成為陪伴她魂靈的事物之一。若與其他唐人歌詠蘇小小墓的詩相比，如權德輿〈蘇

〔註43〕蕭綱〈大堤曲〉見《樂府詩集》，48/705。
〔註44〕《李賀詩集》，1/27。
〔註45〕〈莫愁曲〉本事從民間戀情樂府〈莫愁樂〉而來，也是一例，見《李賀詩集》，外集/355。
〔註46〕《樂府詩集》，85/1203。
〔註47〕《李賀詩集》，1/30。

小小墓〉：「萬古荒墳在，悠然我獨尋。寂寥紅粉盡，冥寞黃泉深。」羅隱（833～910）云：「向誰曾豔冶，隨分得聲名。應侍吳王宴，蘭橈暗送迎。」〔註48〕可以看到其他人的詩，多半不脫從詩人角度感嘆蘇小小本事之語意；唯獨李賀是藉著寫蘇小小墓，隱含戀情，幾乎設想死後的蘇小小對逝去戀情的詠嘆，也將有關蘇小小的圖像，凝括在這個對她獨具意義的場所。〔註49〕

　　李賀也用新題樂府即事名篇的方式，以女子戀情之思為題。〈難忘曲〉就是如此，寫出一個女子的閒愁：

　　　　夾道開洞門，弱楊低畫戟。簾影竹華起，簫聲吹日色。蜂
　　　　語繞粧鏡，畫蛾學春碧。亂繫丁香梢，滿欄花向夕。〔註50〕

全詩寫女子情懷。詩人從她的居處環境景物層層撥開，慢慢引出一個梳妝中的女子，最後筆鋒一轉，以丁香花固結不解的花形，與滿園的花向著夕陽的景況，象徵女子心中柔長而微憾的情思，全詩以女子所見之景與動作呈現「難忘之思」，隱約導向戀情。

　　李賀運用戀情民歌題材，以西曲為主，這可能跟他所寫女子多半為娼妓、貴姬身分有關。〈江樓曲〉由思婦所見的情景，引出一連串相思情意，可說是文人樂府豔詩與戀情樂府民歌的融合：

　　　　樓前流水江陵道，鯉魚風起芙蓉老。曉釵催鬢語南風，抽
　　　　帆歸來一日功。鼉吟浦口飛梅雨，竿頭酒旗換青苧。蕭騷
　　　　浪白雲差池，黃粉油衫寄郎主。新槽酒聲苦無力，南湖一
　　　　頃菱花白。眼前便有千里怨，小玉開屏見山色。〔註51〕

這首詩全藉由一個思婦在江樓上的所見風景（正確地說，是想像中的景物），導向她對遠人的思念之情。詩中的種種景色，江陵道、竿頭酒旗、南湖菱花，都讓我們想起西曲〈襄陽樂〉、〈估客樂〉中的倡女

〔註48〕《全唐詩》，326/3659，659/7567。
〔註49〕有關〈蘇小小墓〉的情意與其於李賀詩的特殊性，參見方瑜〈空間、圖像、靈光——李賀詩中的女性圖像：以鬼神兩首為例〉，收入其《唐詩論文集及其他》（臺北：里仁，2005），頁123～148。
〔註50〕《李賀詩集》，3/193。
〔註51〕《李賀詩集》，4/311-312。

商婦所處的江陵麗景。不過,這裡卻省去了思婦的身分描述,透過情景的流轉(從春末至夏初的季節景物之變化)來表達思婦的婉轉情思,使思婦的情思由「抽帆歸來一日功」的埋怨轉換到「黃粉油衫寄郎主」的殷勤情意。最後兩句更是畫龍點睛,詩中女子說,只要侍女推開屏風,見無窮山色,就想到自己與所思之人的千里阻隔。這更凸顯了女子寂寞與幽閉的情境。原來,她在江樓所見之景,是在她想像中編織的江陵世界,那些地方,甚至不是戀情的發生之處。思婦在江樓上,神思飛馳於江陵麗景,與她守在江樓被動等待郎君的境況,恰成對比。做為一首思婦詩,女子之抒情,婉轉幽微,層層宕開,有別於以往的直賦情思,這又是李賀運用改造戀情民間樂府題材的例子。

在〈石城曉〉中,李賀假想一個困於戀情女子的冷落情態:

> 月落大堤上,女垣栖鳥起。細露溼圃紅,寒香解夜醉。女牛渡天河,柳烟滿城曲。上客留斷纓,殘蛾鬥雙綠。春帳依微蟬翼羅,橫茵突金隱體花。帳前輕絮鵝毛起,欲說春心無所似。〔註52〕

〈石城曉〉為李賀將舊樂府詩題〈石城樂〉變化而成的詩作。〔註53〕石城,原是女子莫愁居住處,在樂府詩中常以此地名做為美女的代稱。〔註54〕「大堤」是樂府曲名,這裡指尋歡買醉處。〔註55〕詩中石城的莫愁、大堤,表示這個女子的「春心」,是為戀情所惱的春心。詩前半所述的,固然是一般男女分別的景況,然而「上客」一詞,明確指出女子倡家的身分。最後幾句,詩的焦點慢慢轉到為思念之情所惱的女性身上,正確來說,是她注視房室內的錦帳,薄如蟬翼,褥被上頭織有金線花圖案。這是〈美人梳頭歌〉的手法,以女子的目光所

〔註52〕 《李賀詩集》,3/231。

〔註53〕 《樂府詩集》,47/689。

〔註54〕 《唐書・樂志》:「〈莫愁樂〉者,出於石城樂。石城有女子名莫愁,善歌謠,石城樂和中復有望愁聲,因有此歌」,見《樂府詩集》,48/698。李賀另有〈莫愁曲〉,顯然李賀在此採合了莫愁與石城二者。

〔註55〕 李賀在〈許公子鄭姬歌〉中有「古堤大柳烟中翠」,大堤指的即是青樓妓院。

見精美細緻的寢具，象徵其華麗而薄弱的戀情。最後，詩歌就結束於女子困守閨房的眼前景：「帳前輕絮鵝毛起，欲說春心無所似」，將女子帳前的鵝毛輕絮直比女子的心思，女子對這場戀情有難以言說的憾恨。這就是士妓戀情的必然結局，〈惱公〉詩已然如此，〈石城曉〉乾脆不敘豔情始末，詩的時間設定在歡情結束、士妓分別那一刻，女子陷入失落又空虛的情境。李賀雜以南朝民間樂府的戀情素材，使我們不那麼容易看出這是寫士妓戀情的詩。

　　總之，李賀固然採用了戀情樂府民歌的素材，然而於樂府民歌的語言，則模仿得不多。由此可見，李賀只是從前代豔詩尋找素材，用爲典故，做爲詩中人物的情境暗示，而非單純模仿或沿襲，他的詩歌更著重在詩中女子抒情情思的展現。所以，我們讀李賀詩，總是從他所提供的線索，先進入女子的思婦閨情、倡女戀情情境，再去從這個情境去理解李賀所設置的感覺氣氛，以及女子的情思脈動。換句話說，李賀對樂府豔詩的吸收是這樣的：樂府豔詩的語言素材就像是幾種顏料，隨意雜揉混合在李賀的詩歌語言，統攝在詩人佈置的女性情思之中。

　　李賀的綺豔詩篇，不見擬代豔情詩的詩題，卻往往從女子角度抒發的戀情之惱，詩中對女子情思多有著墨。再回頭看李賀的〈惱公〉。這首豔情冶遊詩可說是融合了宮體豔詩細緻描寫閨閣陳設的手法、樂府民歌中女性敘戀情之惱情思，再加上中唐冶遊詩敘寫歌樓歡情女子的辭彙，所以，才會與元、白冶遊詩呈現迥異風貌。與前面解讀〈惱公〉的過程參照，也印證本文所說，讀李賀的詩，如果能熟悉南朝豔詩傳統，理解李賀的另闢蹊徑，更能體察他所要表達的詩歌意蘊。

第三節　李賀綺豔詩的抒情性

　　李賀綺豔詩在南朝豔詩的基礎上有所進展，其詩突出且有別以往的特色是，以女性口吻言情，寫作抒情意味更強的詩歌。

一、李賀詩中的閨閣宮闈女性情態及抒情特質

李賀有一首同情歌女的詩篇〈馮小憐〉，情調其實頗似〈花遊曲〉：

> 灣頭見小憐，請上琵琶弦。破得春風恨，今朝值幾錢。裙
> 垂竹葉帶，鬢溼杏花烟。玉冷紅絲重，齊宮妾駕鞭。〔註56〕

馮小憐原是南朝齊後主寵姬馮淑妃名，從這首詩意來看，李賀遇見一名曾爲宮廷琵琶女的小憐，因故流落民間，遂以馮妃喻之。〔註57〕「春風恨」，可見李賀遇著小憐的時序是春天，一方面也暗示小憐之怨。詩中寫小憐的情態，與〈花遊曲〉中歌女的風姿相似，惟多了楚楚可憐的感覺。詩的最後，「玉冷紅絲重」，詩人回想小憐當年在宮中拿著玉柄飾有紅絲的馬鞭，還覺得有些沉重。此時的小憐，是有著富貴氣息但處境淒涼的，一個淪落的宮妓，與當年馮淑妃的身影重疊，分不清楚詩人是在設想小憐的情境，抑或當年馮淑妃的風姿了。像〈花遊曲〉與〈馮小憐〉，都是李賀最常見的描寫女性的方式，他總是在描寫女子姿容裝扮時，隱約地引出些許寒薄澆涼的氛圍，卻未必深入去敘寫女子的情思。大致來說，在這些詩中，女子及其周圍的環境景物所融合的「氣氛感覺」，是特別突出的部份，但不是很能看出他爲詩中女子代言情思的意圖，也不像元稹的一些風情詩作，藉助細節刻劃，透露出豔情意味。

本章第一節討論〈惱公〉詩時提到，李賀詩寫女子生活，將傳統兩種女性形象的素材結合並用。閨閣宮情詩中的女子，與舞女歌女一樣，都是身處精美而寂寞冷涼的環境，不論是〈江樓曲〉、〈石城曉〉、〈馮小憐〉都有這項內容特徵。對詩人來說，似乎在他心中已經有一個女子的固定圖像：這個女子大抵處於冷落、精緻的環境，她放眼望去，周遭景物皆華麗但淒冷零落，不管她的角色是閨女、少婦、宮女、宮妓或民間的歌女舞妓，女子總與外在世界十分疏離，只能將自己的感覺放在周遭細小的事物上。李賀的〈河南府

〔註56〕《李賀詩集》，3/200。
〔註57〕《北史·馮淑妃傳》，14/525記載：「小憐慧黠能彈琵琶，尤工歌舞，後主惑之，坐則同席，出則並馬，願得生死一處。」

試十二月樂詞并閏月〉就是個明顯的例子。〔註58〕就詩題來看，這組詩應爲河南府試而寫，依正月而次，加上閏月，寫成以月份爲題目共十三首的一組詩歌。〔註59〕以下先舉〈三月〉爲例：

> 東方風來滿眼春，花城柳暗愁殺人。複宮深殿竹風起，新翠舞矜淨如水。光風轉蕙百餘里，暖霧驅雲補天地。軍裝宮妓掃蛾淺，搖搖錦旗夾城暖。曲水飄香去不歸，梨花落盡城秋苑。

首句點題三月春日，正是柳暗花明之際，景致愁煞人。「複宮」兩句寫宮殿重重疊疊，內種竹林，可見這首詩寫的正是宮城的景象。再來，是春暖的形象化描寫，春風拂蕙，暖熱的霧氣鋪天蓋地。淡掃蛾眉軍裝的宮妓，在這樣的春日融融的景象中，走在出遊的隊伍，夾雜著錦旗，排成長列，整個隊伍也顯得暖烘烘的。這一切暖春宮城的描寫，推向了最後的一景：暮春已至，曲水春遊的花香、女人香也將隨著春盡，等到梨花落盡，整個宮苑也就跟入秋沒什麼兩樣。

　　方扶南《李長吉詩集批注》說這組詩「皆言宮情，猶古〈房中樂〉」。〔註60〕王琦注引朱卓月云言：「諸詩大半閏情多於宮景，婦人靜貞，鍾情最深。」〔註61〕其實，說這組詩是宮情詩或閏情詩都不十分貼切。除了〈閏月〉明顯祝賀天子長壽的文句，其餘十二個月分連綴來看，隱約見得女子的身影，而女子的身分是沒有辦法仔細分辨的。下面將這組詩中的「女性身影」摘出：

> 錦牀曉握玉肌冷，露臉未開對朝暝。(〈一月〉)
>
> 金翹峨髻愁暮雲，沓颯起舞眞珠裙。(〈二月〉)
>
> 軍裝宮妓掃蛾淺，搖搖錦旗夾城暖。(〈三月〉)
>
> 回雪舞涼殿，甘露洗空綠。羅袖從迴翔，香汗沾寶粟。(〈五

〔註58〕《李賀詩集》，1/36-50。
〔註59〕有研究者對這組詩是否爲帖試詩持懷疑態度，參見林同濟〈李賀歌詩研究〉，《中華文史論叢》，1982年第1期。
〔註60〕《李長吉詩集批注》，1/504。
〔註61〕《李長吉歌詩匯解》，1/70。

月〉)

僅厭舞衫薄，稍知花簟寒。(〈七月〉)

霜妾怨長夜，獨客夢歸家。(〈八月〉)

珠帷怨臥不成眠，金鳳刺衣著體寒，長眉對月鬥彎環。(〈十
月〉)

從十三首詩來看，詩中女子身影，又像宮女，又像閨女，也可說是思
婦或宮妓。透過這些詩，我們可看到一個女子落入宮殿、閨閣，亭臺，
對著春風夏夜、秋涼冬寒的景色，或愁悶或思人。節候成為令女子敏
感傷懷的因素，女子的愁悶與節候相配。此外，〈十二月樂詞〉中有
幾首詩，完全不見人的身影（四月、六月、九月），只見寒涼冷落的
景色。這些幾乎不見人影的寫景時，詩中景所構成的世界，也與其他
透過女子眼光看去的世界調性一致，以下面詩句為例：

裁生羅，發湘竹，帔拂疏霜殿秋玉。(〈六月〉)

雞人罷唱曉瓏璁，鴉啼金井下疏桐。(〈九月〉)

生羅、湘竹的背後應該是一個女子；雞人、金井則尤其是從宮女看去
的宮殿景象。﹝註62﹞詩人寫的主題不只是個別女性的吟詠，而是眾多
女性的面貌，更進一步說，是女子閨閣四時風情。從女性角度吟詠季
節風物，表露情思，是宮體詩人經常碰觸的題材，如〈春閨怨〉、〈春
閨情〉、〈秋夜〉等等。﹝註63﹞樂府民歌也有〈子夜四時歌〉，以女子
口吻與節候風物敘情。﹝註64﹞李賀可說是沿襲南朝豔詩的寫法，以季
節風物表現女子閨閣風貌。﹝註65﹞李賀這組詩敘寫的對象是女性情

﹝註62﹞〈九月〉的開頭是：「離宮散螢天似水」，足可說明這首寫的是宮殿
景象。

﹝註63﹞見第一章第二節，頁39～40。

﹝註64﹞見第一章第二節，頁51。

﹝註65﹞原田憲雄分析〈十二月樂詞〉，並引南宋吳正子注說，詩人順著季節
時間歌詠感受的詩，有漢〈靈臺十二月詩〉，晉〈月節折楊柳歌〉則
從女子口吻歌詠四時變遷。原田並舉唐沈仲昌等人〈憶長安〉分月
份題詠的方式詩，認為李賀這組詩的寫法其來有自。相關討論見原
田憲雄，《李賀論考》（京都：朋友書店，1980），頁366。另外，陳

思，取材於傳統閨閣宮情詩歌素材，只是李賀更增添一些本來用來描寫歌舞女郎的詞彙。若以李賀的短短二十七年的生涯而言，他的創作年歲也相對短促。所以，相信〈河南府試十二月樂詞〉與其他書寫女性主題的詩歌，創作時間前後不過十多年。從這一組詩，我們可窺見李賀如何運用女性素材，寫出陰柔細緻的情意。其實，之前所討論過的〈江樓曲〉，不也是類似的手法嗎？李賀運用思婦素材於江樓所見的季節情思，雖然素材從南朝樂府取得，與〈十二月樂詞〉卻是同樣的寫作手法，將不同季節的風物化入女子的抒情，不同之處，是〈江樓曲〉的抒情情思全歸於一個思婦之上。

　　寫傳統宮怨題材時，李賀也在描寫宮怨情態之時，額外為女子添加奇情想像，如〈宮娃歌〉：

　　　蠟光高懸照紗空，花房夜搗紅守宮。象口吹香毾㲪暖，七
　　　星挂城聞漏板。寒入罘罳殿影昏，彩鸞簾額著霜痕。啼蛄
　　　弔月鉤闌下，屈膝銅鋪鎖阿甄。夢入家門上沙渚，天河落
　　　處長州路。願君光明如太陽，放妾騎魚撇波去。〔註66〕

漢魏六朝傳統宮怨詩本著重后妃失寵，及至唐代，以宮女口吻泣訴幽困宮闈的詩漸多。〔註67〕王建的〈宮詞〉百首，數量雖多，由於形式均限制為七言四句，內容情意不免予人有重複之感。〈宮娃歌〉的題材，如同一般的唐代宮怨詩，寫宮女的幽閉自守。然而，不只形式上回歸到不受拘束的古詩體，李賀詩中宮女的富麗與孤寂也較一般唐代宮怨詩更加強烈。如「蠟光高懸照紗空，花房夜搗紅守宮」，形象化地傳遞出宮女身在華美的宮中，卻受禁閉的景象。詩的後半，宮女跌入夢回家門的情境，進而產生一個近似奇想的願望，她希望君王如太陽般開放光明，放她歸去，騎著魚兒乘著波浪歸家。在這裡，李賀用

　　　允吉、吳海勇的《李賀詩選評》（上海：上海古籍，2004），頁52也
　　　從原田憲雄的討論出發，並引敦煌文獻及任半塘的說法，說明唐代
　　　詩人是有有意識模仿這種民歌體制的歌謠。
〔註66〕《李賀詩集》，2/127。
〔註67〕參見第二章第一節，頁72～74。

了一個超乎現實的景象，用以傳達宮女渴望自由的心思，由於騎魚撇波的意象幾乎與宮中幽怨泣訴、孤獨困守的宮女形象連不起來，造成反差，反而強調出這個宮女的強烈渴求，近乎墮入了奇想。藉由李賀的想像，詩中情思由女子於幽禁宮中的呢喃，轉換到一個幻想中的宮外空間，詩中女性能擁有如此強烈的心理變化，習於傳統宮怨詩哀怨空守情調的讀者，不免感到詫異，也強烈感覺到詩人主導代入的情思。〔註68〕

〈洛姝眞珠〉一詩也是傳統思婦情調的翻新：

> 眞珠小娘下青廓，洛苑香風飛綽綽。寒鬢斜釵玉燕光，高樓唱月敲懸璫。蘭風桂露灑幽翠，紅弦裊雲咽深思。花袍白馬不歸來，濃蛾疊柳香唇醉。金鵝屏風蜀山夢，鸞裾鳳帶行烟重。八驄籠晃臉差移，日絲繁散暈羅洞。市南曲陌無秋涼，楚腰衛鬢四時芳。玉喉窱窱排空光，牽雲曳雪留陸郎。〔註69〕

這首詩寫一個等待情人的女子眞珠。不過，全詩描寫女子綽約的身影遠多於相思之意，只有「花袍白馬不歸來」、「牽雲曳雪留陸郎」兩句暗示女子所等待的人不會再來了。「眞珠」四句勾勒出一個恍若天仙的女子，有著絕世姿容及歌藝。她置身於氤氳著蘭風桂露的幽翠之中，她所彈奏的箏聲幽咽婉轉，裊裊依違，隱藏在箏聲之中的，是情郎不復來歸的悲思。思念著情郎，女子娥眉蹙起如柳葉相疊，唇紅宛如酒醉。王琦對「市曲南陌」兩句的解釋是「市曲南陌之家，冶容豔態，歌聲轍天，能使陸郎留戀，何其歡好，以反襯眞珠之寂寥不樂」，〔註70〕葉蔥奇也有類似的說法，皆以眞珠為思婦。無疑地，李賀在此

〔註68〕李賀這首詩，超脱一般宮怨詩女子困守幽閉空間的描述，不只是超出一般的宮怨詩作，更見詩人多種原創之設置，詳細討論可參見方瑜〈空間與夢想中的女性圖像——從《空間詩學》觀點讀李賀《宮娃歌》〉，見台大中文系編，《鄭因百先生百歲冥誕國際學術研討會論文集》，2005，頁153～170。

〔註69〕《李賀詩集》，1/60。

〔註70〕《李長吉歌詩匯解》，1/82。

詩寫一個為相思所苦的女性，但誠如袁行霈所言，詩中女子恐怕是歌女出身，或者至少受到歌女形象的影響，「市曲南陌」應該是女子的出身地。〔註71〕就像元稹帶有綺豔風情的詩歌〈櫻桃花〉、〈白衣裳〉一樣，李賀的相思戀情詩沾染了風情意味，但是，詩中女子情感的美麗哀苦，遠遠超越了元稹詩中微見「女性身影」的惆悵感傷。回到閨怨詩歌為閨閣女性代言的傳統，李賀在詩中全心關注女性的情思，並凸顯女性情思的冷落感傷，因而開展綺豔詩的抒情性質。

　　從李賀寫女性仙人的詩，也可探看這個現象。不論是〈貝宮夫人〉或〈蘭香神女廟〉，李賀都著重在寫她們的孤寒與寂寞，寫女性的神祇與寫女性人物一樣，均鋪寫環繞著她們那股陰柔而寒涼的氛圍：

> 丁丁海女弄金環，雀釵翹偕雙翅關。六宮不語一生閑，高懸銀牓照青山。

> 長眉凝綠幾千年，清涼堪老鏡中鸞。秋肌稍覺玉衣寒，空光帖妥水如天。

> 古春年年在，閑綠搖暖雲。松香飛晚華，柳渚含日昏。沙砲落紅滿，石泉生水芹。幽篁畫新粉，蛾綠橫曉門。弱蕙不勝露，山秀愁空春。〔註72〕

貝宮夫人一詩，詩人從神祇的恆久與紅顏不老的宿命，聯想到困守宮闈中的女性。像是「秋肌稍覺玉衣寒」這樣的句子，固然是表現女性神仙虛幻飄渺世界的冷落蒼涼之感，也與〈花遊曲〉、〈馮小憐〉中不堪衣物輕薄涼冷的宮女，有異曲同工之妙。女性神祇的飄渺，透過瑰麗色彩與虛幻場景展現，如〈天上謠〉：「粉霞紅綬藕絲裙，青洲步拾藍苔春。」〈湘妃〉：「筠竹千年老不死，長伴神娥蓋湘水。」或者，是女性的魅惑森森，如〈神弦曲〉：「畫弦素管聲淺繁，花裙綷縩步秋塵」〔註73〕而〈神弦別曲〉更集中寫女巫：

〔註71〕見袁行霈，〈長吉的歌詩與詞的內在特質〉，《第一屆詞學國際研討會論文集》（臺北：中央研究院文哲研究所籌備處，1994），頁3～19。
〔註72〕《李賀詩集》，4/301-303。
〔註73〕《李賀詩集》，1/50，1/60，4/291

> 巫山小女隔雲別，春風松花山上發，綠蓋獨穿香境歸，白
> 馬花竿前孑孑。蜀江濆水如羅，墮蘭誰泛相經過。南山
> 桂樹為君死，雲衫淺污紅脂花。〔註74〕

讀來除了飛動的文采之外，神女巫女的美與其寒氣逼人印象深刻，但
完全不見女子形貌的描寫。這正如李賀寫女性的詩歌，一向都是重彩
筆，非寫實的方式一樣，這種筆法，實在是適合對古奧奇幻世界深感
興趣的詩人，可以用來表現神仙世界中迷離幻測，卻又為之執迷的心
緒。

　　李賀詩中寂寞、孤獨、幽閉、淒涼、美麗女性世界背後的，終究
是掌握這份情調的詩人。誠如方瑜所言，李賀不但「未將女性作為慾
望投射的觀看對象，而是形神俱現，無論人、鬼、神，詩人筆下都觸
及他們內在的深度和獨特的靈光，以詩筆將她們『點亮』。」〔註75〕
李賀詩中的這些女性，生活孤寂而精緻，總是有著無限心緒，這是李
賀詩可稱為豔詩傳統下的「綺豔詩」或「閨情詩」，而不屬社會倫理
範疇的「閨怨詩」的原因。

　　的確，與宮體詩人發展豔色美的詩，或是與元、白因冶遊風氣而
寫作的「風情詩」相比，李賀書寫女性綺豔題材的方式的確是前所未
有的。李賀的冶遊詩〈惱公〉，沒有元、白詩中自敘縱情冶遊的片段，
貫串詩中的是為戀情所惱的氤氳氣氛，詩人特別著重某些場景與動作
的鋪寫，以傳遞出人物心理，縱有抒情成份，也並不突出。李賀的綺
豔詩不再以提供詩人或者觀賞者豔色歡愉趣味為主要目的，而是營造
出詩中人物所處的情緒氣氛。他的女性綺豔詩作，藉由周遭環境景物
的描寫，烘托出身處幽冷氛圍中的女子，這個女子有著源源不絕、無
可排遣的心緒，這是李賀綺豔詩走向抒情性描寫徵候。

　　李賀詩中的女性人物，寫作意圖並不在反映現實生活中的女性，
然而，李賀生活中實際接觸到的歌舞妓的形象，的確變化為詩意意

〔註74〕《李賀詩集》，4/294。
〔註75〕見氏著《唐詩論文集及其他》，頁142。

象，這是李賀所獨創的。他詩中的女性形象，是根據傳統閨閣宮情詩中的慣見的婦女孤獨困守情境，以及宮體豔詩中處於精緻環境的女子，再加上中唐詩中常見的歌女舞女形象，以及自身對淒涼冷落情調的喜好所熔鑄而成的女性抒情形象，形成以寂寞寒涼爲情感基調的閨情詩歌。因詩中描寫的女性極具華美美感之故，李賀的綺豔詩依然能提供大部分男性閱讀者想像的樂趣，是宮體豔詩「以怨爲美」的進一步發展。只是，此種想像，恐怕不僅是建立於男性視覺官能上，具有豔色情趣、展示女性美好姿容的想像；更是詩人對於一個高貴美麗的女性及其所處冷落淒涼心境的想像。對李賀來說，詩中女性的生活中的自然環境、閨房器物等細節，每一項都可作爲女子情思心緒的展現，詩歌一向是爲女子情思而開展，而不是眞正爲敘寫女性生活而開展。這與宮體豔詩的結果竟是一致。徐陵〈玉臺新詠序〉雖美其名說是要反映女性生活，宮體詩人無異將女性生活限制在閨閣豔色描寫。唐代的代言閨情詩，總在閨怨與女性閨閣情境模擬間游移，到了李賀，終於爲這限制性的情境開創抒情進程。李賀著重女性情思的拓展，但不可否認的，李賀綺豔詩中的女性敘寫依然具有限制性情境，除了悲涼寂寞，女性的其他情感幾乎不在詩人的考量之中。

二、從晚唐詩人的批評反響看李賀綺豔詩的抒情性

從庾信的〈舞媚娘〉，到李賀的〈美人梳頭歌〉，詩人爲女子代言所賦的心曲其實都趨向悲涼寂寞的情調。脫離了夫婦別離所造成的女性倫理困境，李賀詩中的女性，面對的還是困境，不管是閨中女子、思婦、宮女、妓女或女性仙人，面對的都是閉鎖寒涼的環境場所。李賀把宮體豔詩與南朝樂府豔詩的素材經過處理，藉由將女子形象虛化，豔情書寫脫離了即席或紀實的模式。但是，李賀詩不能以傳統「閨怨詩」的模式去看待，理解成已婚女子因倫理困境，所興起之貞定自守的怨情；更不類南朝「以怨爲美」的豔色型樂府詩。李賀樂府詩中女子有著更細緻而複雜的情思表現，著重在「情」的開展，因而成爲

一種新型的閨情詩,開創了唐代綺豔詩歌的另一條路徑。

關於這個論點,如果從中晚唐詩人對元稹、白居易與李賀豔詩的批評相互參看,就更能理解李賀綺豔詩於中晚唐綺豔詩的脈絡及其意義。

李賀對女性綺豔題材的書寫興趣,與中唐士人藉綺豔詩展現詩人才調的風氣有關,像是〈許公子鄭姬歌〉、〈惱公〉均關涉士人的冶遊風氣。正是因為對綺豔題材持著興趣,李賀將原已存在於中國古典詩歌的傳統豔詩素材,加以發掘應用,李賀綺豔詩遂由冶遊風情的敘寫,轉向代言女性綺情豔思。對於李賀此種嘗試,與其同時的沈亞之(?~831?)在〈送李膠秀才詩序〉說:

> 余故友李賀,善擇南北朝樂府故詞,其所賦亦多怨鬱悽豔之巧,誠以蓋古排今,使為詞者莫得偶矣。惜乎其終亦不被聲弦唱。……由是後學多效賀,相與綴裁其字句,以媒取價。〔註76〕

沈亞之指出李賀詩獨樹一格的特質,引起一些詩人的模仿與學習。〔註77〕其中「怨鬱悽豔之巧」指的應該就是李賀賦女子怨情類詩歌。李賀詩的修辭、意象獨步古今,引起效仿、裁減其部份字句以為詩歌,足見其流行性。從晚唐詩人對元、白與李賀豔詩的評論,可發現二者雖具流行性,卻招致不同面向的批評。

首先是杜牧(803~853)在〈唐故平盧軍節度巡官隴西李府君墓誌銘〉中,記載了一段李戡論詩的文字:

> 詩者可以歌,可以流於竹,鼓於絲,婦人小兒,皆欲諷誦。

〔註76〕《全唐文》,735/7594-1。沈亞之這段文字指出李賀樂府並不「被聲弦唱」。

〔註77〕沈亞之指的是那些詩人不能確知。現今所能看到最為近似李賀豔詩的完整詩作,有張碧的〈美人梳頭〉、莊南傑〈湘弦曲〉與韋楚老的詩,數量並不多。另外,〔五代〕王定保,《唐摭言》卷 10 提到,趙牧「斆李長吉為長短歌,可謂蹙金結綉,面無痕跡」,劉光遠「慕長吉為長短歌,猶能埋沒意緒。」《唐五代筆記小說大觀》(上海:上海古籍出版社,2000)下冊,頁 166。

國俗薄厚，扇之於詩，如風之疾速。嘗痛自元和以來，有元、白詩者，纖豔不逞，非莊士雅人，多爲其所破壞；流於民間，疏於屏壁，子父女母，交口教授，淫言媟語，冬寒夏熱，入人肌骨，不可除去。〔註78〕

這段話，引發不少議論。今人對杜牧這段文字的寫作動機與目的提出看法，有認爲杜牧此語實爲「諛墓」之文，根本只是轉述李戡的意見；〔註79〕也有從政治角度看待這段話，以杜牧與元、白身處牛李黨爭局面之利害關係去剖析。諸多意見，這裡不一一引述。若從原墓誌銘全文來看，杜牧先是頗費篇幅，寫自己的應舉仕宦生涯中，不斷聽到有關李戡的友人推崇李戡學識，後終得見、相談甚歡的過程。因此，這段文字雖爲李戡之語，杜牧應該也認同李戡批評元、白的意見。〔註80〕據白居易所言，元稹在通州的某壁間，曾見白居易十五年前題贈長安妓人阿軟的絕句，此即杜牧所謂「流於民間，疏於屏壁」的「淫言媟語」；元稹曾在〈白氏長慶集序〉提到元、白二人詩歌贈答流於市井之間，甚至爲人所冒名，雖言困擾，語氣卻也頗見得意。〔註81〕杜牧的批評針對元稹所說的現象進行反譏，明白以元、白二人對民間的負面影響爲批判焦點，看來是基於教化觀點予以批駁。有關這點，這裡再

〔註78〕《樊川文集》，9/137。據文中所寫李戡卒年，這篇墓誌銘的寫作時間大約在開成二年（837）。

〔註79〕如曹中孚，〈杜牧詆諆元白詩辨〉，《學術月刊》，1981 第 9 期，頁 79～81。

〔註80〕杜牧在墓誌銘中提及他於洛陽任監察御史時，李中敏、韋楚老、盧簡求等人曾對杜牧說，既然他現在任御史，應該稍束檢謹，與有學識者如李戡等訪求。可推想杜牧提到李戡批評元、白詩的部份，應該不是單純記錄李戡所說的話。吳在慶在〈杜牧與元、白的公案〉中對杜牧與元、白恩怨的探討。他對杜牧與元、白的關係做了考察，以爲杜牧因著私人恩怨，未能平心靜氣地批評元、白是合理的，但不該只看做是出於個人恩怨，見氏著《杜牧論稿》（廈門：廈門大學出版社，1990），頁 255～284。

〔註81〕〈微之到通州日……〉，《白居易集箋校》，15/922。詩題甚長，故不全錄。詩的內文有：「十五年前似夢遊，曾將詩句結風流。偶助笑歌嘲阿軟，可知傳誦到通州」，即詩題所述之意。元稹文見《元稹集》，51/555。

取晚唐詩人的另一段批評文字,作為參照。這是皮日休(約 834～883?)
在〈論白居易荐徐凝屈張祜〉一文中所說:

> 祜元和中作宮體詩,詞曲豔發,當時輕薄之流重其才,合噪
> 得譽。及老大,稍闊建安風格,誦樂府錄,知作者本意,講
> 諷怨譎,時與六義相左右,此為才之最也。祜初得名,乃作
> 樂府豔發之詞,其不羈之狀,往往間見。……祜在元、白時,
> 其譽不甚持重。杜牧之刺池州,祜且老矣,詩益高,名益重。
> 然牧之少年,所為亦近於祜,為祜恨白,理亦有之。余嘗謂
> 文章之難,在發源之難。元白之心,本乎立教,乃寓意於樂
> 府,雍容宛轉之詞,謂之「諷喻」,謂之「閒適」。既持是取
> 大名,時士翕然從之,師其詞,失其旨。凡言之浮靡豔麗者,
> 謂之「元白體」。二子規規攘臂解辯,而習俗既深,牢不可破。
> 非二子之心也,所以發源者非也。可不戒哉!〔註82〕

皮日休直以宮體詩作為豔詩的代稱,符合唐人的習慣。張祜的年代近
於元、白,以樂府豔詩與宮詞知名於世,樂府豔詩情調接近南朝戀情
樂府民歌。〔註83〕惟文中指出,張祜因寫作豔詩而聲名大作,受到白
居易的貶抑,杜牧還為張祜與元、白結怨,此事並不符合史實。〔註84〕
藉著評論這件事,皮日休從元、白樂府詩的政治教化角度表達支持元、
白的立場,他認為,元、白的本心不在書寫豔情,由於二人名氣高,
不意之中,豔情變成一種風氣,凡寫浮世靡豔的詩,都自以為是元白
體。皮日休的結論是,開風氣者並無此心,追隨者需要檢討。這裡皮
日休硬將元、白兩人流連歌酒,士妓宴席間的「輕豔小律」與新樂府
詩等同,實在有些辯解的意味,與元稹說「有干教化,因為豔詩百首」
的說法不謀而合。

　　從杜牧與皮日休的文字看來,兩人俱認為元、白的豔詩最大的問

〔註82〕《全唐文》,797/8359。
〔註83〕如〈宮詞〉、〈蘇小小歌〉、〈讀曲歌〉、〈玉樹後庭花〉、〈莫愁樂〉、〈襄
　　　　陽樂〉,《全唐詩》,511-5834-5835。
〔註84〕杜牧為張祜詆斥元、白之事應該是訛傳。詳見吳在慶,《杜牧論稿》,
　　　　頁 255～262。

題在於引起風潮。豔詩在南朝齊、梁之時曾盛行，《玉臺新詠》為其代表。初盛唐時期，豔詩的寫作一度有衰微之勢，及至中唐，方又大盛，並持續至唐末。本來，受到宮體豔詩的影響，唐人所謂的豔詩，並不是專指寫男女情愛的詩，而是泛指描寫女子姿容，閨閣生活情態甚至閨房擺設、器具的詩，豔詩幾乎等同於描寫女性生活的詩歌。由於宮體豔詩近似宮體文人的詩歌競寫，像這樣的豔詩，出了宮廷，也失去了創作環境，初盛唐時期，幾乎只見於宴席應酬或閨情敘寫之中，內容形式上也無甚新意。中唐元、白的豔情詩出現，士人的歌酒冶遊生活成為流行的題材，唐代豔詩與士人的生活再度連結。中唐士人狎妓、冶遊的風氣盛行，但婚外戀情若不影響正常婚姻，通常是受到世人默許的。元稹〈夢遊春〉能如此自圓其說，白居易能在〈江南喜逢蕭九徹〉中回憶年輕時的冶遊，均為實例。問題在於元、白描寫豔情的部份，近乎白描，淺俗易懂，情調輕豔，隨著像〈鶯鶯傳〉故事的傳誦，詩人們寫歌妓的詩也易於流傳市井之間。

　　杜牧「纖豔不逞」與皮日休「淫靡豔麗」兩個用語在這裡應深入討論。與元稹同時的李肇在《國史補》中說：「元和以後，詩章學淺切於白居易，學淫靡於元稹，俱名元和體。」〔註85〕白居易詩之淺切向來為眾所公認，而元稹之「淫靡」，不是因為其詩歌內容涉及豔情，而是這些詩中，豔情描寫的字詞繁多且量大，而至連篇，這與他說白居易的「淺切」一樣，指的都是詩歌語言修辭的問題。像「淫靡豔麗」這樣的批評用語，屢見於初唐人對宮體豔詩的評論，由此可知，元稹、白居易等人的豔詩，雖然與南朝的宮體豔詩的寫作方式、觀看角度有別，但在修辭上均得到類似評語，「淫靡」予人字詞靡麗但情意浮泛之感，這與宮體詩所獲得的評價「浮豔」恰可相互對照，均為形式上的缺點。〔註86〕

〔註85〕〔唐〕李肇《唐國史補》卷下，見《唐五代小說筆記大觀》下冊，頁194。
〔註86〕宮體豔詩的「浮豔」，參見第二章第一節，頁61～62。

　　就上述杜牧或皮日休的言論來看，元、白的問題就不只在豔詩的修辭語言而已。元稹、白居易寫詩都有過於繁瑣詳盡的特點，以此手法寫時世妝容，顯然更易於爲世人接受，進而廣泛流傳民間。再者，元、白的豔詩段落，多出現在「寄呈酬唱」類的詩歌，這些詩「自言經歷與情志，兼示交誼」，傳誦出去時，通常被看成是詩人自述、紀實意味濃厚的詩。這種將詩人現實生活經驗，直接化爲詩歌文字的做法，加以豔情題材內容又引人興趣，一般而論，比較好懂易學。顯然有些詩人對此是不以爲然的，杜牧就是一例；皮日休縱然以爲錯不在元、白，也不免承認二人確爲「發源」者。綜上所論，杜牧批評元、白豔詩的段落，指的應該是由於修辭淺易，造成傳播在口，流於通俗的問題。

　　參照杜牧對李賀詩的評論，或許我們更能理解這種「修辭流於浮面」的問題所在。杜牧的〈李賀集序〉說：

> 皇諸孫賀，字長吉，元和中韓吏部亦頗道其歌詩。雲煙綿聯，不足爲其態也；水之迢迢，不足爲其情也；春之盎盎，不足爲其和也；秋之明潔，不足爲其格也；風檣陣馬，不足爲其勇也；瓦棺篆鼎，不足爲其古也；時花美女，不足爲其色也；荒國陊殿，梗莽丘壟，不足爲其怨恨悲愁也；鯨呿鼇擲，牛鬼蛇神，不足爲其虛荒誕幻也。蓋騷之苗裔，理雖不及，辭或過之。騷有感怨刺懟，言及君臣理亂，時有以激發人意。乃賀所爲，無得有是！賀復探尋前事，所以深嘆恨古今未嘗經道者，如〈金銅仙人辭漢歌〉、〈補梁庚肩吾宮體謠〉，求取情狀，離絕遠去筆墨畦逕間，亦殊不能知之。賀生二十七年死矣，世皆曰：「使賀且未死，少加以理，奴僕命騷可也。」〔註87〕

杜牧這段文字本身頗爲優美，寫李賀詩之特色，令人印象深刻。後人雖或然抓住「理雖不及，辭或過之」一句，認爲杜牧其實不怎麼認同

〔註87〕《樊川文集注》，10/148-149。杜牧在本文開頭說，這篇寫於大和五年（831）。

李賀的詩，但是，只要仔細讀完這篇文章，就可知杜牧對李賀的讚賞肯定要比批評多。杜牧用了九個文辭俱佳的句子去形容李賀詩的各項特色，總括來說，他對李賀善用文辭掌握「物態」的功力是十分佩服的，當然也表示認同李賀詩之美。若與他批評元、白那段話的強烈語氣一比，更可見杜牧對李賀詩實爲讚賞。其次，杜牧在文中提及韓愈亦稱道李賀詩，而杜牧對韓愈的文學成就深爲崇敬，如〈讀韓杜集〉說：「杜詩韓筆愁來讀，似倩麻姑癢處搔。天外鳳凰誰得髓，無人解合續弦膠。」〔註88〕對與韓愈一派詩歌較爲接近的李賀，自無反對之道理。最後，這段文字的結尾是：「世皆曰：使賀且未死，少加以理，奴僕命騷可也。」杜牧以「世人」對李賀的批評作結，其實是持平之語，並未對李賀詩進一步批評。

　　杜牧對李賀詩的數個漂亮比喻，毋寧說是以美文讚賞李賀對物態的掌握，顯見以漂亮修辭對應李賀奇特修辭的意味。杜牧還說李賀是爲「求取情狀」，所舉的例子是〈金銅仙人辭漢歌〉與〈補梁庾肩吾宮體謠〉，一爲李賀爲無情之「金銅仙人」設想辭漢之情思，一爲假擬之體，二詩均非以詩人主體言情志。

　　杜牧認爲李賀詩受到騷體的影響，是此序最值得討論之處。杜牧的騷體，指的應該是以〈離騷〉爲代表的楚辭。〈離騷〉用香草美人指涉君國之思，已然成爲中國詩歌傳統。不過，從杜牧的「騷之苗裔，理雖不及，辭或過之」語意來看，更有李賀「不完全在這香草美人傳統」之意。他甚至說，〈離騷〉中言及君臣關係，還有詩人自身的怨懟進退等等，在李賀詩中是見不到的，接續前面的「辭或過之」，可知杜牧應是從李賀騷體式的語言修辭肯定其詩作。〈離騷〉中詩人以迂曲深微的筆觸，寫美人之潔身自好或其姿容、服飾，透過辭中女子婉轉、陰柔、幽約、麗致的形象，使我們得以貼近詩人內心迂迴曲折的情感起伏，體察其痛苦而纏綿的心境。李賀接受楚辭此一技巧，二者同有

〔註88〕《樊川詩集注》（〔清〕馮集梧注；上海：上海古籍出版社，1998 新
　　　 1 版），2/147。

用辭瑰麗、迂曲變換的特點,詩中之情也都指向迷離怨悱。〔註89〕但不同的是,李賀詩中寫了美人,看上去像是楚辭的語言,但並無直言不遇之思,需要讀者解讀時的比附,去成立這種「懷才不遇」的寄託。李賀的修辭受到〈離騷〉的影響,詩歌情意也能達成迂曲幽婉的結果,這才是杜牧指李賀為「騷之苗裔」的原因。他看出李賀詩有〈離騷〉之美,但未必有〈離騷〉詩人的君國之思。在〈離騷〉中,詩人以女性意象表達挫折、遲疑、迂曲的情感。這種女性意象的運用,在中國詩歌形成了「香草美人」傳統,從此在這一系的詩歌中,「香草美人」符碼成為感遇詩歌的基本元素之一,一般熟悉古典詩的讀者,在閱讀這類詩歌時,自然會富加聯想,從而成立此種寄託。但李賀的豔詩,並不能套用在此感遇詩歌脈絡之下,而是應該從士大夫階層所認同的「女性美」的典型,去看李賀的豔詩。

在〈惱公〉一詩,我們已經看到李賀對冶遊題材的敘寫。基於女子的怨美、哀愁多半在背棄、離別等情境下成立,傷春背後隱隱有期待落空,這樣的怨美情感已經是一種根植於士人文化中共同認可的女性美感,那麼,如果在詩中進一步發展女性「情思」就是兼得美感而且符合風騷精神的。在敷演女性人物心理的同時,基於個人的創作才性,李賀突破了像朱慶餘〈閨怨〉陳設固定的符碼系統,以獨特的修辭手法為女性情思的馳逞再造新境。在李賀詩中,女子之「情」再次突出,同時也取代了宮體詩人的「豔色觀賞趣味」與中唐冶遊詩詩人「直接參與」的互動情味;「豔情趣味」淡出,女子細緻幽怨的閨閣情懷本身便極其動人。這些代言女子情思之作,即使其中並無明顯之詩人寄託,但與楚騷修辭語言的類似,又讓人憶起楚騷中女性陰柔、

〔註89〕茲引葉蔥奇語為代表:「(李賀)…喜歡變換詞彙,紆曲句意,這一方面固然是他的特色,一方面也是承襲了楚辭的傳統。《楚辭》用『荃』和『美人』來代表君王,用『蘭蕙』、『杜衡』來比喻道德,用汪洋恣肆、迷離惝恍的話,來抒寫自己忠君、愛國的熱情與憤鬱,這對李賀有很大的影響。」葉的說法很容易讓人以為李賀跟隨的是「香草美人」傳統。《李賀詩集》,頁397。

婉約的形象，神遊到深刻迷離的世界，這個女性哀傷的世界本身就是一種美感。李賀此種做法往往被視爲過偏，但是，因爲他走得過偏，方能看到李賀這些用辭穠麗，描繪女性詩作的所能引發的幽怨迷人情意效果。杜牧對李賀詩之見解精確由此可見。

　　關於杜牧對李賀詩的批評論點，我們還可參考唐末吳融（？～903）於〈禪月集序〉的李賀影響論。吳融把李賀現象描述爲一種風俗，一種文采的展現：

> 至於李賀以降，皆以刻削峭拔飛動文采爲第一流，而下筆不在洞房蛾眉神仙詭怪之間，則擲之不顧。邇來相效學者，靡漫浸淫，困不知變，嗚呼！亦風俗使然。君子萌一心，發一言，亦當有益於事，矧極思屬詞，得不動關於教化？〔註90〕

吳融這文章主要談詩歌的美刺作用，因此，批判焦點放在李賀對教化的負面影響，指出他的詩歌形成一股「風俗」流行，特別是有關妓女及神仙鬼魅的題材。吳融同時也指出李賀的文采一流，縱思逸飛，是造成艷詩風行的原因。其實，吳融自己也寫了不少艷詩，例如席間寫作的〈即席十韻〉，更有著意在艷情的〈無題〉詩，但他還是抬出教化觀點來批評這個現象。〔註91〕平心而論，就晚唐詩人的批評來看，元、白艷詩既對風俗造成影響，李賀艷詩亦對風俗造成的影響，二者之間有何不同呢？除了傷艷害俗的批評外，吳融這裡所指出的「刻削峭拔飛動文采」，這種以迂曲修辭玩味代言女子情思的方式，即是差異所在，可知李賀詩的內容雖以關涉艷情而受非議，卻同時以「文采刻削」著稱，映證杜牧有關李賀設色修辭看法的普遍性。〔註92〕同樣是寫艷

〔註90〕　《全唐文》，820/8636。

〔註91〕　〈無題〉、〈和韓致光侍郎無題三首十四韻〉、〈即席十韻〉，《全唐詩》684/7849、685/7868-7870。

〔註92〕　錢鍾書所提的「好用代詞」與「通感」，見氏著《談藝錄》（補訂本：北京：中華書局，1984），頁44～58。錢鍾書對李賀詩歌特徵的描述，在李賀研究中廣爲運用。對此，蔣寅在〈過度修辭：李賀的藝術精神〉對李賀詩設色修辭的看法值得參考，見《陝西師範大學學報》，2004第11期，頁55-61。蔣寅指出，受錢鍾書影響的李賀研究論者，傾向於將李

詩，元、白詩作的女性豔色的白描手法，因易於流傳而受到批評，李賀為女性言情的修辭方式，變成晚唐詩人的模仿對象，結果，晚唐詩人常常看重李賀詩的文采，忽略了李賀此種獨特修辭所突出的情意典式，只有杜牧，才留心到李賀語言修辭於豔詩美典的特殊性及開創性。

有關李賀詩歌的開創性，更可從李商隱對李賀的看法得到印證。李商隱對李賀的激賞是十分明顯的，他在〈李賀小傳〉先是提到杜牧為李賀集寫的序「狀長吉之奇甚盡」，又補充了從李賀之姊聽來有關李賀苦吟，「騎疲驢，背一古破錦囊，欲有所得，即書投囊中」，言其嘔心瀝血之狀，可說是在杜牧〈李賀集序〉論李賀詩歌之奇外，針對李賀做為「詩人之奇」的補充。小傳的最後說：「亦宜有人物文采愈此世者，何獨眷眷於長吉而使其不壽耶？噫！又豈世所謂才而奇者，不獨地上少，即天上亦不多耶？」〔註93〕對李賀的仰慕之情立見。〔註94〕

杜牧在〈獻詩啟〉中曾說：「苦心為詩，本求高絕，不務奇麗，不涉習俗，不今不古，處於中間。」〔註95〕這段自述杜牧的詩歌創作態度，與杜牧對元、白及李賀的批評是可相互參照的。杜牧實注重詞采與情韻的結合，「不涉習俗」可理解為他所批評的元、白詩歌；豔詩既然是詩人才調的展現，然而詩人也漸漸不滿足於徒具觀賞意圖或是遊仙窟、重現豔情歷程般的敘寫，元、白的豔情敘寫可能有陳套之虞。從杜牧的文學見解來看，適巧能顯示從中唐元、白豔詩到晚唐溫庭筠、杜牧、李商隱等人的綺豔詩歌，微妙而極具關鍵性的變化。綺

賀詩的藝術與他的人格心理聯繫解釋。對此，蔣寅在文中分析李賀詩中最獨特的通感、代語等修辭手法，認為可退回修辭層面，將之視為自覺修辭的結果。李賀的創作顯示出過度修辭的傾向，他在通感、代語等陌生化的表現手法中，發現了開闢奇境的可能。在李賀詩中，詩人是不斷地進行自我複製，致使那些有創意的新穎修辭在自己的詩中流為熟套，他的動機本與中唐文學極力求「奇」的主流趨勢相一致。

〔註93〕〈李賀小傳〉，見《李商隱文編年校注》（劉學鍇、余恕誠編；北京：中華書局，2002），頁2265。
〔註94〕有關李商隱綺豔詩與李賀綺豔詩的關係，第四章將會進一步討論。
〔註95〕《樊川文集》，16/242。

豔語言不該是只能表面描述經驗的交流語言，而是一種精練的藝術語言。這種語言要與其情感能夠相對應，就不能只是在文字表面上「足堪風流」式的應景觀摩，而是藉著這類題材，經營設置，詩人在一首詩中充分傳達統一情感。在從女性角度言情的詩歌中，李賀不重演閨怨情境，但他也沒有藉詠閨閣怨情表現詩人的「豔情趣味」意圖，而是試圖在已知典型閨怨情境中，發展以女子為主體的情思。他把楚騷的修辭方式及南朝宮體豔詩對女性豔美的敘寫結合，反向操作，蘊含風騷傳統的情味，其實是一種非常積極而有野心的做法。

小　結

　　李賀以南朝豔詩為出發點，開啓了綺豔詩的新局。他不但跳脫了南朝詩人速寫女性形象的無生命力感，也不像白居易一些以女性人生遭遇比擬男性生活境遇的詩一樣，容易變成陳套。李賀的豔詩注入了深厚抒情意味，但詩中的抒情沒有實際本事，沒有確切情節，透過女子豔美細節鋪陳，構織出幽深隱微的情感。詩中的女性精緻美好的，幽閉神祕的女性世界，表現的是迂迴纏綿的情意，這與〈離騷〉中女性形象用以表現遲疑徘徊，陰性柔弱的情意是相通的，但這不表示李賀詩就是風騷的復歸。李賀往前代發掘素材，這些文人傳統的豔詩素材與修辭語言，不論從創作與閱讀面來說，均為豔詩美典的基礎。

　　李賀詩當然還是為女子代言，模擬其情思的詩歌，只是，詩人將自身的感覺經驗與美感偏好注入其中，詩中的女子除了深閨怨美之外，能有更多的情思馳騁。

　　詩人鑽入這個女性幽閉神祕世界，可在這個狹小、有所限制的世界盡情想像、抒展情思。讀者所察覺的，是一個詩人想像出來的，不知道面貌、不知道身分的女性，或是有著「類女性」的風貌，詩人沒有直接現身為之下斷語，而是保持了適當的距離，透過女子情思傳達特定的情感經驗。李賀綺豔詩中的抒情，在為詩人保持了適當的距離

的同時，卻引發了「偷渡」詩人情思的可能。這種漸進，最後在晚唐綺豔詩歌中得到成熟的展現。

第四章　晚唐綺豔詩的美典

　　本文第二、三章陸續討論了中唐元稹、白居易、李賀等人的綺豔詩作，並從士人的社會生活及綺豔詩傳統兩個層面，區辨討論元、白與李賀綺豔詩的意義。這一章仍以上述兩個層面為出發點，討論晚唐的綺豔詩作。

　　首先是綺豔詩作及中晚唐士階層生活及冶遊活動的關係。

　　余恕誠將晚唐的詩人分成兩大群體，一是「窮士詩人，居處往往遠離政治中心」。另一邊的詩人地位略高一點的，生活「不是在京都就是在藩府或州縣」，「特別跟城市生活有密切的關係」，晚唐溫庭筠、杜牧、李商隱等詩人，唐末的韓偓、唐彥謙、韋莊、吳融均是如此。〔註1〕從元、白以來，晚唐綺豔詩的作者群的身分與生活居住地，多半有利於他們在宴席間欣賞官妓或貴家小妓，或前往當地民間妓館冶遊。身處之官位階層、地利之便，是這些詩人之所以寫綺豔詩的主要契機之一。這也提醒我們應該從更廣的視野看待綺豔詩的寫作。中唐開始，綺豔題材既是詩歌風氣，晚唐寫綺豔詩的詩人，或以綺豔風格聞名的詩人，究竟在比例上有多少？

　　從中唐綺豔詩作盛行以來，除了極少數例外，一直都沒有什麼專

〔註1〕見氏著《唐詩風貌》（合肥：安徽大學出版社，2000），〈晚唐綺豔詩歌與窮士詩歌〉頁120～149。

作綺豔詩的詩人，以綺豔詩出名的詩人們，詩集中的綺豔題材詩作多半僅佔十分之一、二。〔註2〕其次，與前述綺豔詩作者最密切相關的，恐怕還是他們的仕宦（或說是政治追求）生活。中唐元稹、白居易、劉禹錫等人詩作所反映的政治生活，或是元、白兩人藉詩歌寫政治、社會題材的意圖，不待贅言。晚唐的綺豔詩作者，著墨政治生活的詩歌並不比綺豔詩歌來得少，並且常有長篇言政治求仕心志，或兼言時事之作，如溫庭筠〈感舊陳情五十韻，獻淮南李僕射〉、杜牧〈感懷〉、李商隱〈行次西郊一百韻〉，直論時事者如杜牧、李商隱有關甘露事變的〈李甘詩〉、〈有感〉與〈重有感〉等等。除了李賀、溫庭筠未得科第之外，這些詩人的第一個官職多半開始於「起家之良選」，我們也不難理解，仕宦與政治生活對這些詩人來說有多麼重要。〔註3〕整體來說，晚唐綺豔詩作者與政治生活相關的寄贈酬答、宦遊行旅、詠史懷古的作品還是佔多數，唯獨綺豔詩的數量較其他的中晚唐詩人要來得多。這些詩人因追求仕途而落腳的生活地域、環境，利於他們寫作綺豔詩。這即是說詩人的身分與所處地域，是直接影響他們寫作綺豔詩的的因素之一，因此，討論晚唐綺豔詩時，不能不注意這些詩人所處環境背景，及其綺豔詩特點形成的關係。

其次是中晚唐綺豔詩與傳統豔詩的繫連。

從中唐開始，詩人在寄贈詩之間，書寫冶遊豔情，兼表現詩人才調的風氣盛行。這些詩作，明顯著重女子豔色的描繪，或是士人與妓

〔註2〕 這是我瀏覽前述幾個綺豔詩主要作者的結果，由於綺豔、非綺豔詩的認定並無明確的標準，這裡僅以大約比例為準，不列出實際數目，有部份詩人應該略高於這個比例。全部作品幾乎為豔詩的是羅虬，見《全唐詩》，666/7625-7631。

〔註3〕 根據賴瑞和的研究，這幾人當中，劉禹錫、白居易、元稹、杜牧、李商隱與韋莊均以校書郎釋褐，校書郎官職雖為九品上，實為「文士起家之良選」，具有極為「清望」的地位，見氏著《唐代基層文官》（臺北：聯經出版社，2004）頁17～33。這印證了前述綺豔詩作者群的身分之說，另外，我們也不難想像這些起家良選的詩人，會有多麼重視政治上的表現。

女席間的歡娛賞樂；若涉豔情，則多半表現女性的魅惑力與士人沉醉豔情歡樂的享受。元、白的「敘豔情長詩」中，冶遊者觀看欣賞妓女的豔情段落，影響到晚唐詩人描寫「冶遊」情境，這類詩歌幾乎是道地「寓豔情於豔色」的香奩詩，詩中所使用的辭彙，多半從女子的五官外貌著手，詩人慾望式的觀看角度與書寫方式，比宮體豔詩的側寫更具官能性。另一方面，從李賀詩的討論，我們看到「綺豔」題材進入中唐詩歌後，詩人回顧南朝豔詩傳統，為文人豔情詩另闢一條以抒情為導向的路。文人豔情詩突破了漢魏閨怨詩的社會倫理敘寫，及南朝宮體詩人「以怨為美」，表面言怨情，實則從中窺看豔色的表現方式，發展了以女性情思為敘寫主題的詩，男性詩人從以女性角度言情，漸漸進展到代入抒情的層次。李賀的綺豔詩，於中國綺豔詩詞的影響力，顯然是超過元、白一路的。

經過不斷地寫作與回顧南朝豔詩傳統，到了晚唐，一些重要詩人的綺豔詩創作，逐漸透露了屬於這一題材類別的特殊審美旨趣，建立了綺豔詩的美典。另一方面，晚唐是文人詞開始興起的年代，那麼，綺豔詩與詞兩種文學體式，在此時期能有如何之交會？這會是本章連帶探討的問題。

第一節將透過溫庭筠的綺豔詩分析，論述具官能性的豔情趣味，在晚唐如何轉化成具文人豔情趣味的美典。

第二節探討男性的風情、歌酒經驗與其詩作表現，討論比中唐「敘冶遊、憶舊夢」詩歌之經驗敘述，更具抒情性，屬於男性文士社群「青春歌酒夢」的經典情感。

第三節，從李賀為女子代言抒情的綺豔詩為出發，闡述李商隱如何能將此種豔情情思，透過七律的形式，予以深化。

第四節所要處理的論題，則綺豔詩出發，擴深晚唐詩的脈絡關連。晚唐的綺豔詩大致從社會生活、歷史脈絡的影響而開展。既然綺豔詩並非晚唐詩人專力而為的題材，本節以綺豔語言為中心，擴展討論綺豔詩與晚唐其他題材詩歌的關係，析論綺豔詩所造就的特殊審美旨趣。

第一節　溫庭筠的綺豔詩

　　溫庭筠（812？～866）出入酒樓，《舊唐書》記載：「（溫庭筠）苦心研席，長於詩賦。初至京師，人士翕然推重。然士行塵雜，不修邊幅。能逐絃吹之音，爲側豔之詞。公卿家無賴子弟裴誠、令狐滈之徒，相與蒱飲，酣醉終日，由是累年不第。」〔註4〕五代筆記中也有記載溫庭筠縱情歌樓，爲側豔之詞的事蹟。如《玉泉子》記載：「庭筠少年，其所得錢帛，多爲狹邪所費」，並且因此受其資助者笞逐。〔註5〕唐代筆記《雲溪友議》也有溫庭筠與裴鍼在飲席間縱酒塡詞的記載。〔註6〕或許，溫庭筠詞中的「美女佳人」，讓後人對溫庭筠的風流印象深刻，將他描述成一個耽溺於冶遊的士人。《舊唐書》或《雲溪友議》記載了溫庭筠縱情歌酒的行爲，也可延伸到其才行與詞作內容關係的討論。

　　但是，若翻檢溫庭筠的詩集，會發現溫庭筠與李賀一樣，詩中直述自己與妓女情事的詩很少，只有在〈偶遊〉、〈偶題〉詩中表達欲與紅顏賦心事的感慨，似爲與冶遊經驗有關的作品，另有〈詠嚬〉、〈和周繇廣陽公宴嘲段成式詩〉、〈光風亭夜宴伎有醉毆者〉，似爲飲筵宴席中所作，詩中有涉伎人。〔註7〕溫庭筠詩集不但沒有如元稹、白居易一樣書寫自身豔情經歷的「敘豔情長詩」，也沒有如李賀〈惱公〉一樣，分從男、女角度敘述士妓冶遊戀情的詩作。所謂的「風情」詩，包括從男、女角度描述士妓戀情，帶有豔情情事意味的詩（如元稹的〈襄陽爲盧竇紀事五首〉）；或白居易、元稹等人的詩中，詩人與詩中女子縱情歡快，士妓互動與情感交流，才子與歌女相映相照的情趣等等，類似的敘豔情段落等等，在溫庭筠詩中也是找不到的。

〔註4〕　《舊唐書》，190 下/5078-79。

〔註5〕　〔唐〕闕名，見《唐五代筆記小說大觀》，頁 1428。

〔註6〕　〔唐〕范攄，《雲溪友議》卷下，見《唐五代筆記小說大觀》，頁 1309～1310。

〔註7〕　〔清〕曾益等箋注，《溫飛卿詩集箋注》（上海：上海古籍出版社，1998），4/85、4/95-96、3/69、9/210-211。

　　總之，溫庭筠綺豔詩的紀實風情意味並不強，就算溫庭筠現實生活中的冶遊生活多采多姿，他的冶遊經驗，也並不是直接涉入其詩歌內容。溫庭筠詩之綺豔才調，雖多兒女戀情的詠嘆，但缺乏士人與妓女娛樂調笑的風情情調。事實上，溫庭筠對前朝豔詩傳統的興趣，可能還大於他對自身冶遊經驗的著墨，這與李賀綺豔詩的情況是類似的。在晚唐綺豔詩這一區塊中，溫庭筠的綺豔詩其實是將「豔情趣味」予以美典化，作爲綺豔詩美典的一種典型範式。

一、溫庭筠詩歌中的士妓冶遊生活

　　儘管沒有自敘冶遊或敘豔情情事的詩，溫庭筠還是有側寫士妓冶遊的詩，如〈夜宴謠〉與〈舞衣曲〉，詩人從旁觀的角度描寫士人冶遊活動，呈現熱鬧奢華的夜宴生活。這裡首先討論〈夜宴謠〉，這首詩與李賀的〈許公子鄭姬歌〉一樣，著重在貴公子與妓女徹夜作樂、奢華宴飲的場景：

> 長釵墜髮雙蜻蜓，碧盡山斜開畫屏。虯須公子五侯客，一飲千鍾如建瓴。鸞咽奼唱圓無節，眉斂湘烟袖回雪。清夜恩情四座同，莫令溝水東西別。亭亭蠟淚香珠殘，暗露曉風羅幕寒。飄飄戟帶儼相次，二十四枝龍畫竿，裂管縈弦共繁曲，芳尊細浪傾春釀。高樓客散杏花多，脈脈新蟾如瞪目。〔註8〕

這是宴飲間士人與妓女喧鬧尋歡一夜的場面。由歌女髮釵吊飾的搖曳生姿的微小視點寫起，瞬間開展擴大到「畫屏」前富麗熱鬧的宴遊場面。接著，這個華麗熱鬧夜宴的各種經典元素出列了，富貴豪邁的公子酒客，技藝高超的歌女，皆沉浸於一夜狂歡，或許因爲短暫，更應盡情享受，所以說「清夜恩情四座同」。再熱鬧的宴席也有結束的時候，寫客散之際，歌舞妓女像花朵一樣，滿場與來客周旋，此時，天邊有一脈新月，就像瞪視著這席散曲終的一幕。這首詩雖描寫一個熱鬧的場面，詩人的敘述語調是十分冷靜的。除了「莫令溝水東西別」

〔註 8〕 《溫飛卿詩集箋注》，1/4。

這樣的評斷字句以外,結尾兩句也再次提醒我們,詩人與其所描寫的這個宴遊場景是有所距離的。詩人不在此詩中化身爲其中任一「參與作樂者」的角色,而以旁觀者的角度,呈現一個喧譁熱鬧,綺豔非凡的世界。

〈夜宴謠〉的寫作方式,是一個又一個的場景串連,看似有深意,卻又覺得詩人並沒有言明什麼。與〈夜宴謠〉士妓宴遊主題相同的〈舞衣曲〉,也是類似的寫法:

> 藕腸纖縷抽輕春,烟機漠漠嬌蛾嚬。金梭淅瀝透空薄,翦落交刀吹斷雲。張家公子夜聞雨,夜向蘭堂思楚舞。蟬衫鱗帶壓愁香,偷得鶯簧鎖金縷。管含蘭氣嬌語悲,胡槽雪腕鴛鴦絲。芙蓉力弱應難定,楊柳風多不自持。回嚬笑語西窗客,星斗寥寥波脈脈。不逐秦王卷象床,滿樓明月梨花白。〔註9〕

題目名爲「舞衣」,詩的一開始,先從舞衣織成的情景寫起。初春時期,女子蹙眉忙織,金梭來回抽繹絲線,絲線織機上形成如煙漠漠。女子持剪子劃下的瞬間,一張薄如浮雲的絲織品,彷彿可見輕縷舞衣的飄逸之貌。「張家公子」一句,把織舞衣的場景,瞬間移轉到氣氛熱鬧的妓院場所。宴席間,妓女身著舞衣,薄如蟬翼,繡著金線黃鶯的縷衣,配著花紋的腰帶,衣裾間還壓有愁香香囊。朱唇與雪腕,吹奏著管絃,響起悲歌,舞妓們跳起舞來,舞姿裊弱如芙蓉花瓣,如風吹楊柳,舞女的舞姿充滿慵弱含悲的美感。歌舞表演完畢,舞妓與來客到房間內倚窗敘情,笑語浪謔,風姿顧盼,窗外星斗寥落,依稀還形成脈脈星河。這時,舞衣已經換下來,放置在象牙床上,窗外的明月照進來,舞衣潔白如梨花。詩人敘述這身舞衣從織女裁製、舞女穿著表演,到舞衣的階段性任務完成,換穿下來,似有以舞衣見證幾個女子情態(織女之嚬、舞女之嚬)的意圖。詩的最後一個視點,停留在換下來的舞衣之上,喧鬧過去,明月夜下的舞衣,揉在床上,功成

〔註9〕 《溫飛卿詩集箋注》,1/11-12。

身退。這首詩以潔白、無情又無知的「舞衣」去貫串幾個女子的情意，也微妙呈現詩人的觀看角度：詩人對這一切是體察入微，而又維持一定距離的。全詩好像在看幾段剪接好的影片，最後停留在舞衣的鏡頭，似有深意，又似乎無意。劉斯翰說這兩句是「暗寫張公子及其客人與舞妓們睡覺」，[註10] 可見溫庭筠成功設置一個引人遐思的場景。

〈夜宴謠〉與〈舞衣曲〉兩首詠士妓冶遊的詩，看似旁觀描寫熱鬧非凡的饗宴，實則傳遞深蘊其中的氣氛，詩人為視覺繽紛畫面加上觸覺、聽覺、嗅覺等感官意識，但又不潛入人物內心，代為抒情。因此，全詩的情意，恰由這一個又一個的畫面情境連綴而成。溫庭筠宴席詩與「舞腰」、「纖手」，「舞女畫」式的即席速寫不同，不從男性觀賞的角度進入，他描寫的是冶遊紅塵情境，卻沒有一般冶遊詩中詩人現身敘豔情情事的意味。這正好是溫庭筠綺豔詩的重要特徵：表現一種旁觀側寫，而非涉入其中的豔情趣味。

二、文人豔情趣味的美典化：從溫庭筠綺豔樂府詩與南朝豔詩的關係探討

溫庭筠的綺豔樂府詩，有些沿用了南朝戀情樂府民歌的戀情題材，並且有意模仿其情調。[註11] 其中，五言樂府不論在內容情意或寫作手法上，都與戀情樂府民歌最為相似。例如南朝的雜曲歌辭〈西州曲〉：「憶梅下西洲，折梅寄江北。單衫杏子紅，雙鬢鴉雛色。西洲在何處，兩槳橋頭渡。……開門郎不至，出門採紅蓮。……海水夢悠悠，君愁我亦愁。南風知我意，吹夢到西洲。」[註12] 詩中女子，因為戀人客遊至西洲而發生戀情，旋即分別，女子日夜思郎君歸來。溫庭筠的〈西州曲〉是：「悠悠復悠悠，昨日下西州。西州

[註10] 劉斯翰《溫庭筠詩詞選》（臺北：遠流出版社，1988），頁 19。
[註11] 這裡所說的南朝樂府戀情詩，主要是吳歌、西曲等戀情民歌及一些南朝文人的擬民歌情調的樂府。因此，雖名為「樂府戀情民歌」，多經過文人的潤飾或擬作。參見第一章第二節，頁 51。
[註12] 《樂府詩集》，72/1027。

風色好，遙見武昌樓。武昌何鬱鬱，儂家定無匹。小婦被流黃，登樓撫瑤瑟。……他日相尋索，莫作西洲客。西洲人不歸，春草年年碧。」〔註13〕不論是詩歌戀情主題、內容情意與遣詞用語，都與南朝樂府古辭的〈西洲曲〉十分相像，採用樂府戀情民歌的語言，以明快的手法點出戀情地點，直道男女相思，可以說是溫庭筠重演樂府戀情詩之作。〔註14〕

溫庭筠模擬南朝樂府吳歌、西曲等戀情詩，就唐代詩人而言，並不是一個特異的例子。初盛唐詩人郭元振（656～713）與李白均有〈子夜四時歌〉，稍早於溫庭筠的張祐（792？～854？），更有〈讀曲歌〉、〈莫愁樂〉、〈襄陽樂〉等多首擬作，這些詩不但沿用南朝樂府詩題，形式與內容情意也相仿。〔註15〕唐人除舊題樂府外，還有仿民間戀情樂府詩的新題樂府，如李白的〈江夏行〉與李賀的〈江樓曲〉、〈大堤曲〉等等。〔註16〕溫庭筠大部分七言綺豔樂府詩，與李賀的〈江樓曲〉的形式較爲接近，沿用了南朝樂府民歌的戀情題材，偶而借用了一些民歌語言，寫作手法實際上頗異於樂府民歌，不同於唐人一般擬吳歌西曲的作品，這是更應深入討論的部份。

首先，溫庭筠不像南朝文人或其他唐代詩人一樣，以五言四句的形式，中規中矩地仿效南朝戀情民歌口吻，而是自作大幅變動。譬如，吳歌、西曲戀情詩最常見的形式，是詩中人化身爲女方或男方的口吻，向戀情對象說話，如西曲〈三洲歌〉：

〔註13〕 《溫飛卿詩集箋注》，3/54-55。
〔註14〕 其他類似南朝樂府典型風格的〈罩漁歌〉：「朝罩罩城東，木罩罩城西。兩槳鳴幽幽，蓮子相高低。持罩入深水，金鱗大如手。魚尾迸圓波，千珠落湘藕。」雜言體如〈春野行〉：「草淺淺，春如繡。花壓李娘愁，飢蠶欲成繭。東城少年氣堂堂，金丸驚起雙鴛鴦。含羞更問衛公子，月到枕前春夢長？」1，與樂府戀情民歌的情調十分相像。《溫飛卿詩集箋注》，2/34-35，3/43-44。有關這點，可參見方瑜，〈溫庭筠歌詩的意象與表現〉，《中晚唐三家詩析論》，頁123～126。
〔註15〕 《樂府詩集》，48/707。
〔註16〕 〈江夏行〉的相關討論參見第二章第一節，頁73。

送歡板橋彎，相待三山頭。遙見千幅帆，知是逐風流。風
流不暫停，三山隱行舟。願作比目魚，隨歡千里遊。湘東
酃醾酒，廣州龍頭鐺。玉樽金鏤椀，與郎雙杯行。〔註17〕

這種以男、女口吻說話，類似贈答的形式，在吳歌西曲中是最普遍的
形式。然而在溫庭筠的〈三洲詞〉裡，他側寫一場戀情，跳出戀情樂
府民歌模擬戀情男女的口吻：

團圓莫坐波中月，潔白莫為枝上雪。月隨波動碎潾潾，雪
似梅花不堪折。李娘十六青絲髮，畫帶雙花為君結。門前
有路輕別離，惟恐歸來舊香滅。〔註18〕

原來的〈三洲歌〉有三首，是女子與其所歡之人郎對話的形式，三首
可聯綴來看。溫庭筠的〈三州詞〉改三首聯篇為一首單一詩作，詩的
開頭先描畫出兩個景：水中月圓之影，受到水波動攪擾；枝頭上潔白
之雪易融。這兩個景象均渲染出美好潔白易逝的情境。再來，出現「李
娘」這個少女，描述她情有所屬的形象。結尾回到詩的前半所提示的
情境，李娘站在門前與情人話別，她唯恐情人等待再度歸來期間，自
己不覺中老去，香消玉殞。雖然這首詩的本事由〈三洲歌〉而來，語
言亦屬平易，情調卻頗有差異。

　　蓮浦水邊一向為吳歌西曲所歌詠的戀情背景地點之一，這與南朝
樂府民歌興盛地域——江南，脫不了關係。原來，採蓮、採菱俱是江
南女子日常的勞動，在南朝樂府民歌中，水邊、蓮浦變成可以標示「戀
情」的場所，江南蓮浦，多男女搖槳泛舟的戀愛，情郎相伴的歡愉。
在南朝樂府民歌中，「蓮」還有雙關語義「憐」的意思，所以，在詩
中敘及蓮浦、蓮子等物，特別能寓情於景，表示詩中人的愛憐情意。
〔註19〕採蓮原是民女的日常勞動，所以，傳統描述採蓮戀情的詩也大
都掌握民歌的語言。溫庭筠有些樂府豔詩，明顯承襲南朝樂府民歌蓮
浦戀情題材與語法，如〈江南曲〉：「拾瓶萍無根，採蓮蓮有子。不做

〔註17〕《樂府詩集》，48/707。
〔註18〕《溫飛卿詩集箋注》，2/52。
〔註19〕參見第一章第二節，頁54。

浮萍生，寧作藕花死」，或是〈蘇小小歌〉：「酒裡春容抱離恨，水中
蓮子懷芳心」，〔註20〕使用白描的筆法，生動的比喻，直述戀情。不
過，溫庭筠的〈張靜婉採蓮曲〉，不但篇幅較長，用字遣詞也較民歌
深奧的多，不似一般採蓮戀曲的素樸簡明：

> 靜婉，羊侃伎也。其容絕世。侃自爲〈采蓮〉二曲，今樂府失其故意，
> 因歌以俟採詩者。事具載梁史。
> 蘭膏墜髮紅玉春，燕釵拖頸抛盤雲。城西楊柳向嬌晚，門
> 前溝水波粼粼。
> 麒麟公子朝天客，珂馬瑲瑲度春陌。掌中無力舞衣輕，翦
> 斷鮫綃破春碧。
> 抱月飄煙一尺腰，麝臍龍腦憐嬌嬈。秋羅拂水碎光動，露
> 重花多香不銷。
> 鸂鶒交交塘水滿，綠芒如粟蓮莖短。一夜西風送雨來，粉
> 痕零落愁紅淺。
> 船頭折藕絲暗牽，藕根蓮子相留連。郎心似月月未缺，十
> 五十六清光圓。〔註21〕

溫庭筠自序，本詩採用了梁朝羊侃妓張靜婉的本事。〔註22〕從「掌中
無力」到「憐嬌嬈」，詩人極力突出張靜婉的美色，如此的舞姿之美
（一尺腰），正與「麒麟公子」相得益彰，渲染豔情的無限歡愉。「秋
羅」二句，明顯是兩情繾綣的具象表徵。「鸂鶒」至「愁紅淺」，以靜
婉採蓮的情景，暗示水漲船高的極度歡快之後，隨之而來的衰歇、敗
亂。從「船頭」至「清光圓」句，使用了「折藕」（偶）、「絲暗牽」
（思）等雙關語，明確把郎心比成月，暗示此時情正篤。這也爲最後
兩句留下伏筆，適時勾勒出靜婉委身歡愉後似有所疑的心境：此時正
逢月圓，兩人的幸福洋溢如同清圓月色，若有朝一日，郎心有缺呢？

〔註20〕《溫飛卿詩集箋注》，2/46。
〔註21〕《溫飛卿詩集箋注》，1/12-14、2/48。
〔註22〕《南史》，63/1547：「羊侃自祖忻，泰山梁父人。善音律，自造〈采
　　　蓮〉、〈櫂歌〉兩曲，甚有新致。姬妾列侍，窮極奢靡。有舞人張淨
　　　琬，腰圍一尺六寸，時人咸推能掌上舞。」按，「淨琬」應即「靜婉」。

詩中雖未述及，不免引人臆想。

　　〈張靜婉採蓮曲〉詩的結尾四句雙關語，明白簡練的手法，頗具南朝樂府民歌的情調。然而，不論是詩歌長度或是遣句造情之曲折轉承，均非南朝樂府民歌情調可以相比。雖詩中有「採蓮」的描述，卻不是泛泛地指向戀情地點而已，從張靜婉的舞妓身分與前後語意推測，與「採蓮」有關的自然之景，實是暗示這段戀情中的歡情情境。所以，這首除了「郎心似月」的明喻之外，其他的自然景物應看成是較爲複雜的「寓情於景」，而非簡練明白的「以景喻情」。此詩除了最後的「郎心似月月未缺」一句，像是從張靜婉的角度去看待這段戀情之外，從頭到尾，詩人都以第三者旁觀的角度描述她的容姿及與公子相會、歡度的過程。其中「掌中無力舞衣輕」一段，除了暗合張靜婉羊侃妓的身分之外，也意在突出她的美色與美姿，令人心醉神馳的舞技。作爲一首戀情詩，〈張靜婉採蓮曲〉雖然採用雙關比喻的方式，卻缺乏樂府民歌慣有的戀人對話口吻，溫庭筠也沒有想要模擬戀情中的任何一方口吻來說話、發聲。〈張靜婉採蓮曲〉是以羊愷妓的情事爲歌詠中心，卻不是眞的寫兩人之間的情事過程，溫庭筠直探戀情本事的核心：士人與妓女的歡快場景，以及女郎對此段不確定戀情的多情多愁。詩中男女的貴氣，與民間的戀詩的通俗實是相去甚遠的，〈張靜婉採蓮曲〉已不似南朝文人擬吳歌西曲時，維持民間詩歌的情調，頗能看出溫庭筠的轉化意圖，與李賀的〈惱公〉、〈石城曉〉其實有異曲同工之妙，溫庭筠借用了晉朝的情事事典，與部份樂府民歌的語言，做爲這段士妓戀情的外衣。

　　再以溫庭筠〈懊惱曲〉爲例。這首曲子是由吳聲歌曲〈懊儂歌〉而來，〔註23〕原來的曲子，是濃厚的民間戀情豔詩意味，五言四句的短詩，如：

　　　絲布澀難縫，令儂十指穿。黃牛細犢車，遊戲出孟津。

〔註23〕《樂府詩集》，46/667-8。「惱」與「儂」相通，參見王運熙〈吳聲西曲雜考〉，《六朝樂府與民歌》，頁80～81。

　　江中白布帆，烏布禮中帷。撐如陌上鼓，許是儂歡歸。

女子之所歡遠去千里，留她困守閨房，女子想起二人的距離，日夜思惱，時光流逝，深覺情人終不復回，卻無可奈何。溫庭筠沿用了〈懊儂歌〉的戀情本事及素材：

藕絲作線難勝針，蕊粉染黃那得深。白玉蘭芳不相顧，青樓一笑輕千金。

莫言自古皆如此，健劍制鐘鉛繞指。三秋庭綠盡迎霜，惟有荷花守紅死。

西江小吏朱斑輪，柳縷吐牙香玉春。兩股金釵已相許，不令獨作空城塵。

幽悠楚水流如馬，恨紫愁紅滿平野。野土千年怨不平，至今燒作鴛鴦瓦。〔註24〕

「藕絲作線難勝針，蕊粉染黃那得深」是呼應〈懊儂歌〉「絲布澀難逢，令儂十指穿」開頭，將女子織縫的形象複雜化，透過「難勝針」（「針」與「真」諧音）、「那得深」等字詞，藉女子織工動作，詩人提出有關薄情的質問。再來是女子「懊惱」的圖像：潔白如玉般的女子每受到拋棄，娼女之笑則可一搏千金。這是詩人設下的情境。詩人自問自答：並不是自古以來都是如此，不是說，女子柔情如鉛繞指的堅定，勝過鋼鐵鑄劍之利。「荷花守紅死」，以春盡草枯花萎，荷花枯死不改其紅，做為女子柔情痴迷的形象化象徵。之後，詩人再用焦仲卿與其妻被迫分離的故事，描繪出的畫面，是焦仲卿駕車送其妻回娘家的景象。那時，嫩芽柳枝，苞含待放的春天，兩人情意堅貞不渝，許下釵鈿之盟，即使至死化作塵土亦然。〔註25〕在幾個圖像的跳接之後，最後「幽悠」四句，詩人拉開角度，將自身對戀情的喟嘆帶進來：時間流逝，現在這塊滿布紫紅花的原野野土，蘊藏著千年前的怨恨，那塵土而今燒作鴛鴦瓦。

〔註24〕《溫飛卿詩集箋注》，2/51-52。

〔註25〕「金釵」化用了白居易〈長恨歌〉：「釵留一股盒一扇，釵擘黃金盒分鈿。」見《溫飛卿詩集箋注》，2/51。

　　賀裳《載酒園詩話》論溫庭筠〈懊惱曲〉說:「止於音響卓越,鋪敘藻豔,態度生新,未免其美悉浮於外,有腴而實枯、紆而實近、中乾外強之病」,並批評這首詩末四句是「語誠警麗,細思之有深意否?」〔註26〕其實,溫庭筠這首詩的寫法,是藉著拉開時空距離,淡出戀情情境描寫,轉向詠嘆。詩歌的前半雖然主要著眼於戀情中男輕薄與女堅貞的對比,最後卻將戀情圖景的排比歌詠,轉化成戀情世界本質的呈現。千年後,一切消逝,化歸塵土,時間看似打消一切,真情曾經存在的這件事,卻是不為時間所磨滅的,正如塵土化作鴛鴦瓦一樣。最後,銘刻著這份懊惱之情的,正是詩人自己。溫庭筠本來就只是要營造出這個美麗戀情的懊惱世界,深意的有無,可能不是他所著意的部份。

　　進一步來說,南朝樂府中的戀情詩,不論是民間所作或文人擬作,都還掌握明白曉暢的語言、直接的設喻與意象,詩中身處戀情的女子也指向為民間女子。溫庭筠的新題綺豔樂府詩,雖然立意取材常從戀情樂府而來,詩中女子的身分,卻與民歌中質樸且直道相思的民間女子形象不同。吳歌西曲中女子的身分通常為民間女子,女子的日常戶外工作,不出採菱、採桑、採蓮。她們的戀情容易發生在閨房外面的世界,如西曲〈採桑度〉:「冶遊採桑女,盡有芳春色。姿容應春媚,粉黛不加飾。」民女的風情是明媚冶蕩的,如吳歌〈子夜四時歌〉:「娉婷揚袖舞,阿那曲身輕。照灼蘭光在,容冶春風生。」〔註27〕詩人描述女子情態都是生動自然,不假過度修飾。即使在唐代,許多詩人仿吳歌西曲風格之作,大部分都還注重維持此種生動自然、不假修飾的語言。〔註28〕溫庭筠雖然從南朝樂府民歌中汲取素材,他的綺豔

〔註26〕見〔清〕賀裳《載酒園詩話又編》(《清詩話續編本》),引自《唐詩彙評》(陳伯海主編:杭州:浙江教育出版社,1995),頁2165。

〔註27〕《樂府詩集》,48/709、44/645。

〔註28〕如李白〈江夏行〉、〈子夜四時歌〉,《樂府詩集》45/653。張祜〈襄陽樂〉:「大堤花月夜,長江春水流。東風正上信,春夜特來遊。」楊巨源〈大堤曲〉:「二八嬋娟大堤女,開壚相對依將渚。待客登樓向」

樂府詩中的女性形象，卻更接近宮體詩人筆下，處於宮殿或閨房內，穿著講究、帶有華貴美麗氣息的女子，與宮體詩人仿西曲的詩作有類似的效果。〔註29〕如〈張靜婉採蓮曲〉中女子的穿著，「翦斷鮫綃破春碧」、「麝臍龍腦憐嬌嬈」，與李賀〈惱公〉、〈美人梳頭歌〉講究之程度相等，溫庭筠描述了張靜婉的採蓮場景，與樂府民歌女子採蓮的形象畢竟不同，可說加強了女子華美的形象。

　　樂府民歌除了以戶外活動間的景象描述戀情，民女室內的日常織作活動也是素材之一。溫庭筠〈織錦詞〉也可以看見描述女子為郎君織作相思的情境：

　　丁東細漏侵瓊瑟，影轉高梧月初出。簇簇金梭萬縷紅，鴛鴦豔錦初成匹。

　　錦中百結皆同心，藥亂雲盤相間身。此意欲傳傳不得，玫瑰作柱朱弦琴。

　　為君裁破合歡被。星斗迢迢共千里。象齒熏鑪未覺秋，碧池中有新蓮子。〔註30〕

織繡是女子的日常的閨中勞動，吳歌西曲描述女子織作活動，常具表達思慕春情之意，因為布匹有「匹偶」的雙關諧音意味，如〈子夜夏歌〉：「春傾桑葉盡，夏開蠶務畢，晝夜理機絲，知欲早成匹。」〈子夜歌〉：「朱光照綠苑，丹華燦羅星。那能閨中繡，獨無懷春情」。〔註31〕宮體豔詩中的織婦描寫，則可見男性詩人的豔色趣味。〔註32〕溫庭筠詩中的織婦，實是雜揉宮體豔詩的豔色趣味，以及民歌以織作活動表述女子戀情情思兩者。「丁東」四句，漏聲與瓊瑟聲響交錯，搭配金梭抽繹的情景，細緻地傳遞、突出織作女子美麗的身影及其閨房背景，「鴛

　　　水看，邀郎卷幔臨花語……」《樂府詩集》48/704、705。

〔註29〕參見第一章第二節，頁53。

〔註30〕《溫飛卿詩集箋注》，1/3。

〔註31〕《樂府詩集》，44/646。

〔註32〕像是「妖姬含怨情，織素起秋聲。度梭環玉動，踏躡佩珠鳴」、「迎寒理夜逢，映月抽纖縷。的皪愁睇光，連娟思眉聚」。參見第一章第二節，頁38～40。

鴛豔錦初成匹」暗示她思戀情人。「錦中百結」句，表示她祈願相思同心，「藥亂」句，錦上深淺交錯的花紋與雲彩圖案，顯示這段愛情的光彩迷人。「此意」兩句，扣緊了開頭的「瓊瑟」，女子的相思情意灌注在玫瑰色琴柱的朱弦琴。最後一句「象齒」，化用西曲〈楊叛兒〉：「歡作沈水香，儂作博山鑪」，〔註33〕暗指兩人當日的歡情，表達對相思歡情的不捨。雖名爲「織錦詞」，溫庭筠不單從女子的織作動作呈現情思，還間斷加入琴瑟的意象。這也許可以解讀成詩人在「描述女子一天的活動：由織作與彈琴兩者交錯」。但是，有沒有可能是詩人刻意將兩種活動，安排成同爲相思情意而起的行動呢？織作與彈琴都有表述女子相思情意的功能，同時，也都是單向的表述。女子織入相思或彈奏怨情，然所思卻在迢迢千里之外，最後，女子只好陷入了歡情回憶。如此，這首詩所織就的是一個沉浸在愛情體驗與歡情回憶的女子，是純從女性角度言情的豔情詩，而非隱伏在閨怨之下的豔色描寫。只是，有關女子的織作勞動描寫，掩蓋了隱藏其中的冶豔風情。

　　回到本節開始所討論的〈舞衣曲〉，這首詩由舞衣的縫製寫到妓樓間的舞女生活。溫庭筠在構思「舞衣」這個主題時，不但在詩中呈現舞女舞姿翩翩的印象，詩末還聯想到舞衣的製成，是織女一點一滴的心血。這其實相當符合宮體詩人對女性的觀照，宮體詩人縱然有〈應令詠舞〉、〈大垂手〉、〈小垂手〉等歌詠舞女的美態的詩，也有像劉邈的〈見人織聊爲之詠〉，蕭綱〈和徐錄事見內人作臥具〉，從織作與裁縫間窺見女子勤於女紅的美感。〔註34〕〈舞衣曲〉開頭幾句的織婦形象，讀來似曾相識，上述〈織錦詞〉亦然，又如〈錦城曲〉：「巴水漾漾情不盡，文君織得春機紅」，〔註35〕從溫庭筠詩中的織婦形象，可以窺見宮體豔詩描寫豔色的影子，還摻雜著民間戀情詩中的脈脈春

〔註33〕《樂府詩集》，49/721。
〔註34〕李賀的〈染絲上春機〉有類似的情境，但沒有溫庭筠〈織錦詞〉來的明顯，參見第三章第二節，頁136。
〔註35〕《溫飛卿詩集箋注》，1/9。

情。宮體詩人曾經詠嘆過的女性姿態、動作的美感，變成信手拈來美感語言素材，融合樂府戀情情調，加上溫庭筠一向刻意淡出的詩人身影，就是溫氏豔詩了。

　　宮體豔詩式的描寫，展示純粹的豔色，隱隱透露男性觀看角度，展示誘惑情味，溫詩中的女性容姿卻往往能營造一種氣氛，進而展現戀情的美好本質。相較於樂府民歌情歌簡練質樸、直道情思的方式，溫庭筠的綺豔詩中的女子情思顯得隱約，詩人極力以景寓情的方式側寫，展示一個看似客觀完整的詩中世界，詩中的豔情趣味因此更加隱微。〈張靜婉採蓮曲〉描寫纖腰多情的舞女，〈織錦詞〉中有女子運織情思的想像，桑間濮下，質樸簡練的民女情思，溫庭筠包裝以綺羅香澤的奢華色彩，柔弱婉轉的女性情長。看溫庭筠的〈錦城曲〉、〈湘宮人歌〉、〈照影曲〉、〈生禖屏風歌〉等詩，每一首也都是含有女性豔情情思的一個斷片，共同呈現出具有華美色澤的愁思。

　　除了一些用南朝舊題創作的樂府詩外，溫庭筠的綺豔樂府詩絕大多數是新題樂府，如同一般的新題樂府，這些都是以「詩題」為一獨立的主題中心，詩人環繞著詩題，設想出有關這個主題的各種意象。在溫庭筠新題樂府詩作中，這種現象更為明顯。溫庭筠的新題綺豔樂府詩，大多數沒有揚棄南朝樂府中的戀情或女子形象的素材，命題偶由南朝樂府舊題改造，內容情意則架意於南朝樂府戀情詩的傳統。例如，〈照影曲〉是一臨水女子的寫照：「景陽妝罷瓊窗暖，欲照澄明香步嬾。橋上衣多抱彩雲，」內容也貼合著詩題，這個構想可能由〈映水曲〉而來。〔註36〕其他如〈春愁曲〉、〈錦城曲〉、〈蘭塘辭〉的詩題，都有從南朝樂府詩題轉化而來的影子，內容情意也不脫離樂府戀情傳統。溫庭筠的新題樂府，看不到任何接近現實生活經驗的描述，不像杜甫的「三吏三別」、白居易即事名篇，寫以現實生活中社會現象為

〔註36〕范靖妻沈氏有〈映水曲〉：「輕鬢學浮雲，雙蛾擬初月。水澄正落釵，萍開理垂髮。」見《樂府詩集·雜曲歌辭》77/1083。又蕭綱有〈照流看落釵〉一詩，《玉臺新詠箋注》，7/285。

題的新樂府。溫庭筠的樂府詩題的確與詩歌內容情意貼合著，是以南朝戀情、閨情樂府為基礎的即情名篇之作。我們無法從他的綺豔樂府詩，想像現實生活中溫庭筠，是否享受他的酒筵歌席生活，或者猜測他怎麼看待冶遊豔情的經驗，詩人的敘述語調，一向與他所描述的場景保持著距離。即使溫庭筠的筆下的確帶有公子與歌女的戀情，也與元稹名為「時世妝」式的風情詩不能混為一談。

　　但是，難道溫庭筠綺豔詩中沒有任何現實冶遊經驗所體察而來的女性形象？由前面〈舞衣曲〉、〈張靜婉採蓮曲〉來看，毋寧說，溫庭筠詩看來與「宮體豔詩式」表面上華麗雕琢的詞藻、以怨為美的形式內容相似，但他擺脫「詩人在場觀看」的敘寫方式，表面上不在現場的描寫，同時也扭轉了元、白的「白描近俗」式的風情。在白居易與元稹的風情詩中，女子的閨房情思總有一點即席寫實的味道，溫詩則沒辦法讓我們及時聯想到任何關於狎昵豔情的風流情事，取代風流情事的，是絢麗而又哀傷的戀情情調，短暫而熱烈的男女情愛。溫庭筠詩中的女性情致是經過修飾的，詩中女子精緻講究的穿著打扮與器物，不會讓讀者馬上墮入風情狎昵的想像，而是感覺到一種受到文字隱蔽的情意。藉由戀情樂府的題材與宮體豔詩式的華麗雕琢語言，此種與南朝豔詩形式上相近的堅持，讓溫庭筠綺豔詩讀來與現實生活之間擁有一些餘裕，產生審美距離。詩人透過美感的觀照，從南朝豔詩文化基礎與現實的美感經驗進行再創造，形成複雜豔情享受，而讀者們也透過此途徑來想像理解。與元、白居易即席娛情式的風情詩相較之下，李賀到溫庭筠的綺豔詩，是走向更文人化、美典化的詩。

　　溫庭筠的綺豔詩作應該是晚唐最能融合南朝宮體豔詩與民間樂府的。憑藉著運用傳統豔詩題材，溫庭筠的綺豔詩，因而在中晚唐綺豔詩造成質性上的改變。溫詩雖與宮體豔詩一樣注重描寫女性豔色美，相較於宮體豔詩「宮女畫」、「舞女畫」的展示與男性欣賞角度，溫庭筠詩更試圖去除男性詩人注視的痕跡，建構出極具美感的女性世界。溫庭筠與李賀十分相似，在樂府詩中自設構築了一個宛轉情長的

女性生活世界。溫庭筠與李賀的不同之處，在於兩人的綺豔詩的用字顏色都有無限光彩，雕琢詞藻，然而李賀是綠碧紅豔皆著灰冷的色調，以淒清幽冷的情調貫串，發展女性悲愁感傷的情思；溫庭筠則是雜金錯紅，十足的軟玉溫香，沾染迷人金黃的光彩，女子時有無緣由的懶怠，近似閒愁軟媚的情調。溫庭筠的女性綺豔世界雖是有所本的，是因依著傳統女性孤寂的閨情情懷，但幾乎避免古典或同代詩中任何女性怨情情境敘寫。他的樂府豔詩，詩人常以觀看者的角度，置身事外，不涉及主觀抒情，營造純然的豔情趣味，同時，春日麗景在溫庭筠的豔情詩中還有著特殊意義，用來表達溫暖美好的情感。同就樂府豔詩而言，這也異於李賀代言主導詩中女子抒情情思的呈現方式。溫庭筠的綺豔詩會讓讀者沉浸在那片旖旎迷人的戀情之中，而聽不見詩人的聲音。

或許，溫庭筠有一首〈偶遊〉頗能道出其心聲：

> 曲巷斜臨一水間，小門終日不開關。紅珠斗帳櫻桃熟，金尾屏風孔雀閒。雲髻幾迷芳草蝶，額黃無限夕陽山。與君便是鴛鴦侶，休向人間覓往還。〔註37〕

若非〈偶遊〉詩題標明這是從男性視角書寫冶遊，這首詩乍看之下跟代女性言情的詩沒什麼兩樣。在一次春遊中，詩人入曲巷小門，門內別有天地，珠帳雀屏，雲髻額黃，純是沉醉戀情歡愛的喜悅。詩人營造了令人沉溺的戀情氛圍，豔色光彩而且溫暖迷人，幾乎沉醉這份光彩，不想返回人間。這首詩與其綺豔樂府詩所要表達的情致是類似的，只是詩人力圖在樂府詩中客觀呈現這個綺豔世界，而在〈偶遊〉中可見以詩人個人經驗為主體的情思。〔註38〕

〔註37〕《溫飛卿詩集箋注》，4/95-96。

〔註38〕溫庭筠其他從男性角度寫冶遊的詩，也有傳達這種心思，如〈偶題〉：「微風和暖日鮮明，草色迷人相渭城。吳客捲簾閒不語，楚娥攀樹獨含情。紅垂果蒂櫻桃重，自恨青樓無近信，不將心事許卿卿。」〈贈知音〉：「窗間謝女青蛾斂，門外蕭郎白馬嘶。」〈懷眞珠亭〉：「壞牆經雨蒼苔徧，拾得當年舊翠翹。」《溫飛卿詩集箋注》，4/85、4/96、4/102。

以上的種種討論，並不表示溫庭筠的綺豔詩才是眞正能代表女性聲音的詩作。溫庭筠對綺豔女性世界的關注，實際上與元、白的關注並無二致。在元、白的「才調歌詩」中，詩人展現女子風情的迷人之處，風情亦是士人年少時青春的回憶。可以這麼說，溫庭筠的綺豔樂府詩，何嘗不是唐代士人的對女子情態的想像，是構築在豔詩傳統上的一種抒情嘗試呢？溫庭筠與南朝宮體詩人一樣，藉由一種固定的形式與框架呈現他所感興趣的題材。南朝詩人所建立的閨情風貌與戀情詩，不但成爲唐代詩人所認知的豔詩傳統，也提供了唐代豔詩的素材、語彙來源。這一切也構築成溫庭筠綺豔詩的素材，使讀者辨識出溫詩的綺豔情調，溫庭筠更進一步把戀情情思擴張成一個美好的詩歌世界。在這首完整的詩中，讀者暫時沉入一個綺麗的幻夢之中。初盛唐詩人模擬沿襲閨情詩，元、白等人的詩，呈現了風情冶遊與士人情志間的勾連，李賀拓展綺豔詩的抒情性，而溫庭筠綺豔詩作中的女性世界，融合了「閨閣生活、愛情主題與歌樓舞謝生活」，〔註 39〕宣告的是一個純粹的綺豔世界。

三、溫庭筠綺豔詩的表現特徵與其詞作之關係

更細緻地探究溫庭筠綺豔詩中的女性敘寫，其中有兩個情意特點是值得注意。第一個特點是溫庭筠詩中關於女子慵懶含愁情態，二是溫詩中女性情思與春季節候時間相關的敘寫，這兩個特色與溫庭筠詞的特徵有類似之處。

（一）女子慵懶含愁情態

南朝民間戀情詩少有女子在閨房內「懶梳頭」過程的描述。〈子夜春歌〉有「自從別歡來，奩器了不開。頭亂不敢理，粉拂生黃衣」，〔註 40〕女子爲別離疏於修飾自己，這是有情境因素的，樂府民歌詩作中的女子身分往往設定爲勞動者。在宮體豔詩中描述女子梳妝的段

〔註 39〕羅宗強，《隋唐五代文學思想史》（北京：中華書局，1999）頁 319。
〔註 40〕《樂府詩集》，44/641。

落，描述對象多為宮妓或詩人的妻子，詩末常「女為悅己者容」的男性觀賞；溫詩最接近的是蕭綱〈春閨情〉、李賀〈美人梳頭歌〉一系表貴家女子懶散美感的詩。

溫詩所描述的女子慵懶情態，其實是士人期許於妓女美感的投射。唐代的妓院女子，因主要的活動在夜間，才有可能晨起懶怠梳妝，又注重修飾打扮，為的是與賓客共享歡情，這點在第三章有關李賀〈惱公〉詩的探討已見。另一方面，中晚唐詩中妓女的歌舞表演常以含怨為美，像是〈舞衣曲〉，詩中舞女的容態、歌聲、舞姿、軀體，與李賀的〈花遊曲〉寫歌女含愁帶怨的情態類似，舞女表演間顯露嬌慵難以自持的愁態，同時是舞態美感的表現。溫庭筠在其他詩作中也曾不約而同地歌詠這種情態，如〈觀舞妓〉：「總袖時增怨，聽破復含嚬，凝腰倚風軟，花題照錦春。」或是〈咏蠻〉詩：「毛羽斂愁翠，黛嬌攢豔春。恨容偏落淚，低態定思人」。〔註41〕再從溫庭筠〈郭處士擊甌歌〉、〈霄篥歌〉描述郭處士奏相思怨情曲子的高妙來看，〔註42〕這是中唐歌舞風尚的一個共同趨向，正如同白居易〈楊柳枝〉所言的「樂童翻怨調，才子與妍詞」，怨情與別離是歌舞曲子的主題。〔註43〕

毋寧說，溫庭筠綺豔詩的女子情思，正是傳統閨怨詩歌對思婦怨情要求的轉化移植，女子含怨含愁的情態，懶慢的心思，正適合以婉轉依違的筆調，寫就一首又一首的心曲。女子的懶態是搖曳生姿，特顯婀娜的，這在溫庭筠的詩作是明顯可見的。除前面所舉的詩例之外，像是〈太子西池二首〉：「懶逐妝成曉，春融夢覺遲」，寫女子閨中的懶怠之情，或是〈照影曲〉：「景陽妝罷瓊窗暖，欲照澄明香步嬾」，女子的步態緩慢生姿，將女子的情態與周遭環境結合，呈現若有所思的情境。愁慢、懶怠因而成為溫庭筠綺豔詩中常見的女性形象，也成為獨特的女性情意象徵，有時，光是勾勒景色與一個女子愁慢懶怠的

〔註41〕《溫飛卿詩集箋注》，3/69、3/60-61。
〔註42〕《溫飛卿詩集箋注》，1/15-161/5-6。
〔註43〕參見第二章第三節，頁112。

形象，就足以帶出女性怨悱的情意，如〈黃曇子歌〉：

> 參差綠浦短，搖豔雲塘滿。紅歛蕩融融，鶯翁鸝鵝暖。萋
> 芊小城路，馬上修蛾嬾。羅衫裊回風，點粉金鸝卵。〔註44〕

全詩只見融融春景及與女子懶慢、漫不經心的模樣，最後以女子衣衫
飄動，如金鸝卵般的圖案點點若現的景象做結。這些看來像「前景」
式的描畫敘寫，就足以令人想像這女子可能懷著怎樣的芳心春情，像
這樣以景寓情的女性情懷，溫庭筠在此詩發揮到極致。

（二）女性情思與春季感傷

南朝宮體詩人的閨情詩多半以春閨怨、秋思等爲題名，女子的情
思最常與春秋季節的變化連結，宮體豔詩中女子惜春、懷春春心的敘
寫則稍多於秋天情思敘寫。〔註45〕來自民間系統的詩歌，則以節令徵
候與女子心思相對應，如南朝樂府民歌〈子夜四時歌〉，唐詩人多有
仿作，李賀的〈十二月樂詞〉延續南朝樂府民歌〈月節折楊柳歌〉，
均是按照十二月份的順序敘寫。〔註46〕有別於春秋怨情、四季十二月
與女子情思相對應的寫法，溫庭筠寫春天的女性感傷，遠多於其他季
節的女性情思，比宮體豔詩春情敘寫的比例還高得多。像是〈惜春
詞〉、〈春愁曲〉、〈春曉曲〉、〈春日〉、〈詠春幡〉、〈春日野行〉，都將
季節設定在春天，寫女子於春日情調的感傷情懷，〔註47〕以〈春日野
行〉爲例：

> 騎馬蹋烟莎，青春奈怨何。蝶翎朝粉盡，鴉背夕陽多。柳
> 豔欺芳帶，山愁縈翠蛾。別情無處說，方寸是星河。〔註48〕

春天季節的感傷，沾染了女性色彩的情思，綺羅香澤，麗容美景映照。
在這些詩作中，女子身體置身春日自然，她們非但沒有與之和諧相
會，反而以敏感纖細的心思，看待映入眼底之景，景色不斷與其內心

〔註44〕《溫飛卿詩集箋注》1/14-15。
〔註45〕見第一章第二節，頁41～42。
〔註46〕見第三章第三節，頁147～149。
〔註47〕《溫飛卿詩集箋注》2/47、2/48、3/53、3/68、3/69。
〔註48〕《溫飛卿詩集箋注》，3/69。

的感傷交融，形成軟媚婉約的傷心情調，柔弱彷彿不堪負荷。此外，
〈春愁曲〉相當具有精緻華美、惆悵感傷的氣息，具有「閒愁」情調：

> 紅絲穿露珠簾冷，百尺啞啞下纖綆。遠翠愁山入臥屏，兩
> 重雲母空烘影。
> 涼簪墜髮春眠重，玉兔熠香柳如夢。錦疊空牀委墜紅，颼
> 颼掃尾雙金鳳。
> 蠶喧蝶駐俱悠揚，柳拂赤闌纖草長。覺後梨花委平綠，春
> 風和雨吹池塘。〔註49〕

從女子閨房珠簾的色澤溫度，寫到臥具外屏風圖案與燈影的疊照。女子
墜入春日濃重的睡意，似夢似醒之際，香爐釋放氤氳香絲如柳枝裊弱。
女子的床上，紅色錦被堆成一團，還看得出上頭以金線繡有一雙鳳凰的
圖案。窗外，蜂蝶紛飛喧鬧，柳枝在欄杆上輕拂，一片纖草已長。女子
完全醒過來以後，發現梨花已墜滿綠草之上，雨絲受春風吹拂，斜打入
池塘。春天綠草柳長、精美的閨房臥具、女子似睡將醒的朦朧之態，串
連出醒時那一刻的感傷：女子察覺梨花受到春雨拂落。除了鳳凰圖案反
襯女子孤獨之外，這首詩並無任何有關女子怨情緣由的敘寫，名為〈春
愁〉，似乎春天這個季節已足以觸動女子的敏銳心思，詩人將女子的感
覺無限放大，春日一刻在她的細審之下，轉為悠長心緒的觸媒。

　　以上兩個特色，第一個與溫庭筠詞〈菩薩蠻〉：「小山重疊金明滅，
鬢雲欲度香腮雪。懶起畫娥眉，弄妝梳洗遲」，所表現的女子慵懶含愁
美感是接近的。〔註50〕第二個特色，與溫庭筠的詞季節設定大多在春天
的情形是相似的。〔註51〕溫庭筠綺豔詩的這種特色，與溫詞的女性敘寫
情意特色其實是非常接近的，或許溫庭筠分別選用樂府詩與詞來寫作綺
豔題材，因而發展出部份相似的特色。不過，這裡無意暗示是溫庭筠綺

〔註49〕　《溫飛卿詩集箋注》，2/48。
〔註50〕　《溫飛卿詩集箋注》，附錄，頁215。
〔註51〕　據〔日〕青山宏的統計，溫庭筠六十二首詞作，季節為春天的有四
　　　　　十八首，《唐宋詞研究》（程郁綴譯：北京：北京大學出版社，1995），
　　　　　頁8～10。

豔詩影響到他的詞。事實上，既然無法斷定溫庭筠是先寫作大量綺豔
詩，才發展其詞作風格，則他同時在詩作與詞作中同時發展此種女性題
材敘寫特色，如此較爲合理。況且，溫詞所透露的有關女性離恨情緒的
字句，還比溫詩來得多。﹝註52﹞這可能是詞的語言體式與詩歌的語言體
式明顯不同，歌唱用的詞，語言圓潤較合乎自然，如溫詩語言之繁複詰
屈，似不利於演唱。﹝註53﹞總之，由以上溫庭筠綺豔詩形成及美感特徵
之探討，或許我們更可以理解溫庭筠詞作所表現的美感。

第二節　士人的青春歌酒夢

　　在白居易、元稹與劉禹錫的詩中，我們看到中唐以來，歌酒與冶
遊經驗如何注入詩歌之中。長安、洛陽既爲唐代士人爲應舉、求仕之聚
集處，冶遊形成與士人間交誼之相關活動等，詩人們在寄贈酬答詩中，
互敘交誼，兼懷年輕時的此種共同經驗，由白居易、元稹等人唱和排律
中所寫的長安「平康」狎游，道盡其中風情。士人在歌酒筵席間，欣賞
官妓或家妓歌舞，年老之時，也以聆賞歌妓演唱做爲追歡補償。

　　中唐詩人的寄酬詩歌，所描述的歌酒經驗多半在長安、洛陽，少
數於蘇、杭。這兩個地點，正好是唐代民妓分布最密集之處。政經中
心長安洛陽之外，商賈聚集發達之襄陽、揚州及蘇州、杭州也多有妓
館；同時，這些地區的官妓也頗負盛名。﹝註54﹞中唐詩人對江陵水鄉
商業發達城市的青樓歌妓文化，多有著墨，王建的〈夜看揚州市〉說：
「夜市千燈照碧雲，高樓紅袖客紛紛」，白居易則在〈憶舊遊〉一詩

﹝註52﹞溫庭筠詞有更多關於「離別情境」或「思念情境」的提示，如幾闋
〈菩薩蠻〉：「青瑣對芳菲，玉關音信稀」，「杏花寒露團香雪，綠楊
陌上多別離」、「玉樓明月長相憶，柳絲裊娜春無力」，或是以女子口
吻敘寫，如幾闋〈更漏子〉有：「紅燭背，繡簾垂，夢長君不知」、「知
我意，感君憐，此情須問天」，「垂翠幕，節同心，待郎熏繡衾」等
等，詞見《溫飛卿詩集箋注》，附錄 215-218。
﹝註53﹞參考劉學鍇《李商隱詩歌研究》，頁 97。
﹝註54﹞見廖美雲，《唐伎研究》（臺北：臺灣學生書局，1995），頁 35～51。

表現對江南歌妓的留戀。〔註55〕

關於江陵一帶的歌妓風情，南朝樂府民歌「西曲」，描述江陵一帶的商人與娼妓的愛情，已有描述，晚唐溫庭筠的樂府豔體，便以「西曲」為素材做為貴公子與妓女戀情的背景，並以華麗的詞采取代擬民間詩歌的樸實語言，以旁觀側寫方式突出戀情歡愉的樂趣，是融合了歷史地域背景的豔詩。

這些社會、地域、歷史、詩歌傳統的因素，終於在晚唐以詩人自身為主體抒情的綺豔詩歌中交融綻放，形成足以代表男性士階層的經典「青春歌酒夢」情思。

一、溫庭筠詩歌中的江南戀情水鄉

溫庭筠以雕琢華麗，穠豔細緻的詞句呈現戀情女性華美又感傷的世界，像是〈張靜婉採蓮曲〉。除此之外，他的樂府詩，還有一些表現嚮往江南的微妙情懷，這種江南情懷常可見幾個構成元素：旖旎春日、江南水邊、蓮花紫菱、禽鳥雙棲、綠草如煙，詩表面上華麗歡愉戀情，帶有淡淡的哀愁。

以〈蘭塘詞〉、〈晚歸曲〉二首來討論上述幾種元素的結合：

塘水汪汪䲝唼喋，憶上江南木蘭檝。繡領金須蕩倒光，團團皺綠雞頭葉。露凝荷捲珠淨圓，紫菱刺短浮根纏。小姑歸晚紅妝淺，鏡裡芙蓉照水鮮。東溝瀰瀰勞回首，欲寄一杯瓊液酒。知道無郎卻有情，長教月照相思柳。

格格水禽飛帶波，孤光斜起夕陽多。湖西山淺似相笑，菱刺惹衣攢黛蛾。青絲繫船向江木，蘭芽出土吳江曲。水極晴搖泛灧紅，草平春染烟棉綠。玉鞭騎馬白玉兒，刻金作鳳光參差。丁丁暖漏滴花影，催入景陽人不知。彎隄弱柳遙相矚，雀扇圓圓掩香玉。蓮塘艇子歸不歸？柳暗桑穠聞布穀。〔註56〕

〔註55〕《全唐詩》，301/3430，參見第二章第三節，頁115。
〔註56〕《溫飛卿詩集箋注》，2/30、31。

〈蘭塘詞〉從塘湖中水鳥覓食的景象寫起，以「憶」字串起回憶中美好的景象，在水邊，荷捲珠圓，菱莖短刺相交，一名少女傍晚歸家，紅妝略薄，水邊倒影盈盈，最後，指出這名少女的心思是為戀情所惱。

〈晚歸曲〉也從春日融融，夕陽水邊風光的明媚景象寫起，紅豔的水，綠草如煙，帶出了公子與美女的形象，全由景色與人物形象的描寫，帶出淡淡的戀情情調。這種江南場景、帶有戀情意味的綺豔樂府詩，江南情調貫串全詩，戀情反而成為構成這種情調的元素之一。〔註57〕

　　溫庭筠有些詩，像是詩人立足現時時空環境，歌詠昔日江南春景，如：

　　　　鳴橈軋軋溪溶溶，廢綠平煙吳苑東。
　　　　水清蓮媚兩相向，鏡裡見愁愁更紅。（〈蓮浦謠〉）
　　　　淮南游客馬連嘶，碧草迷人歸不得。
　　　　風飄客意如吹煙，纖指殷勤傷雁弦。（〈錢唐曲〉）
　　　　錦雉雙飛梅結子，憑春遠綠窗中起。
　　　　吳江澹畫水連空，三尺屏風隔千里。（〈吳苑行〉）
　　　　宜城酒熟花覆橋，殺晴綠鴨鳴交交。
　　　　穫桑繞舍麥如尾，幽軋鳴機雙燕巢。（〈常林歡歌〉）〔註58〕

詩中所歌詠的江南風光，到底是詩人所觀賞到的，還是從現實回看昔日江南，或是詩人造置的江南，實在很難判斷，詩中只見純是滿布晴空綠水，帶有戀情情調的江南無限風土。溫庭筠詩中洋溢的江南之情，正與白居易〈憶舊遊〉、〈憶江南詞〉中所銘刻的江南記憶，或劉禹錫〈樂天寄憶舊遊因作報白君以答〉中的「春城三百七十橋，夾岸朱樓隔柳條。丫頭小兒蕩畫槳，長袂女郎簪翠翹。」的江南風情，可說是同樣的迷人情境，只是溫庭筠更擅長以第三者旁觀的方式呈現。〔註59〕緣此，前人曾據詩考訂溫庭筠漫遊江南的年代。〔註60〕不過，

─────────────────

〔註57〕溫庭筠詩對江南實有異於尋常的特殊情感，參見方瑜《中晚唐三家詩析論》，102-122。
〔註58〕《溫飛卿詩集箋注》1/5、2/47、121、22。
〔註59〕見第二章第三節，頁114～116。

就算不去細探溫庭筠漫遊江南的事蹟，從詩歌的內容也可看出溫庭筠的江南詩語言，與白、劉憶江南詩的區別。白居易在詩中直寫江南柳綠，急管繁弦，蛾眉慢臉的歌酒生活回憶，溫庭筠詩所呈現的江南景象，卻欠缺了白居易詩人之「憶」——有關詩人自身經驗場景復刻、重現的形式。溫庭筠的詩中時間一向是「現時」的陳述，然而，我們卻透過「現時」看到了「過去」。一經跨越，從溫庭筠詩的江南麗景，可以連結到南朝戀情民歌的「背景」。南朝詩歌中的江南風土情調語言，構織而成特殊的文化情意（或說是記憶），貫串在溫庭筠詩中。

然而，溫庭筠去除擬民間的口吻與氣息，詩中不見日常生活勞動的男女，而是具有華貴之氣的公子與歌妓，詩人也畢竟不是置身其中的遊人，透過他的旁觀側寫，江南的春日、岸土水景、歡愉短暫的戀情，總用於表現難忘不捨、值得流連徘徊的情調。如〈春州曲〉：

　　韶光染色如蛾翠，綠溪紅鮮水容媚。
　　蘇小慵多蘭渚閒，融融浦日鵁鶄寐。
　　紫驪蹀躞金銜嘶，按上揚鞭烟草迷。
　　門外平橋連柳堤，歸來晚樹黃鶯啼。〔註61〕

春日的鮮翠，花色的紅豔，水邊的柔媚。嬌慵如蘇小小般的女子，在這蘭渚邊，水鳥成雙，譜出蓮浦戀情。〈春州曲〉宛如〈張靜婉採蓮曲〉戀情背景的汲取，除了「蘇小」表示歌妓風情，「鵁鶄」表示戀情繾綣之外，從頭到尾幾乎沒有戀情人物心理的敘寫，只純粹藉這些景象呈現戀情水鄉的多采、華麗與迷人，一片旖旎的風光，標準的戀情情調。這些詩作可以與溫庭筠的樂府豔體相互參看，充分表現溫庭

〔註60〕顧學頡〈新舊《唐書》溫庭筠傳訂補〉：「按庭筠詩中，言其故鄉太原者絕少，而言江南者反甚多。恐幼時已隨家客遊江淮，為時且必甚長。」〈溫庭筠行實考略〉：「（大和九年）溫庭筠約二十四歲。客遊江淮間，約在前此數年內，酌書於此」，見《顧學頡文學論集》（北京：中國社會科學出版社，1987），頁210～211，240。陳尚君，〈溫庭筠早年事蹟考辨〉據此從溫庭筠詩勾出其早年漫遊江淮的路線，見《中華文史論叢》，1982第2期，頁245～267。
〔註61〕《溫飛卿詩集箋注》，2/35。

筠以樂府詩歌來呈現「歡愉而詩人自身不涉入」的世界。

二、杜牧〈遣懷〉中的青春追憶

　　杜牧雖對元、白風情詩提出措詞強烈的批評，然他也有流連歌酒的經歷，且在詩中不諱言此。他的〈念昔游〉詩說：「十年飄然繩檢外，樽前自獻自爲酬。」〔註62〕這裡話說得比較含蓄，只說不受繩矩的約束，實指自己年少時放逸的歌酒生涯。再配合他的〈遣懷〉來看：「十年一覺揚州夢，占得青樓薄倖名。」〔註63〕從這兩首念舊游及遣懷的詩，可約略看出杜牧在江南地區曾經有過一段流連歌酒的時期。這段歌酒時期，大概在杜牧於大和二年（828）解褐入仕後，二十六歲至三十三歲間，於江西洪州（今江西南昌）、宣州（今安徽宣城）、揚州（今江蘇揚州）爲幕府吏時。期間，杜牧常有機會參加宴游，出入秦樓酒館。〔註64〕

　　十年幕府生涯，杜牧有兩首敘寫女性的長詩〈杜秋娘〉與〈張好好〉。〔註65〕〈杜秋娘〉一首爲五言古詩，杜秋娘原爲貴家妾，後實藉杜秋娘事而發對現實不滿的議論。杜牧在敘述杜秋娘事蹟之後，即引多個歷史人物遭遇以相互爲映，進而抒發個人感慨。〈張好好〉詩以敘寫歌女爲主題，由序中所言，杜牧在江西幕府就認識張好好，當年張好好僅十三歲，以善歌爲官妓，後爲沈述師之妾，再兩年，杜牧重見張好好，「感舊傷懷，故題詩贈之」，詩較〈杜秋娘〉少議論，帶

〔註62〕《樊川詩集注》，2/133。

〔註63〕《樊川詩集注》，外集/369。

〔註64〕考證見繆鉞，《杜牧年譜》（石家莊：河北教育出版社，1999）頁136～161。杜牧於大和二年（828）進士及第，解褐入仕，同年入幕府，至開成四年（839）爲止，除開成元年（836）一度在長安、洛陽爲監察御史，旋又重回揚州、宣州，期間共十二年。杜牧〈上刑部崔尚書狀〉有云：「十年爲幕府吏，每促束于簿書宴遊間。」見《樊川文集》，16/239。

〔註65〕杜秋娘事蹟爲杜牧過金陵時聽聞，參見原詩序及繆鉞，《杜牧年譜》，頁144。〈張好好〉詩作於宣州幕中，參見原詩序。二詩見《樊川詩集注》1/35-46，53-58。

有感傷的氣息。張怙〈讀池州杜員外杜秋娘詩〉說:「年少多情杜牧之,風流仍作杜秋詩。可知不是長門閉,也得相如第一詞。」〔註66〕正巧說明了杜牧的〈杜秋娘〉詩,是一首才子為佳人感傷之作。〈杜秋娘〉、〈張好好〉詩其實近似白居易的〈琵琶行〉,以詩人之筆勾勒歌女的身世感傷,除了展現自己的詩才,詩人的議論與感傷筆調,讓才女在人世間的淪落流轉,映照才子詩人的命運慨嘆。

　　杜牧在幕府期間,有幾首關於幕府官員與官妓的別離敘寫,或代贈之作,佔杜牧詩集比例不多。〔註67〕細察杜牧詩集,他並沒有寫任何像元、白那樣的「敘豔情長詩」,或描寫妓女豔色的段落,更沒有可視為描述冶遊豔情的詩;這與印象中杜牧的風流狹邪的才子印象是有些落差的。不過,杜牧有一些韻致優美的小詩,可說是男性士人角度言豔情的佳作。以〈倡樓戲贈〉與〈贈別〉二首為例:

> 細柳橋邊深半春,繡衣簾裡動香塵。無端有寄閑消息,背插金釵笑向人。

> 娉娉裊裊十三餘,荳蔻梢頭二月初。春風十里揚州路,卷上珠簾總不如。

> 多情卻似總無情,惟覺罇前笑不成。蠟燭有心還惜別,替人垂淚到天明。〔註68〕

第一首詩寫倡優女子迷人之姿,一個女子可能在等待情人,從詩人的目光看去,這種姿態十分動人。〈贈別〉兩首比較特殊,從冶遊者角度表現對女子的疼惜之情。第一首不言別,詩人僅說,十三四歲的歌女,如春天枝頭的荳蔻,讓本該離去的男子心醉神馳,此去揚州十里春風,都不及珠簾內的風光。〈贈別〉其二所表現的情感比較特殊。詩人將蠟淚與離別之淚的形象結合,讓蠟淚的形象代替具體描述妓女的神情,蘊含著柔美幽怨的情感,士妓別離的氣氛值得玩味。〈贈別〉

〔註66〕《全唐詩》,511/5839。
〔註67〕有〈為人題贈〉二首、〈代吳興寄春初寄薛軍事〉、〈見劉秀才與池洲妓別〉,《樊川詩集注》,4/314-315、3/232、3/213-14。
〔註68〕《樊川詩集注》,外集/352,4/311。

雖是士妓戀情的產物，筆調輕快卻不見輕浮，帶有些微的憐惜遺憾之
情，除此之外，杜牧言妓情的詩，多半不著重豔色與感官體驗。杜牧
標題爲女子代言情思的詩，也重宛轉之情，如〈代人寄遠〉二首：

　　河橋酒斾風軟，侯館梅花雪嬌，宛陵樓上瞪目，我郎何處
　　情饒？

　　繡領任垂蓬鬢，丁香閒結春梢。膟肯新年歸否，江南綠草
　　迢迢。〔註69〕

這兩首詩，從女子的角度言對情人的相思愛戀。酒斾、侯館顯示場景
在妓館。詩從當日送別情景寫起，以女子在江樓凝望的形象，牽出其
引頸盼情郎來歸之願，綠草迢迢深見女子極目遠望之幽思。杜牧爲女
子代言情思之詩，多半如此。〔註70〕

　　　真正建立杜牧才子冶遊形象的詩，其實是一首與回憶有關的絕句
〈遣懷〉。在討論〈遣懷〉以前，我們先看稍早於〈遣懷〉，幾首關於回
憶的唐詩。例如，度過安史之亂的詩人，會出現追憶安史之亂以前，大
唐盛世的片段。如杜甫〈憶昔〉：「憶昔開元全盛日，小邑猶藏萬家室。
稻米流脂粟米白，公私倉廩俱豐實。」〔註71〕描述豐足美好的盛世。在
一些絕句中，特別適合凝聚回憶與詩人現時交會的力量，如杜甫的絕句
〈江南逢李龜年〉敘述他遇到舊識的情景：「岐王宅裡尋常見，崔九堂
前幾度聞。正是江南好風景，落花時節又逢君。」〔註72〕詩人在江南遇
到昔日在長安屢屢見到的歌手李龜年，此刻江南重逢，回憶霎時湧現，
隱含了自己的曾參與美好盛世的追憶。在他們的詩中，追憶的詩人自身
的盛年，融合了家國社會的盛年，以及當年無限的希望。與元、白等寄
酬詩中的歌酒回憶相比，杜牧〈遣懷〉與杜甫〈江南逢李龜年〉隱括回
憶的方式相當，短小卻足以表現浪蕩士人對歌酒生涯的追憶：

〔註69〕《樊川詩集注》4/299。
〔註70〕其他如〈屏風絕句〉、〈舊遊〉、〈閨情〉均擬設女子引盼情郎來，《樊
　　　　川詩集注》，3/250，4/300。
〔註71〕《杜詩詳注》，13/1163。
〔註72〕《杜詩詳注》，23/2060。

> 落魄江南載酒行，楚腰腸斷掌中輕。十年一覺揚州夢，占
> 得青樓薄倖名。〔註73〕

這首詩雖言杜牧的歌酒經驗，但並不俗媚地刻劃江南兒女風情。士人
沉醉酒筵歌席的經歷，透過短短兩句點景式的濃縮，簡練地勾劃出一
個江南才子的形象，從詩人語意，那是一段十分浪蕩落魄的時期。詩
的後半以十年、一覺、揚州夢三個詞彙的組合，將一段不算短的經歷，
以揚州的一場大夢來比喻，「薄倖名」則暗指這種青樓經歷的本質──
──短暫的邂逅。詩人的慨嘆，可解釋為表後悔、功業無成之意，或者
解釋為詩人對青樓如幻夢般的歌酒經歷，具有懊悔與依戀不捨之感。

從杜牧的生平經歷及〈遣懷〉來看，這首詩應該完成在杜牧十年
幕府生涯之後。功業無成的解釋，建立於杜牧所說的「占得青樓薄倖
名」，暗指十年之內，除青樓經歷，別無所得，以一個士人的身分自
言虛度盛年青春，其中應該隱含了功業無成之感。至於，同時兼具懊
悔與依戀不捨的「揚州夢」情感，除了詩中的「楚腰腸斷掌中輕」之
外，參看杜牧其他述及歌酒回憶的詩，更能察覺此種對歡樂繁華的眷
戀情感。首先是杜牧在〈揚州三首〉的陳述：

> 煬帝雷塘土，迷藏有舊樓。誰家唱水調？明月滿揚州。駿
> 馬宜閑出，千金好暗投，喧闐醉年少，半脫紫茸裘。(其一)
> 街垂千步柳，霞映兩重城。天碧臺閣麗，風涼歌管清。纖
> 腰間長袖，玉佩雜繁纓，柂軸誠為壯，豪華不可名。自是
> 荒淫罪，何妨作帝京。(其三)〔註74〕

這組詩第一首從隋煬帝揚州葬處下筆，〔註75〕寫煬帝所建宮殿的幽
曲，到第三首的結尾看來有諷煬帝耽於荒淫逸樂的意思。不過，從「誰
家唱水調」開始，杜牧卻寫沉浸在揚州的美好盛況，寫貴公子一擲千

〔註73〕《樊川詩集注》，頁369。「落魄」，一作「落拓」；「腸斷」，一作「纖
細」，「占」一作「贏」。
〔註74〕《樊川詩集注》，3/193-196。
〔註75〕《隋書‧煬帝紀》4/94：「大唐平江南之後，改葬雷塘。」

金，水調歌樓處處的情景，這似乎也反射了杜牧所處的揚州現況：雖有諷喻，著墨揚州的繁華美妙是實。配合杜牧的〈題揚州禪智寺〉來看：「誰知竹西路，歌吹是揚州」，〔註76〕在他的筆下，揚州實是充滿歌樓情趣的地方。

杜牧在寄贈詩〈自宣州赴官入京，路逢裴坦判官歸宣州，因題贈〉中言及二十多歲時的青春回憶：〔註77〕

> 敬亭山下百頃竹，中有詩人小謝城。城高跨樓滿金碧，下聽一溪寒水聲。梅花洛徑香繚繞，雪白玉瑣花下行。紫風酒旆挂朱閣，半醉游人聞弄笙。我初到此未三十，頭腦鈍利筋骨輕，畫堂檀板秋拍碎，一引有時聯十觥；老閑腰下丈二組，塵土高懸千載名。重游鬢白事皆改，唯見東流春水平。……〔註78〕

這首詩涉及歌酒回憶的部份，幾乎就是杜牧在另一首詩〈自宣城赴官上京〉所囊括的情意：

> 瀟灑江湖十過秋，酒杯無日不遲留。
> 謝公溪畔溪驚夢，蘇小門前拂柳頭。
> 千里雲山何處好，幾人襟韻一生休？
> 塵冠挂卻知閒事，終把蹉跎訪舊游。〔註79〕

詩中的謝公指謝朓，杜牧在好幾首詩中均曾提及。〔註80〕一方面謝朓當年任宣州太守，即杜牧任職幕府之地，另一方面謝朓的行跡、詩作與杜牧詩中所要表達的情境是非常貼合的。因此，杜牧這裡提到謝朓就不只是地緣之故，而是帶有詩人自身情感的隱喻。〔註81〕「蘇小」

〔註76〕《樊川詩集注》，3/199。
〔註77〕杜牧第二次入宣州幕府開成二年（836），這首詩於開成四年（839）離開宣州赴京任職所作，見繆鉞，《杜牧年譜》，頁155～161。
〔註78〕《樊川詩集注》，1/104-105。
〔註79〕《樊川詩集注》，3/204-205。
〔註80〕如〈題宣州開元寺〉：「南朝謝朓城，東吳最深處」〈潤州〉其一：「謝朓詩中佳麗地」〈賀崔大夫正字〉：「謝公樓下瀑潺響，離恨詩情添幾般」〈懷紫閣山〉：「詩家常憶謝玄暉」，《樊川詩集注》1/100，3/197，補遺/324。
〔註81〕《南齊書·謝朓傳》，47/825-827。

一詞,在前引白居易、劉禹錫、溫庭筠的詩歌,可見唐人幾乎以蘇小小為妓女的代稱,這裡也配合「謝公」,皆用南朝故實。這首詩的主要情意在於表達調職赴京,及對宣州歌酒生活的留戀。另外在〈懷鍾陵舊游四首〉,〔註82〕杜牧也對江西幕府的歌酒生涯,與自己的政治抱負未能實現,萌生感慨。以杜牧作〈感懷〉、〈李甘詩〉等論時政的被評為「豪情」之作而言,詩人的士人身分不應受到遺忘,歌酒生涯的感慨,多半跟仕途具有相關性,彼此是密不可分的。

　　從杜牧詩,可以看到這段風流經歷對他的影響,主要表現在兩個層面。首先,是詩歌所傳達的內在情意。杜牧流連歌酒的經歷經常變成片段回憶或情景,出現在許多首詩中的段落,這些片段回憶與情景,通常表現為美好但已失去的東西,與青春歲月一起逝去,構成悵然的情意效果。杜牧的揚州夢,或說是江南情懷,實際上是較白居易更具追憶感傷情調的。第二章提過,這種憶江南的口吻,在白居易詩中亦曾出現。不過,白居易更常以夫子自道的口吻,在「憶舊遊」、「憶昔遊」之類的詩作描述重現他回憶中的歌酒場景;〔註83〕或以現時(年老)的白居易,再度追回這種歡樂,為年老自身的追歡補償,編織美麗的理由,如〈追歡偶作〉所說的:「追歡逐樂少閑時,補貼平生得事遲。」白居易以暮年之身重溫少年之樂的語意,明白可見,他以「憶江南」去接續年少的美好,完成這種補償。〔註84〕因此,白居易之「回憶」常是用來解釋詩人當下的行為,如再度行樂,重溫舊夢等等,溫庭筠則是另外一種典型,他以樂府詩歌側顯沉浸江南夢鄉之中的悅樂。杜牧〈遣懷〉詩以回憶中瞬間閃過的印象,表現追憶式的依戀情感,這是一種不再復返的美麗回憶,美麗回憶本身又與功業無成是一

〔註82〕《樊川詩集注》,4/255-259。
〔註83〕如〈憶舊遊〉:「江南舊遊凡幾處,就中醉憶吳江隈。長州苑綠柳萬樹,齊雲樓春酒一杯。閶門曉嚴旗鼓出,皐橋夕開船舫迴。修蛾慢臉燈下醉,急管繁弦頭上催。六七年前狂爛熳,三千里外思裴回。李娟張態一春夢,周五般三歸夜臺。」
〔註84〕參見第二章第三節,頁114～116。

體兩面的，因而，回憶揚州夢就是同時品味歌酒生活的美好，以及功業無成的憾恨。這就是「十年一覺揚州夢」的複雜情意：詩人越是追尋回憶當年的青春歌酒生涯，就越是知道青春盛年時所追尋的一切已經慢慢銷融逝去。

　　第二個層面是詩歌的用字。杜牧使用了脂粉綺豔氣息較重的字詞，增加了詩歌的華美氣息，此種華美氣息加強追憶式的美好經驗，加上絕句的形式，兩者互為表裡，形成了一幅圖像，兼具柔美、感傷與惆悵的統一情調。如此，杜牧這些短小綺豔詩，與元、白那些純粹描寫妓女風情豔色，「小碎篇章」的紀實性格調便出現差異：就杜牧詩來說，重點不在詩人憶起哪些場景，而是回憶與現時交融時所引動的追憶之情。

　　杜牧的揚州夢，甚至成為文人心目中青春戀情的藝術影像。從杜牧的兩首七絕，〈寄揚州韓綽判官〉與〈南陵道中〉，特別能看出這種隱括揚州夢的感傷影像：

　　青山隱隱水遙遙，秋盡江南草木彫。二十四橋明月夜，玉人何處教吹簫？

　　南陵水面漫悠悠，風緊雲輕欲變秋。正是客心孤迴處，誰家紅袖憑江樓？〔註85〕

〈寄揚州韓綽判官〉以清婉的語氣假想韓綽身處揚州的境況，先描述江南風光，「二十四橋」可能是揚州的一個著名景致。〔註86〕從二十四橋、明月夜這樣一個時空點，連結到一個曾經存在的場景，這是存在於詩人心中，還是韓綽的心中呢？我們並不知道。透過一個想像或回憶中的一個美好月夜，這兩句詩微微透露詩人對江南秀麗景致，與揚州歌妓的眷戀。第二首〈南陵道中〉應該是旅途抒懷之作。〔註87〕

〔註85〕《樊川詩集注》，4/282，外集/363。

〔註86〕有關二十四橋的確實地點，馮集梧注引沈括《夢溪筆談・補筆談》記載之處，但他也說，沈括看到的二十四橋可能與杜牧詩中的二十四橋不同。

〔註87〕南陵在宣州，這首詩應該是杜牧從宣州轉任他處路途之作。

同樣的,在客途秋恨中,詩人插入一個女子依憑江樓,思念遠人的畫面。這個女子可能是指遠客之婦,她的「紅袖」與「江樓」,卻也同時指向了〈古詩十九首〉中蕩子婦江樓悵望的形象,總之令詩人想到自己所思念之人,秀婉而不失情味。這幾首詩就字面而言並不濃豔,偏向清麗,真正造成詩讀起來具有綺豔印象的,當屬詩中出現的「玉人」與「紅袖」。這也是杜牧詩運用美人意象的巧妙之處,他詩中的歌酒青樓經驗,從來都是透過回憶的揀選,指向畫面式的場景,傳遞微妙的眷戀之情。這兩首詩中人的心思,雖是男性口吻,用語與意境,跟前面所談到的〈代人寄遠〉的代言女性口吻角度不同,然而二者實有異曲同工之妙,詩意細緻而同見柔媚之情。

　　杜牧揚州夢的情景交融圖像,甚至成為一種象徵,勾起宋代詞人心中對歡樂的追憶。北宋秦觀的〈八六子〉(倚危亭)說:「夜月一簾幽夢,春風十里柔情」,在夜深夢迴之中引發杜牧揚州十里之思,而南宋姜夔的〈揚州慢〉更以杜牧〈遣懷〉全詩情意為基礎:

> 淮左名都,竹西佳處,解鞍少駐初程。過春風十里,盡薺麥青青。……杜郎俊賞,算而今、重到須驚。縱荳蔻詞工,青樓夢好,難賦深情。二十四橋仍在,波心蕩,冷月無聲。念橋邊紅藥,年年知為誰生?

姜夔的這闋詞,明顯可見杜牧〈遣懷〉、〈贈別〉與〈寄揚州韓綽判官〉三首詩,熔鑄在詞中引動詞人的追憶,開展另一段深具文人趣味的揚州夢。〔註88〕

　　杜牧本身並沒有值得注意的詞作,但他詩中的「揚州夢」,卻在男性詞人表達回憶愛情的詞作中有著引起情感的作用。〔註89〕正如宇文所安在討論詞人的追憶時所說的:「詞中回憶過去的愛情與歡樂,都同回憶起杜牧〈遣懷〉有關。」〔註90〕能夠成為詞人引動追憶的「熟典」,

---

〔註88〕有關此詞的討論,參見林順夫《中國抒情傳統的轉變——姜夔與南宋詞》(張宏生譯;上海:上海古籍,2005),頁48～56。

〔註89〕相傳杜牧有一首長調〈八六子〉,但就詞史來說,並不是重要的作品。

〔註90〕StephenOwen(宇文所安)以吳文英〈鶯啼序〉說明杜牧〈遣懷〉的

除了杜牧本身流連青樓歌酒的事蹟之外，杜牧這幾首詩能濃縮總括詩人自身的冶遊回憶，並成功地寄情懷念，當然是造成這種印象的主因。

在杜牧之前，唐代詩人很少能以這種抒情遣懷方式，來書寫男性的冶遊豔情回憶。元稹、白居易或李賀的一些長篇冶遊詩利於鋪排場景、擴張豔情成份。元稹的〈春曉〉，是少數從男性詩人角度面對冶遊豔情回憶的詩，但是詩歌的情意設置不如杜牧特出；〔註91〕其他「時世妝」式的輕豔小律，則沒辦法完全擺脫宮體豔詩的格式。李賀、溫庭筠的宴遊樂府詩，方便詩人在描述時保持距離，詩人主觀的介入並不強；溫庭筠的綺豔樂府詩及以男性角度言情的〈偶遊〉，寫詩人幾乎沉醉在綺豔世界的感動，但沒有追憶之情。嚴格來說，寄情冶遊一直是中晚唐某些士人群之間的「話術」，在「念昔游」、「寄舊游」的詩歌間回味與重現時，也能言其心志，這從白居易、元稹、劉禹錫的詩均可得見。

但是，只有杜牧能在這種群體共同經驗與個人情懷之間，在詩歌中尋得情感的觸發點，真切面對他自身的人生經驗，把冶遊這種士人群間共有的回憶，描述成個人化的獨特藝術經驗。他深知冶遊趣味的歡樂與易於消逝，從而將這種經驗，轉化成身處人生幽暗時，瞬間迸發的情感上的回味。在杜牧的詩中，冶遊豔情經歷與綺麗繁華的青春回憶，構成足以回味再三的場景，綺豔詩意引導出深婉的意韻。

在這裡，七言絕句的體式可能讓這種效果更加顯著，〈遣懷〉、〈寄揚州韓綽判官〉與〈南陵道中〉，少了長篇鋪排與自敘，充分發揮了絕句體「留下無窮回味空間」的藝術效果，將詩人對冶遊青春的美好回憶與不捨，凝括於一個畫面，最後下了一個論斷式的結語，從而成功引動這些知曉「箇中滋味」詞人的心緒，由揚州夢開展個人對昔年青春與戀情的追念。〔註92〕

作用，見氏著《追憶》（鄭學勤譯；北京：三聯書店，2004），「綉戶：回憶與藝術」一節，頁129～150。
〔註91〕〈春曉〉：「半欲天明半未明，醉聞花氣睡聞鶯。狂兒撼起鐘聲動，二十年前曉寺情。」相關討論見第二章第二節，頁95。
〔註92〕施逢雨透過歸納分類把唐代絕句分為四種重要的情意模式類型：

　　李商隱的〈贈杜司勳〉如此說杜牧：「刻意傷春復傷別，人間唯有杜司勳」，〔註93〕杜牧詩的「傷春」與「傷別」，表現的是士階層身分個人的私密感傷，「傷春」因而能表示女子的愛情情思感傷，也兼表現男子對美好盛年逝去的惆悵感傷。杜牧從男性士人角度言情，造成一首小詩能夠超越時代爲後人所理解並化用。杜牧詩集中的綺豔詩比例並不算多，卻能見到這種影響，這是我們在討論晚唐綺豔詩詞的時候，所不能忽略的。

三、晚唐詩人及詞人的風情追憶

　　從溫庭筠、杜牧詩的討論，我們看到冶遊、歌酒生活進入唐人詩歌後，經過深層的醞釀發酵，逐漸脫離了寄贈應酬詩社交、風俗式的表層交流語言，兼具自言心志的企圖。晚唐詩人開始將自身歌酒豔情經驗化入詩歌中，並著重經營整首詩的情意。

　　與杜牧同時的許渾（788～860～）有一首〈聽歌鷓鴣辭〉，言及身處異地對南國的想像：

> 余過陝州，夜讌將罷。妓人善歌鷓鴣者，詞調清怨，往往在耳，因題是詩。南國多情多豔詞，鷓鴣清怨遶梁飛。甘棠城上客先醉，苦竹嶺頭人未歸。響轉碧霄雲駐影。曲終清漏月沈暉。山行水宿不知遠，猶夢玉釵金縷衣。〔註94〕

「南國多情多豔詞」指「鷓鴣詞」常訴說的兒女別離之情，也表士人之多情多怨，〔註95〕「苦竹嶺」爲鷓鴣詞常描述的江南地域。〔註96〕

　　一、寫一斬截而尖辛、警策之論斷、體悟、諷喻、情境、或景觀等詩。二、寫某一富有超然意趣的集中的、片刻的自然或人生境界的詩。三、模仿樂府或民歌的詩。四、其他。其中，第一類型的絕句最容易造成「戛然收束，留下無窮回味空間的效果」。杜牧這幾首七絕就是第一個類型中的突出之作。見氏著《李白詩的藝術成就》（臺北：大安出版社，1992），頁245～287。

〔註93〕《玉谿生詩集箋注》（〔清〕馮浩箋注，蔣凡標點：上海：上海古籍出版社，1988），2/397。

〔註94〕《全唐詩》，534/6097-98。

〔註95〕可與鄭谷〈侯家鷓鴣〉參照：「江天梅雨溼江蘺，到處煙香是此時。

相對於京邑等政治中心，及揚州、杭州等繁華的南國城市，甘棠（今河南宜陽）算是略顯荒涼，聽到南國豔歌，聯想到那歌兒舞女畫面背後的風光，竟或夜夢，成為遠地詩人的慰藉。

這種繁華、絢爛、歡快的歌酒經驗，在晚唐詩歌中多有展現，到了唐末，更與世亂相聯繫，其中以韋莊最具代表性。韋莊親身遭遇戰事亂離，對繁華與凋落的對比有更多著墨。〔註97〕他的〈憶昔〉一詩，描述絢麗風月與遭遇亂離的對比與隨之而來的遺憾：

> 昔年曾向五陵遊，子夜歌清月滿樓。銀燭樹前長似晝，露桃華裡不知秋。西園公子名無忌，南國佳人號莫愁。今日亂離俱是夢，夕陽唯見水東流。〔註98〕

西園公子、南國佳人同在亂離中各奔東西，豔情風月經驗因而成為生涯中最美好的經驗與回憶。而在〈多情〉一詩，韋莊反推出少年的風流多情生涯，原是命定的悲哀：

> 一生風月供惆悵，到處煙花恨別離。止竟多情何處好？少年長抱長年悲。〔註99〕

以「一生風月」、「多情」的歡愉與別離的悲傷，總括一個士人的歌酒經驗，最後再以設問的方式反過來質疑，並引導出詩人想要表現的悲哀。韋莊在這些詩中所表露的情感，在他的詞作也頗見相似，詩人（或詞人）在詩詞中為抒情主體，藉著緬懷年少煙花影像，表達追憶、悵惘、唏噓感傷的情緒。韋莊詞〈菩薩蠻〉五首所表現的情意，跟他詩

苦竹嶺無歸去日，海棠花落舊棲枝。春宵思極蘭燈暗，曉月啼多錦幕垂。唯有佳人憶南國，殷勤為爾唱愁詞。」《全唐詩》，675/7737。
〔註96〕如李白〈山鷓鴣〉：「苦竹嶺頭秋月輝，苦竹南枝鷓鴣飛」，《李太白全集》，8/454，白居易〈山鷓鴣〉：「黃毛崗頭秋日晚，苦竹嶺下寒月低」《白居易集箋校》，12/646。
〔註97〕如〈咸通〉：「咸通時代物情奢，歡殺金張許史家。破產競留天上樂，鑄山爭買洞中花。諸郎宴罷銀燈合，仙子游迴碧月斜。人意似知今日事，急催弦管送年華。」《韋莊集箋注》（聶安福箋注：上海：上海古籍出版社，2002），2/76。
〔註98〕《韋莊集箋注》，2/87。
〔註99〕《韋莊集箋注》補遺，頁385。

中對風月豔情的追憶，何其相像：

> 紅樓別夜堪惆悵，香燈半掩流蘇帳。殘月出門時，美人和淚詞。　琵琶金翠羽，絃上黃鶯語。勸我早歸家，綠窗人似花。
>
> 人人盡說江南好，遊人只合江南老。春水碧於天，畫船聽雨眠。　爐邊人似月，皓腕凝雙雪。未老莫還鄉，還鄉須斷腸。
>
> 如今卻憶江南樂，當時年少春衫薄。騎馬倚斜橋，滿樓紅袖招。　翠屏金屈曲，醉入花叢宿。此度見花枝，白頭誓不歸。
>
> 勸君今夜須沈醉，尊前莫話明朝事。珍重主人心，酒深情亦深。　須愁春漏短，莫訴金杯滿。遇酒且呵呵，人生能幾何。
>
> 洛陽城裡春光好，洛陽才子他鄉老。柳暗魏王堤，此時心轉迷。　桃花春水淥，水上鴛鴦浴。恨凝對斜暉，憶君君不知。〔註100〕

第三首「如今卻憶江南樂」是表示詞人現時追憶的關鍵字句，可判斷出詞中，一、二首是追憶身處江南時的經驗，四、五首則是現時情感的表述。第一、二首的戀情回憶與江南地域有關，兩者貫串全詞。第二首「未老莫還鄉，還鄉須斷腸」，表明不應離江南返鄉，此地值得終生沈溺。第三首則由年少意氣風發與男女戀曲著眼，最後說，「此度見花枝，白頭誓不歸」，若如今再有這樣的機會，絕對不離開而錯失。第四首偶作放酒釋懷狀，一面又浮現當年的紅樓話別的記憶。最後一首，「洛陽才子」雖不言江南，亦與江南之春光無限同等美好，才子終是不得回返。下片所言情境與溫庭筠〈偶遊〉：「雲髻幾迷芳草蝶，額黃無限夕陽山。與君便是鴛鴦侶，休向人間覓往還」正好是相反的情境，溫庭筠是想沉醉戀情光彩，不返人間，而韋莊雖有綠水鴛鴦的圖像之憶，此情之投注雖深，卻再也無法遞向伊人。韋莊的「青

〔註100〕《韋莊集箋注》，頁 407～416。

春歌酒夢」，更像是從破碎之記憶圖像，拼湊而復成之顏色光彩。

第三節　李商隱綺豔詩的抒情美典

　　李商隱的綺豔詩，是中晚唐眾多綺豔詩作中，最受到廣泛討論與爭議的。有關李商隱豔情詩的詮釋，於晚唐綺豔詩的研究則最具代表性意義，因此，本節的討論焦點，主要集中於李商隱的豔情詩。

　　李商隱豔情詩的爭議，起於以何種方法、何種進路去詮釋解讀，百家爭鳴的情形以清代為盛，不但有眾多完整的義山詩注本，個別詩歌的箋釋也頗見相互詰抗。許多箋釋從李商隱的傳記資料，將李商隱豔情詩往政治寄託的方向去解。另一方面，李商隱詩中，有許多典故與意象是指向冶遊豔情，或有著類豔情的意蘊，因此，有些箋釋也指向「實賦豔情」，並試圖從李商隱詩整理出他個人的豔情史。〔註101〕有關李商隱豔情詩描述的是誰的身世、什麼感慨，因而陷入謎團。正如康正果對李商隱豔情詩所下的標題：「風騷還是豔情？」〔註102〕有關李商隱豔情詩的爭議在傳統風騷精神，與純言豔情間不斷擺盪。

　　究竟來說，唐代以後的各式詮釋方法論，並不是這裡所要討論的重點。〔註103〕其實，參照中晚唐綺豔詩作的發展與特色，分析討論李商隱這些涉及豔情的詩作，是能梳理出李商隱的「豔詩語境」，為這種「多重詮釋的可能」找出源頭的。放在唐代的綺豔詩來看，李商隱的綺豔詩，是最能呈顯詩騷傳統與豔詩傳統交融的美感；並且能展現以詩人主體抒情的成果。這一節首先將討論李賀綺豔詩注重女性情思及修辭手法的特色，及其與李商隱的豔情詩內容情意特色的形成關

〔註101〕如蘇雪林的《玉溪詩謎》（原名《李義山戀愛事蹟考》；臺北：臺灣商務印書館，1969）。

〔註102〕見《風騷與豔情》，頁223。

〔註103〕顏崑陽在《李商隱詩箋釋方法論》（臺北：里仁書局，2005 修訂一版），對眾多傳統李商隱注本的箋釋方法及缺憾，大致有詳細且具批判性的探討，頁 81～104。雖然，他不特別針對李商隱的豔詩，但對這兩種詮釋方法均能指出缺憾，用於李商隱豔情詩亦可相通。

係。其次，從中晚唐的冶遊、士妓戀情風氣與李商隱的豔情詩的關係，及詩騷以來「求女」意象所代表的情意象徵，看詩人如何在席間代言、寄贈等綺豔詩風尚習氣中，建立出綺豔詩情意的「美典」。

一、〈燕臺〉詩所呈現的李商隱豔情詩的特色及與李賀綺豔詩的繫連

南朝宮體豔詩既成一體，李商隱模仿宮體豔詩的格式作詩，像是〈效徐陵體贈更衣〉，或是仿李賀〈花遊曲〉類的詩〈效長吉體〉，實不足爲奇；在這裡，「徐陵體」、「長吉體」與「玉臺體」一樣，可視爲豔體的代稱。〔註104〕不過，李商隱受到李賀的影響還是顯而易見的。除〈李賀小傳〉的仰慕之外，李商隱〈擬意〉的開頭「悵望逢張女，遲迴送阿侯」，〔註105〕與李賀〈惱公〉的「宋玉愁空斷，嬌嬈粉自紅」相似。內容情意及修辭接近李賀的〈惱公〉，擬想士妓的戀情遇合與分離，其中有關雙方一夜歡情的段落，與李賀〈惱公〉的歡情段落的文字安排十分類似。〔註106〕〈鏡檻〉語言奇僻，〈碧瓦〉、〈河內〉、〈河陽〉也與李賀一些融女性仙人與豔情愁慨爲一的詩，情調相似。〔註107〕從李商隱詩作也可找出許多從李賀詩中化出的詩句例，如：「牛頭高一尺，隔座應相見。」與〈無題〉：「隔座送鉤春酒暖」；「露重金泥冷」與〈燕臺〉「越羅冷薄金泥重」；「南山桂樹爲君死，雲衫淺污紅脂花」〈神弦別曲〉：「芳根中斷香心死」、〈河陽〉「幽蘭泣露馨香死」；〈江樓曲〉：「鯉魚風起芙蓉老」〈河內〉：「後溪暗起鯉魚

〔註104〕 〈效徐陵體贈更衣〉：「密帳眞珠絡，溫幃翡翠裝。楚腰知便寵，宮眉正鬥強。結帶懸梔子，繡領刺鴛鴦。輕寒衣省夜，金斗熨沈香。」此詩寫法雖略不同於宮體豔詩的基本格式，但可見宮體豔詩痕跡。〈效長吉〉：「長長漢殿眉，窄窄楚宮衣。鏡好鸞空舞，簾疏燕誤飛。君王不可問，昨夜約黃歸。」《玉谿生詩集箋注》3/680、3/549。本節李商隱詩均以馮浩《玉谿生詩集箋注》爲準，以下簡稱《箋注》。
〔註105〕 《箋注》，3/621。
〔註106〕 參見第三章第一節，頁126～132。
〔註107〕 《箋注》，1/136、2/379-380，3/665-666，3/669-670。

風，船旗閃斷芙蓉幹」。歷代細心的箋注者，其實從兩人詩集中找到更多類似的詩例，這裡就不一一列舉。李商隱詩句從李賀化出，只能說是討論兩人詩作關係的起始點，論語句的相似度，李賀的效法追隨者，詩作比李商隱更爲形似。仰慕可能構成學習仿效的動機，詩句類似只是成果的一部份。李商隱受到李賀綺豔詩的重人物「情意」的闡發，才是更值得關注之處。

　　本文第三章指出李賀的綺豔詩，著重在女子抒情情思的展現，女子的生活一切，都是透過她的情思而展開。在李商隱的一些豔情詩作，把李賀詩此種特質發揮得淋漓盡致。李商隱一些未曾指明對象的愛情詩，擅長以迷離莫測的意象氣氛呈現陷入戀情人物的心理，其中以〈燕臺〉四首爲代表。〔註108〕這組詩是李商隱青年時期的作品，很能看出李商隱豔情詩與李賀綺豔詩的脈絡沿承，並且具有李商隱豔情詩的特色。〔註109〕這組詩的詩題「燕臺」所指爲何，關係到這首詩如何解讀，諸家頗多猜測，其中還是以燕臺爲使府的代稱較爲合理，「燕臺」的題名，指詩人在幕府時作。〔註110〕〈燕臺〉詩隱隱約

〔註108〕《箋注》，3/632-634。
〔註109〕在〈柳枝〉序言中，李商隱提及柳枝曾詠其〈燕臺〉詩，推測〈燕臺〉詩寫作時間應該是前於〈柳枝〉，《箋注》，3/640。葉蔥奇根據〈燕臺〉與〈柳枝〉所寫內容認爲，〈燕臺〉詩實爲詠義山與柳枝之事，作者故意在〈柳枝〉序言「錯亂其詞」以便隱諱，但他同時也說，這種推測「沒有明證」，見氏著《李商隱詩集疏注》（北京：人民文學出版社，1985），頁577。不管如何，〈燕臺〉與〈柳枝〉寫作時間相近，而〈柳枝〉序中，讓山稱李商隱「吾里中少年叔耳」，又序中所敘行止，應屬李商隱較爲早期（三十歲以前）的作品。參見劉學鍇、余恕誠《李商隱詩歌集解》（北京：中華書局，1988），頁107～108。《李商隱詩歌集解》以下簡稱《集解》。
〔註110〕《箋注》：「燕臺，唐人慣以言使府。」則此詩題應該指向李商隱幕府之作。葉嘉瑩在〈李義山燕臺四首〉認爲，燕臺原來指燕昭王黃金臺，則此臺有「延天下賢士者」、詩中出現燕臺可能「慨其不得知遇之悲」，則義山此處可能有自傷不遇之自況，見氏著《迦陵談詩》（臺北：三民書局，1970），頁185～186。（頁171～241）。其實，「燕臺」題名主要還是點出了男方的「士人」身分，就像李賀〈惱公〉詩開頭的「宋玉」點出男方帶有官職一樣，宦涯的流轉與

約地呈現一段戀情，但敘寫主題不在戀情事件始末，而是對逝去戀情
的回憶與思念，從中可見一個以歌舞爲業的女子身影。在這個戀情回
憶中，多少有一些過去戀情場景的呈現，此外，〈燕臺〉詩還以各種
場景及典事隱喻身處「戀情」中人物的心理，呈現的是戀情情感的本
質及深度。全詩雖隱然有一段情事寓於其間，然陳述角度似在戀情男
子與男子回憶、想像中之女子情思之間切換，讀來恍如戀人間之絮
語。〔註111〕以下看〈燕臺〉詩：

> 風光冉冉東西陌，幾日嬌魂尋不得。蜜房羽客類芳心，冶
> 葉倡條徧相識。暖藹輝遲桃樹西，高鬟立共桃鬟齊。雄龍
> 雌鳳杳何許？絮亂絲繁天亦迷。醉起微陽若初曙，映簾夢
> 斷聞殘語。愁將鐵網胃珊瑚，海闊天寬迷處所。衣帶無情
> 有寬窄，春煙自碧秋霜白。研丹擘石天不知，願得天牢鎖
> 冤魂。夾羅委篋單綃起，香肌冷襯琤琤珮。今日東風自不
> 勝，化作幽光入西海。（春）

詩人先用春天花開，蜜蜂尋花來暗示尋尋覓覓的情境。「芳心」是春
心，是一種期待。在一片芳華暖氣的風景中，桃樹下邊，有一女子亭
亭玉立，她頭上梳起高高的鬟髻，與盛開的桃花交相輝映。「雄龍雌
鳳」二句，顯示該女子有個情人，但兩人相隔甚遠。女子眼前的春天
是柳絮淒迷，交映著她心中的繁亂，似乎整個天空都網羅在迷離的佈
置之中，這種紛亂的情思，是否就來自於遠隔？詩人在此並未明言。

戀情歡愛的破裂，的確有關係，但〈燕臺〉詩的主軸應該還是在士
妓戀情之上。

〔註111〕劉學楷曾在《李商隱詩歌集解》，頁 79～99 及《李商隱詩選》（劉
學楷、余恕誠選注；北京：人民文學出版社，1986 二版），頁 12～
21 分別從男方角度與女方角度去解釋這組詩，結果似乎都說得通，
但他認爲「還是以解爲男思女較爲妥當」，見《李商隱傳論》（合肥：
安徽大學出版社，2002），頁 657。其實，即使解釋爲男思女，詩中
還是充滿了這個男子回憶或想像的女子樣貌，若與李賀〈惱公〉一
詩參照，不妨解釋爲這是詩人有意從男方與女方的角度書寫這戀
情，男女戀人的緊密關係貫穿其中。因此以下我的闡釋均以「詩中
人」稱之，若明顯有突出女子身影時，便切換到戀情女性的身上。

「醉起」四句，一個午後的場景，迷離氣氛繼續推移，詩中人微醉入
眠後醒轉，夕陽已映照在簾上，彷若打斷迷夢中的依稀殘語。接下來
是個比喻，有無限的愁，沒有邊際，就像墜鐵網至海底撈珊瑚那樣地
機會渺茫，「海闊天寬」反而形成一種困難的處境。〔註112〕「衣帶」
四句，本該是人日漸消瘦，讀來卻彷彿是衣帶無視的情思，任由漸寬。
同樣的，外在的節候也依舊移轉，春煙、秋霜的交替，從不因戀人的
困境而稍有停滯。於是，戀人縱然有丹石一般的堅拔毅力，卻無從施
展，上天從不知其堅貞。〔註113〕那麼，還不如讓天牢將這痴迷的情
思牢牢鎖住。詩的最後，一個現實景象與奇異假想的結合，爲這股愁
思提供出路：女子收起春衣，穿著單薄的衣裳，竟似不能抵擋季末春
風的吹拂，羸弱不堪，彷若隨著東風化作一道幽光遁入西海之中。東
風入海的意象，如同匯聚了詩中人的所有意念，追隨著某種情感而
去，幽幽咽咽，杳不知終。

> 前閣雨簾愁不卷，後堂芳樹陰陰見。石城景物類黃泉，夜
> 半行郎空柘彈。綾扇喚風閶闔天，輕帷翠幕波迴旋。蜀魂
> 寂寞有伴未，幾夜瘴花開木棉。桂宮流影光難取，嫣薰蘭
> 破輕輕語。直教銀漢墮懷中，未遣星妃鎮來去。濁水清波
> 何異源？濟河水清黃河渾。安得薄霧起緗裙，手接雲軿呼
> 太君。（夏）

夏天本該是炎熱的季候，詩人卻從愁悶陰雨的天氣寫起。因雨無法捲
起的簾幕，隱隱遮蔽了後堂的樹木。石城指女子所居地方，這時，景
物幽暗如黃泉，到了半夜的時候，只聽到少年拿著柘彈彈鳥雀的聲
音。這是百無聊賴，有點涼意的夏日寂寥夜晚。女子的身影出現，她
輕搖著綾扇，似將微風從天上召喚而至，輕薄的帷幕，似水波迴般地
翻動了起來。她的思緒飄向了遠方，「蜀魂」、「瘴花」暗示她所思念

〔註112〕這個意象在〈碧城〉其三：「鐵網珊瑚未有枝」出現，《箋注》3/570。
〔註113〕《呂氏春秋・誠廉》紀部卷12：「石可破也，而不可奪堅；丹可磨也，
　　　　而不可奪赤。」見《集解》，頁83。李商隱從這個語意化出，傳達出
　　　　愛意牢不可破，但天竟不知，女子因而寧願天牢鎖其情的哀怨。

的人居住在南方炎熱之處。從「桂宮流影」開始，詩中女子的情懷漸漸顯露。在一片月色之下，她若有所思，輕聲細語。她在想，不如讓銀河整個墜入她的懷中，如此，織女就不必爲了與牛郎相會，辛苦地來了又去。接下來，詩人用了濟河清，黃河濁的典故，兩條河同源而清濁分明，暗示兩人已分離難諧。〔註 114〕正因爲女子爲自身的分離所嘆，所以望著星空構織了一個幻想。詩在關於女子的幻想中結束：可否在薄霧中，穿起淺黃色的裙子，就像迎接乘著雲車的神祇一般，將自己所思念的人召喚至身邊？至此，詩人設置了假想的情境之中，渴求著一個不著邊際的夢想，如同求仙一樣，渺不可知。

> 月浪衡天天宇濕，涼蟾落盡疏星入。雲屏不動掩孤嚬，西樓一夜風箏急。欲織相思花寄遠，終日相思卻相怨。但聞北斗聲迴環，不見長河水清淺。金魚鎖斷紅桂春，古時塵滿駕鴦茵。堪悲小苑作長道，玉樹未憐亡國人。瑤琴愔愔藏楚弄，越羅冷薄金泥重。簾鉤鸚鵡夜驚霜，喚起南雲繞雲夢。雙璫丁丁聯尺素，內記湘川相識處。歌脣一世銜雨看，可惜馨香手中故。（秋）

詩的時序始於夜晚，月色如清波揚水，待月落下，可見疏星點點。女子的身影出現，雲母屏風掩住她的愁容，一整夜聽著屋簷下鐵馬受風吹動，錚錚作響的聲音，可知她應該是一夜無眠。她很想編織相思圖案寄給遠方思念的人，但是，這種相思恐怕均將化爲憾恨，只見北斗星移轉，彷若聲響不絕，卻不見星河漸淺（暗示牛郎織女無法相會）。接下來，詩人用了兩個物象來傳達這種閉鎖的狀態：金魚形狀的鎖阻斷一切，外頭紅桂的芳香無法進入，繡有鴛鴦的錦被蓋滿了灰塵。再來與亡國君主的悲涼景況相比，這個失去愛情女子之悲更甚於失國。〔註 115〕「瑤琴」八句，回到女子動作、衣物等環境氣氛的描寫，女

〔註 114〕 見《集解》，頁 86。

〔註 115〕 指陳後主，見《集解》，頁 88。陳後主〈玉樹後庭花〉寫女子歌舞的豔麗嬌媚，同時也暗合女子歌舞爲業的身分，李商隱此處語意似故意以女子的情思凌駕亡國之慨。

子弄琴聲聲悲怨，身上纖薄的越羅衣裳，似乎還撐不住上頭所繪泥金顏料的重量，夜裡寒涼，簾鉤上掛著的鸚鵡禁不起冷醒來啼叫，彷彿也引起了女子對南方思念之人的聲聲呼喚。兩人定情的耳飾與書信，讓思緒回到當年在湘川相識的情景。最後，女子對著不再馨香的信紙垂淚，那曾經歌唱的嘴唇，彷若生來悲吟一般。這個動作擁有雙關意涵，同時暗示著這場戀情的美好芳香已逝，徒留悲傷。

> 天東日出天西下，雌鳳孤飛女龍寡。青溪白石不相望，堂中遠甚蒼梧野。凍壁霜華交隱起，芳根中斷香心死。浪乘畫舸憶蟾蜍，月娥未必嬋娟子。楚管蠻弦愁一概，空城罷舞腰支在。當時歡向掌中銷，桃葉桃根雙姊妹。破鬟矮墮凌朝寒，白玉燕釵黃金蟬。風車雨馬不持去，蠟燭啼紅怨天曙。（冬）

詩人接連使用好幾個形象去表示相隔、決絕的境況，包括日從東出，不斷往西邊移動而下，雌鳳與女龍都是孤獨的，表示女子的失戀孤單。樂府詩中的清溪郎與白石女郎本無相望的可能，〔註116〕堂中空無一人的悲戚遠勝舜南巡蒼梧的距離感，〔註117〕牆上結起霜華，寒冷不絕，芳香的植物從中心枯死。種種無望、死絕的意象正代表著戀人此時的心情，整場戀情已然休止。此時詩人引出一個象喻：即使乘著畫船橫波至月，能見到那個美好的人嗎？回到關於這個女子的影像，此時，不論再彈奏任何樂曲也會是悲愁的，那女子腰身依舊，卻不再像從前那樣跳舞，曼妙舞姿不復現。「桃葉桃根」一句，勾起讀者對〈春〉詩中那個桃花「高鬟立共桃鬟齊」女子的印象。這個女子現在是什麼樣子呢？梳著墮馬髻但髮鬟不整，插著燕釵金蟬的髮飾，凌受著冬日清晨的嚴寒。

〔註116〕〈神弦曲‧清溪小姑〉：「開門白水，側近橋樑。小姑所居，獨處無郎。」〈白石郎〉：白石郎，臨江居，前導江伯後從魚。積石如玉，列松如翠，郎艷獨絕，世無其二。」原是分別寫兩個神祇，李商隱在這裡並置，故意造成清溪小姑與白石郎的戀情阻隔之感。

〔註117〕參見《集解》，頁90。舜南巡死於蒼梧。這裡用來指兩人距離遙遠。

　　李商隱的〈燕臺〉，與前此詩人豔情詩作相比，第一個顯著差異，是詩題沒有「夢游」、「惱」、「戲贈」等字眼，標示遊戲的寫作態度，難以從詩題判斷出寫冶遊的詩作。第二，若與李賀的〈惱公〉相比，〈燕臺〉的形式也脫離了「敘豔情長詩」等，所慣用的歷程敘述方式。〈燕臺〉除了欠缺男女相遇與一夜歡快的敘述，從〈春〉一首的開始，戀情男女就已處在離別的情境。就這點來說，李商隱此詩接近李賀〈石城曉〉，嘗試寫士妓離別的一刻。〔註118〕不過，〈燕臺〉詩的時序安排較〈石城曉〉特別。除了詩題與內容沿襲〈子夜歌〉春、夏、秋、冬時序之外，這四首詩還依照一日的時序：從春的白日黃昏、夏的星夜、秋的深夜，到冬的夜盡初曙，如此正好是一日。但是，春夏秋冬的組合，或是一日的時序，其實無關乎這場戀情的時間順序，而是用來呈現情感的面貌與強度。〈子夜歌〉的春夏秋冬，通常是借季節的移轉來對應女子的戀情情思，李商隱則把四時節物與女子的情思融合，貫串其中的是「一場悲哀的戀情」，這樣的安排，使得詩中人的悲哀在這春日夏晚，秋夜冬曙間更顯迴環封閉，沒有出口，因此，〈燕臺〉雖有戀情民歌形式的傳承，情感的複雜度遠深於民歌之淺白直率、直道相思，與李賀綺豔詩轉化戀情民歌之方式，實為一路。

　　〈燕臺〉詩不以歷程敘述為主軸，情節意味淡薄，當情節隱沒的同時，代表詩人故意避開直接鋪敘與言說故事，詩中有關歡樂的部份只是回憶，對比引發人物的痛苦。李賀綺豔詩善於營造這種情感氛圍，李商隱詩的抒情意味卻更加純粹了，詩中一切的描寫都通向抒情。李商隱詩中人物呈現面對戀情時執著、不悔、無法醒悟的態度。這與李商隱大部分的綺豔詩是相通的，他並不冷眼看待短暫戀情的流逝，而是深深化入為流逝戀情執著不棄的男、女心思，不斷地自我詰問，卻毫無寬解的可能。

　　全詩化用各類典故語，甚至包含民間、神話傳說來形成表現女子

〔註118〕參見第三章第二節，頁144～145。

與戀人阻絕、無法相見而極度思渴的意象，如〈春〉：「研丹擘石天不知，願得天牢鎖冤魂」，從《呂氏春秋・誠廉》：「石可破也，而不可奪堅」的語意轉化，用以形容愛意牢不可破，但天竟不知的情感強度。〈夏〉：「直教銀漢墮懷中，未遣星妃鎮來去」，織女與牛郎銀河遙望的傳說，變成女子的癡想，她想乾脆讓銀河墮入己懷，好讓自己與情人不再相隔；「安得薄霧起緗裙，手接雲軿呼太君」，以迎接神祇的動作來比擬女子的殷勤情意。〈秋〉：「堪悲小苑作長道，玉樹未憐亡國人」，昔日陳朝亡國寵妃的悲涼情感，拿來這裡擴張詩中女子的悲涼；〈多〉：「青溪白石不相望，堂上遠甚蒼梧野」，〈神弦曲〉中青溪小姑、白石郎兩位原無相關的神仙，被李商隱結合化用以表示相隔，再融合了傳說中舜南巡死於蒼梧（暗示距離遙遠），加強兩人遠隔與孤獨的距離感。超乎現實景物的意象，使得詩中的戀情顯得撲朔迷離，但是各種典故素材的變化運用，這部份或許是從李賀而來的靈感。不過，李商隱比李賀更注意全詩情意的統一，運用典事故實的方式更爲精練嫻熟，主要用以強化詩中人的悲情絕望；而不像李賀的〈惱公〉詩是以詰屈迂迴的方式暗示豔情歷程，或爲詩中人物所處的環境渲染離奇幽冷的氣氛。在〈燕臺〉詩中，詩人才是這對戀人心理的主導者，一些字眼如「直教」、「未遣」、「安得」、「可惜」，處處顯示李商隱藉這些典事，突出人物情境的困難與悲涼。這也是李商隱綺豔詩與李賀綺豔詩的分野，李賀著重在展現女性抒情情思，然詩人並不涉入判斷。李商隱的綺豔詩，作者總是對詩中人物心理與情境提出評斷，他的評斷，並非在最後爲詩中人物經驗的總結，而是在描述詩中人物的情境與心思時，就已涉入作者的主觀設計。〔註119〕

　　李商隱使用了神仙典故，使全詩瀰漫一股虛幻氣氛，然而，詩中神仙、神人亦擁有執迷不悔的情感。這使得李商隱愛情詩中的情感層次，更加撲朔迷離、猜疑費解，作者得以與詩中人形成一定的距離，

〔註119〕參見方瑜〈李賀歌詩的意象與造境〉，《中晚唐三家詩析論》，頁 52～53。

然而其間的關連也更加引人想像。〔註120〕是以,有關〈燕臺〉詩箋釋,常落於紀實。但是,在現實與詩歌之虛設間,我們只能根據詩人使用的一些字句,判斷詩中的女子可能是以歌舞爲業的女子,其情郎的身份,女子與情郎如何相遇,相戀乃至分離的細節,都無法詳細地勾勒出來。李商隱承接原本〈子夜四時歌〉的形式,寫春夏秋冬,但是,〈燕臺〉中所敘述的男女遇合,依然是士人與歌女的戀情。只是,在這組詩中,情節看似幾乎全部抽離,李商隱借用各種形象比喻、場景描寫,借用神話典故、傳說與女子的動作傳達隱約浮現的情節,造成濃厚的抒情意味。不管後人如何解讀〈燕臺〉詩,說這是李商隱自敘豔情也好,有所寄託也罷,這首詩所呈現的情感強烈而又具深婉意蘊,這樣的抒情方式在以往的豔詩中是很難看到的。

二、李商隱的席間寄贈代言綺豔詩與七律豔情詩的成熟

從本文第二、三章的討論可知,中晚唐的豔情冶遊詩的興起,與士人的席間交際、相偕冶遊的風氣有很密切的連結,詩人不論是即席紀實,回憶豔情,或以第三者視角側觀描繪,或以用事與用典的方式歌詠士妓戀情等等,各種詩歌表現方式都與中晚唐士人與妓女互動頻繁有關。

李商隱曾在〈上河東公啓〉對自己涉及歌舞女妓的詩提出說辭:「至於南國妖姬,叢臺妙妓,雖有涉於篇什,實不接於風流。」〔註121〕這段文字常拿來作爲李商隱豔情詩均非「實賦豔情」的佐證。但是,就這段文字的前後文來看,其實是李商隱喪妻後,拒絕河東公贈送一個樂妓給他。〔註122〕對於婚前戀情,李商隱說「不接於風流」是很自然的,

〔註120〕 盧明瑜在《三李神話詩歌之研究》(臺北:臺灣大學出版,2000),頁 308～309 進一步申論李商隱「以神話裡的靈幻虛渺去印證情愛的無常多變」,與元稹〈襄陽爲盧竇紀事〉「點染上神仙色彩作爲浪漫掩護」的不同。有關元稹盧竇詩的討論,可參見第二章第三節,頁 102～103。

〔註121〕 見《李商隱文集編年校注》,頁 1901～1902。

〔註122〕 「某悼傷已來,光陰未幾。梧桐半死,才有述哀。靈光獨存,且兼

唐代士人在婚前涉及豔情情事，並不過分。不過，李商隱這段話至少透露一個訊息：他認爲自己很少實寫與女子的情事。從李商隱的詩集中，除去〈柳枝五首〉在序中指實對象之外，我們的確看不到李商隱有像元稹一樣，以直敘口吻敘寫自身豔情情事的詩。因此，李商隱自認其寫作態度有別於前此的豔詩作者，這種心態是可以理解的。再者，我們實在不需要單以李商隱這段「場面話」來證明其爲「正人君子」。

又，李商隱另在〈謝河東公和詩啓〉說：「某前因假日，出次西溪，既惜斜陽，聊裁短什。蓋以徘徊勝境，顧慕佳辰，爲芳草以怨王孫，藉美人以喻君子。」〔註 123〕這段話明白指出芳草、美人是有所寄託，研究者並以這段文字證明李商隱的豔情詩是香草美人傳統的繼承。〔註 124〕但是，誠如前所論，以李商隱某段文字去印證某類題材詩的創作手法，應該要更謹慎，更何況李商隱這段話，指的可能是他的〈西溪〉詩，觀此詩確有芳草美人之手法，但不須詩人自言，從全詩文字脈絡便可指向此種寓意。〔註 125〕

如上所述，李商隱的多數的綺豔詩雖非直敘口吻，但這不表示他的詩歌均無涉豔情。豔情詩本來不必出於個人經歷，中晚唐的士人，尤其是晉身官吏階層的士人，在日常交際活動中，席間有飲妓歌妓旁伴，或相偕前往妓院冶遊者實不在少數。士人或在寄贈詩歌中交流表述這種冶遊經驗，或可於寄贈之外寫〈夢遊春〉、〈惱公〉之類詩題以敘豔情；也可以在詩歌中針對此種現象做冷眼旁觀，如溫庭筠的〈夜宴謠〉。李商隱詩歌有涉風情者，〈柳枝〉五首由序可確與作者本人有關。中唐以

多病，眷言息胤，不暇提攜，或小於叔夜之男，或幼於伯喈之女。」
〔註 123〕見《李商隱文集編年校注》，頁 1961～1962。
〔註 124〕例如吳旻旻在《香草美人傳統研究》，頁 146，引這段話說明李商隱自覺地運用香草美人的創作手法，但他也認爲，這只能用在若干詩作的解讀。
〔註 125〕〈西溪〉：「悵望西溪水，潺湲奈爾何？不驚春物少，只覺夕陽多。色染妖韶柳，光含窈窕夢。人間從到海，天上莫爲河。鳳女彈瑤瑟，龍孫撼玉珂。京華他夜夢，好好寄雲波。」《箋注》，2/489。

來，士人席間歌酒酣樂之際，著墨豔情或冶遊的風氣，在李商隱身上亦然。李商隱一生除長安秘書省官職之外，多次在各個幕府間展轉任職。〔註126〕幕府的宴席間，可能有官妓或府主的家妓，中晚唐時，官妓幾乎由地方長官支配，偶有贈予之事，當長官調職時，有留原籍也有轉移樂籍的。文士自有許多機會賦詩歌詠士妓間的席間互動、歡會，或因同僚、長官調動造成的男女別離，代為贈答。〔註127〕李商隱此類詩作多半以「偶題」、「戲贈」為題，從題目判斷出有涉妓席風情，內容也的確寫豔情，如〈飲席戲贈同席〉：「洞中屐響省分攜，不是花迷客自迷」以遊仙洞比喻相偕冶遊、〈縣中惱飲席〉：「晚醉題詩贈物華，罷吟還醉忘歸家。若無江氏五色筆，爭奈河陽一縣花」，〔註128〕遊戲式地描寫席間妓女。〔註129〕

李商隱對妓席間代言、代贈或戲贈的詩歌型式實是十分熟悉，既然是妓席場合詩，詩作的題旨內容自然可能描述妓女的情態、席間士妓間的互動，或設想席後可能的豔情情事。例如〈天平公座中呈令狐令公〉與〈和友人戲贈二首〉其一：〔註130〕

> 罷職霓旌上醮壇，慢妝嬌樹水晶盤。更深欲訴蛾眉斂，衣薄臨醒玉豔寒。白足禪僧思敗道，青袍御史擬休官。雖然同是將軍客，不敢公然子細看。

〔註126〕從新舊唐書本傳記載，李商隱先後跟隨令狐楚、王茂元、鄭亞、盧弘正、柳仲郢等府主，幾乎半生在幕府間流轉。見《舊唐書》，140/5077-78，《新唐書》，5792-93。

〔註127〕幕府席間妓女與文士的互動，參見戴偉華《唐代幕府與文學》（北京：現代出版社，1990），頁104～110；戴偉華，《唐代使府與文學研究》（桂林：廣西師範大學，1998），頁72～80及廖美雲，《唐伎研究》，頁153～157。

〔註128〕《箋注》，2/528。另可參看〈妓席〉，《箋注》，3/609。

〔註129〕這裡的「惱」字用法與李賀〈惱公〉之「惱」意思相似，可參考李商隱〈寄韓惱同年〉一詩：「龍山晴雪鳳棲霞，洞裡迷人有幾家？我為傷春心自醉，不勞君勸石榴花。」《箋注》，1/83。《集解》，頁187。

〔註130〕《箋注》，1/21，1/61。馮注詩題又名〈和令狐八綯戲題〉，應可信。參見《集解》，頁175。

東望花樓會不同，西來雙燕信休通。仙人掌冷三霄露，玉
女窗虛五夜風。翠袖自隨迴雪轉，燭房尋類外庭空。殷勤
莫使清香透，牢合金魚鎖桂叢。

第一首詩描述官妓豔色照人，席間的僧道官吏賓客莫不為之撼動，因
而也有不敢直視者。〔註131〕第二首詩明顯是士人間的調笑戲謔之
語。首聯的「東望花樓」、「西來雙燕」指士妓之間音信輾轉暗通，「仙
人」、「玉女」以遊仙喻歡會，「金魚鎖」指女子房室的門鎖，意指偷
相往來。〔註132〕寫冶遊的詩又如〈偶題〉二首：

小亭閒眠微醉消，山榴海栢枝相交。水文簟上琥珀枕，傍
有墮釵雙翠翹。

清月依違香露輕，曲房小院多逢迎。春叢定是饒棲夜，飲
罷莫持紅燭行。〔註133〕

詩中的「雙翠翹」與「曲院小房」、「春叢」、「饒棲夜」均是暗示冶遊，
這兩首詩像是士人冶遊生活的斷片。

　　在李商隱詩集中還有從男性角度言豔情，或從女性角度為妓女或
貴家姬妾代言、代贈、代應的詩作。從男性角度設想與女子歡情的〈贈
歌妓〉：

水晶如意玉連環，下蔡城危莫破顏。紅綻櫻桃含白雪，斷
腸聲裡唱陽關。〔註134〕

「下蔡城危莫破顏」反用宋玉〈登徒子好色賦〉：「嫣然一笑，惑陽城，
迷下蔡」，要歌妓千萬別笑，否則過於蠱惑，語見恭維又帶輕鬆之意。
此外，像是〈贈柳〉、〈謔柳〉，雖不見代贈、代應等題名，詩題看似詠
物，實際上是卻可見豔情嘲謔意味。〔註135〕而〈深樹見一顆櫻桃尚在〉、
〈嘲櫻桃〉、〈百果嘲櫻桃〉等幾首櫻桃詩作，似乎也有此現象。〔註136〕

〔註131〕《李商隱詩歌集解》，頁48。
〔註132〕參見《集解》，頁176。
〔註133〕《箋注》3/582。
〔註134〕《箋注》，3/557。
〔註135〕《箋注》，3/646、647。
〔註136〕《箋注》2/282、3/727、3/589。

但從男性角度言情者，也有語調較爲悲涼的，如〈代應〉：

溝水分流西復東，九秋霜月五更風。離鸞別鳳今何在？十
二玉樓空更空。〔註137〕

這首詩明顯爲士妓言別，「十二玉樓」或指道觀。從女性角度言情者，
語氣多半十分認眞投入，不似男性角度言豔情，有時輕鬆。如〈飮席
代官妓贈兩從事〉說：「願得化作紅綏帶，許教雙鳳一時銜。」〔註138〕
著重官妓爲從事付出之「情」與「願」，情致較爲婉轉。又如〈代贈〉
二首：

樓上黃昏欲望休，玉梯橫絕月如鈎。芭蕉不解丁香結，同
向春風各自愁。

東南日出照高樓，樓上離人唱石州。總把春山掃眉黛，不
知供得幾多愁？〔註139〕

題爲「代贈」，而詩中有「離人唱石洲」之語，則此爲代言士妓離別之
作。第一首從雙方角度言情，除了第一句「欲望休」點出此人的動作
之外，其餘皆述其所望之景。「玉梯橫絕」是阻隔，「月如鈎」接在「橫
絕」一語之後，雖是詩中人所見之景，亦以景隱喻不圓滿之境。芭蕉、
丁香指向鬱結不開的形象，正如杜牧〈代人寄遠〉所說的「丁香開結
春梢」，或〈柳枝〉五首的「本是丁香樹，春條結始生」，〔註140〕配合
此詩第四句「同向春風各自愁」來看，可說是藉著自然界物象表達惆
悵、憾恨之情，是離別相思之情的具象展現。第二首則以歌女的歌唱
離情愁態爲主題，最後女子愁眉不展，盡顯無限離情。

對於李商隱綺豔詩作的多種風貌，龔鵬程的〈論李商隱的櫻桃詩
──假擬、代言、戲謔詩體與抒情傳統間的糾葛〉，從魏晉以來擬意
代作體的觀點切入，認爲這些席間寄贈發爲詩歌，本就是代人作語，
言下之意，這種假擬代言與抒情言志類詩歌的兩面性格應分別視之。

〔註137〕 《箋注》，3/653
〔註138〕 《箋注》，2/259。
〔註139〕 《箋注》，3/645。
〔註140〕 《箋注》，3/640。〈柳枝〉詩討論詳下文。

〔註 141〕其實，戲贈代言體固然是「擬想對方的情思」或「擬想所代之人的情思」，但戲贈代言體與抒情言志詩也未必能完全分視。在李商隱這些有涉妓席冶遊的戲贈偶題詩，或是代贈代應之作，其中用以暗示豔情的詞語，像是「荀令薰爐」、「謝郎」〔註 142〕、「金魚鎖」、「燭」〔註 143〕、「鶯」、「鳳」〔註 144〕、「蜂」、「蛺蝶」〔註 145〕、「鶯」〔註 146〕等等，有時藉六朝歷史人物事，有時藉特定器物或自然景象。類似的運用方式，也出現在李商隱非戲題寄贈類的綺豔詩歌。〔註 147〕當然，這不表示李商隱詩中出現這些典事、某些自然物象，或特定詞語，即顯示該詩有涉豔情，是否有涉豔情，還需要就整首詩的文意脈絡來判斷。

　　李商隱的戲贈代言詩，與他的文士身分位階相關，跟中唐白居易、元稹、劉禹錫唱和戲贈類詩背後的「友好交誼情志」，性質不甚相同。相對來說，李商隱席間寄贈擬代詩，於非寄贈擬代類綺豔詩之

〔註 141〕見《書目季刊》1998 年 6 月，22:1，頁 33～46。

〔註 142〕例如〈酬崔八早梅有贈兼示之作〉：「謝郎衣袖初翻雪，荀令薰爐更換香」藉謝莊賦雪詩與荀彧至留香三日事，喻崔「惹色沾香」。這首詩可能是酬崔八原詩詠美人，因此與見冶豔雙關之語。詩中還有。另外，〈和友人戲贈〉其二：「猿啼鶴怨終年事，未抵薰爐一夕間」，也以薰爐為歡會之徵。《箋注》3/618，1/61。

〔註 143〕見〈和友人戲贈〉其一及〈偶題〉。

〔註 144〕「鶯」、「鳳」如前引〈代應〉，分指男女。李商隱〈蠅蜨雞麝鸞鳳等成篇〉：「韓蜨翻羅幕，曹蠅拂綺窗，鬥雞回玉勒，融麝暖金釭。瑠明書閣，琉璃冰酒缸。畫樓多有主，鸞鳳各雙雙。」也以鸞鳳指喻男女情侶，《箋注》，3/747-748。

〔註 145〕見前引〈聞情〉及〈柳枝〉：「花房與蜜脾，蜂雄夾雌蝶」。

〔註 146〕「鶯」聲常出現在中晚唐冶遊豔詩，如元稹〈襄陽為盧竇紀事〉：「鶯聲撩亂曙燈殘，暗覓金釵動曉寒」，李賀〈惱公〉「春遲王子態，鶯囀謝娘慵」。李商隱在〈評事翁寄賜餳粥走筆為答〉：「粥香餳白杏花天，省對流鶯做綺筵。今日寄來春已老，鳳樓迢遞憶鞦韆。」流鶯用來比喻昔日座中美人。《箋注》，1/234。

〔註 147〕例如〈代應〉：「離鸞別鳳今何在？十二玉樓空更空。」與〈碧城〉：「碧城十二曲欄杆，犀辟塵埃玉辟寒」「閬苑有書多附鶴，女牀無樹不棲鸞」、〈和友人戲贈二首〉「殷勤莫使清香透，牢合金魚鎖桂叢」與〈燕臺〉：「金魚鎖斷紅桂春」。

主要情志的形成,更有可深入討論之處。

首先是戲贈代言詩從男、女角度言設之情思,與士人、歌妓姬妾的社會身分關係。對士階層來說,席間豔情遇合終歸是人生的一瞬歡樂,這個時期通常與年輕時應試仕進之路並行,年老回顧之後,可堪憾恨卻也美好。如果從女性的角度來看,唐代飲席中出現的歌舞妓女,可私人畜養也可做為餽贈,詩中的歌女姬妾,照理說應該習於這種送往迎來的短暫歡樂,她們或許永遠也沒有辦法得到一個男子的專注寵愛、深情不移。如趙嘏〈代人贈杜牧侍御〉說:「郎作東臺御史時,妾長西望斂雙眉。一從詔下人皆羨,豈料恩衰不自知。高闕如天縈曉夢,華筵似水隔秋期。坐來情態猶無限,更向樓前舞柘枝。」〔註 148〕男女雙方的相遇顯然只在這一晚,士人的仕途仰賴援引,女子的歌舞生涯或能結束,終得恩寵。總之,下次再見不知何時何地,所以,就乾脆放開矜持,儘可能表現舞技,為這難得相遇時刻綻放,這首詩充分說明這種情境。這種短暫不定的兩情相悅,在詩人筆下卻多半放大女子深情不移,或因別離而愁恨之貌。即使是貴家姬妾,命運也與娼妓相似。

與李商隱代言、代贈的詩歌互相參照,這些贈妓代言詩,有很多是席間的創作,在短暫的時間內要揣摩歌女的情感,大概越是短暫的歡樂,就越要以異於平日的多情去面對,才能充分凸顯這種情味。因此,詩中的歌舞妓女常背負閨怨詩中婦女的情思。中晚唐為妓代言詩歌,或以她們為主體言情的詩作,情意趨向閨怨詩中的女子,變成極其自然的事。〔註 149〕詩中所融會的抒情情思,因而既具限制性,限

〔註 148〕《全唐詩》,549/6361-62。

〔註 149〕呂正惠認為,李商隱的自傷不遇,讓他「心理投射」到閨怨詩的典型情境,言女性得不到愛情的困境,是在「香草美人」的傳統中開創自己的獨特藝術世界,見〈論李商隱詩、溫庭筠詞中「閨怨」作品的意義及其與「香草美人」傳統的關係〉,《中國文學理論與批評論文集》(逢甲大學中文系所編輯:臺北:新文豐,1995),頁 57～76。這是以「閨怨」在香草美人脈絡下的發展來看,不過,就李商隱的豔情詩來說,這可能還要考慮更多詩歌傳統以外的因素,這也是本節所要處理的論題。

制性在於局限於「悲」的情感，但限制之中又洋溢多態，在此「悲」的節制之下，得以盡情地演出更細微、更婉轉的情感樣態，而「歡」的部份因而也顯得彌足珍貴。

鍾來茵曾列了一系列李商隱類型化的豔語，來源有宋玉〈高唐賦〉、正史、六朝樂府、《道藏》、自然界事物等等，並引了李商隱的〈偶成轉韻七十二句贈四同舍〉說：「憶昔公爲會昌宰，我時入謁虛懷待。眾中賞我賦高唐，迴看屈宋由年輩」，〔註150〕證明李商隱是使用高唐雲雨典故的能手，並靠此才能在文士間獨領風騷，將愛情生活雅化。〔註151〕然而，「高唐」典故對唐代士階層來說，本是極其一般的常識，那麼李商隱又何能藉著「賦高唐」將愛情生活雅化呢？這恐怕還需要更細緻的辨析。

在討論宮體豔詩時，我們已注意到宮體豔詩作爲個人在群體間展現詩才，並兼顧娛樂風情的兩面融合。李商隱的「賦高唐」有類似的背景，他待在幕府的時間很長，工作就是代筆文書，爲府主寫賦。〔註152〕不過，正如李賀的冶遊詩〈惱公〉以「宋玉」爲冶遊士人代稱，兼顧宋玉高唐神女的遊仙隱喻，及宋玉（惱公）本身爲任官士人的身分；李商隱的賦高唐之屈、宋自比也有同樣的效果。〔註

〔註150〕《箋注》，2/425-426。

〔註151〕也許是爲達成豔情詞語系列的完整性，鍾來茵在〈李商隱「賦高唐」詩解〉及〈李商隱情詩中常見的隱比象徵系統〉分別列了峽中雲雨、蜂蝶鶯、龍鸞鳳、紫姑等詞語，但他所舉一些詩例是否確實均有涉豔情，有待商榷，見氏著《李商隱愛情詩解》（上海：學林出版社，1997），頁404～426，442～457。此外，《李商隱愛情詩解》把李商隱豔情詩分爲初戀詩、夫人詩、關於皇帝的愛情詩、含有性幽默的遊戲之作等數種，似乎又把某些詞與意象過度指實與類型化，畢竟，誠如鍾來茵自己所言：「義山在不同的詩中，會有各種不同的手法來組合意象。所以複雜的高唐典，不是像龍、鳳、雨、池、鳳戚桐等固定不變的，而是隨著不同的描寫對象，靈活地起各種變化的。」

〔註152〕唐代文士在幕府的一般工作，可參見賴瑞和《唐代基層文官》，頁317～376。

〔註153〕與宋玉相關的例子，如〈席上作〉：「淡雲輕雨拂高唐，玉殿秋來夜

153）戲惱寄贈類的詩歌有涉豔情的用語與典事，用得恰到好處並語涉多重，可能是很見才氣的做法。在這種席間寄贈的場合，作詩雖有娛樂調笑的氣息，但還是有同僚或長官在場，也就是說，這種場合實際上是幕府文士展長才的地方；賦豔情的同時，如果能顧及社交及政治階層之禮，又兼顧娛樂效果就更好。〔註 154〕李商隱的詩才，就展現在這些豔而不俗的詩作。所謂豔而不俗，並不是不涉豔情，而是脫離宮體豔詩以來對女子容貌身體的窺探注視，定格速寫，並且除去元、白式的即席白描。李商隱的豔情暗示，幾乎不涉感官與女子容貌軀體的描述，他以賦高唐、屈、宋自比，志在豔情與兼顯才情，並合於幕府文士階層之境況，充分表示他嫻熟古典文化及對自身運用這類題材的自信。

　　李賀、溫庭筠都善用南朝豔詩題材語言，為自己的綺豔詩追求更為豐足的情意，南朝豔詩之外，楚漢辭賦中求女的主題，賦間有關男女遇合的描寫，也是意義豐足的象徵題材。李商隱的詩歌進入屈、宋脈絡時，特別著重搬弄相關求女典事。在〈代魏公私贈〉、〈代元城吳令暗為答〉兩首擬代詩，李商隱則就曹植與甄后的情事及「洛神」設想情思：〔註 155〕

正長。料得也應連宋玉，一生唯事楚襄王」〈宋玉〉：「何事荊臺百萬家，唯教宋玉擅才華？楚辭已不饒唐勒，風賦何曾讓景差。落日渚宮供觀閣，開年雲夢送煙花。可憐庾信尋荒徑，猶得三朝託候車。」《箋注》2/289、2/304。

〔註 154〕比如說，〈南山趙行軍新詩盛稱游讌之洽因寄一絕〉：「蓮幕遙臨黑水津，彙鞭無事但尋春。梁王司馬非孫武，且免宮中斬美人。」因對方身分是將軍，因此用了符合對方身分的典事，見《箋注》1/78，《集解》，184。〈題二首後重有戲贈任秀才〉：「虛為錯刀留遠客，枉緣書禮損文鱗」則用張衡〈四愁詩〉：「美人贈我金錯刀」與古詩「客從遠方來，遺我雙鯉魚」之詞彙，藉用表示女方虛相贈與，男方枉致書札，見《箋注》1/63、《集解》，182。

〔註 155〕其實唐代詩人早在妓席間運用曹植洛神事，如陳嘉言〈上元夜效小庾體〉：「連手窺潘掾，分頭看洛神。」，孟浩然〈宴崔明府宅夜觀妓〉：「儻使曹王見，應嫌洛浦神。」見第二章第一節，頁 68。

來時西館阻佳期，去後漳河隔夢思。知有宓妃無限意，春
松秋菊可同時？

背闕歸藩路欲分，水邊風日半西曛。荊王枕上元無夢，莫
枉陽臺一片雲。〔註156〕

第一首是以〈洛神賦〉中男方角度設想，曹植與宓妃遇合歡愉，終有
阻隔的結局為詠。第二首則以元城令吳質的口吻假設提出，前兩句用
〈洛神賦〉語陳述「離去」的情境，後兩句言明男方（荊王）原無巫
山夢，請女方（宓妃）也不要多待。因此，雖然題為擬代，但這種跨
時代替某歷史人物的擬代情思，看來已涉入詠史的範疇，以李商隱這
兩首詩來說，「春松秋菊可同時」顯然已牽涉到詩人主觀對曹植感甄
之事及其〈洛神賦〉的理解與提問，「荊王」兩句更有否定、終止雙
方情意交接之意。〔註157〕

　　李商隱的男女戀情詩，多以士階層與妓女、歌妓的戀情為主軸，
戀情的憾恨也可廣延為士人的官途浮沉與所戀女子之期待落空。如果
李商隱要善用古典詩賦中求女不得的典事，去加強豔情情感的曲折與
憾恨，這就不只是為豔情添彩筆，而是詩人達到以情呈顯經驗深度的
層次。李商隱詩的此種傾向，在〈燕臺〉詩便已見端倪。〈燕臺〉詩
著重在「情」的本質，但李商隱並不是單純突出「男女愛情」而已，
同時還是屬於士階層的戀情。因此，李商隱詩中的憾恨常是雙重的憾
恨，對女性而言，遺憾的可能是投注情感而無能回報；對男性而言，

〔註156〕《箋注》，3/626、3/627。
〔註157〕劉若愚將典故解釋為詩歌技巧，可以經濟手段表現古時某個情
　　　　境，作為詩歌所要描述經驗的類比或對照，可引出附加的含意、
　　　　聯想，見氏著《中國詩學》（杜國清譯；臺北：幼獅文化公司，1977），
　　　　頁214～231。顏崑陽則進一步把典故分為「用成辭」與「用故事」
　　　　的效用，是為了表現作者的主觀情志，是一種隱喻關係。他把用
　　　　故事的做法分為三種：（一）作者不作主觀判斷，對事實純做客觀
　　　　描述；（二）介入作者主觀性的意義判斷，對客觀事實加以詮釋、
　　　　評估；（三）以主觀想像創造性的融合，改寫一個或多個客觀事實。
　　　　《李商隱詩箋釋方法論》，頁184～194。李商隱這裡應該是第三個
　　　　用法。

憾恨的是空有才華而流轉飄蓬，甚至連一己之情都無法完滿。擬代設想的詩是如此，在幾首感懷詩，也藉此種憾恨表感慨，如〈可嘆〉、〈中元作〉、〈對雪二首〉其二：

> 幸會東城宴未迴，年華憂共水相催。梁家宅裡秦宮入，趙后樓中赤鳳來。冰簟且眠金鏤枕，瓊筵不醉玉交杯。宓妃愁坐芝田館，用盡陳王八斗才。

> 絳節飄颻宮國來，中元朝拜上清迴。羊權雖得金條脫，溫嶠終須玉鏡臺。曾省驚眠聞雨過，不知迷路爲花開。有娀未抵瀛洲遠，青雀如何鴆鳥媒？

> 寒氣先侵玉女扉，清光旋透省郎闈。梅花大庾嶺頭發，柳絮章臺街裡飛。欲舞定隨曹植馬，有情應溼謝莊衣。龍山萬里無多遠，留待行人二月歸。〔註158〕

這三首詩作雖是感懷詩而非純粹描述豔情，在第一首中，曹植〈洛神賦〉中男子與神女歡會，人神終不能相守的象徵，便頗能突顯這樣的遺憾。李商隱以詩歌言語演繹遇合的歡愉、終不能持續的感傷，等待不由人的被動情境，更加重了此種遺憾。透過詩人的主觀設置，曹植、宓妃的身分與傳說故實，變成宓妃愁坐與曹植才華盡顯之「洛神」交接，兩者盡放光華然卻無效，遂在李商隱詩歌中引起多重情意之慨。〈中元作〉次聯以萼綠華夜降羊權、贈金條之遇合，溫嶠與劉氏密自以玉臺鏡爲媒聘之事，最後一聯用〈離騷〉求神女之語，暗喻一段別過與錯失之情。〔註159〕第三首以玉女、省郎的遠別引發情思，「欲舞定隨曹植馬」融合了曹植〈白馬篇〉之遠別，及〈洛神賦〉：「飄颻兮若流風之迴雪」，不但扣緊對雪的場景，也暗喻〈洛神〉之男女的會別。從這幾首詩中，可見李商隱將「求女」象徵的操作，回返詩歌語言的層面。透過詩歌語言的設計，豐富深化了詩人現時個人的情志。

李商隱幾首豔情詩，便透過高唐雲雨象徵的運用，與唐人藉遇仙

〔註158〕《箋注》3/581，3/703、2/419。〈對雪〉自注：時欲東歸。
〔註159〕參見《集解》，頁1707～08。

寫戀情的習慣,表現飄忽渺茫之遇合,其中〈碧城〉是戀情歡會與貞定深情的組合,以第一、二首來看:

> 碧城十二曲欄干,犀辟塵埃玉辟寒。閬苑有書多附鶴,女
> 牀無樹不棲鸞。星沈海底當窗見,雨過河源隔座看。若是
> 曉珠明又定,一生長對水精盤。

> 對影聞聲已可憐,玉池荷葉正田田。不逢蕭史休迴首,莫
> 見洪崖又拍肩。紫鳳放嬌銜楚珮,赤鱗狂舞撥湘絃。鄂君
> 悵望舟中夜,繡被焚香獨自眠。〔註160〕

與〈燕臺〉一樣,這組詩不敘戀情的事件緣由經過,然而我們可以理解,這對戀人必有十分熱烈之遇合。第一首以雲雨表歡會,敘男女歡會,最後的「若是曉珠明又定,一生長對水精盤」,則表詩中人願盡力沉浸此情之願,將此刻化爲永遠。第二首用了多種仙傳的典故,表兩人歡洽之情致,最後則將以「鄂君」的悵望、獨眠表此情之不得接續,以及男子之悵然寂寞。〔註161〕像這樣的豔情詩,與元、白有著重過程細節,描寫冶遊過程的詩自是迥異,「求神女」典故的運用非點出豔情,而是擴深詩歌情意的聯想。

這裡要再談李商隱描述自身戀情的〈柳枝五首〉。〔註162〕〈柳枝〉是李商隱的詩作中,唯一可以詩序證明與作者本人戀情相關的詩。

〈序〉寫得優美動人,詩作則以各種物類相比,類雙關語的手法,點出兩人階級身分上的差異與錯失相偶之機,如第一首與第二首:

> 花房與蜜脾,蜂雄蛺蝶雌。同時不相類,那復更相思?本

〔註160〕《箋注》,3/570。

〔註161〕《說苑》(〔漢〕劉向撰,盧元駿註譯,臺北:臺灣商務印書館,1988),11/365 記載,美男子鄂君泛舟時,有舟人歌其美貌,以表相悅之意,鄂君遂擁被覆之。

〔註162〕〈柳枝〉詩是李商隱青年時期的作品,詩前有一段長序,說明李商隱與少女柳枝相遇相識的經過。柳枝在巧遇李商隱之前,便曾聽過李商隱從兄吟詠他的〈燕臺〉詩,因此一見李商隱本人,便與相約次日相見。李商隱因爲「朋友戲弄,盜取其行裝」匆匆趕赴他處,兩人之間的戀情尚未開始便告結束,後李聽說柳枝已爲東諸侯娶去。

　　是丁香樹，春條結始生。玉作彈棊局，中心亦不平。〔註163〕

〈柳枝〉是從男性角度抒情，具有戀情民歌風味的詩，李商隱眞在詩中寫自己的情事時，反而用民歌式簡單的類喻，比擬其中境況，而不言對柳枝之情。因此，談李商隱的深情不移，或許便於讀者體會他詩中處理情愛的深度，但對於義山詩如何能探求情的本質，卻不能提供十分具有說服力的答案。就李商隱的詩來說，詩人在現實生活中對情的眞誠與否，並不是我們探討的最終目的，該探究的是詩人面對經驗題材，如何透過詩語言將之轉化成爲一次成功的探索？就創作而言，詩人可能不見得以生活中的實然經驗入詩，卻可能秉持著對某種「類型情意」的興趣，於各類題材的詩做不同層次的處理。李商隱面對各類題材的時候，時有以譏刺、類似嘲諷的態度，甚至透過詩歌語言針對一個歷史事件中的一個人物、一個情景提出質問，如詠史詩〈馬嵬〉其二：「如何四紀爲天子，不及盧家有莫愁」，將歷史事件場景的某一刻與該事件中某個名女子的處境並陳，形成尖刻的效果〈賈生〉：「可憐夜半虛前席，不問蒼生問鬼神」，〔註164〕則設計了一個皇帝「虛前席」，急於向賈誼請教的具體情景，如此，「問鬼神」更顯得諷刺。即使言自身情志時，詩人也往往在詩歌中設置激憤嘲刺的情境，如〈任弘農尉獻州刺史乞假歸京〉：「卻羨卞和雙刖足，一生無復沒階趨。」〔註165〕嘲刺意味的另一面，便是深層的悲哀。

　　就詩人的生活經驗與實際的代言寄贈詩作來說，李商隱對士妓戀情的現象觀察深有心得；於古典傳統中的豔情題材則能運用甚至翻轉用事，戲謔之間的力道因而得以拿捏。其實，只要翻轉狎娛之面，就更利於他在非題贈類的豔情詩中把戀情寫得曲折憾恨十足。這就是元稹、白居易白描風俗式的豔情敘寫，所不能處理到的深層層面。李商隱在這點的做法與李賀是類似的，李商隱更進一步在七律的形式構造下，去探究

〔註163〕　《箋注》，3/640。
〔註164〕　《箋注》，2/314。
〔註165〕　《箋注》，1/143-144。

男女如何面對一時迸發的情感經驗。士妓雙方的身分差異、兩人間由於命運流轉所造成的情意不能融合，構成註定有所缺憾的情感形態。李商隱的七律豔情詩，便著重在七律的構造形式探究、追問這種情感。

　　李商隱的無題詩多達十幾首，歷來有關無題詩的箋解多指向豔情與實有寄託。〔註166〕指向豔情者，又有純粹豔情與暗指義山感情事件之說；實有寄託則有寄託不遇、寄託為向令狐綯陳情之說。如果從上述所言背景及脈絡去探究，李商隱的一些無題詩的意義，就不必具體指涉至現實的生活經驗，反而應注意李商隱如何在無題詩歌中探求這種情感。比如〈無題四首〉其一與其二：

> 來是空言去絕蹤，月斜樓上五更鐘。夢為遠別啼難喚，書被催成墨未濃。蠟照半籠金翡翠，麝熏微度繡芙蓉。劉郎已恨蓬山遠，更隔蓬山一萬重。
>
> 昨夜星辰昨夜風，畫樓西畔桂堂東。身無綵鳳雙飛翼，心有靈犀一點通。隔座送鉤春酒暖，分曹射覆蠟燈紅。嗟余聽鼓應官去，走馬蘭臺類斷蓬。〔註167〕

第一首，「劉郎」指劉晨遇仙之事，依唐人習慣指戀情男方，這首詩的主題就是男方與女方的「分別阻隔後的某一刻」，情形與李賀〈石城曉〉寫妓女與戀人分別之一刻類似。「來是空言去絕蹤」是期約落空的狀態，第二句是點明詩中人所在時間，是深夜將盡，拂曉欲至。次聯寫他的心理狀態，夜半似曾夢見分別之痛，於是他急著給對方書信，連墨都尚未磨濃。第三聯是富含豔情象徵的場景，由眼前的燭光，移轉到一個場景：翡翠圖案在殘燭半照下，忽隱忽現，繡著芙蓉的被褥還依稀度透著微香。兩句令人聯想到歡情回憶，然而，若隱若現與似有若無的描寫，不

〔註166〕除去失題的詩，李商隱多首無題詩應該還是有意為之，誠如龔鵬程〈無題詩論究〉所言，刻意無題，應該是特殊設計的，見《中央大學人文學報》第 7 期（1989），頁 29～50。此外，唐末有些豔情詩是跟隨李商隱無題詩的用意的，像是吳融的〈無題〉、〈和韓致光侍郎無題三首十四韻〉。

〔註167〕《箋注》，2/386，1/133。

但造成似幻似實的效果，也是詩中人在現時時刻，對歡情回憶同時懷念而又不敢回視的結果。如此，最後一聯的「已恨」與「更隔」就更加強現實人間中分離的憾恨，詩中男子與對方不是只如人神的蓬山之隔，人神無法交會，而是在現實中有著更長的距離，讓兩人終究無法和會。第二首無題，場景在某官府夜宴，詩中男方有官職在身，女方是夜宴中的某女子。在這場夜宴中，有美麗的星空，美好的風，雖然沒有明顯的豔情事件的敘寫，但富含豔美辭彙的意象「綵鳳雙飛翼」，以及酒席間的遊戲歡暢，卻不能不令人聯想到，在此場景可能有男女隱約的情投意合。〔註168〕官場生活的酬宴與遇合，再如何美好，也不過就是一個夜晚的綻放。到了清晨，男方便得投入他的工作，從戀情世界移轉到官宦世界是如此，最後一聯「嗟余」二字的否定意味顯得更重了，這場戀情經驗無論如何美好，一旦開始就不會有完滿的結果。

　　另外兩首〈無題〉，更是把握了歷史文化脈絡中，神女的遇合、隱密戀情的交通，藉以表現「經驗」某事，即為由交會到失去的必然過程：

> 颯颯東南細雨來，芙蓉塘外有輕雷。金蟾齧鏁燒香入，玉虎牽絲汲井迴。賈氏窺簾韓掾少，宓妃留枕魏王才。春心莫共花爭發，一寸相思一寸灰。

> 重幃深下莫愁堂，臥後清宵細細長。神女生涯原是夢，小姑居處本無郎。風波不信菱枝弱，月露誰教桂葉香。直道相思了無益，未妨惆悵是清狂。〔註169〕

賈氏窺簾、宓妃魏王均是非婚姻關係的戀情本事，可聯想到士人的戀情困境。〔註170〕賈氏、宓妃縱然不屬妓人一流的身分，但由此我們更可

〔註168〕康正果認為，把「身無綵鳳雙飛翼」解釋為情人不能比翼雙飛，忽略了前後聯的意義，因而歸結這首詩只是寫對宴會場景的回憶及身世飄蓬，而無豔情暗示，見《風騷與豔情》，頁236～238。不過，若明瞭李商隱席間寫豔情的習慣，則這裡「綵鳳雙飛翼」字句的豔情意涵還是不能忽略的。

〔註169〕《箋注》，2/387、2/458。

〔註170〕《世說新語箋疏》（余嘉錫撰：臺北：華正書局，1984）下卷下/921，

以理解，這是因著身分對人（在這裡幾乎就等於士人）造成宿命而呈顯的普遍經驗。詩中的男性有著公家的身分，而與女性有私密情感的交流。韓壽、魏王不只有私情，他們也是「文士」身分。此詩的憾恨實是兩種情感面向交融：一、就男方來說，與女方可能只是一時偶遇，男方因身有公務，或必須為自己的功名前途打算，宦海浮沉，與女方之情明顯沒有未來，因此，短暫的交會，當然值得珍惜。二、就像〈洛神賦〉人神的交通徒然、必定成灰的戀情一樣，情感無法突破命運的擺弄。因此，末聯「春心莫共花爭發，一寸相思一寸灰」，「春心」一語，表示有沉溺其中的危險，然而詩人卻說，萌發春心相思，即是萌發必然逝去的體驗，似乎詩中人也寧可沉浸在強烈而淒美的憾恨當中。第二首的開頭是深夜不眠的女子，關鍵在於神女生涯「原是夢」，小姑獨處「本無郎」，詩人對存在於文化中神女傳說，與樂府〈青溪小姑曲〉之「小姑所居，獨處無郎」的解釋，暗示詩中人的處於自身引起戀情紛擾的情境。第三聯「不信」、「誰教」則藉自然景象呈現畢竟「已觸動」的意義。因此，最後一聯是相對前三聯而言，「了無益」看似情感上的釋懷，「未妨」，卻有抱此遺憾，沉浸其中的意義。在這兩首詩中，詩人對豔情神女典事的運用，不但將詩中情感導向事件以外的層次，全詩意義也從個人私密情感的抒發，導向以歷史文化中的神女情結，迴返解釋詩中人現時經驗的層次，因而能表現詩人對某種情境的體察。〔註171〕

　　在前兩章討論元、白與李賀等綺豔詩的討論中，我們已深知士階層與妓女戀情的必然結局，身分的不相稱與是階層命運的流轉。李商

　　　　貫充女與韓壽有私情，後因貫充聞到韓壽身上的香氣，懷疑他與女兒私通，拷打女兒之婢得實情，則這是由「非婚姻關係」轉為「婚姻關係」的戀情，看似成功，然此詩最後「一寸相思一寸灰」的語意，可知貫氏之典是用來反襯戀情之不成。

〔註171〕蔡英俊認為，唐以後的使事用典，是詩歌創作活動中「對過往經驗的借代與解釋的審美旨趣」，詩人能用精簡的語言經營，把詩的意義導向寬廣的脈絡，並獲致「含蓄」的審美旨趣。詳見《中國古典詩論中「語言」與「意義」的論題》，頁 286～301。這裡便有此種效果。

隱不像元稹自敘沉迷豔情及追悔覺醒的過程,將豔情視爲仕途中的一個階段或必經之路,他「直探」這種戀情的本質,不斷在詩中設造並追問「爲何如此」的情境,敘述口吻固非實指,詩人也不是冷視旁觀,或盡情描述一種客觀現象,如同李賀、溫庭筠的樂府豔體。在李商隱的綺豔詩,「經驗事實遠不及內在意義與結構重要」,「他的詩句大多表現了內心無形的複雜過程,字句之間彼此頡頏,造成無與倫比的深密度」,〔註172〕這個形式構造與內容情意的完滿掌握,出現在李商隱多首七律豔情詩中,形式的選擇讓他達成此種表現。

　　李商隱在悼亡詩所處理的情感層次,如〈正月崇讓宅〉,也重視兩人相隔之憾,在世者對失去的情感上的沉緬,與元稹的〈遣悲懷〉相比,處理的更是悼亡詩的「情」的部份。這或許也本植於詩人一向在詩中探求情的質性,而非只是經驗的闡述。李商隱豔情詩總是著重在情的不能傳遞交通,對於「豔色」、「冶遊」的描寫少見,也無歡情歷程的敘寫。豔色淡出、省去歡情歷程,突出「情」的部份,因而得以與楚騷傳統中的「求女」象徵暗合,給予讀者「不只是豔色與豔情」的聯想。討論至此,不免落入「以豔情爲寄託」的解讀方法。但是,如果在政教脈絡的詩歌傳統下,詩人可用「豔情遇合」來呈現「士不遇」的況遇,那麼,反過來以「士不遇」境況比擬做豔情遇合的難爲,又何言不可呢?這是豔情題材於中唐流行後,詩人由現時環境背景出發,經由對豔情傳統的回顧,於七言律詩成功經營的結果。因之,李商隱的豔情詩成爲中唐綺豔詩興盛以來,抒情的最高峰,而唐末詩人唐彥謙雖有〈無題十首〉,頗見豔情情調,然畢竟不如李商隱詩情意的深刻動人。

第四節　綺豔語言與晚唐詩歌的交融旋律

　　這一節所關注的是晚唐詩的「綺豔語言」。所謂的綺豔語言,指的

〔註172〕方瑜,〈李商隱七律豔體的構造與感覺性〉,《中晚唐三家詩析論》,頁63。

是由中晚唐綺豔詩的綺羅香澤、設色富麗華美的辭彙開展而出的「綺豔化」的詩歌，包含抒懷、詠物、詠史懷古與游仙詩作中，均可見這種綺豔泛化的辭彙與意緒，其中以詠史懷古與詠物感懷特別的突出。

相較於唐代的其他時期，詠史懷古題材與綺豔題材類的詩歌，則可說是晚唐時期兩種蓬勃發展且別具特色的詩歌。詠史懷古詩表現了詩人對歷史縱深的關心與省思。在綺豔題材同時盛行的晚唐，詩人除了代言、擬想女性情思，或從男性角度言男女豔情，也從歷史事件中女性的角度切入歷史事件或場景，當他們在詠史懷古詩中牽涉到女性角色的處境時，他們對歷史的省思，也很自然導向個人悲哀與國家盛衰、興亡的對比。

詠物感懷與綺豔語言的交融就更為複雜，牽涉到「物象」於中晚唐綺豔詩中的作用與性質。在中晚唐的一些閨閣女性抒情詩作、豔情詩作中，女性感情與閨閣景物彼此的關係是緊密的，有關詩中女子的情思開展，晚唐詩人常透過放大女子的感覺，甚至是近似戀物的方式，將情思融入景物，甚或以某些物象的描寫、堆砌來呈現她們的情思，這種以耽於物象的方式來言情，從李賀〈美人梳頭歌〉到溫庭筠的綺豔詩均可得見。因此，我們可以說，在為女子角度擬代情思的過程中，綺豔詩的關注焦點不但漸漸發展出從公眾觀賞、社交性質轉向具有個人私密情感經驗意義的領會，綺豔題材的興起，因而也對晚唐詩歌的抒情性有著功能性的影響。有從士階層男性角度出發，江南青春追憶情懷與南朝華麗夢土積澱融合，也有從女性角度興起幽微閨情情思。關於這個現象，余恕誠在〈晚唐兩大詩人群落及其風貌特徵〉，提出晚唐詩的其中一個特徵為「綺豔題材的開拓」，他認為「晚唐的綺豔詩，有以男女為中心向各方面泛化的現象」，「除寫男女之情外，還有大量帶愛情脂粉氣息的自然景物、日常生活和詠史、詠物諸作上」，可以說，這就是晚唐綺豔語言與詩作交融的特殊旋律。

這一節主要還是以溫庭筠、杜牧與李商隱的詩歌為討論主軸，因為這三人的詩歌，最能呈顯綺豔語言與晚唐詩歌交融的結果，必要

時，則旁及晚唐其他詩人的作品，予以比較對照。

一、詠史懷古與綺豔風華

　　詠史詩可以純以議論的方式為之，可以針對歷史事件、場景評論，另作新語、翻案，由見詩人之洞察。不過，詠史詩的寫作，有時也是詩人透過一首詩，對過去歷史情境、歷史人物經驗的再思考，而這裡所要討論就是這種歷史「情境」提出與綺豔語言的蘊合。在白居易詩中，我們已知社會、歷史題材與綺豔風情兼容於同一詩作的意義，社會教化敘寫與風情並非不能互涉。〔註 173〕在晚唐詠史詩中，詩人對歷史中女性人物情境的品味與再探，更增添了詠史中的抒情意蘊。以杜牧〈金谷園〉為例：

　　繁華事散逐香塵，流水無情草自春。日暮東風怨啼鳥，落花猶似墮樓人。〔註 174〕

此詩詠晉富豪石崇為愛妾綠珠得罪孫秀，而至全家敗亡之事。綠珠為石崇殉情，在金谷園中樓臺墜樓自盡。此詩前半寫繁華落盡，香塵消散，而園中草木依然碧綠，流水依舊。最後一句寫花落翩然，猶如美人墜樓殞落之淒惻，也象徵繁華散盡之悲。余陛雲在《詩境淺說》評此詩：「四句以花喻人，以落花喻墜樓人，傷春感昔，即物興懷，是人是花，合成一淒迷之境。」〔註 175〕杜牧將美人、花、繁華三者融合，結為無限之感慨。我們可以唐末胡曾的〈金谷園〉作為對照：「一自佳人墜玉樓，繁華東逐洛河流。唯餘金谷園中樹，殘日蟬聲送客愁。」〔註 176〕相對杜牧四句扣緊了以花喻人，對同一事件的感慨，同樣的素材，胡曾詩中的綠珠便沒有如此淒惻之美，效果也不如杜牧，由此可見杜牧運用綺麗詩意之功。

　　從〈金谷園〉可看到杜牧詠史絕句的特殊表現。詠史詩中出現美

〔註 173〕參見第二章第三節，頁 118～119。
〔註 174〕《樊川詩集注》，外集/頁 337。
〔註 175〕見余陛雲《詩境淺說》（北京：北京出版社，2003）續編，頁 265。
〔註 176〕《全唐詩》，647/7420。

人、佳人的機會不少，歷代興亡故事中，君王沉迷女色、國破家亡導致佳人爲人所奪的例子比比皆是，女色亡國論一直是詩人詠嘆歷史興亡時，不曾間斷的主題。安史之亂後，唐人詠唐玄宗、楊貴妃事的詩大量出現即爲一例。杜牧詩中也對君王沉迷女色與國家興亡持批判的態度，但他的切入角度是很特別的，以〈過華清宮絕句〉二首著墨在唐玄宗、楊貴妃的關係爲例：

> 長安迴望繡成堆，山頂千門次第開。一騎紅塵妃子笑，無人知是荔枝來。

> 新豐綠樹起黃埃，數騎漁陽探使回。霓裳一曲千峰上，舞破中原始下來。〔註177〕

杜牧不直接批判李、楊之事，而是取一場景來凸顯此點。第一首的「長安」二句，與第二首「新豐」二句，均描寫氣象萬千的緊急之勢，然而「一騎紅塵妃子笑」與「霓裳一曲千峰上」，把焦點轉到楊妃之音容笑貌，翩翩舞動，詩末「無人知是荔枝來」與「舞破中原始下來」，與第三句特意點出的楊妃之笑、楊妃之舞，成爲極大的反襯，全詩之論斷僅見於此句，諷喻之意微妙然力道十足。杜牧詩僅用一句來寫楊妃，然其寓意不輸白居易〈長恨歌〉之「漢皇重色思傾國」長篇鉅著述李楊愛情。

又以杜牧〈赤壁〉爲例，這首詩著眼在歷史的偶然與周瑜、大小喬個人境遇的關係：

> 折戟沈沙鐵未銷，自將磨洗認前朝。東風不與周郎便，銅雀春深鎖二喬。〔註178〕

這首詩設想是，東風若不予周瑜一臂之力，那麼一切都改觀了，周瑜敗戰，大小二喬這樣的美人也只能幽禁於銅雀臺。宋人許顗曾譏笑杜牧此詩「社稷存亡、生靈塗炭都不問，只恐捉了二喬」，〔註179〕其實，

〔註177〕 《樊川詩集注》，2/138～139。
〔註178〕 《樊川詩集注》，4/271。
〔註179〕 〔宋〕許顗《彥周詩話》（《歷代詩話》本），引自《唐詩彙評》，頁2366。

就因為杜牧寫了深鎖二喬的景象,這首詩之韻致才更加鮮活,而不流於義理上的議論。清賀貽孫《詩筏》就說:「唯借『銅雀春深鎖二喬』說來,便覺風華蘊借,增人百感,此正風人巧於立言處。」〔註 180〕杜牧這幾首詠史詩的特出之處,固然在於立意新奇,設想巧妙,但不可否認的是,他恰到好處地運用美人風華與歷史興亡之聯繫,更添一層魅力。

　　與杜牧的手法足可相為對照的是李商隱。李商隱的詠史詩作,有一些不是用美人風華為含蓄蘊藉之慨,而是以歷史事件中的女性角色,作為尖刻的提問點,如〈北齊〉其一:

　　　一笑相傾國便亡?何勞荊棘始堪傷?小憐玉體橫陳夜,已
　　報周師入晉陽。〔註181〕

馮小憐與北齊之亡並不是同一個時間點,劉學鍇將這首詩列為「略去時間距離,將其緊相組接,以突出歷史現象的前因後果」的詠史詩例。〔註 182〕然而,與其說這種裁剪方式是為了凸顯歷史的前因後果,不如說是李商隱慣用的譏刺冷視之觀看方式,讓他刻意將美人風華的「美」(一笑)與「衰敗」(國便亡)並顯成為有此即有彼的關係,同時也加重了兩者的對立。這與他一些有關戀情嘲謔,展現機智長才的詩是類似的。另一首從男性情愛角度切入而顯獨特的〈龍池〉也如是,不過稍顯同情:

　　　龍池賜酒敞雲屏,羯鼓聲高眾樂停。夜半宴歸宮漏永,薛
　　王沉醉壽王醒。〔註183〕

這首詩為壽王妃為唐玄宗所奪之事,設計出一個假想中的場景。除此之外,李商隱的〈馬嵬〉其二雖也從戀情角度切入,但較為婉轉地佈織這種深層的悲哀:

〔註180〕　〔清〕賀貽孫《詩筏》(《清詩話續編》本),引自《唐詩彙評》,頁
　　　　　2366。
〔註181〕　《玉谿生詩集箋注》,3/710。
〔註182〕　見其《李商隱詩歌研究》,頁 11。
〔註183〕　《玉谿生詩集箋注》,3/598。

　　　　海外徒聞更九州，他生未卜此生休。空聞虎旅傳宵柝，無
　　　　復雞人報曉籌。
　　　　此日六軍同駐馬，當時七夕笑牽牛。如何四紀爲天子，不
　　　　及盧家有莫愁？〔註184〕

莫愁本是唐詩慣以代稱戀情對象的用語，李商隱此詩以唐玄宗與楊貴
妃的戀情爲軸，李、楊戀情不能圓滿，對照他的一國之君的身分，既
顯戀情的深刻悲哀，又見何能造成此一情境之提問。這首詩的尖銳與
哀感遂得複倍加乘，表現方式與李商隱「無題」類的七律豔情詩相可
比擬。

　　在晚唐的懷古詩中，與綺豔語言相關的是詩歌中綺豔、南朝、繁
盛三者的交織；相對於個人追憶情懷中，綺豔回憶所象徵的美好時
光，追懷歷史上的昔年興衰，也常從此種情結切入。

　　這裡先回顧中唐懷古詩中言及六朝的佳作，其中，劉禹錫的懷古
詩是較有特色的。他以金陵爲題的幾首詩，如〈金陵懷古〉、〈金陵五
題〉、〈西塞山懷古〉等，均具悲涼情調。如〈金陵五題・烏衣巷〉：「朱
雀橋邊野草花，烏衣巷口夕陽斜。舊時王謝堂前燕，飛入尋常百姓家。」
其三〈臺城〉：「臺城六代竟豪華，結綺臨春事最奢。萬戶千門成野草，
只緣一曲〈後庭花〉。」〔註185〕以景色鋪陳、今非昔比的方式，間接
呈現出六朝繁華成空的境況。在劉禹錫〈西塞山懷古〉中，懷古意緒
則與詩人所處環境相聯繫：

　　　　西晉樓船下益州，金陵王氣黯然收。千尋鐵鎖沈江底，一
　　　　片降幡出石頭。人世幾回傷往事，山形依舊枕江流。今逢
　　　　四海爲家日，故壘蕭蕭蘆荻秋。〔註186〕

從吳、晉的興廢，發出慨嘆，至「今逢」二句，則暗示詩人自身際遇
與所處境況。劉禹錫懷古詩中的悲逝與傷感，是中唐懷古詩的先聲。

　　懷古詩的今昔相對的內涵，牽涉到詩人從一個現時時空地域，與

〔註184〕 《玉谿生詩集箋注》，3/604。
〔註185〕 《全唐詩》，365/4117。
〔註186〕 《全唐詩》，359/4058。

昔日時空地域的對照與思索,蘊含的是詩人對昔日地域與文化空間的想像。比如說,在賞玩江南春景之餘,追想六朝盛日,進而透露懷古之嘆。在杜牧的寫景詩中,我們常看到他從江南煙雨景致著眼,遙想六朝繁華風光,兩者在杜牧心中構成一個美好秀麗的圖像,遂以詩誌之。

　　對現時所處江南地域的觀想,透過歷史陳跡尋向繁華成煙之慨。這裡以杜牧兩首詩〈題宣州開元寺水閣閣下宛溪夾溪故人〉、〈悲吳王城〉作為對照,二者使用素材是類似的:

> 六朝文物草連空,天澹雲閒今古同。鳥去鳥來山色裡,人歌人哭水聲中。深秋帘幕千家雨,落日樓台一笛風。惆悵無因見范蠡,參差煙樹五湖東。

> 二月春風江上來,水精波動碎樓臺。吳王宮殿柳含翠,蘇小宅房花正開。解舞細腰何處住,能歌妊女逐誰迴?千秋萬古無消息,國作荒原人作灰。〔註187〕

在這裡,歷史滄桑感透過惆悵意緒傳達出來,這種意緒消散在煙與樓台的情景之中,含蓄但風華韻致無窮。煙雨清風的屏障,削弱了懷古意識中的凝重蒼涼感,但「人歌人哭水聲中」江南佳人與秀麗景致與詩人的惆悵情緒交融,帶出杜牧面對歷史油然而生的寂寞感。「解舞細腰何處住,能歌妊女逐誰迴」指出當年吳宮能歌舞女早已成空,這其實是士人「青春歌酒夢」於歷史遞轉的應用,以「歌舞不再」指向一個宮殿荒蕪,甚至是一個國家的逝去。

　　溫庭筠的懷古詩如〈齊宮〉:「粉香隨笑度,鬢態伴愁來」、〈陳宮詞〉:「伎語細腰轉,馬絲金面斜」等,〔註188〕也融合這種逸樂多采的綺豔脂粉語言。面向江南地域、南朝陳跡與繁華風景,此種對豔美的詠嘆,置放在懷古意緒中,便凸顯逸樂豔美的矛盾面,如〈雞鳴埭歌〉:

> 南朝天子射雉時,銀河耿耿星參差。銅壺漏斷夢初覺,寶馬塵高人未知。魚躍蓮東蕩宮沼,濛濛御柳懸棲鳥。紅妝

〔註187〕 《樊川詩集注》,3/202。
〔註188〕 《溫飛卿詩集箋注》,3/67、68。

萬戶鏡中春，碧樹一聲天下曉。盤踞勢窮三百年，朱方殺氣成愁煙。彗星拂地浪連海，戰鼓渡江塵漲天。繡龍畫雉填宮井，野火風驅燒九鼎。殿巢江燕砌生蒿，十二金人霜炯炯。芊綿平綠臺城基，暖色春空荒古陂。寧知玉樹後庭曲，留待野棠如雪枝。〔註189〕

晚唐不少懷古詩呈現出悲涼的氣息，歌詠南朝遺跡，詩歌呈現的主題，多半是詩人主體面對曾經一度繁華的斷井殘垣，因而聯繫到富麗不再，人生如幻之慨。〈雞鳴埭歌〉雖也不離這個主題，但呈現方式有異，溫庭筠使用更多篇幅鋪寫南朝天子（按：指齊武帝）的逸樂部份，〔註190〕但不帶過多評論，手法一如他的〈懊惱曲〉。在另一首〈春江花月夜詞〉，溫庭筠使用更多篇幅鋪寫南朝天子的逸樂。〔註191〕詩人從隋煬帝享盡繁盛，卻覺嫌膩而逸遊揚州的心理著手，煬帝對華麗宮景感到麻木，欲出遊追求新奇：「百幅錦帆風力滿，連天展盡金芙蓉。珠翠丁星復明滅，龍頭劈浪哀笳發。漏轉霞高滄海西，玻璃枕上聞天雞。」煬帝的逸遊極盡聲色之娛，一夜玩樂後，溫庭筠僅在最後兩句「後主荒宮有曉鶯，飛來只隔西江水」，讓陳後主荒廢的宮殿與煬帝玩樂的地點並列，暗諷刺煬帝未曾記取教訓。其實，這兩首詩的動人之處，不在詩人對歷史或人生的省思，而是場景的鋪排，製造出逸樂與敗亡氣氛的對立，兩首詩除了帶有綺豔色彩的字句及緊湊的排比外，並無明顯有關懷古省思的字句，不過，這樣的刻劃場景的對比手法，反而喚起讀者繁華如夢、今昔對照的具體感受，隱藏在詩歌藝術效果之後的，是溫庭筠以綺豔語言注入懷古詩歌的另類嘗試。

二、物象的關注與綺豔語言的滲透

　　以物象為詩歌主題的詩作，一般稱「詠物詩」，可分為兩個寫作

〔註189〕《溫飛卿詩集箋注》，1/1-2。
〔註190〕《南史》，2/49 載，齊武帝喜早遊至鍾山射雉，宮人相隨，至湖北埭，雞始鳴，故稱為雞鳴埭，是一樁帝王佚於荒淫的典型事例。
〔註191〕《溫飛卿詩集箋注》，2/49-51。

方式，一是純言體物，即就物本身的形貌特質歌詠。二是託物言志，即以詩人為主體，透過外在物象的觀察摹寫、體會，傳遞作者的情志。「詠物」一體，常限定詩題要標出「所詠之物」，而這裡是想以「詩歌內容情意與物象有高度相關的詩」為討論對象。〔註 192〕又，世間物象繁多，大範圍的討論恐怕難以言及重點，因此，這裡的「物象」，特別著重自然（以植物為主）及人世器物，因此兩類與綺豔語言的交融最為密切。

古典詩中，若以詩人為主體吟詠自然植物，時見與政教詩學的喻託關係結合。然而，晚唐綺豔詩中的物象，很多並非此種喻託關係的複製，這在上一節有關李商隱詩中「自然物象」的討論已有提及。詩人在代言女性情思或言兩性情愛之時，漸漸確立了一套屬於綺豔詩的典型情感，這種情感偏向委婉幽怨的私密獨語、個人內心情感，大致來說，不論從男、女角度言情，綺豔詩中的自然物象與詩中人都不是和諧共融的關係，而是作為表現詩中人情思的客體。綺豔情思常與被動的、封閉的、柔媚的情感有關，綺言豔語適合表現這種陰柔、委婉、迂曲的情感。與豔情相關的特定器物，如燈、燭、屏風等等，在宮體豔詩見女性風情的滲入，於晚唐詩作亦然。

自然物象題材與綺豔香澤詞彙交融之作，最突出的是詠花詩作。就中國古典詩傳統來說，花的形象本就與美人的形象重疊。其次，以花喻美人，跟「花、美人、賢才」的政教意義，往往相混雜。然而，在晚唐一些詠花詩中，花、美人的繫連與豔情是更為緊密的，詠花詩作不但不完全黏著於花之形貌，還可見花花草草、鶯蝶蜂舞間的春意，而這春意還與現實人世間的男女戀情，有著巧喻的關係。

詠花與豔情明顯有聯結，如李商隱的櫻桃系列詩的豔情嘲謔，或溫庭筠的〈二月十五日櫻桃盛開，自所居躡履吟玩，競名王澤章洋才〉：「曉覺籠煙重，春深染雪輕。靜應留得蝶，繁欲不勝鶯。影亂晨

〔註 192〕詠物詩作的兩種寫作模式及詠物詩之界義及爭議，見林淑娟《中國詠物詩「託物言志」析論》（臺北：萬卷樓，2002），頁 3～31。

飈急，香多夜雨晴。似將千萬恨，西北爲卿卿。」溫庭筠還在一些近
體詩作藉詠花透露女性的綺豔情思，如〈題柳〉：

> 楊柳千條拂面絲，綠烟金穗不勝吹。香隨靜婉歌塵起，影
> 伴嬌饒舞袖垂。羌管一聲何處曲？流鶯百囀最高枝。千門
> 九陌花如雪，飛過宮牆兩自知。〔註193〕

詩題雖言題柳，詩中卻明顯可見與此柳相映的某個歌女，兩者意象交
相出現，最後「飛過宮牆兩自知」更見柳枝拂態與歌女媚態的結合。

溫庭筠的詠花詩每見此種類豔情的神態，再以〈牡丹二首〉其一、
〈苦楝花〉爲例：

> 輕陰隔翠幃，宿雨泣晴暉。最後佳期在，歌餘舊意非。蝶
> 繁經粉住，蜂重抱香歸。莫惜薰爐夜，因風到舞衣。院理
> 鶯歌歇，牆頭舞蝶孤。天香薰羽葆，宮紫暈流蘇。掩曖迷
> 青瑣，氤氳向畫圖。只應春惜別，留與博山爐。〔註194〕

唐人詠牡丹，多以其富貴足言國色，〔註195〕這首詩雖言牡丹，卻不
知是歌詠牡丹一樣的舞女，還是純粹以舞女的形象來比喻牡丹的姿
態，字裡行間透露牡丹爲蜂蝶所惹，這種以花與女子身影交疊，而顯
風情的方式，在元稹詠花小詩已見端倪。〔註196〕但溫庭筠多首詠花
詩雖關涉女性風情，卻不在花的豔麗形色上著眼，而顯幽微豔情情
思。這些詩作不太能區辨是男性角度的詠花，或根本是以歌詠女性情
思，像是鶯蝶、薰香、惜春、博山爐等等。溫庭筠描述詩中男性情思
的用語，與閨中女子柔媚幽微的情思的用語，如此相仿。詩中的春日
景色本屬平常，詩人不斷地玩味，從細小幽微的花，引發綿長的情思。

〔註193〕《溫飛卿詩集箋注》，4/93。

〔註194〕《溫飛卿詩集箋注》，9/200，4/93，7/161。

〔註195〕如王建〈賞牡丹〉：「此花名價別，開豔益皇都。香遍苓菱死，紅燒
躑躅枯。軟光籠細脈，妖色暖鮮膚。滿蕊攢黃粉，含稜縷絳蘇。好
和薰御服，堪畫入宮圖。晚態愁新婦，殘妝望病夫。教人知簡數，
留客賞斯須。一夜輕風起，千金買亦無。」劉禹錫〈賞牡丹〉：「庭
前芍藥妖無格，池上芙蕖淨少情。唯有牡丹眞國色，花開時節動京
城。」《全唐詩》299/3400-41，365/4119。

〔註196〕參見第二章第二節，頁107～108。

詩作如此的引出情感，與溫庭筠綺豔詩透過眼前景觸發女子愁緒的方式，實爲類似。〔註197〕

　　杜牧的〈梅〉詩同見這種手法：

　　　　輕盈照溪水，掩斂下瑤臺。妒雪聊相比，欺春不逐來。偶
　　　　同佳客見，似爲凍醪開。若在秦樓畔，堪爲弄玉媒。〔註198〕

將花擬人，使得花看來似有情感及意識，最後引起賞花人的讚嘆，將梅花看做如秦樓女子般引人心思，詠花而見豔情之滲透。

　　李商隱擬代女子情思的詩，有將自然界景象化入情思的特色，此在〈燕臺〉已見，而如〈閨情〉一詩：

　　　　紅露花房白蜜脾。黃蜂紫蝶兩參差。春窗一覺風流夢，卻
　　　　是同衾不得知。〔註199〕

這首詩爲非特定對象的擬設情思。與其說這個景象是女子所見之景，不如說是詩人所拈出一主要情感，注入閨閣風景的描寫。「蜂」、「蝶」、「春窗」、「風流」等詞語，在這詩中輕快地流轉飛舞，似是一片春光美好，最後一句卻轉到風流不相及的境況，暗喻女子的遇合終是一場夢，無能付出。李商隱與花相關的詠物詩作，牽涉豔情遇合的痕跡更爲明顯，如〈蝶〉：「初來小苑中，稍與瑣闈通」、「重傅秦臺粉，輕塗漢殿金。相兼惟柳絮，所得是花心。」〈蜂〉：「宓妃腰細纔勝露，趙后身輕欲倚風。」〔註200〕蜂、蝶皆是花粉傳遞之媒介，正如李商隱的〈春日〉所言：「蝶銜花蕊蜂銜粉，共助青樓一日忙。」而如〈流鶯〉，往往引起歧解：

　　　　流鶯漂蕩復參差，度陌臨流不自持。巧囀豈能無本意，良
　　　　辰未必有佳期。鳳朝露夜陰晴裡，萬戶千門開閉時。曾苦
　　　　傷春不忍聽，鳳城何處有花枝。〔註201〕

〔註197〕其他如〈夜看牡丹〉、〈海榴〉、〈敷水小桃盛開因作〉、〈杏花〉、〈蓮花〉、〈題磁嶺海棠花〉等，都可見此現象，《溫飛卿詩集箋注》5/116、7/160、9/201、9/202、9/203。

〔註198〕《樊川詩集注》，191/235。

〔註199〕《玉谿生詩集箋注》，3/602。

〔註200〕《玉谿生詩集箋注》，3/599、3/578。

〔註201〕《玉谿生詩集箋注》，3/705。

流鶯忙碌流轉，良辰卻未必造成佳期，這首詩藉著物象昭示著媒求與遇合的情境，與李商隱豔情詩言戀情缺憾，可見暗通之處。〔註202〕這讓詩家得以與〈離騷〉之「求女」象徵暗合，萌生感遇之解；然而，〈流鶯〉所表現的情境，畢竟與從〈離騷〉以降，以人為主體，希冀與女神遇合激情與遲疑挫折的情感，情調相異。我們只見自然物象之間，流露出詩人力道刻意放輕的譏刺意味，自然界花的授粉「媒求」變成一種機運問題，是無可奈何的流轉，而不是一種努力求索向上的氣息，與感遇類詩歌希求知音的情意亦不相類。

　　討論過李商隱與花相關的詠物詩作，再看〈牡丹〉就更能理解其意蘊：

　　　　錦帷初卷衛夫人，繡被猶堆越鄂君。垂手亂翻雕玉佩，折
　　　　腰爭舞鬱金裙。石家蠟燭何曾剪，荀令香爐可待薰？我是
　　　　夢中傳彩筆，欲書花葉寄朝雲。〔註203〕

這首詩雖詠牡丹，卻明顯是翻弄豔情遇合之情事，注入其中，可說是將豔情遇合象徵反過來，突出花之生色，尤其以貴家姬妾的豔情為比，更顯牡丹的榮華之姿、媚態向人。另一首詠物感懷詩〈回中牡丹為雨所敗〉，則以花受雨之摧殘起興：

　　　　浪笑榴花不及春，先期零落更愁人。玉盤迸淚傷心數，錦
　　　　瑟驚弦破夢頻。萬里重陽非舊圃，一年生意屬流塵。前溪
　　　　舞罷君回顧，並覺今朝粉態新。〔註204〕

寫牡丹花落，以舞罷下堂之美人做為比喻，明知終將逝去，回看今日之美好，已覺傷逝之悲。李商隱的綺豔詩之「情」的來自於詩歌語言的設置操作，在詠物感懷詩作也明顯投入此種主觀之情。若說豔情詩中的情感，與詠懷感物詩中的情感有相通之處，毋寧說，李商隱在一些七律詩中，特別能透過其結構，完整地表述這種情感上的遺憾傷心。

〔註202〕李商隱的〈櫻桃花下〉：「流鶯舞蜨兩相欺，不取花芳正結時。他日
　　　　未開今日謝，嘉辰長短是參差。」《玉谿生詩集箋注》，3/728。
〔註203〕《玉谿生詩集箋注》，1/24。
〔註204〕《玉谿生詩集箋注》，1/117。

　　我們不妨以從宋代沈義父的《樂府指迷》中，一段論詞之語來思考：

> 作詩與作詞不同，縱是花卉之美，亦須略用情意，或要入閨房之意。然多流淫豔之語，當自斟酌。如只直詠花卉，而不著些豔語，又不似詞家體例，所以為難。〔註205〕

晚唐詩、詞體式的創作與美典要求，尚未有明顯區分，但晚唐一些詠花詩作，語見綺豔，顯示了沈義府所說的情形。本來，為女性代言的閨怨詩，除了一些實有寄託的閨怨詩之外，大部分的閨怨詩作，詩中女子的情境，實際上也可視為詩人心志的延伸。然而，從閨怨擴展為女子各種幽深細微的情思後，卻有更多的情意展現，沈義父所說的略用情意，或閨房情思的美感，其實就是戀情、閨情、傷春意緒的擴展運用，晚唐詩人由這些意緒所發展出的綺豔語言，能夠讓情感於詩中的流動更顯幽微。

　　在一些詩中，詩人使用了脂粉綺豔氣息較重的字詞，或者以綺豔詩中寫女子情態的筆觸寫某些物象，是以其詩讀來便具有豔麗色澤。這些物象的敘寫，看似與豔情毫無關係，卻透露了同樣深婉的感傷。以杜牧〈齊安郡中偶題〉與〈柳絕句〉為例：

> 兩竿落日溪橋上，半縷輕煙柳影中。多少綠荷相倚恨，一時迴首背西風。數樹新開翠影齊，倚風情態被春迷。依依故國樊川恨，半掩村橋半掩溪。〔註206〕

秋日景色，落日、輕煙、柳影、綠荷等景物入詩，寫來輕巧。詩人看到夏荷已謝，空餘荷葉的景象，而說「綠荷相倚恨」，然而綠荷何嘗有恨？應該是詩人主觀的情感投注其中。這在杜牧「蠟燭有心還惜別」是類似的手法，把人的情感灌注到物的身上。雖然詩看起來像是在描述黃昏一景，這首詩很自然地給人芳華零落之感，綠荷之恨，也同時使人聯想到美人遲暮的憾恨，彷彿正有一女子亭亭立前，正訴說著心

〔註205〕〔宋〕沈義父《樂府指迷》，見唐圭璋《詞話叢編》（臺北：新文豐，1988），第1冊，頁281。

〔註206〕《樊川詩集注》，3/210-211。

事，由此通向作者心中的某種難以言喻的失落之情。溫、李、杜之所以常給人綺羅香澤的印象，實肇因於詩人描述女性感傷的用語與詩人自抒感傷的用語相仿。杜牧此詩更進一層，內容秀麗而情意委婉，與綺豔詩中寫女子曲折深婉之氣息相似，即所謂非豔詩而能得豔詩之深婉意蘊的作品。

雖然晚唐詩人對元、白那些純粹描繪聲色娛樂、歌兒舞女姿態，堆砌豔藻而流於淺俗的詩，是有所批評的，但他們並不排斥在自己的詩中使用豔麗的字詞，或將脂粉、愛情、女子的情懷作為詩歌材料帶入詩中，藉以豐富其詩歌的內容情意。換個角度來看，詩歌不會因為帶有脂粉氣就顯得意蘊深婉。最重要的，還是織起這些脂粉綺豔詞彙的詩句中，詩人情感的投注與流動。這些詩並非純粹寫流連歌酒場所，與女子享樂的歡愉，也非單純藉女子的悲慘命運來比擬自身的不遇之思，這些脂粉、愛情、女子等具有陰柔美而帶有綺豔氣息的字句融入詩作中，使用得當，能發揮特殊的藝術效果。因此，晚唐詩人做法得以視為綺豔詩歌題材的開拓。

南朝宮體詩人的詠物詩也同樣透出脂粉氣，只不過宮體詩人將豔色渲染到景物，以觀賞之姿言物，豔色與景物同樣是受詩人關注歌詠之「物」，兩者氣息因而相互滲透。相反的，晚唐詩人卻常用這種耽於物象，具有美麗色澤的語言，來描述美好而值得沉浸的情境，用以表現美好的瞬間一逝，或者是悵然的情感。

如此，李商隱〈落花〉幽微情感的構成，及其所能達到的抒情效果，就更能理解：

> 高閣客竟去，小園花亂飛。迢遞送斜暉。腸斷未忍掃，眼
> 穿仍欲稀。芳心向春盡，所得是沾衣。〔註207〕

與前面討論的其他李商隱詩相比，這首詩沒有任何的典故與難解的情境。詩中送客者或許是男性，這樣在小園中的樓閣中（侷限的空間），不斷極目望向離去或逝去的東西，這與晚唐詩人寫女性閨情在一個封

〔註207〕《玉谿生詩集箋注》，1/253。

閉空間，對著有限的景物，不斷將自身感覺放大的情感基調，是極其類似的。

　　李商隱這首詩，欠缺自得、沉浸小世界，缺乏傳遞心聲的對象，這讓我們回想到本章一開始所提的晚唐「窮士詩人」及其詩歌特徵。大致來說，「窮士詩人」的詩歌是晚唐詩人另一種沉浸物象的方式，詩人盡其所能地將目光聚集在庭園的一草一石，在花，藥，棋，琴，茶，庭園間躑步徘徊，對著一花一草發士人之雅致，追求片刻閒淡的情趣，以為心靈慰藉。流連徘徊，在細微的事物之上馳騁著自己的想像力與注意力，透過詩歌訴說自己所經營的精緻小世界。然而，以女子情思發展出的綺豔詩歌，與試圖尋得片刻悠閒自足、建立個人小天地的詩歌，都有對細小物象的探尋執著。在綺豔詩歌中，每一分思緒，都放在有限的空間與物事之上，情感則是緩慢的流動，詩人似乎拿著放大鏡，檢視每一絲情感波動。〔註208〕

　　這種抒情方式似乎是不討喜的，較之盛唐詩人詩中的想像與馳騁，他們的眼界似乎顯得太過卑微了。然而，進一步來說，晚唐這種由綺豔語言擴展的小世界，與晚唐這種沉浸物象，與試圖尋得士人情懷的片刻悠閒自足、建立個人小天地的詩歌，易造成的枯淡情趣，其實是完全不同的情感形態。詩人的情感與注意力看似凍結在一個固定窄小的世界中，然而，詩人的感覺卻是無限打開的。詩人沉迷在他們所營造的迷離細微的情感，情感不為任何具體言明的事件或生活而起。

　　中晚唐這些身為男性的詩人，為何不約而同，如此執著地為女性代言沉浸情愛的情懷，甚至進而書寫男性沉迷豔情的喜悅與失落？社會文化的影響是原因之一，或許，也是出於他們對豔情的執迷，在那純然豔情的世界裡，存在許多美好的情愫，吸引著他們不斷走入。試

〔註208〕窮士詩人指的是從中唐賈島、姚合到晚唐方干、李頻等詩人群體，有關「沈浸物象，追求片刻閒趣自得詩歌一派詩人的詩歌旨趣」，我在碩士論文已有處理，這裡僅濃縮部份論點，不另詳述。

想，在晚唐時代，詩人或者偶而大聲疾呼教化，寫些反映社會現實的
詩；或者，以譏刺的眼光看政治現實，看歷史，寫政治諷刺詩，也寫
對歷史事件的體察來傳遞批判思想；這時，如果能暫時逃遁到另外一
個綺豔旖旎的軟媚世界裡，那裡有青春年少的美好回憶，也有更多平
常無法言說的惆悵與憾恨情感，超出了士人身分以外的東西，凡此種
種，都可以在這裡表現出來，暫時不需要受那些現實的或生硬事物的
規範，那麼，綺豔詩歌的抒情性，就於此開展。將綺豔題材融入人情
感慨、詠物詠史、日常生活一類的詩作，那就大異於「對酒當歌，人
生幾何」那種豪氣的人生感慨，也非「採菊東籬下，悠然見南山」般
與世情疏離的自然情趣。在晚唐文人詞開始興盛的同時，古典詩歌的
豔詩主題情意的變動，從豔色描寫，擴展到詩的綺豔化語言與抒情方
式的深婉化，這是我們在討論晚唐五代詩歌時，所不能忽視的。

小　結

　　不論就中國綺豔詩史或詞史來看，晚唐幾個關於綺豔詩的特色，
超越了綺豔題材作為一種類別，或綺豔詩語言修辭的層次，建立了屬
於士階層品味與美感要求的美感典型。第一、綺豔詩的豔情趣味與士
階層的美感要求進行調和，形成更具雅緻情味的豔情美感享受，遂達
成純粹綺豔詩的美感典型。第二、詩人終將歌酒風情經驗，處理內化
於詩歌所展現的個人情志，個人於私密豔情情感的體驗與回憶，遂融
入詩歌的抒情言志功能，並成為文士階層特有而新興的典型情感。第
三、豔情詩的抒情情思，由中唐李賀肇始，李商隱則透過七律綺豔詩
形式，達成律體綺豔詩抒情的高峰。第四、綺豔語言題材，滲入晚唐
詩歌後，對晚唐各類題材詩歌的抒情功能與意蘊的開展，實有深刻長
足的影響。

結　論

　　本論文的寫作，源於個人對中國古典豔詩的發展所產生的一些疑問。寫作之前，先由晚唐的溫庭筠、杜牧、李商隱等人綺豔詩歌讀起，再讀元稹、白居易的綺豔詩。最後，我終於明白，要理解中晚唐綺豔詩，應該要回到南朝的豔詩，因為，南朝與中晚唐兩個時代的綺豔詩歌，具有影響、對應、繼而開展的關係。從南朝與中晚唐綺豔詩的對照切入，於是，這本論文按照時序，就先秦兩漢女性敘寫歌到南朝豔詩的進展探討，釐出中國古典「豔詩」的名稱及其內涵意義、特徵，，才以初唐至中晚唐綺豔詩為研討重心，並就中晚唐個別作家的綺豔詩作特色及其意義，逐一論述。

　　在第一章，對於「豔詩」通稱與其實質內涵，本文透過先秦兩漢「女性敘寫詩歌」與南朝「豔詩」的區辨討論，梳理中國古典豔詩如何構成詩歌類型。先秦時期的《詩經》，有許多關於兩性情感及女性婚戀題材的詩歌，這些詩歌可視為男女戀情敘寫的開端。《楚辭》中的女性敘寫帶有深厚的抒情意味，對詩人自我抒情情感的表現，尤其有重大影響。兩漢時期的女性敘寫詩歌，以閨怨、宮怨詩歌類詩歌最為突出，內容情意多表現女性的倫理與社會處境，在女性的怨情敘寫上有所開展，同時也提供了女性敘寫詩歌的一種典型樣式。

　　南朝豔詩的創作意圖、寫作方式、分類及內容情意上的特色，則均與先秦兩漢女性敘寫詩歌有著顯著差異。南朝的宮體豔詩，從怨情

敘寫移轉到女子姿容的描寫；詩人對女性的觀照角度，也從以詩代言揣摩女性的怨情，轉變成以男性詩人在場觀賞、表現豔色趣味爲宗旨。宮體詩人融合豔色描寫於閨情詩的做法，也是這種豔色趣味的具體展現，有關閨中怨情的敘寫的部份，只能視爲一種情境的暗示，女子怨而兼具美色，才是這些閨情詩的重點。宮體豔詩的美感，就建立在這些華美女色的描寫，及與其相稱的穠麗工整的對句之上。同時，南朝文人的一些樂府詩作，也有豔色成份擴展的現象。最後，南朝戀情樂府民歌「吳歌」、「西曲」中有關男女戀情的敘寫，及女子戀情情思與季節移轉的對應，文人或有潤飾或擬作，這些都成爲中晚唐綺豔詩中戀情主題詩作的素材來源。

　　第二章論中唐綺豔詩再度興起的背景及詩作特徵。唐人往往以「宮體詩」稱呼南朝的「宮體豔詩」，初唐的史論對南朝宮體豔詩的批評，多從政治教化的角度著眼，批評豔詩的內容敗壞社會風氣。對於宮體豔詩的形式，唐人也認爲修辭流於浮豔。初盛唐的豔詩的數量，比例上較南朝豔詩少得多，有關女子的豔色描寫，也隱伏在閨情敘寫之下，豔詩與代言揣摩女子閨情的詩混雜不清，形成豔逸不分的情形。初盛唐的詠妓觀妓詩是士人間的社交對話的形式之一，應酬意味重，屬於場合詩的一種。

　　到了中唐，綺豔詩的創作由衰復興。元、白的綺豔詩，不但敘寫詩人自身的冶遊生活，也寫他們生活中所見的歌女、舞女等小妓。在元、白一些「敘豔情長詩」中，他們敘寫一個「豔情經驗」，詩歌內容包含詩人對這場冶游經歷的體悟與反省。詩人不厭其煩地描寫豔情事件的細節與過程，引人入勝，既能表現出執迷繼而超脫的歷程，也能藉此凸顯、反省身在其中的心境。元、白這類「敘豔情長詩」，從男性角度審視豔情經驗，可說是開山之作，這也是自南朝豔詩「類型化」以後，綺豔詩歌的一次重大改變。由記敘豔情經歷開始，元、白二人從而展開詩的「綺豔」成份。中唐詩歌的綺豔題材敘寫，不再隱伏於春閨、宮怨之下，或以聽妓觀妓詩題爲名，構築在南朝文人對女

性的描摹想像之上；詩人能就現實生活中的特定事件或特定人物所寫。中唐綺豔詩的興起，跟當時士妓文化的興盛有關，因此，綺豔詩的創作環境與內容，也深受此種「才子妍詞」文化的影響。

　　由元稹、白居易、劉禹錫等幾個友好詩人的綺豔詩析論，中唐綺豔詩有下述特徵：一、綺豔詩可見豔色與豔情交融的趣味，不但有豔色描寫的部份，也偶有敘寫人物的豔情情思與心理感覺。但由於詩人自身涉入豔情之中，豔情成份重，也兼有妓女風情之感。二、詩人做為才子，與現實生活中的妓女互動，詩人直接以妓女的命運比擬自身的命運，不但脫離了傳統政教詩學影響下的「香草美人」寄託的框架，整個香草（花）、美人、賢才精神的政教對應關係也出現變化。詩人在一些寫妓女跳舞歌唱的詩作，寫她們的表演，詩人或替女子代言傳達某種情懷或心緒，有時也兼抒己懷，彼此有惺惺相惜、淪落人間的命運之感。三、在元稹、白居易、劉禹錫等人的綺豔詩中，詩人跟昔日舊遊提及往年共同享受的歌酒經驗，成為一種敘情誼的方式。席間的歌酒逸樂與青春正盛，縐合成為部份中唐士人的青春回憶，歌酒回憶與其完成品（詩作）交融。以上種種，可見綺豔題材於中唐再度興起之後，由於寫作意圖與表現方式不同，造成綺豔詩歌內容情意表現的實質變動。

　　第三章論李賀的綺豔詩。李賀的綺豔詩，與其他中唐士人的綺豔詩的殊異，本章從創作表現及手法兩個層面分析討論李賀的綺豔詩。與中唐元稹、白居易等人相比，兩人的綺豔詩帶有紀實意味、冶遊風情，李賀詩則更具濃厚的抒情成份。將李賀的「敘豔情長詩」，與元、白同類詩歌相對照，則李賀詩敘述角度偏重豔情事件中的女方，詩中有關女子姿容、閨房陳設的描寫，往往扣緊該女性的心理，而非只做為豔情事件中，呈顯男方視角「冶遊歷程」的元素之一，這顯示李賀敘寫豔情的興趣，主要在為女性言情。再從修辭語言的表現來看，李賀的綺豔詩較宮體豔詩穠麗，與元、白綺豔詩通俗曉暢、白描女性姿容的修辭呈現兩極。李賀自覺地運用南朝宮體豔詩與樂府戀情民歌的

素材，並轉換宮體豔詩男性「在場觀看」的角度，詩中一切有關女子姿容、閨房陳設的描寫，改成全由女子自身的感覺去呈現，女性心境遂成爲詩中的主題情意。

李賀代入詩中女子的情思，詩中所描寫的女性生活，皆爲了表現女子情思心緒而開展，詩中的女性豔色描寫，也可視爲通向抒情之表現。李賀綺豔詩的獨到之處，在突出女子之「情」的同時，不但擺脫了元、白綺豔詩「足堪風流」，應景式的豔情敘寫，詩中女性的情思與美感表現，也符合楚騷「香草美人」傳統以來，男性士階層所認可的女性怨情美感。李賀藉由此種獨特的修辭語言所開創的抒情路線，得到晚唐一些詩人的認可，並啓發了晚唐杜牧、李商隱等詩人，更著重綺豔詩的抒情表現。

第四章討論晚唐綺豔詩的美典。如前所述，中唐綺豔詩從兩條路線開展，一是仍有明顯的「豔色描寫」，引起男性觀賞愉悅的綺豔詩，另一條是脫離了「豔色」之觀照，以詩中人的「情思發展」爲主導的綺豔詩，亦即本論文所指出的「抒情」之路。就創作原理來說，「豔色」的觀照角度與詩中人的「抒情」之思，未必是對立之路，但是，偏重抒情的綺豔詩，其內容特徵，是詩中的一切語言素材，都是爲了表現詩中人的心緒。就此來說，晚唐綺豔詩在抒情表現上，有許多突出之處。

首先，以溫庭筠的綺豔樂府詩來看，綺豔詩中豔情趣味的表現，顯得深曲婉約，是更具文人豔情美學的典型。藉由南朝宮體豔詩式華麗雕琢的修辭語言，以及樂府民歌的戀情題材的運用，溫庭筠較李賀更進一步，把男女戀情情思擴張成一個美好的詩歌世界。此外，溫庭筠的綺豔詩，在女子慵懶含愁情態，以及女子情思與春季感傷的敘寫上，與其詞作表現有相似的特徵，可做爲晚唐詩詞融通研究的參考。其次，以詩人自身爲主體抒情的綺豔詩，由中唐綺豔詩「憶舊遊、敘交誼」等歌酒經驗的敘寫，發展出足以代表男性士階層經典「青春歌酒夢」的情思。青春與歌酒回憶交融，綺豔詩的「傷春」情懷，不但

因而能表示女性的戀情感傷，也能表現男性對美好盛年逝去的惆悵。以男性為抒情主體，開展個人對昔年青春與戀情的追念，這種「青春歌酒夢」，是晚唐綺豔詩詞的主題之一，在兩宋詞作中，更成為能勾起詞人對歡樂追憶的情意象徵。

其次，李商隱的七律豔情詩，是晚唐綺豔詩中抒情的高峰。李商隱所處的綺豔詩創作環境，及他個人對士妓戀情本質的獨特觀察，對他豔情詩中的情意經營，均有深刻的影響。他採用七言律詩形式，透過詩歌語言的設計，詩人主宰了豔情詩中的抒情。除此之外，李商隱還能善用歷史文化中的神女情結，著重男女之「情」的不能交通，他的豔情詩同時能表現「士不遇」與「豔情遇合」的難為，而非政教詩學下「香草美人」寄託關係的複製。

第四章還探討晚唐的「綺豔語言」，與當時盛行的詠史懷古詩、詠物感懷詩的交融。「綺豔語言」由綺豔詩綺羅香澤、設色華美的辭彙所開展，偏向深婉抒情性功能的語言題材，運用在其他類別的詩歌中，特別能造成深美閎約的藝術效果。晚唐綺豔詩歌盛行，讓綺豔詩不再單純做為一種題材類別，對晚唐其他詩歌細美幽約情思美感的發展，也有深刻的影響。

以上大致整理本文關於中晚唐綺豔詩的研究成果。本文以歷時性的陳述方式，考察南朝的豔詩到中晚唐的綺豔詩的發展進程，對豔詩的名稱、內容情意與形式上的特徵，及中晚唐綺豔詩中豔色描寫與抒情表現的關係，均作分析討論，文中花費許多工夫，解釋分析綺豔詩作品，藉以充實本文的論點。文中突出南朝到中晚唐綺豔詩由「豔色」到「豔情」，進而發展出的「抒情」之路，並為晚唐綺豔詩美典的形成，及其於中國古典詩所能置應的脈絡，提出分析與闡釋。

最後要說明的是，晚唐綺豔詩與詞的關係，雖非本文論述重點，但其中有關綺豔詩作品與相關詩詞論題的見解，仍值得將來進一步留心探究。

引用書目

（一）本書目中文及日文著作，依書名或作者姓名之漢語拼音順序排列；西文著作依作者姓氏之字母順序排入。

（二）中文著作中，清代（含）以前著作因一向多以書名爲人所熟知，今均以書名爲排列依據。民國以來的著作則主要以作者姓名爲排列依據；僅有少數以書名爲人所熟知者準清以前著作之例，依書名排列。遇有疑難則以互見方式處理。

（三）全書所引正史均係北京中華書局點校本。書目中不再一一指明。

1. 岸邊成雄。梁在平，黃至炯譯，《唐代音樂史的研究》，臺北：臺灣中華，1973。

2. 《白居易集箋校》，朱金城箋校，上海：上海古籍，1988。

3. 《北里志》，〔唐〕孫棨，收於《唐五代筆記小說大觀》（見該條）。

4. 《北齊書》，〔唐〕李百藥撰。

5. 《北史》，〔唐〕李延壽撰。

6. 卞孝萱，《元稹年譜》，山東：齊魯書社，1980。

7. 蔡英俊，《中國古典詩論中「語言」與「意義」的論題》，臺北：臺灣學生書局，2001。

8. 曹中孚，〈杜牧詆諆元白詩辨〉，《學術月刊》，1981 第 9 期，

頁 79～81。

9. 曹道衡,《南朝文學與北朝文學研究》,南京:江蘇古籍出版社,1998。

10. 《楚辭補註》,〔宋〕洪興祖,收於《楚辭四種》,臺北:華正書局,1992。

11. 陳伯海主編,《唐詩彙評》,杭州:浙江教育出版社,1995。

12. 陳尚君,〈溫庭筠早年事蹟考辨〉,《中華文史論叢》,1982第 2 期,頁 245～267。

13. 陳允吉、吳海勇,《李賀詩選評》,上海:上海古籍,2004。

14. 陳寅恪,《元白詩箋證稿》,北京:三聯書店,2001。

15. 《陳書》,〔隋〕姚察,〔唐〕魏徵,姚思廉編修。

16. 褚斌杰,《楚辭要論》北京:北京大學出版社,2003。

17. 《大唐新語》,〔唐〕劉肅撰,收於《唐五代筆記小說大觀》(見該條)。

18. 戴偉華,《唐代幕府與文學》,北京:現代出版社,1990。

19. 戴偉華,《唐代使府與文學研究》,桂林:廣西師範大學,1998。

20. 《登科記考》,〔清〕徐松,北京:中華書局,1984。

21. 《杜詩詳注》,〔清〕仇兆鰲注,北京:中華書局,1979。

22. 方瑜,〈空間、圖像、靈光——李賀詩中的女性圖像:以鬼神兩首爲例〉,收入其《唐詩論文集及其他》,臺北:里仁,2005,頁 123～148。

23. 方瑜,〈空間與夢想中的女性圖像——從《空間詩學》觀點讀李賀《宮娃歌》〉,台大中文系編,《鄭因百先生百歲冥誕國際學術研討會論文集》,2005,頁 153～170。

24. 方瑜,《中晚唐三家詩析論》,臺北:牧童出版社,1975。

25. 《樊川詩集注》,〔清〕馮集梧注,上海:上海古籍出版社,1998 新 1 版。

26. 《樊川文集》,〔唐〕杜牧撰,臺北:漢京,1983。

27. Frodsham, J.D. The Poems of Li Ho. Oxford : Clarendon Press, 1970.

28. 傅璇琮,《唐代科舉與文學》,臺北:文史哲出版社,1984。

29. 傅璇琮編撰,《唐人選唐詩新編》,西安:陝西人民教育出版社,1996。

30. 《高氏三宴詩集》,〔唐〕高正臣輯,收《景印文淵閣四庫全書》第 1332 冊,臺北:臺灣商務,1983。

31. 高友工,《中國美典與文學研究論集》,臺北:臺灣大學出版中心,2004。

32. 高友工。劉翔飛譯,〈律詩的美典〉,《中外文學》18 卷 2、3 期(1989),頁 4～34,32～46。

33. 龔鵬程,〈無題詩論究〉,《中央大學人文學報》第 7 期(1989):頁 29～50。

34. 顧學頡,《顧學頡文學論集》,北京:中國社會科學出版社,1987。

35. 《漢書》,〔漢〕班固撰。

36. 胡大雷,《宮體詩研究》,北京:商務印書館,2004。

37. 《淮南子》,高誘注。四部備要本,臺北:臺灣中華書局,1981。

38. 《晉書》,〔唐〕房玄齡撰。

39. 《舊唐書》,〔後晉〕劉昫撰。

40. 簡恩民,《晚唐詩中書寫「女性及男女情愛」主題之研究》,政治大學中文所博士論文,2005。

41. 蔣寅,〈權德輿與唐代的贈內詩〉,《山西大學師範學院學報》,1999 第 1 期,頁 53～57。

42. 蔣寅,〈過度修辭:李賀的藝術精神〉,《陝西師範大學學報》,2004 第 11 期,頁 55～61。

43. 《教坊記箋訂》,〔唐〕崔令欽撰,任半塘箋訂,臺北:宏業書局,1973。

44. 《開元天寶遺事》,〔五代〕王仁裕,收於《唐五代筆記小說大觀》(見該條)。

45. 康正果,《風騷與豔情》鄭州:河南人民出版社,1988。

46. 賴瑞和,《唐代基層文官》,臺北:聯經出版社,2004。

47. 李豐楙,〈仙、妓與洞窟——唐五代曲子詞與遊仙文學〉,收於其《憂與遊:六朝隋唐遊仙詩論集》,臺北:學生書局,

1996，頁 375～422。

48. 《李賀集》，王友勝、李德輝校注，長沙：岳麓書社，2003。

49. 《李賀詩集》，葉蔥奇疏注，北京：人民出版社，1959。

50. 《李賀詩歌集注》，上海：上海古籍出版社，1977，收入以下兩個注本：《李長吉歌詩匯解》，〔清〕王琦，《昌谷集注》〔清〕姚文燮。

51. 《禮記》，十三經注疏本，〔清〕阮元刻本，臺北：藝文印書館，1979。

52. 《李商隱文編年校注》，劉學鍇、余恕誠編，北京：中華書局，2002。

53. 《李太白全集》，王琦注；北京：中華書局，1977。

54. 李宜學，《李商隱詩與花間集詞關係之研究》，中山大學中文所碩士論文，1999。

55. 廖美雲，《唐伎研究》，臺北：臺灣學生書局，1995。

56. 林淑娟，《中國詠物詩「託物言志」析論》臺北：萬卷樓，2002。

57. 林順夫、張宏生譯，《中國抒情傳統的轉變──姜夔與南宋詞》，上海：上海古籍，2005。

58. 林同濟，〈李賀歌詩研究〉，《中華文史論叢》，1982 年第 1 期。

59. 林文月，〈南朝宮體詩研究〉，《文史哲學報》第 15 期（1966），頁 406～458。

60. 《梁書》，〔唐〕魏徵、姚思廉撰。

61. 呂正惠，〈論李商隱詩、溫庭筠詞中「閨怨」作品的意義及其與「香草美人」傳統的關係〉，收於《中國文學理論與批評論文集》，逢甲大學中文系所編輯，臺北：新文豐，1995，頁 57～76。

62. 劉斯翰，《溫庭筠詩詞選》，臺北：遠流出版社，1988。

63. 劉若愚。杜國清譯，《中國詩學》，臺北：幼獅文化公司，1977。

64. 劉學鍇，《李商隱詩歌研究》，安徽：合肥大學出版社，1998。

65. 劉學鍇，《李商隱傳論》，合肥：安徽大學出版社，2002。

66. 劉學鍇、余恕誠,《李商隱詩歌集解》,北京:中華書局,1988。

67. 劉學鍇、余恕誠選注,《李商隱詩選》,北京:人民文學出版社,1986 二版。

68. 盧明瑜《三李神話詩歌之研究》,臺北:臺灣大學出版,2000。

69. 羅宗強,《隋唐五代文學思想史》,北京:中華書局,1999。

70. 《毛詩正義》,十三經注疏本,〔清〕阮元刻本,臺北:藝文印書館,1979。

71. 梅家玲,〈漢晉詩歌中「思婦文本」的形成及其相關問題〉,收於其《漢魏六朝文學新論》,臺北:里仁書局,1997,頁93～150。

72. 繆鉞,《杜牧年譜》,石家莊:河北教育出版社,1999。

73. 牟潤孫,〈唐初南北學人論學之異趣及其影響〉,《中國文化研究所學報》n.1(1968):頁50～86,收入氏著《注史齋叢稿》臺北:臺灣商務印書館,1990,頁363～414。

74. 《南史》,〔唐〕李延壽撰。

75. Owen, Stephen.(宇文所安)。賈晉華譯,《初唐詩》,北京:三聯書店,2004。

76. Owen, Stephen.(宇文所安),鄭學勤譯,《追憶》,北京:三聯書店,2004。

77. 錢鐘書,《談藝錄》,補訂本:北京:中華書局,1984。

78. 青山宏。程郁綴譯,《唐宋詞研究》,北京:北京大學出版社,1995。

79. 《全上古三代秦漢六朝文》,〔清〕嚴可鈞輯校;北京:中華書局,1958。

80. 《全唐詩》,〔清〕彭定求等奉敕撰,北京:中華書局,1960。

81. 《全唐文》,〔清〕董誥等編,北京:中華書局,1983。

82. 任半塘,《唐聲詩》,上海:上海古籍,1982。

83. 商偉,〈論唐代的古題樂府〉,《文學遺產》1987 第 2 期,頁39～48。

84. 沈冬,〈小妓攜桃葉,新歌踏柳枝——民間樂舞《楊柳枝》〉,收於氏著《唐代樂舞新論》,臺北:里仁書局,2000,頁73

～141。

85. 《詩筏》，〔清〕賀貽孫，《清詩話續編》本，引自陳伯海《唐詩彙評》（見該條）。

86. 施逢雨，《李白詩的藝術成就》，臺北：大安出版社，1992。

87. 施逢雨，〈「旁通」與「寄託」——兩種解讀詩詞的特殊方式〉，《清華學報》1993，1（23：1），頁1～30。

88. 《史記》，〔漢〕司馬遷撰。

89. 《世說新語箋疏》，余嘉錫撰，臺北：華正書局，1984。

90. 《說苑》，〔漢〕劉向撰，盧元駿註譯，臺北：臺灣商務印書館，1988。

91. 松浦友久著，孫昌武、鄭天剛譯，《中國詩歌原理》，臺北：洪葉文化，1993。

92. 蘇雪林，《玉溪詩謎》，原名《李義山戀愛事蹟考》，臺北：臺灣商務印書館，1969。

93. 《隋書》，〔唐〕魏徵撰。

94. 《唐才子傳校箋》，傅璇琮主編，北京：中華書局，1990。

95. 《唐國史補》，〔唐〕李肇，收於《唐五代筆記小說大觀》（見該條）。

96. 《唐五代筆記小說大觀》，丁如明等點校，上海：上海古籍出版社，2000。

97. 《唐摭言》，〔五代〕王定保，收於《唐五代筆記小說大觀》（見該條）。

98. Tu, Kuo-Ch'ing. Li Ho. Boston : Twayne Publishers, 1979.

99. 《全上古三代秦漢六朝文》，〔清〕嚴可鈞輯校；北京：中華書局，1958。

100. 王夢鷗，《唐人小說校釋》，臺北：正中書局，1983。

101. 王運熙，《六朝樂府與民歌》，上海：古典文學，1957 新 1版。

102. 王運熙、顧易生主編，《中國文學批評通史》，上海：上海古籍，1996。其中《中國文學批評通史——先秦兩漢文學卷》作者顧易生、蔣凡。

103. 《中國文學批評通史——隋唐五代卷》作者王運熙、楊明。

104. 《韋莊集箋注》，聶安福箋注，上海：上海古籍出版社，2002。

105. 《溫飛卿詩集箋注》，〔清〕曾益等箋注，上海：上海古籍出版社，1998。

106. 聞一多，《唐詩雜論》，上海：上海古籍出版社，1988。

107. 吳旻旻，《香草美人傳統研究》，臺北：臺灣大學中文系博士論文，2003。

108. 吳品萫，《李商隱詩歌「女性敘寫」之研究》，臺灣師範大學國文研究所碩士論文，2001。

109. 吳在慶，《杜牧論稿》，廈門：廈門大學出版社，1990。

110. 《新唐書》，〔宋〕歐陽修、宋祁撰。

111. 《先秦漢魏晉南北朝詩》，逯欽立輯校，臺北：學海，1991再版。

112. 蕭滌非，《漢魏六朝樂府文學史》，北京：人民文學出版社，1998。

113. 顏崑陽，《李商隱詩箋釋方法論》，臺北：里仁書局，2005修訂一版。

114. 《彥周詩話》，〔宋〕許顗，《歷代詩話》本，引自陳伯海《唐詩彙評》（見該條）。

115. 葉蔥奇，《李商隱詩集疏注》，北京：人民文學出版社，1985。

116. 葉嘉瑩，《迦陵談詩》，臺北：三民書局，1970。

117. 葉嘉瑩〈常州詞派比興寄託之說的新檢討〉，收於《中國古典詩歌論集》，臺北：桂冠圖書，1991），頁179～224。

118. 葉嘉瑩，〈論詞學中之困惑與花間詞之女性敘寫及其影響〉，收於其《詞學新詮》，臺北：桂冠，2000，頁99～187。

119. 游國恩，《楚辭論文集》，臺北：九思出版社，1977。

120. 余陛雲，《詩境淺說》，北京：北京出版社，2003。

121. 余恕誠〈晚唐五代綺豔詩詞的若干區別與啓示〉，收於其《唐詩風貌及其文化底蘊》，臺北市：文津出版社，1999，頁305～319。

122. 余恕誠，《唐詩風貌》，合肥：安徽大學出版社，2000。

123. 《玉泉子》,〔唐〕闕名,收於《唐五代筆記小說大觀》(見該條)。

124. 《玉臺新詠箋注》,〔陳〕徐陵編,〔清〕吳兆宜注,程琰刪補,穆克宏點校,北京:中華書局,1985。

125. 《玉谿生詩集箋注》,〔清〕馮浩箋注,蔣凡標點,上海:上海古籍出版社,1988。

126. 《雲溪友議》,〔唐〕范攄,收於《唐五代筆記小說大觀》(見該條)。

127. 袁梅、孫鴻亮,〈元稹「豔詩」考異〉,《唐都學刊》,2004第4期,頁59～62。

128. 袁行霈,〈長吉的歌詩與詞的內在特質〉,《第一屆詞學國際研討會論文集》,臺北:中央研究院文哲研究所籌備處,1994,頁3～19。

129. 原田憲雄,《李賀論考》,京都:朋友書店,1980。

130. 《元稹集》,冀勤點校,北京:中華書局,1982。

131. 《元稹集編年校注》,楊軍箋注。西安:三秦,2002。

132. 《樂府詩集》,〔宋〕郭茂倩編,北京:中華書局,1979。

133. 《樂府指迷》,〔宋〕沈義父,收於唐圭璋,《詞話叢編》,臺北:新文豐,1988。

134. 《載酒園詩話》,〔清〕賀裳,《清詩話續編本》,引自陳伯海主編,《唐詩彙評》(見該條)。

135. 張伯偉,《禪與詩學》,臺北:揚智文化,1995。

136. 張明非,〈中唐豔情詩的勃興〉,《遼寧大學學報》,1990第1期,頁8～12。

137. 張永鑫,《漢樂府研究》,南京:江蘇古籍出版社,1992。

138. 鄭華達,〈敬順與悔嫁——唐代閨怨詩的社會意識〉,《大陸雜誌》97:4(1998),頁145～158。

139. 鄭毓瑜,〈神女論述與性別演義——以屈原、宋玉賦為主的討論〉,收於洪淑苓編《古典文學與性別研究》,臺北:里仁,1997。

140. 鄭毓瑜,〈由話語建構論宮體詩的寫作意圖與社會成因〉,收

於《古典文學與性別研究》，頁 167～194。

141. 鄭毓瑜，〈身體時氣感與漢魏抒情詩──漢魏文學與楚辭、月令的關係〉，收於《文本風景：自我與空間的相互定義》，臺北：麥田出版社，2005，頁 293～343。

142. 鄭志敏，《細說唐妓》，臺北：文津，1997。

143. 鄭華達，《唐代宮怨詩研究》，臺北：文津出版社，2000。

144. 鍾來茵，《李商隱愛情詩解》，上海：學林出版社，1997。

145. 《周書》，〔唐〕令狐德棻等撰。

146. 周振甫，《詩文淺釋》，臺北：木鐸出版社，1987。

147. 朱崇儀，〈閨怨詩與豔詩的「主體」〉，《文史學報》29 期（1999）：頁 73～89。

148. 朱金城，《白居易年譜》，臺北：文史哲出版社，1991。